U0958709

典藏诵读版

警世通言

全鉴

〔明〕冯梦龙◎著
东篱子◎解译

扫一扫
免费赠送3种国学音频！

国家一级出版社 中国纺织出版社 全国百佳图书出版单位

内 容 提 要

《警世通言》是一部明代刊行的短篇白话小说集，与《喻世明言》《醒世恒言》合称“三言”，是古代白话短篇小说的高峰之一。为明末冯梦龙所编撰，书中不少篇目是根据前代、今世的传说、野史搜集整理而成，内容涉及婚姻爱情与女性命运、功名利禄与人世沧桑、奇事冤案与怪异世界等，描述的大多是市民阶层的思想面貌、情趣爱好、生活景象等，是中国古代小说宝库中一份宝贵的遗产。

图书在版编目（CIP）数据

警世通言全鉴：典藏诵读版 /（明）冯梦龙著；东篱子解译．—北京：中国纺织出版社，2019.5

ISBN 978-7-5180-6104-4

Ⅰ.①警…　Ⅱ.①冯…　②东…　Ⅲ.①话本小说—小说集—中国—明代　Ⅳ.①I242.3

中国版本图书馆 CIP 数据核字（2019）第 067384 号

策划编辑：陈希尔　　　　责任印制：储志伟

中国纺织出版社出版发行

地址：北京市朝阳区百子湾东里 A407 号楼　邮政编码：100124

销售电话：010—67004422　传真：010—87155801

http://www.c-textilep.com

E-mail：faxing@c-textilep.com

中国纺织出版社天猫旗舰店

官方微博 http://weibo.com/2119887771

北京佳诚信缘彩印有限公司印刷　　各地新华书店经销

2019 年 5 月第 1 版第 1 次印刷

开本：710×1000　1/16　印张：20

字数：230 千字　定价：49.80 元

凡购本书，如有缺页、倒页、脱页，由本社图书营销中心调换

前言

《警世通言》是明末文学家、戏曲家冯梦龙纂辑的白话短篇小说集，与冯梦龙稍后刊行的《喻世明言》《醒世恒言》合称“三言”，是中国短篇白话小说发展史上最重要的里程碑。“三言”通常亦与凌濛初的“二拍”，即《初刻拍案惊奇》《二刻拍案惊奇》并称，称为“三言二拍”。

冯梦龙（1574—1646年），长洲（今苏州）人，字犹龙，又字子犹、耳犹，别号龙子犹、墨憨斋主人、顾曲散人、茂苑野史、绿天馆主人、无碍居士、可一居士等。冯梦龙出身士大夫家庭，从小受到良好的教育，才华横溢，与兄梦桂、弟梦熊并有文名，世称“吴下三冯”。他长期参加科举考试，但屡试不中，后一度游宦他乡。崇祯三年（1630年）以贡生任丹徒县训导，崇祯七年（1634年）知福建寿宁知县，四年后任职期满回到苏州。清兵南下时，参加过反清复明运动。顺治三年（1646年）去世。

冯梦龙一生致力于搜集、整理和创作民间文学，包括小说、笔记、戏曲、民歌、笑话、方志、曲谱等多方面，作品内容与数量之宏富，为明代文学家之冠。其中，成就最高、影响最大的还是“三言”。

关于本书的书名，冯梦龙在《警世通言·绪言》中称：“大抵如僧家因果说法度世之语，譬如村醪市脯，所济者众。”所以“遂名之曰《警世通言》”。

《喻世明言》出版于天启四年（1624年），全书四十卷，每卷一篇，共计四十篇，由宋元时期民间说话人的底本加工编辑而成。书中所收故事，很多脍炙人口。书中内容主要涉及男女青年的婚姻与命运，人们对功名利禄的追求与人世沧桑，世间的奇事冤案与怪异世界，展现了当时市民阶层的思想面貌、情趣爱好、生活景象等，是中国古代小说宝库中一份宝贵的遗产。

《警世通言》作品中数量最多，也最优秀的，是爱情作品，一般都能反映当时较为普遍的社会问题，特别是妇女的不幸遭遇。像《玉堂春落难逢夫》《白娘子永镇雷峰塔》《杜十娘怒沉百宝箱》《宿香亭张浩遇莺莺》等，真实地描写了其时被糟践的妇女的悲惨地位以及她们对爱情的追求，对幸福生活的向往，叙述得都十分精彩，在思想性和艺术性方面都代表了明代拟话本的较高水平。

除此之外，还有描写商人生活的作品，如《吕大郎还金完骨肉》《宋小官团圆破毡笠》等，描写经商、商贩以及雇工的道德、心理等情况。还有一些宣扬义气的作品，如《赵太祖千里送京娘》突出无私助他人，《桂员外途穷忏悔》从反面批判了忘恩负义的行为，都反映了市民阶层的道德观念。此外，还有赞扬李白与王安石的文才、学识的《李谪仙醉草吓蛮书》与《王安石三难苏学士》；描写友情的《俞伯牙摔琴谢知音》；还有公案故事、神怪故事等……都描写得生动自然，人物刻画栩栩如生，具有很强的艺术感染力。

因为篇幅有限，本书参考权威底本，选取了其中具有代表性的经典篇目进行了解译，在每篇故事前都做了简短的精要简介，对小说情节中难解的词句进行了简要而概括的注释，力求文字精准、流畅、易懂，以帮助读者更好地理解故事，领悟其主旨。由于译注者水平所限，书中或有错误或不当之处，恳请读者批评、指正。

本书将纸质图书和配乐诵读音频完美结合，以二维码的方式在内文和封面等相应位置呈现，读者扫一扫即可欣赏、诵读经典片段。诵读音频由中国国际广播电台、中央人民广播电台专业播音员，以及中国传媒大学等知名高校播音系教师构成的实力精英团队录制完成，朗读中融进了对传统文化的理解，声音感染力极强。

解译者

2019 年 4 月

叙

野史尽真乎？曰："不必也。"尽赝乎？曰："不必也。"然则去其赝而存其真乎？曰："不必也。"六经、《语》《孟》，谭者纷如，归于令人为忠臣，为孝子，为贤牧，为良友，为义夫，为节妇，为树德之士，为积善之家，如是而已矣。经书著其理，史传述其事，其揆一也。理著而世不皆切磋之彦，事述而世不皆博雅之儒。于是乎村夫稚子、里妇估儿，以甲是乙非为喜怒，以前因后果为劝惩，以道听途说为学问，而通俗演义一种，遂足以佐经书史传之穷。而或者曰："村醪市脯，不入宾筵，乌用是齐东娓娓者为？"呜呼！《大人》《子虚》，曲终奏雅，顾其旨何如耳？人不必有其事，事不必丽其人。其真者可以补金匮石室之遗，而赝者亦必有一番激扬劝诱、悲歌感慨之意。事真而理不赝，即事赝而理亦真，不害于风化，不谬于圣贤，不戾于《诗》《书》经史，若此者，其可废乎？

里中儿代庖而创其指，不呼痛，或怪之，曰："吾顷从玄妙观听说《三国志》来，关云长刮骨疗毒，且谈笑自若，我何痛为？"夫能使里中儿顿有刮骨疗毒之勇，推此说孝而孝，说忠而忠，说节义而节义，触性性通，导情情出。视彼切磋之彦，貌而不情；博雅之儒，文而丧质，所得竟未知孰赝而孰真也。

陇西君·海内畸士，与余相遇于栖霞山房。倾盖莫逆，各叙旅况。因出其新刻数卷佐酒，且曰：“尚未成书，子盍先为我命名?”余阅之，大抵如僧家因果说法度世之语，譬如村醪市脯，所济者众。遂名之曰《警世通言》，而从臾其成。

时天启甲子腊月　豫章无碍居士题

目录

一　俞伯牙摔琴谢知音

【精要简介】

本篇讲述了春秋时期俞伯牙和钟子期之间知音难求的故事，表现了二人之间相互欣赏的纯真友谊，是交朋结友的千古楷模。

【原文鉴赏】

浪说曾分鲍叔金[①]，谁人辨得伯牙琴！

于今交道奸如鬼，湖海空悬一片心。

①浪说：妄说，信口说。

古来论交情至厚，莫如管鲍。管是管夷吾，鲍是鲍叔牙。他两个同为商贾，得利均分。时管夷吾多取其利，叔牙不以为贪，知其贫也；后来管夷吾被囚，叔牙脱之，荐为齐相。这样朋友，才是个真正相知。这相知有几样名色：恩德相结者，谓之知己；腹心相照者，谓之知心；声气相求者，谓之知音，总来叫做相知。今日听在下说一桩俞伯牙的故事。列位看官们，要听者，洗耳而听；不要听者，各随尊便。正是：

知音说与知音听，不是知音不与谈。

话说春秋战国时，有一名公，姓俞名瑞字伯牙，楚国郢都人氏，即今湖广荆州府之地也[②]。那俞伯牙身虽楚人，官星却落于晋国[③]，仕至上大夫之位。因奉晋主之命，来楚国修聘[④]。伯牙讨这个差使，一来是个大才，不辱君命；二来就便省视乡里，一举两得。当时从陆路至于郢都，朝见了楚王，致了晋主之命。楚王设宴款待，十分相敬。那郢都乃是桑梓之地[5]，少不得去看一看坟墓，会一会亲友。然虽如此，各事其主，君命在身，不敢迟留。公事已毕，拜辞楚王。楚王赠以黄金采缎，高车驷马。伯牙离楚一十二年，思想故国江山之胜，欲得恣情观览，要打从水路大宽转而回[6]。乃假奏楚王道："臣不幸有犬马之疾，不胜车马驰骤。乞假臣舟楫，以便医药。"楚王准奏，命水师拨大船二只，一正一副。正船单坐晋国来使，副船安顿仆从行李。都是兰桡画桨，锦帐高帆，甚是齐整。群臣直送至江头而别。只因览胜探奇，不顾山遥水远。

②荆州府：明代属湖广行省，治所江陵县，今湖北荆州。

③官星：官运。古代迷信认为，做高官的人都与天上的星宿相对应，故称。

④修聘：古代诸侯之间互相派遣使臣访问。

⑤桑梓：为故乡的代称。

古代，人们喜欢在住宅周围栽植桑树和梓树，又说家乡的桑树和梓树是父母种的，一定要对它们表示敬意。后代用“桑梓”代称家乡。

⑥大宽转：绕路，绕个大弯子。

伯牙是个风流才子，那江山之胜，正投其怀。张一片风帆，凌千层碧浪，看不尽遥山叠翠，远水澄清。不一日，行至汉阳江口。时当八月十五日中秋之夜，偶然风狂浪涌，大雨如注。舟楫不能前进，泊于山崖之下。不多时，风恬浪静，雨止云开，现出一轮明月。那雨后之月，其光倍常。伯牙在船舱中，独坐无聊，命童子“焚香炉内，待我抚琴一操⑦，以遣情怀。”童子焚香罢，捧琴囊置于案间。伯牙开囊取琴，调弦转轸，弹出一曲。曲犹未终，指下“刮刺”的一声响，琴弦断了一根。伯牙大惊，叫童子去问船头⑧：“这住船所在是甚么去处⑨？”船头答道：“偶因风雨，停泊于山脚之下，虽然有些草树，并无人家。”伯牙惊讶，想道：“是荒山了。若是城郭村庄，或有聪明好学之人，盗听吾琴，所以琴声忽变，有弦断之异。这荒山下，那得有听琴之人？哦，我知道了，想是有仇家差来刺客；不然，或是贼盗伺候更深，登舟劫我财物。”叫左右：“与我上崖搜检一番。不在柳阴深处，定在芦苇丛中！”

⑦一操：尤言一曲。

⑧船头：船上的头目。

⑨住船：停船。去处：地方。

左右领命，唤齐众人，正欲搭跳上崖⑩，忽听岸上有人答应道：“舟中大人，不必见疑。小子并非奸盗之流，乃樵夫也。因打柴归晚，值骤雨狂风，雨具不能遮蔽，潜身岩畔。闻君雅操，少住听琴。”伯牙大笑道：“山中打柴之人，也敢称‘听琴’二字！此言未知真伪，我也不计较了。左右的，叫他去罢。”那人不去，在崖上高声说道：“大人出言谬矣！岂不闻‘十室之邑，必有忠信。’‘门内有君子，门外君子至。’大人若欺负山野中没有听琴之人，这夜静更深，荒崖下也不该有抚琴之客了。”

⑩跳：上下船用的跳板。一头放在船上，一头搭在岸边，临时搭上，以便接运上下的旅客。

伯牙见他出言不俗，或者真是个听琴的亦未可知。止住左右不要啰唣[11]，走近舱门，回嗔作喜的问道：“崖上那位君子，既是听琴，站立多时，可知道我适才所弹何曲?”那人道：“小子若不知，却也不来听琴了。方才大人所弹，乃孔仲尼叹颜回，谱入琴声。其词云：‘可惜颜回命蚤亡，教人思想鬓如霜。只因陋巷箪瓢乐，……’到这一句，就绝了琴弦，不曾抚出第四句来，小子也还记得：‘留得贤名万古扬。’”伯牙闻言大喜道：“先生果非俗士，隔崖窎远[12]，难以问答。”命左右：“掌跳，看扶手，请那位先生登舟细讲。”左右掌跳，此人上船，果然是个樵夫：头戴箬笠，身披蓑衣，手持尖担，腰插板斧，脚踏芒鞋[13]。手下人哪知言谈好歹，见是樵夫，下眼相看：“咄！那樵夫下舱去，见我老爷叩头，问你甚么言语，小心答应。官尊着哩!”樵夫却是个有意思的，道：“列位不须粗鲁，待我解衣相见。”除了斗笠，头上是青布包巾；脱了蓑衣，身上是蓝布衫儿；搭膊拴腰[14]，露出布裩下截。那时不慌不忙，将蓑衣、斗笠、尖担、板斧，俱安放舱门之外，脱下芒鞋，蹝去泥水[15]，重复穿上，步入舱来。官舱内公座上灯烛辉煌。樵夫长揖而不跪，道：“大人，施礼了。”俞伯牙是晋国大臣[16]，眼界中那有两接的布衣[17]。下来还礼，恐失了官体，既请下船，又不好叱他回去。伯牙没奈何，微微举手道：“贤友免礼罢。”叫童子看坐的。童子取一张杌坐儿置于下席[18]。伯牙全无客礼，把嘴向樵夫一努，道：“你且坐了。”你我之称，怠慢可知。那樵夫亦不谦让，俨然坐下。

⑪啰唣（zào）：吵闹，骚扰。

⑫窎（diào）远：遥远。

⑬芒鞋：草鞋。

⑭搭膊：即褡膊，又称褡裢（dā lián）。一种布制的长方形袋，口在当中，可以系在腰间，也可以手提或是肩负，两端可放置钱物。

⑮蹝（xǐ）：这里是控或抖的意思。

⑯晋国：原刻本作“楚国”，据上下文意改。

⑰两接的布衣：指穿短衫和裤子的普通百姓。两接：即两截。

⑱杌（wù）坐儿：小矮凳。

伯牙见他不告而坐，微有嗔怪之意，因此不问姓名，亦不呼手下人看茶。默坐多时，怪而问之：“适才崖上听琴的，就是你么?”樵夫答言：“不敢。”伯牙道：“我且问你，既来听琴，必知琴之出处。此琴何人所造？抚他有甚好处?”正问之时，船头来禀话：“风色顺了，月明如昼，可以开船。”伯牙分付："且慢些！"樵夫道："承大人下问，小子若讲话絮烦，恐担误顺风行舟。"伯牙笑道："惟恐你不知琴理。若讲得有理，就不做官，亦非大事，何况行路之迟速乎！"

樵夫道："既如此，小子方敢僭谈。此琴乃伏羲氏所琢，见五星之精[19]，飞坠梧桐，凤皇来仪[20]。凤乃百鸟之王，非竹实不食，非梧桐不栖，非醴泉不饮。伏羲氏知梧桐乃树中之良材，夺造化之精气，堪为雅乐，令人伐之。其树高三丈三尺，按三十三天之数；截为三段，分天、地、人三才。取上一段叩之，其声太清，以其过轻而废之；取下一段叩之，其声太浊，以其过重而废之；取中一段叩之，其声清浊相济，轻重相兼。送长流水中，浸七十二日，按七十二候之数[21]。取起阴干，选良时吉日，用高手匠人刘子奇制成乐器。此乃瑶池之乐，故名瑶琴。长三尺六寸一分，按周天三百六十一度；前阔八寸，按八节[22]；后阔四寸，按四时；厚二寸，按两仪[23]。有金童头、玉女腰、仙人背。龙池、凤沼，玉轸、金徽。那徽有十二，按十二月；又有一中徽，按闰月。先是五条弦在上，外按五行：金、木、水、火、土；内按五音：宫、商、角、徵、羽。尧舜时操五弦琴，歌《南风》诗，天下大治。后因周文王被囚于羑里，吊子伯邑考[24]，添弦一根，清幽哀怨，谓之文弦。后武王伐纣，前歌后舞，添弦一根，激烈发扬，谓之武弦。先是宫、商、角、徵、羽五弦，后加二弦，称为文武七弦琴。此琴有六忌、七不弹、八绝。何为六忌？一忌大寒，二忌大暑，三忌大风，四忌大雨，五忌迅雷，六忌大雪。何为七不弹？闻丧者不弹，奏乐不弹，事冗不弹，不净身不弹，衣冠不整不弹，不焚香不弹，不遇知音者不弹。何为八绝？总之清奇幽雅，悲壮悠长。此琴抚到尽美尽善之处，啸虎闻而不吼，哀猿听而不啼。乃雅乐之好处也。"

⑲五星：指金、木、水、火、土五大行星。

⑳凤皇来仪：凤凰降临。古人认为这是一种祥兆。皇，同"凰"。来仪，犹降临。

㉑七十二候：古代以五天为一候，一月六候，三候为一节气，一年二十四个节气，共七十二候。

㉒八节：古代以立春、立夏、立秋、立冬、春分、夏至、秋分、冬至为八节。

㉓两仪：指天地。

㉔伯邑考：周文王的长子，被商纣王杀害。

伯牙听见他对答如流，犹恐是记问之学，又想道："就是记问之学，也亏他了。我再试他一试。"此时已不似在先你我之称了，又问道："足下既知乐理，当时孔仲尼鼓琴于室中，颜回自外入，闻琴中有幽沉之声，疑有贪杀之意，怪而问之。仲尼曰：'吾适鼓琴，见猫方捕鼠，欲其得之，又恐其失之。此贪杀之意，遂露于丝桐。'始知圣门音乐之理，入于微妙。假如下官抚琴，心中有所思念，足下能闻而知之否？"樵夫道："《毛诗》云[25]：'他人有心，予忖度之。'大人试抚弄一过，小子任心猜度。若猜不着时，大人休得见罪。"伯牙将断弦重整，沉思半晌，其意在于高山，抚琴一弄。樵夫赞道："美哉洋洋乎，大人之意，在高山也！"伯牙不答。又凝神一会，将琴再鼓，其意在于流水。樵夫又赞道："美哉汤汤乎，志在流水！"只两句，道着了伯牙的心事。伯牙大惊，推琴而起，与子期施宾主之礼，连呼："失敬！失敬！石中有美玉之藏，若以衣貌取人，岂不误了天下贤士！先生高名雅姓？"樵夫欠身而答："小子姓钟，名徽，贱字子期。"伯牙拱手道："是钟子期先生。"子期转问："大人高姓？荣任何所？"伯牙道："下官俞瑞，仕于晋朝，因修聘上国而来。"子期道："原来是伯牙大人。"伯牙推子期坐于客位，自己主席相陪，命童子点茶[26]。茶罢，又命童子取酒共酌。伯牙道："借此攀话，休嫌简亵[27]。"子期称："不敢。"

㉕《毛诗》：指西汉时鲁国毛亨和赵国毛苌（cháng）所辑注的古文《诗》，也就是后来流行于世的《诗经》。

㉖点茶：古人泡茶的一种方式，相当于后来的泡茶。

㉗简亵（xiè）：怠慢，不恭敬。

童子取过瑶琴，二人入席饮酒。伯牙开言又问："先生声口是楚人了，但不知尊居何处？"子期道："离此不远，地名马安山集贤村，便是荒居。"伯牙点头道："好个集贤村。"又问："道艺何为[28]？"子期道："也就是打柴为生。"伯牙微笑道："子期先生，下官也不该僭言。似先生这等抱负，何不求取功名，立身于廊庙，垂名于竹帛？却乃赍志林泉[29]，混迹樵牧，与草木同朽？窃为先生不取也。"子期道："实不相瞒，舍间上有年迈二亲，下无手足相辅。采樵度日，以尽父母之馀年。虽位为三公之尊[30]，不忍易我一日之养也。"伯牙道："如此大孝，一发难得。"

㉘道艺：道德和学艺。这里指平素的研究和嗜好。

㉙赍（jī）志：怀抱大志。

⑳三公：古代朝廷中最尊显的三个官职的合称。周代以三公指司马、司徒、司空，或指太师、太傅、太保，西汉以丞相、御史大夫、太尉为三公。这里泛指高官显爵。

二人杯酒酬酢了一会[31]。子期宠辱无惊，伯牙愈加爱重。又问子期："青春多少?"子期道："虚度二十有七。"伯牙道："下官年长一旬。子期若不见弃，结为兄弟相称，不负知音契友。"子期笑道："大人差矣！大人乃上国名公，钟徽乃穷乡贱子，怎敢仰扳[32]，有辱俯就。"伯牙道："相识满天下，知心能几人？下官碌碌风尘，得与高贤结契[33]，实乃生平之万幸。若以富贵贫贱为嫌，觑俞瑞为何等人乎!"遂命童子重添炉火，再爇名香，就船舱中与子期顶礼八拜。伯牙年长为兄，子期为弟。今后兄弟相称，生死不负。拜罢，复命取暖酒再酌。子期让伯牙上坐，伯牙从其言。换了杯箸，子期下席，兄弟相称，彼此谈心叙话。正是：

合意客来心不厌，知音人听话偏长。

㉛酬酢（zuò）：指主客互相敬酒。酢，酢浆，古代一种含有酸味的饮料。

㉜扳：同"攀"。

㉝结契：结交相得。

谈论正浓，不觉月淡星稀，东方发白。船上水手都起身收拾篷索，整备开船。子期起身告辞，伯牙捧一杯酒递与子期，把子期之手，叹道："贤弟，我与你相见何太迟，相别何太早!"子期闻言，不觉泪珠滴于杯中。子期一饮而尽，斟酒回敬伯牙。二人各有眷恋不舍之意。伯牙道："愚兄馀情不尽，意欲曲延贤弟同行数日，未知可否?"子期道："小人非不欲相从，怎奈二亲年老，'父母在，不远游。'"伯牙道："既是二位尊人在堂，回去告过二亲，到晋阳来看愚兄一看，这就是'游必有方'了。"子期道："小弟不敢轻诺而寡信，许了贤兄，就当践约。

万一禀命于二亲，二亲不允，使仁兄悬望于数千里之外，小弟之罪更大矣。”伯牙道：“贤弟真所谓至诚君子。也罢，明年还是我来看贤弟。”子期道：“仁兄明岁何时到此？小弟好伺候尊驾。”伯牙屈指道：“昨夜是中秋节，今日天明，是八月十六日了。贤弟，我来仍在仲秋中五六日奉访。若过了中旬，迟到季秋月分，就是爽信，不为君子。”叫童子：“分付记室[34]，将钟贤弟所居地名及相会的日期，登写在日记簿上。”子期道：“既如此，小弟来年仲秋中五六日，准在江边侍立拱候，不敢有误。天色已明，小弟告辞了。”伯牙道：“贤弟且住。”命童子取黄金二笏[35]，不用封帖，双手捧定，道：“贤弟，些须薄礼，权为二位尊人甘旨之费[36]。斯文骨肉，勿得嫌轻。”子期不敢谦让，即时收下。再拜告别，含泪出舱，取尖担挑了蓑衣、斗笠，插板斧于腰间，掌跳搭扶手上崖。伯牙直送至船头，洒泪而别。

㉞记室：从前掌管章表、书记的官，相当于现今秘书一类的人员。

㉟笏（hù）：古代人入朝拜见时执在手里的一种仪式工具，这里指将金银铸成条板。一笏五十两，相当于后来的一锭。

㊱甘旨：这里指奉养双亲的食物。

不题子期回家之事。再说俞伯牙点鼓开船，一路江山之胜，无心观览，心心念念，只想着知音之人。又行了几日，舍舟登岸。经过之地，知是晋国上大夫，不敢轻慢，安排车马相送。直至晋阳，回复了晋主，不在话下。

光阴迅速，过了秋冬，不觉春去夏来。伯牙心怀子期，无日忘之。想着中秋节近，奏过晋主，给假还乡。晋主依允。伯牙收拾行装，仍打大宽转，从水路而行。下船之后，分付水手，但是湾泊所在[37]，就来通报地名。事有偶然，刚刚八月十五夜，水手禀复，此去马安山不远。伯牙依稀还认得去年泊船相会子期之处，分付水手，将船湾泊，水底抛锚，崖边钉橛。其夜晴明，船舱内一线月光，射进朱帘。伯牙命童子将帘卷起，步出舱门，立于船头之上，仰观斗柄。水底天心，万顷茫然，

照如白昼。思想去岁与知己相逢，雨止月明。今夜重来，又值良夜。他约定江边相候，如何全无踪影，莫非爽信？又等了一会，想道："我理会得了。江边来往船只颇多。我今日所驾的，不是去年之船了，吾弟急切如何认得？去岁我原为抚琴惊动知音，今夜仍将瑶琴抚弄一曲。吾弟闻之，必来相见。"命童子取琴桌安放船头，焚香设座。伯牙开囊，调弦转轸，才泛音律[38]，商弦中有哀怨之声。伯牙停琴不操："呀！商弦哀声凄切，吾弟必遭忧在家。去岁曾言父母年高，若非父丧，必是母亡。他为人至孝，事有轻重，宁失信于我，不肯失信于亲，所以不来也。来日天明，我亲上崖探望。"叫童子收拾琴桌，下舱就寝。

㊲但：只要。

㊳泛：指弹奏。

伯牙一夜不睡，真个巴明不明，盼晓不晓。看看月移帘影，日出山头，伯牙起来梳洗整衣，命童子携琴相随，又取黄金十镒带去[39]："傥吾弟居丧，可为赙礼[40]。"踹跳登崖，行于樵径，约莫十数里，出一谷口，伯牙站住。童子禀道："老爷为何不行？"伯牙道："山分南北，路列东西。从山谷出来，两头都是大路，都去得。知道那一路往集贤村去？等个识路之人，问明了他，方才可行。"伯牙就石上少憩，童儿退立于后。不多时，左手官路上有一老叟，髯垂玉线，发挽银丝，箬冠野服[41]，左手举藤杖，右手携竹篮，徐步而来。伯牙起身整衣，向前施礼。那老者不慌不忙，将右手竹篮轻轻放下，双手举藤杖还礼，道："先生有何见教？"伯牙道："请问两头路，那一条路，往集贤村去的？"老者道："那两头路，就是两个集贤村。左手是上集贤村，右手是下集贤村，通衢三十里官道。先生从谷出来，正当其半，东去十五里，西去也是十五里。不知先生要往那一个集贤村？"

㊴镒（yì）：古代重量单位。一镒为二十两或二十四两。

㊵赙：指用财物帮助别人办丧事。

㊶箬（ruò）冠：用箬竹或篾编制的帽子。野服：指村野平民穿的服装。

伯牙默默无言，暗想道："吾弟是个聪明人，怎么说话这等糊涂！相会之日，你知道此间有两个集贤村，或上或下，就该说个明白了。"伯牙却才沉吟，那老者道："先生这等吟想，一定那说路的，不曾分上下，总说了个集贤村，教先生没处抓寻了。"伯牙道："便是。"老者道："两个集贤村中，有一二十家庄户，大抵都是隐遁避世之辈。老夫在这山里，多住了几年，正是：'土居三十载，无有不亲人。'这些庄户，不是舍亲，就是敝友。先生到集贤村必是访友，只说先生所访之友，姓甚名谁，老夫就知他住处了。"伯牙道："学生要往钟家庄去。"老者闻"钟家庄"三字，一双昏花眼内，扑簌簌掉下泪来，道："先生别家可去，若说钟家庄，不必去了。"伯牙惊问："却是为何？"老者道："先生到钟家庄，要访何人？"伯牙道："要访子期。"老者闻言，放声大哭道："子期钟徽，乃吾儿也。去年八月十五采樵归晚，遇晋国上大夫俞伯牙先生。讲论之间，意气相投。临行赠黄金二笏。吾儿买书攻读，老拙无才，不曾禁止。旦则采樵负重，暮则诵读辛勤，心力耗废，染成怯疾，数月之间，已亡故了。”

伯牙闻言，五内崩裂，泪如涌泉，大叫一声，傍山崖跌倒，昏绝于地。钟公用手搀扶，回顾小童道：“此位先生是谁？”小童低低附耳道：“就是俞伯牙老爷。”钟公道：“元来是吾儿好友。”扶起伯牙苏醒。伯牙坐于地下，口吐痰涎，双手捶胸，恸哭不已，道：“贤弟呵，我昨夜泊舟，还说你爽信，岂知已为泉下之鬼！你有才无寿了！”钟公拭泪相劝。伯牙哭罢起来，重与钟公施礼。不敢呼老丈，称为老伯，以见通家兄弟之意[42]。伯牙道：“老伯，令郎还是停柩在家，还是出瘗郊外了[43]？”钟公道：“一言难尽！亡儿临终，老夫与拙荆坐于卧榻之前。亡儿遗语嘱付道：‘修短由天[44]，儿生前不能尽人子事亲之道，死后乞葬于马安山江边。与晋大夫俞伯牙有约，欲践前言耳。’老夫不负亡儿临终之言。适才先生来的小路之右，一丘新土，即吾儿钟徽之冢。今日是百日之忌，老夫提一陌纸钱[45]，往坟前烧化，何期与先生相遇！”伯牙道：“既如此，奉陪老伯，坟前一拜。”命小童代太公提了竹篮。

㊷通家：世代通好，指世交。

㊸瘗（yì）：埋葬。

㊹修短：指寿命的长短。

㊺一陌：即一百，这里指一串或一挂。

钟公策杖引路，伯牙随后，小童跟定，复进谷口。果见一丘新土，在于路左。伯牙整衣下拜：“贤弟在世为人聪明，死后为神灵应。愚兄此一拜，诚永别矣！”拜罢，放声又哭。惊动山前山后、山左山右黎民百姓，不问行的住的、远的近的，闻得朝中大臣来祭钟子期，回绕坟前，争先观看。伯牙却不曾摆得祭礼，无以为情，命童子把瑶琴取出囊来，放于祭石台上，盘膝坐于坟前，挥泪两行，抚琴一操。那些看者，闻琴韵铿锵，鼓掌大笑而散。伯牙问：“老伯，下官抚琴，吊令郎贤弟，悲不能已，众人为何而笑？”钟公道：“乡野之人，不知音律。闻

琴声以为取乐之具，故此长笑。”伯牙道：“原来如此。老伯可知所奏何曲？”钟公道：“老夫幼年也颇习。如今年迈，五官半废，模糊不懂久矣。”伯牙道：“这就是下官随心应手一曲短歌，以吊令郎者，口诵于老伯听之。”钟公道：“老夫愿闻。”伯牙诵云：

忆昔去年春，江边曾会君。今日重来访，不见知音人。但见一抔土，惨然伤我心！伤心伤心复伤心，不忍泪珠纷。来欢去何苦，江畔起愁云。子期子期兮，你我千金义，历尽天涯无足语。此曲终兮不复弹，三尺瑶琴为君死！”

伯牙于衣袂间取出解手刀[46]，割断琴弦，双手举琴，向祭石台上，用力一摔，摔得玉轸抛残，金徽零乱。钟公大惊，问道：“先生为何摔碎此琴？”伯牙道：

摔碎瑶琴凤尾寒[47]，子期不在对谁弹！

春风满面皆朋友，欲觅知音难上难。

钟公道：“原来如此，可怜！可怜！”伯牙道：“老伯高居，端的在上集贤村，还是下集贤村?”钟公道：“荒居在上集贤村第八家就是。先生如今又问他怎的?”伯牙道：“下官伤感在心，不敢随老伯登堂了。随身带得有黄金二镒，一半代令郎甘旨之奉，一半买几亩祭田，为令郎春秋扫墓之费。待下官回本朝时，上表告归林下。那时却到上集贤村，迎接老伯与老伯母，同到寒家，以尽天年。吾即子期，子期即吾也。老伯勿以下官为外人相嫌。”说罢，命小僮取出黄金，亲手递与钟公，哭拜于地。钟公答拜，盘桓半晌而别。

这回书，题作《俞伯牙摔琴谢知音》。后人有诗赞云：

势利交怀势利心，斯文谁复念知音!

伯牙不作钟期逝，千古令人说破琴。

㊻解手刀：日常手边应用的小刀。

㊼凤尾：琴的别称。这里指琴被摔断后剩下的尾端。

二　王安石三难苏学士

【精要简介】

本篇讲述了北宋大文学家、当朝宰相王安石教训学士苏东坡的几个小故事，读来令人捧腹大笑、发人深省。

【原文鉴赏】

海鳖曾欺井内蛙，大鹏张翅绕天涯[1]。

强中更有强中手，莫向人前满自夸。

①海鳖二句：系从《庄子》分别引用。“海鳖曾欺井内蛙”意思是说，海鳖曾经哂笑井底之蛙所见不广。“大鹏张翅绕天涯”是说大鹏鸟展翅能扶摇九万里。关合到下二句的“强中更有强中手”，告诫人们不要骄傲自大。

这四句诗，奉劝世人虚己下人，勿得自满。古人说得好，道是：“满招损，谦受益。”俗谚又有四不可尽的话。哪四不可尽？势不可使尽，福不可享尽，便宜不可占尽，聪明不可用尽。

你看如今有势力的，不做好事，往往任性使气，损人害人，如毒蛇猛兽，人不敢近。他见别人惧怕，没奈他何，意气扬扬，自以为得计。却不知八月潮头，也有平下来的时节。危滩急浪中，趁着这刻儿顺风，扯了满篷，望前只顾使去，好不畅快。不思去时容易，转时甚难。当时夏桀、商纣，贵为天子，不免窜身于南巢，悬头于太白。那桀、纣有何罪过？也无非倚贵欺贱，恃强凌弱，总来不过是使势而已。假如桀、纣是个平民百姓，还造得许多恶业否？所以说“势不可使尽”。

怎么说福不可享尽？常言道：“惜衣有衣，惜食有食。”又道：“人无寿夭，禄尽则亡。”晋时石崇太尉与皇亲王恺斗富[②]，以酒沃釜，以蜡代薪。锦步障大至五十里，坑厕间皆用绫罗供帐，香气袭人。跟随家僮，都穿火浣布衫，一衫价值千金。买一妾，费珍珠十斛。后来死于赵王伦之手[③]，身首异处。此乃享福太过之报。

②石崇（249—300年）：字季伦，渤海南皮（今河北南皮东北）人。任荆州刺史时，以劫掠客商而致富。太尉：官职，晋时为三公之一。

③赵王伦：即司马伦（？—301年），字子彝，河内温县（今河南温县）人，晋宣帝司马懿第九子，初封为琅邪郡王，后改封于赵。其党羽孙秀求石崇爱妾绿珠不遂，就挑唆他将石崇杀害，绿珠也坠楼自杀。

怎么说便宜不可占尽？假如做买卖的错了分文入己，满脸堆笑。却不想小经纪若折了分文[④]，一家不得吃饱饭，我贪此些须小便宜，亦有何益？昔人有占便宜诗云：

我被盖你被，你毡盖我毡。

你若有钱我共使，我若无钱用你钱。

上山时你扶我脚，下山时我靠你肩。

我有子时做你婿，你有女时伴我眠。

你依此誓时，我死在你后；

我违此誓时，你死在我前。

若依得这诗时，人人都要如此，谁是呆子，肯束手相让？就是一时得利，暗中损福折寿，自己不知。所以佛家劝化世人，吃一分亏，受无量福。有诗为证：

得便宜处欣欣乐，不遂心时闷闷忧。

不讨便宜不折本，也无欢乐也无愁。

说话的，这三句都是了。则那聪明二字，求之不得，如何说聪明不可用尽？见不尽者，天下之事；读不尽者，天下之书。参不尽者，天下之理。宁可懵懂而聪明，不可聪明而懵懂。如今且说一个人，古来第一聪明的，他聪明了一世，懵懂在一时，留下花锦般一段话文，传与后生小子恃才夸己的看样。那第一聪明的是谁？

吟诗作赋般般会，打诨猜谜件件精。

不是仲尼重出世，定知颜子再投生。

④小经纪：指做小生意、小买卖的人。

话说宋神宗皇帝在位时，有一名儒，姓苏名轼，字子瞻，别号东坡，乃四川眉州眉山人氏。一举成名，官拜翰林学士。此人天资高妙，过目成诵，出口成章。有李太白之风流，胜曹子建之敏捷[⑤]。在宰相荆公王安石先生门下，荆公甚重其才。东坡自恃聪明，颇多讥诮。荆公因作《字说》，一字解作一义，偶论东坡的坡字，从土从皮，谓坡乃土之皮。东坡笑道："如相公所言，滑字乃水之骨也。”一日，荆公又论及鲵字，从鱼从兒，合是鱼子；四马曰驷，天虫为蚕，古人制字，定非无义。东坡拱手进言：“鸠字九鸟，可知有故？”荆公认以为真，欣然请教。东坡笑道：“《毛诗》云：‘鸣鸠在桑，其子七兮。’连娘带爷，共是九个。”荆公默然，恶其轻薄，左迁为湖州刺史⑥。正是：

是非只为多开口，烦恼皆因巧弄唇。

⑤曹子建：即曹植（192—232 年），字子建，曹操之子，三国时曹魏时诗人，才思敏捷，相传能七步成诗。

⑥左迁：降调，贬低官职。古代崇右卑左，故称。

东坡在湖州做官，三年任满朝京，作寓于大相国寺内。想当时因得罪于荆公，自取其咎，常言道：“未去朝天子，先来谒相公。”分付左右备脚色手本⑦，骑马投王丞相府来。离府一箭之地，东坡下马步行而前。见府门首许多听事官吏，纷纷站立，东坡举手问道：“列位，老太师在堂上否⑧？”守门官上前答道：“老爷昼寝未醒，且请门房少坐。”从人取交床在门房中，东坡坐下，将门半掩。

⑦脚色：意即今日的履历。手本：即下属参见上官所用的名帖。

⑧太师：古代三公中最尊崇者，后多作为重臣的加衔，以示恩宠。这里是对宰相的尊称。

不多时，相府中有一少年人，年方弱冠⑨，戴缠骔大帽⑩，穿青绢直裰⑪，撷手洋洋⑫，出府下阶。众官吏皆躬身揖让，此人从东向西而去。东坡命从人去问，相府中适才出来者何人，从人打听明白回复，是丞相老爷府中掌书房的，姓徐。东坡记得荆公书房中宠用的有个徐伦，三年前还未冠。今虽冠了，面貌依然，叫从人：“既是徐掌家⑬，与我赶上一步，快请他转来。”从人飞奔去了，赶上徐伦，不敢于背后呼唤，从傍边抢上前去，垂手侍立于街傍，道：“小的是湖州府苏爷的长班⑭。苏爷在门房中，请徐老爹相见，有句话说。”徐伦问：“可是长胡子的苏爷？”从人道：“正是。”东坡是个风流才子，见人一团和气，平昔与徐伦相爱，时常写扇送他。徐伦听说是苏学士，微微而笑，转身便回。从人先到门房，回复徐掌家到了。徐伦进门房来见苏爷，意思要跪下去，东坡用手搀住。这徐伦立身相府，掌内书房，外府州县首领官员到京参谒丞相，知会徐伦，俱有礼物，单帖通名，今日见苏爷怎么就要下跪？因苏爷久在丞相门下往来，徐伦自小书房答应，职任烹茶，就如旧主人一般，一时大不起来。苏爷却全他的体面⑮，用手搀住道：“徐掌家，不要行此礼。”徐伦道：“这门房中不是苏爷坐处，且请进府到东书房待茶。”

⑨弱冠：指二十岁左右。古代男子到二十岁时举行加冠礼，表示已经成年。

⑩缠鬃（zōng）大帽：用粗毛或牛马鬃编织成的帽子，在旧时是奴仆所戴。

⑪直裰：即道袍，古代人家居时所穿的长袍。

⑫挒手（shài）：甩手，挥手。

⑬掌家：即管家，对别人奴仆的尊称。

⑭长班：即长随，管理雇佣的仆役。

⑮体面：这里作面子、脸面解释。下文“不像晚辈体面”，则作礼貌解。

这东书房，便是王丞相的外书房了。凡门生知友往来，都到此处。徐伦引苏爷到东书房，看了坐，命童儿烹好茶伺候。“禀苏爷，小的奉老爷遣差往太医院取药，不得在此伏侍，怎么好？”东坡道：“且请治事。”徐伦去后，东坡见四壁书橱关闭有锁，文几上只有笔砚，更无馀物。东坡开砚匣，看了砚池，是一方绿色端砚，甚有神采。砚上馀墨未干。方欲掩盖，忽见砚匣下露出些纸角儿。东坡扶起砚匣，乃是一方素笺，叠做两摺。取而观之，原来是两句未完的诗稿，认得荆公笔迹，题是《咏菊》。东坡笑道：“士别三日，换眼相待。昔年我曾在京为官时，此老下笔数千言，不由思索。三年后，也就不同了，正是江淹才尽[16]，两句诗不曾终韵。”念了一遍，“呀，原来连这两句诗都是乱道。”这两句诗怎么样写？

西风昨夜过园林，吹落黄花满地金。

⑯江淹才尽：南朝齐江淹，以文章鸣，晚年才思衰竭，诗文再无佳句，时人说他才尽。

东坡为何说这两句诗是乱道？一年四季，风各有名：春天为和风，夏天为薰风，秋天为金风，冬天为朔风。和、薰、金、朔四样风配着四时。这诗首句说西风，西方属金，金风乃秋令也。那金风一起，梧叶飘黄，群芳零落。第二句说“吹落黄花满地金”，黄花即菊花。此花开于深秋，其性属火，敢与秋霜鏖战，最能耐久，随你老来焦干枯烂，并不落瓣。说个“吹落黄花满地金”，岂不是错误了？兴之所发，不能自已，举笔舐墨，依韵续诗二句：

秋花不比春花落，说与诗人仔细吟。

写便写了，东坡愧心复萌：“倘此老出书房相待，见了此诗，当面抢白，不像晚辈体面。”欲待袖去以灭其迹，又恐荆公寻诗不见，带累徐伦。”思算不妥，只得仍将诗稿折叠，压于砚匣之下，盖上砚匣，步出书房。到大门首，取脚色手本，付与守门官吏嘱付道：“老太师出堂，通禀一声，说苏某在此伺候多时。因初到京中，文表不曾收拾，明日早朝赍过表章，再来谒见。”说罢，骑马回下处去了。

不多时，荆公出堂。守门官吏虽蒙苏爷嘱付，没有纸包相送，那个与他禀话，只将脚色手本和门簿缴纳。荆公也只当常规，未及观看，心下记着菊花诗二句未完韵。恰好徐伦从太医院取药回来，荆公唤徐伦送置东书房，荆公也随后入来。坐定，揭起砚匣，取出诗稿一看，问徐伦道：“适才何人到此？”徐伦跪下，禀道：“湖州府苏爷伺候老爷曾到。”荆公看其字迹，也认得是苏学士之笔。口中不语，心下踌躇：“苏轼这个小畜生，虽遭挫折，轻薄之性不改！不道自己学疏才浅，敢来讥讪老夫！明日早朝，奏过官里，将他削职为民。”又想道：“且住，他也不晓得黄州菊花落瓣，也怪他不得。”叫徐伦取湖广缺官册籍来看。单看黄州府，馀官俱在，只缺少个团练副使[17]，荆公暗记在心。命徐伦将诗稿贴于书房柱上。

明日早朝，密奏天子，言苏轼才力不及，左迁黄州团练副使。天下官员到京上表章，升降勾除，各自安命。惟有东坡心中不服，心下明知荆公为改诗触犯，公报私仇，没奈何，也只得谢恩。朝房中才卸朝服，长班禀道：“丞相爷出朝。”东坡露堂一恭[18]。荆公肩舆中举手道：“午后老夫有一饭。”东坡领命。回下处修书，打发湖州跟官人役，兼本衙管家，往旧任接取家眷黄州相会。

⑰团练副使：宋代的散官，无实职，常用来安置贬谪官员。

⑱露堂：室外，堂外。

午牌过后[19]，东坡素服角带[20]，写下新任黄州团练副使脚色手本，乘马来见丞相领饭。门吏通报，荆公分付请进到大堂拜见。荆公待以师生之礼，手下点茶，荆公开言道："子瞻左迁黄州，乃圣上主意，老夫爱莫能助。子瞻莫错怪老夫否？"东坡道："晚学生自知才力不及，岂敢怨老太师！"荆公笑道："子瞻大才，岂有不及！只是到黄州为官，闲暇无事，还要读书博学。"东坡目穷万卷，才压千人。今日劝他读书博学，还读什么样书！口中称谢道："承老太师指教。"心下愈加不服。荆公为人至俭，肴不过四器，酒不过三杯，饭不过一箸。东坡告辞，荆公送下滴水檐前，携东坡手道："老夫幼年灯窗十载，染成一症，老年举发，太医院看是痰火之症。虽然服药，难以除根，必得阳羡茶[21]，方可治。有荆溪进贡阳羡茶，圣上就赐与老夫。老夫问太医院官如何烹服，太医院官说须用瞿塘中峡水。瞿塘在蜀，老夫几欲差人往取，未得其便，兼恐所差之人未必用心。子瞻桑梓之邦，倘尊眷往来之便，将瞿塘中峡水，携一瓮寄与老夫，则老夫衰老之年，皆子瞻所延也。"东坡领命，回相国寺。

⑲午牌：指正午。

⑳素服角带：宋代士大夫日常交际穿的便装。角带，用犀角装饰的腰带，为普通民庶所服用。

㉑阳羡：在今江苏宜兴。产茶，以贡品"阳县龙团"最著名。

次日辞朝出京，星夜奔黄州道上。黄州合府官员知东坡天下有名才子，又是翰林谪官，出郭远迎。选良时吉日公堂上任。过月之后，家眷方到。东坡在黄州与蜀客陈季常为友。不过登山玩水，饮酒赋诗，军务民情，秋毫无涉。

光阴迅速，将及一载。时当重九之后，连日大风。一日风息，东坡兀坐书斋，忽想："定惠院长老曾送我黄菊数种，栽于后园，今日何不去赏玩一番？"足犹未动，恰好陈季常相访。东坡大喜，便拉陈慥同往后园看菊。到得菊花棚下，只见满地铺金，枝上全无一朵。唬得东坡目瞪口呆，半晌无语。陈慥问道："子瞻见菊花落瓣，缘何如此惊诧？"东坡道："季常有所不知。平常见此花只是焦干枯烂，并不落瓣。去岁在王荆公府中，见他《咏菊》诗二句道：'西风昨夜过园林，吹落黄花满地金。’小弟只道此老错误了，续诗二句道：‘秋花不比春花落，说与诗人仔细吟。’却不知黄州菊花果然落瓣！此老左迁小弟到黄州，原来使我看菊花也。”陈慥笑道：“古人说得好：

广知世事休开口，纵会人前只点头。

假若连头俱不点，一生无恼亦无愁。

东坡道：“小弟初然被谪，只道荆公恨我摘其短处，公报私仇。谁知他到不错，我到错了。真知灼见者，尚且有误，何况其他！吾辈切记，不可轻易说人笑人，正所谓经一失长一智耳。”东坡命家人取酒，与陈季常就落花之下，席地而坐。正饮酒间，门上报道：“本府马太爷拜访，将到。”东坡分付：“辞了他罢。”是日，两人对酌闲谈，至晚而散。

次日，东坡写了名帖，答拜马太守。马公出堂迎接。彼时没有迎宾馆，就在后堂分宾而坐。茶罢，东坡因叙出去年相府错题了菊花诗，得罪荆公之事。马太守微笑道：“学生初到此间，也不知黄州菊花落瓣。亲见一次，此时方信。可见老太师学问渊博，有包罗天地之抱负。学士大人一时忽略，陷于不知，何不到京中太师门下赔罪一番，必然回嗔作喜。”东坡道：“学生也要去，恨无其由。”太守道：“将来有一事方便㉒，只是不敢轻劳。”东坡问何事。太守道：“常规，冬至节必有贺表到京，例差地方官一员。学士大人若不嫌琐屑，假进表为由，到京也好。”东坡道：“承堂尊大人用情㉓，学生愿往。”太守道：“这道表章，只得借重学士大笔。”东坡应允。

㉒将来：马上，眼下。

㉓堂尊：下属官员对于主官的尊称。

别了马太守回衙，想起荆公嘱付要取瞿塘中峡水的话来。初时心中不服，连这取水一节，置之度外，如今却要替他出力做这件事，以赎妄言之罪。但此事不可轻托他人。现今夫人有恙，思想家乡。既承贤守公美意，不若告假亲送家眷还乡，取得瞿塘中峡水，庶为两便。黄州至眉

州，一水之地，路正从瞿塘三峡过。那三峡？西陵峡，巫峡，归峡。西陵峡为上峡，巫峡为中峡，归峡为下峡。那西陵峡又唤做瞿塘峡，在夔州府城之东。两崖对峙，中贯一江，滟滪堆当其口，乃三峡之门，所以总唤做瞿塘三峡。此三峡共长七百馀里，两崖连山无阙，重峦叠嶂，隐天蔽日。风无南北，惟有上下。自黄州到眉州，总有四千馀里之程，夔州适当其半。东坡心下计较："若送家眷直到眉州，往回将及万里，把贺冬表又担误了。我如今有个道理，叫做公私两尽。从陆路送家眷至夔州，却令家眷自回。我在夔州换船下峡，取了中峡之水，转回黄州，方往东京。可不是公私两尽？"算计已定，对夫人说知，收拾行李，辞别了马太守。衙门上悬一个告假的牌面，择了吉日，准备车马，唤集人夫，合家起程。一路无事，自不必说。

才过夷陵州，早是高

唐县。

驿卒报好音，夔州在前面。

东坡到了夔州，与夫人分手，嘱付得力管家，一路小心伏侍夫人回去。东坡讨个江船，自夔州开发，顺流而下。原来这滟滪堆，是江口一块孤石，亭亭独立，夏即浸没，冬即露出。

因水满石没之时，舟人取途不定，故又名犹豫堆。俗谚云：

犹豫大如象，瞿塘不可上。

犹豫大如马，瞿塘不可下。

东坡在重阳后起身，此时尚在秋后冬前。又其年是闰八月，迟了一个月的节气，所以水势还大。上水时，舟行甚迟，下水时却甚快。东坡来时正怕迟慢，所以舍舟从陆。回时乘着水势，一泻千里，好不顺溜。东坡看见那峭壁千寻，沸波一线，想要作一篇《三峡赋》，结构不就。因连日鞍马困倦，凭几构思，不觉睡去，不曾分付得水手打水。及至醒来问时，已是下峡，过了中峡了。东坡分付："我要取中峡之水，快与我拨转船头。"水手禀道："老爷，三峡相连，水如瀑布，船如箭发。若回船便是逆水，日行数里，用力甚难。"东坡沉吟半晌，问："此地可以泊船，有居民否？"水手禀道："上二峡悬崖峭壁，船不能停。到归峡，山水之势渐平，崖上不多路，就有市井街道。"

东坡叫泊了船，分付苍头："你上崖去看有年长知事的居民，唤一个上来，不要声张惊动了他。"苍头领命。登崖不多时，带一个老人上船，口称居民叩头。东坡以美言抚慰："我是过往客官，与你居民没有统属，要问你一句话。那瞿塘三峡，那一峡的水好？"老者道：

"三峡相连，并无阻隔。上峡流于中峡，中峡流于下峡，昼夜不断。一般样水，难分好歹。"东坡暗想道："荆公胶柱鼓瑟[24]。三峡相连，一般样水，何必定要中峡？"叫手下给官价与百姓买个干净磁瓮，自己立于船头，看水手将下峡水满满的汲了一瓮，用柔皮纸封固，亲手佥押。

㉔胶柱鼓瑟：指在鼓瑟时粘住弦柱，这样就不能调节音的高低。比喻拘泥固执，不知变通。

即刻开船，直至黄州，拜了马太守。夜间草成贺冬表，送去府中。马太守读了表文，深赞苏君大才。赍表官就佥了苏轼名讳，择了吉日，与东坡饯行。

东坡赍了表文，带了一瓮蜀水，星夜来到东京，仍投大相国寺内。天色还早，命手下抬了水瓮，乘马到相府来见荆公。荆公正当闲坐，闻门上通报："黄州团练使苏爷求见。"荆公笑道："已经一载矣！"分付守门官："缓着些出去，引他东书房相见。"守门官领命。荆公先到书房，见柱上所贴诗稿，经年尘埃迷目。亲手于鹊尾瓶中取拂尘[25]，将尘拂去，俨然如旧。荆公端坐于书房。却说守门官延捱了半晌，方请苏爷。东坡听说东书房相见，想起改诗的去处，面上赧然。勉强进府，到书房见了荆公下拜。荆公用手相扶道："不在大堂相见，惟思远路风霜，休得过礼。"命童儿看坐。东坡坐下，偷看诗稿，贴于对面。荆公用拂尘往左一指道："子瞻，可见光阴迅速，去岁作此诗，又经一载矣！"东坡起身拜伏于地，荆公用手扶住道："子瞻为何？"东坡道："晚学生甘罪了[26]！"荆公道："你见了黄州菊花落瓣么？"东坡道："是。"荆公道："目中未见此一种，也怪不得子瞻！"东坡道："晚学生才疏识浅，全仗老太师海涵。"

㉕拂尘：指掸拭尘土和驱除蚊蝇的用具。

㉖甘罪：认错，服罪。

茶罢，荆公问道："老夫烦足下带瞿塘中峡水，可有么？"东坡道："见携府外。"荆公命堂候官两员[27]，将水瓮抬进书房。荆公亲以衣袖拂拭，纸封打开。命童儿茶灶中煨火，用银铫汲水烹之[28]。先取白定碗一只[29]，投阳羡茶一撮于内。候汤如蟹眼，急取起倾入，其茶色半晌方见。荆公问："此水何处取来？"东坡道："巫峡。"荆公道："是中峡了。”东坡道：“正是。”荆公笑道：“又来欺老夫了！此乃下峡之水，如何假名中峡？”东坡大惊，述土人之言“三峡相连，一般样水”，“晚学生误听了，实是取下峡之水。老太师何以辨之？”荆公道：“读书人不可轻举妄动，须是细心察理。老夫若非亲到黄州，看过菊花，怎么诗中敢乱道黄花落瓣？这瞿塘水性，出于《水经补注》。上峡水性太急，下峡太缓，惟中峡缓急相半。太医院官乃明医，知老夫乃中脘变症㉚，故用中峡水引经。此水烹阳羡茶，上峡味浓，下峡味淡，中峡浓淡之间。今见茶色半晌方见，故知是下峡。”东坡离席谢罪。

㉗堂候官：供使唤的员役。

㉘银铫（diào）：银制的吊子，可用来煮水熬东西。

㉙白定碗：指定窑制造的碗。定窑，是宋代著名的瓷器，产于定州，故名。白定，是定窑的上品。

㉚中脘：中医指胃的内腔。

荆公道："何罪之有！皆因子瞻过于聪明，以致疏略如此。老夫今日偶然无事，幸子瞻光顾。一向相处，尚不知子瞻学问真正如何，老夫不自揣量，要考子瞻一考。"东坡欣然答道："晚学生请题。"荆公道："且住！老夫若遽然考你，只说老夫恃了一日之长。子瞻到先考老夫一考，然后老夫请教。"东坡鞠躬道："晚学生怎么敢？"荆公道："子瞻既不肯考老夫，老夫却不好僭妄。也罢，叫徐伦把书房中书橱尽数与我开了。左右二十四橱，书皆积满。但凭于左右橱内上中下三层，取书一册，不拘前后，念上文一句，老夫答下句不来，就算老夫无学。"东坡暗想道："这老甚迂阔，难道这些书都记在腹内？虽然如此，不好去考他。"答应道："这个晚学生不敢！"荆公道："咳！道不得个'恭敬不如从命'了！"

东坡使乖，只拣尘灰多处，料久不看，也忘记了，任意抽书一本，未见签题，揭开居中，随口念一句道："如意君安乐否？"

荆公接口道："'窃已啖之矣。'可是？"东坡道："正是。"荆公取过书来，问道："这句书怎么讲？"东坡不曾看得书上详细，暗想："唐人讥则天后，曾称薛敖曹为如意君。或者差人问候，曾有此言。只是下文说'窃已啖之矣'，文理却接上面不来。"沉吟了一会，又想道："不要惹这老头儿。千虚不如一实。"答应道："晚学生不知。"荆公道："这也不是什么秘书，如何就不晓得？这是一桩小故事。汉末灵帝时，长沙郡武冈山后有一狐穴，深入数丈。内有九尾狐狸二头，日久年深，皆能变化。时常化作美妇人，遇着男子往来，诱入穴中行乐。小不如意，分而食之。后有一人姓刘名玺，善于采战之术，入山采药，被二妖所掳。夜晚求欢，刘玺用抽添火候工夫，枕席之间，二狐快乐，称为如意君。大狐出山打食，则小狐看守。小狐出山，则大狐亦如之。日就月将，并无忌惮，酒后，露其本形。刘玺有恐怖之心，精力衰倦。一日，大狐出山打食，小狐在穴，求其云雨，不果其欲。小狐大怒，生啖刘玺于腹内。大狐回穴，心记刘生，问道：'如意君安乐否？'小狐答道：'窃已啖之矣。'二狐相争追逐，满山喊叫。樵人窃听，遂得其详，记于《汉末全书》[31]。子瞻想未涉猎？"东坡道："老太师学问渊深，非晚辈浅学可及！"

㉛《汉末全书》：不详。这故事的来源出于何书待考。

荆公微笑道："这也算考过老夫了。老夫还席，也要考子瞻一考，子瞻休得吝教！"东坡道："求老太师命题平易。"荆公道："考别件事，又道老夫作难。久闻子瞻善于作对，今年闰了个八月，正月立春，十二月又是立春，是个两头春。老夫就将此为题，出句求对，以观子瞻妙才。"命童儿取纸笔过来。荆公写出一对道：

一岁二春双八月，人间两度春秋。

东坡虽是妙才，这对出得跷蹊[32]。一时寻对不出，羞颜可掬，面皮通红了。荆公问道："子瞻从湖州至黄州，可从苏州润州经过么？"东坡道："此是便道。"荆公道："苏州金阊门外，至于虎丘，这一带路，叫做山塘，约有七里之遥，其半路名为半塘。润州古名铁瓮城，临于大江，有金山、银山、玉山，这叫做三山。俱有佛殿僧房，想子瞻都曾游览？"东坡答应道："是。"荆公道："老夫再将苏润二州，各出一对，求子瞻对之。苏州对云：'七里山塘，行到半塘三里半。'润州对云：'铁瓮城西，金、玉、银山三宝地。'"东坡思想多时，不能成对，只得谢罪而出。荆公晓得东坡受了些腌臜[33]，终惜其才。明日奏过神宗天子，复了他翰林学士之职。

㉜跷蹊：奇怪，不正常。

㉝腌臜（ā zā）：肮脏，污秽，这里是窝囊、受委屈的意思。

后人评这篇话道：以东坡天才，尚然三被荆公所屈。何况才不如东坡者！因作诗戒世云：

项托曾为孔子师[34]，荆公反把子瞻嗤。

为人第一谦虚好，学问茫茫无尽期。

㉞ 项托：即项橐（tuó）。相传他七岁时，和孔子论辩，孔子理屈，拜他为师。

三　吕大郎还金完骨肉

【精要简介】

本篇叙述了金员外吝啬、作恶，结果家毁人亡和吕大郎拾金不昧、积善积德，最后家兴人旺两个故事，说明了“世间惟有天工巧，善恶分明不可欺”的道理，旨在劝人向善。

【原文鉴赏】

毛宝放龟悬大印[①]，宋郊渡蚁占高魁[②]。

世人尽说天高远，谁识阴功暗里来。

①毛宝放龟悬大印：据《晋书·毛宝传》载：晋人毛宝属下一个军人，养了一只白龟，将它养大放入江中。后来在邾城战争中失败，这个军人掉在江里，被他所养的大白龟救起。《太平御览》引用时，已附会成毛宝的事，并说他因此做了大官。

②宋郊渡蚁：相传宋人宋郊曾经从水潦里救起许多蚂蚁，因为有这阴德，后来中了状元。

话说浙江嘉兴府长水塘地方，有一富翁，姓金名钟，家财万贯，世代都称员外，性至悭吝。平生常有五恨，那五恨？一恨天，二恨地，三恨自家，四恨爹娘，五恨皇帝。恨天者，恨他不常常六月，又多了秋风冬雪，使人怕冷，不免费钱买衣服来穿。恨地者，恨他树木生得不凑趣，若是凑趣，生得齐整如意，树本就好做屋柱[③]，枝条大者，就好做梁，细者就好做椽，却不省了匠人工作？恨自家者，恨肚皮不会作家，一日不吃饭，就饿将起来。恨爹娘者，恨他遗下许多亲眷朋友，来时未

免费茶费水。恨皇帝者，我的祖宗分授的田地，却要他来收钱粮。不止五恨，还有四愿，愿得四般物事。那四般物事？一愿得邓家铜山[4]，二愿得郭家金穴[5]，三愿得石崇的聚宝盆，四愿得吕纯阳祖师点石为金这个手指头[6]。因有这四愿、五恨，心常不足，积财聚谷，日不暇给，真个是数米而炊，称柴而爨。因此乡里起他一个异名，叫做金冷水，又叫金剥皮。尤不喜者是僧人。世间只有僧人讨便宜，他单会布施俗家的东西，再没有反布施与俗家之理。所以金冷水见了僧人，就是眼中之钉，舌中之刺。

③树本：指树干。

④邓家铜山：汉文帝赐他幸臣邓通以蜀郡的铜矿，并准许他自行铸造通用的钱，这样“邓氏钱”遍天下，邓氏成为大富翁。

⑤郭家金穴：东汉光武帝皇后郭氏的兄弟郭况，所得金钱缣帛的赏赐，丰盛无比，京

师称郭家为“金穴”。

⑥吕纯阳：吕喦同“岩”，字洞宾，号纯阳，民间传说的八仙之一，被全真道奉为“北五祖”之一，故又尊称他为吕祖。

他住居相近处，有个福善庵。金员外生年五十，从不晓得在庵中破费一文的香钱。所喜浑家单氏，与员外同年同月同日，只不同时，他偏吃斋好善。金员外喜他的是吃斋，恼他的是好善。因四十岁上，尚无子息，单氏瞒过了丈夫，将自己钗梳二十馀金，布施与福善庵老僧，教他妆佛诵经[⑦]，祈求子嗣。佛门有应，果然连生二子，且是俊秀。因是福善庵祈求来的，大的小名福儿，小的小名善儿。单氏自得了二子之后，时常瞒了丈夫，偷柴偷米，送与福善庵，供养那老僧。金员外偶然察听了些风声，便去咒天骂地，夫妻反目，直聒得一个不耐烦方休。如此也非止一次，只为浑家也是个硬性，闹过了，依旧不理。

⑦妆佛：在佛像上妆金。

其年夫妻齐寿，皆当五旬，福儿年九岁，善儿年八岁，踏肩生下来的，都已上学读书，十全之美。到生辰之日，金员外恐有亲朋来贺寿，预先躲出。单氏又凑些私房银两，送与庵中打一坛斋醮[⑧]，一来为老夫妇齐寿，二来为儿子长大，了还愿心。日前也曾与丈夫说过来，丈夫不肯，所以只得私房做事。其夜，和尚们要铺设长生佛灯，叫香火道人至金家，问金阿妈要几斗糙米，单氏偷开了仓门，将米三斗，付与道人去了。随后金员外回来，单氏还在仓门口封锁，被丈夫窥见了，又见地下狼藉些米粒，知是私房做事。欲要争嚷，心下想道：“今日生辰好日，况且东西去了，也讨不转来，干拌去了涎沫[⑨]。”只推不知，忍住这口气。一夜不睡，左思右想道：“叵耐这贼秃常时来蒿恼我家[⑩]，到是我看家的一个耗鬼。除非那秃驴死了，方绝其患。”恨无计策。

⑧斋醮（jiào）：道教设坛祭祀祈祷的一种仪式，俗称做道场，借以超度亡灵或求福免灾。

⑨干拌去了涎沫：意即徒费唇舌。

⑩叵耐：可恨，可恶。蒿恼：打扰，麻烦。

到天明时，老僧携着一个徒弟来回覆醮事。原来那和尚也怕见金冷水，且站在门外张望。金老早已瞧见，眉头一皱，计上心来。取了几文钱，从侧门走出市心，到山药铺里赎些砒霜。转到卖点心的王三郎店里，王三郎正蒸着一笼熟粉，摆一碗糖馅，要做饼子。金冷水袖里摸出八文钱撇在柜台上道："三郎收了钱，大些的饼子与我做四个，馅却不要下少了。你只捏着窝儿，等我自家下馅则个。"王三郎口虽不言，心下想道："有名的金冷水、金剥皮，自从开这几年点心铺子，从不见他家半文之面。今日好利市，也撰他八个钱[11]。他是好便宜的，便等他多下些馅去，扳他下次主顾。"王三郎向笼中取出雪团样的熟粉，真个捏做窝儿，递与金冷水说道："员外请尊便。"金冷水却将砒霜末悄悄的撒在饼内，然后加馅，做成饼子。如此一连做了四个，热烘烘的放在袖里。离了王三郎店，望自家门首踱将进来。那两个和尚，正在厅中吃茶，金老欣然相揖。揖罢，入内对浑家道："两个师父侵早到来，恐怕肚里饥饿。适才邻舍家邀我吃点心，我见饼子热得好，袖了他四个来，何不就请了两个师父？"单氏深喜丈夫回心向善，取个朱红楪子[12]，把四个饼子装做一碟，叫丫鬟托将出去。那和尚见了员外回家，不敢久坐，已无心吃饼了。见丫鬟送出来，知是阿妈美意，也不好虚得。将四个饼子装做一袖，叫声聒噪[13]，出门回庵而去。金老暗暗欢喜，不在话下。

⑪撰：赚字的俗写。

⑫楪子：即碟子。

⑬聒噪：即聒噪，打扰、惊动等类的客气话。

却说金家两个学生，在社学中读书，放了学时，常到庵中顽耍。这一晚，又到庵中。老和尚想道："金家两位小官人，时常到此，没有什么请得他。今早金阿妈送我四个饼子还不曾动，放在橱柜里，何不将来熯热了[14]，请他吃一杯茶？”当下分付徒弟在橱柜里，取出四个饼子，厨房下熯得焦黄，热了两杯浓茶，摆在房里，请两位小官人吃茶。两个学生顽耍了半晌，正在肚饥，见了热腾腾的饼子，一人两个，都吃了。不吃时犹可，吃了呵，分明是：

一块火烧着心肝，万杆枪攒却腹肚。

两个一时齐叫肚疼。跟随的学童慌了，要扶他回去，奈两个疼做一堆，跑走不动。老和尚也着了忙，正不知什么意故。只得叫徒弟一人背了一个，学童随着，送回金员外家，二僧自去了。金家夫妇这一惊非小，慌忙叫学童问其缘故。学童道：“方才到福善庵吃了四个饼子，便叫肚疼起来。那老师父说，这饼子原是我家今早把与他吃的。他不舍得吃，将来恭敬两位小官人。”金员外情知跷蹊了，只得将砒霜实情对阿妈说知。单氏心下越慌了，便把凉水灌他，如何灌得醒！须臾七窍流血，呜呼哀哉，做了一对殇鬼[15]。

⑭熯（hàn）热：烘热，烤热。

⑮殇（shāng）鬼：指未成年而夭折的人。

单氏千难万难，祈求下两个孩儿，却被丈夫不仁，自家毒死了。待要厮骂一场，也是枉然。气又忍不过，苦又熬不过，走进内房，解下束腰罗帕，悬梁自缢。金员外哭了儿子一场，方才收泪，到房中与阿妈商议说话，见梁上这件打秋千的东西，唬得半死，登时就得病上床，不勾七日，也死了。金氏族家，平昔恨那金冷水、金剥皮悭吝，此时大赐其便，大大小小，都蜂拥而来，将家私抢个罄尽。此乃万贯家财、有名的金员外一个终身结果，不好善而行恶之报也。有诗为证：

饼内砒霜那得知？害人番害自家儿。

举心动念天知道，果报昭彰岂有私！

方才说金员外只为行恶上，拆散了一家骨肉。如今再说一个人，单为行善上，周全了一家骨肉。正是：

善恶相形，祸福自见。

戒人作恶，劝人为善。

话说江南常州府无锡县东门外，有个小户人家，兄弟三人，大的叫做吕玉，第二的叫做吕宝，第三的叫做吕珍。吕玉娶妻王氏，吕宝娶妻杨氏，俱有姿色。吕珍年幼未娶。王氏生下一个孩子，小名喜儿，方才六岁，跟邻舍家儿童出去看神会[16]，夜晚不回。夫妻两个烦恼，出了一张招子[17]，街坊上叫了数日，全无影响。吕玉气闷，在家里坐不过，向大户家借了几两本钱，往太仓、嘉定一路，收些绵花布匹，各处贩卖，就便访问儿子消息。每年正二月出门，到八九月回家，又收新货。走了四个年头，虽然趁些利息[18]，眼见得儿子没有寻处了。日久心慢，也不在话下。

⑯神会：指迎神赛会。

⑰招子：这里是寻人

启事的意思。

⑱趁：挣，赚。利息：收益，收入。

到第五个年头，吕玉别了王氏，又去做经纪。何期中途遇了个大本钱的布商，谈论之间，知道吕玉买卖中通透，拉他同往山西脱货，就带绒货转来发卖，于中有些用钱相谢[19]。吕玉贪了蝇头微利，随着去了。及至到了山西，发货之后，遇着连岁荒歉，讨赊帐不起，不得脱身。吕玉少年久旷，也不免行户中走了一两遍[20]，走出一身风流疮，服药调治，无面回家。挨到三年，疮才痊好，讨清了帐目。那布商因为稽迟了吕玉的归期，加倍酬谢。吕玉得了些利物，等不得布商收货完备，自己贩了些粗细绒褐，相别先回。

⑲用钱：即佣金。

⑳行户：指妓院。

一日早晨，行至陈留地方，偶然去坑厕出恭，见坑板上遗下个青布搭膊。检在手中，觉得沉重。取回下处打开看时，都是白物[21]，约有二百金之数。吕玉想道："这不意之财，虽则取之无碍，倘或失主追寻不见，好大一场气闷。古人见金不取[22]，拾带重还[23]。我今年过三旬，尚无子嗣，要这横财何用？"忙到坑厕左近伺候，只等有人来抓寻，就将原物还他。等了一日，不见人来。次日只得起身。

㉑白物：银子的隐语。

㉒见金不取：据载：三国魏管宁和华歆在院中锄菜地，看见地上有一块金子，管宁视之如瓦石，不去拾起；华歆先捡起，后随手扔掉。

㉓拾带重还：唐人裴度曾在庙中拾得某妇人遗下的几条宝带，是她准备去营救父亲应用的。裴度拾到后，一直等候到天黑，第二天，那个妇人匆忙找来，裴度把宝带如数还给他。

又行五百馀里，到南宿州地方。其日天晚，下一个客店，遇着一个同下的客人，闲论起江湖生意之事。那客人说起自不小心，五日前侵晨到陈留县解下搭膊登东[24]。偶然官府在街上过，心慌起身，却忘记了那搭膊，里面有二百两银子。直到夜里脱衣要睡，方才省得。想着过了一日，自然有人拾去了，转去寻觅，也是无益，只得自认悔气罢了。吕玉便问："老客尊姓？高居何处？"客人道："在下姓陈，祖贯徽州。今在扬州闸上开个粮食铺子。敢问老兄高姓？"吕玉道："小弟姓吕，是常州无锡县人，扬州也是顺路，相送尊兄到彼奉拜。客人也不知详细，答应道："若肯下顾最好。"次早，二人作伴同行。

㉔登东：上厕所。

不一日，来到扬州闸口。吕玉也到陈家铺子，登堂作揖，陈朝奉看坐献茶[25]。吕玉先提起陈留县失银子之事，盘问他搭膊模样，是个深蓝青布的，一头有白线缉一个陈字。吕玉心下晓然，便道："小弟前在陈留拾得一个搭膊，到也相像，把来与尊兄认看。"陈朝奉见了搭膊，道："正是。"搭膊里面银两，原封不动。吕玉双手递还陈朝奉。陈朝奉过意不去，要与吕玉均分，吕玉不肯。陈朝奉道："便不均分，也受我几两谢礼，等在下心安。"吕玉那里肯受。

㉕朝奉：官名，即朝奉大夫，后来用作对富翁或店铺管事的称呼。

陈朝奉感激不尽，慌忙摆饭相款，思想："难得吕玉这般好人，还金之恩，无门可报。自家有十二岁一个女儿，要与吕君扳一脉亲往来，第不知他有儿子否？"饮酒中间，陈朝奉问道："恩兄，令郎几岁了？"吕玉不觉掉下泪来，答道："小弟只有一儿，七年前为看神会，失去了，至今并无下落。荆妻亦别无生育。如今回去，意欲寻个螟蛉之子[26]，出去帮扶生理，只是难得这般凑巧的。"陈朝奉道："舍下数年之间，将三两银子，买得一个小厮，貌颇清秀，又且乖巧，也是下路人带来的[27]。如今一十三岁了，伴着小儿在学堂中上学。恩兄若看得中意时，就送与恩兄伏侍，也当我一点薄敬。"吕玉道："若肯相借，当奉还身价。"陈朝奉道："说那里话来！只恐恩兄不用时，小弟无以为情。”当下便教掌店的，去学堂中唤喜儿到来。

㉖螟蛉（mínglíng）：指养子。

㉗下路人：指家住长江下游一带的人。

吕玉听得名字与他儿子相同，心中疑惑。须臾，小厮唤到，穿一领芜湖青布的道袍，生得果然清秀，习惯了学堂中规矩，见了吕玉，朝上深深唱个喏㉘。吕玉心下便觉得欢喜，仔细认出儿子面貌来。四岁时，因跌损左边眉角，结一个小疤儿，有这点可认，吕玉便问道：“几时到陈家的?”那小厮想一想道：“有六七年了。”又问他：“你原是那里人?谁卖你在此?”那小厮道：“不十分详细。只记得爹叫做吕大，还有两个叔叔在家。娘姓王，家在无锡城外。小时被人骗出，卖在此间。”吕玉听罢，便抱那小厮在怀，叫声：“亲儿！我正是无锡吕大！是你的亲爹了。失了你七年，何期在此相遇！”正是：

水底捞针针已得，掌中失宝宝重逢。

筵前相抱殷勤认，犹恐今朝是梦中。

小厮眼中流下泪来。吕玉伤感，自不必说。吕玉起身拜谢陈朝奉：

"小儿若非府上收留，今日安得父子重会?"陈朝奉道："恩兄有还金之盛德，天遣尊驾到寒舍，父子团圆。小弟一向不知是令郎，甚愧怠慢。"吕玉又叫喜儿拜谢了陈朝奉。陈朝奉定要还拜，吕玉不肯，再三扶住，受了两礼，便请喜儿坐于吕玉之傍。陈朝奉开言："承恩兄相爱，学生一女年方十二岁，欲与令郎结丝萝之好㉙。"吕玉见他情意真恳，谦让不得，只得依允。是夜父子同榻而宿，说了一夜的说话。

㉘唱喏：古代男子相见时，一面拱手行礼，一面口里喊喏，叫做唱喏。

㉙丝萝：菟丝和女萝，两种蔓生植物，常缠绕在草木上，不易分开。故用来比喻结为婚姻。

次日，吕玉辞别要行，陈朝奉留住，另设个大席面，管待新亲家、新女婿，就当送行。酒行数巡，陈朝奉取出白金二十两，向吕玉说道："贤婿一向在舍有慢，今奉些须薄礼相赎，权表亲情，万勿固辞。"吕玉道："过承高门俯就，舍下就该行聘定之礼。因在客途，不好苟且，如何反费亲家厚赐？决不敢当!"陈朝奉道："这是学生自送与贤婿的，不干亲翁之事。亲翁若见却，就是不允这头亲事了。"吕玉没得说，只得受了，叫儿子出席拜谢。陈朝奉扶起道："些微薄礼，何谢之有。"喜儿又进去谢了丈母。当日开怀畅饮，至晚而散。吕玉想道："我因这还金之便，父子相逢，诚乃天意。又攀了这头好亲事，似锦上添花。无处报答天地，有陈亲家送这二十两银子，也是不意之财，何不择个洁净僧院，籴米斋僧，以种福田?"主意定了。

次早，陈朝奉又备早饭。吕玉父子吃罢，收拾行囊，作谢而别，唤了一只小船，摇出闸外。约有数里，只听得江边鼎沸，原来坏了一只人载船，落水的号呼求救，崖上人招呼小船打捞，小船索要赏犒，在那里争嚷。吕玉想道："救人一命，胜造七级浮屠。比如我要去斋僧，何不舍这二十两银子做赏钱，教他捞救，见在功德。"当下对众人说："我出赏钱，快捞救。若救起一船人性命，把二十两银子与你们。"众人听得有二十两银子赏钱，小船如蚁而来。连崖上人，也有几个会水性的，赴水去救。须臾之间，把一船人都救起。吕玉将银子付与众人分散。水中得命的，都千恩万谢。只见内中一人，看了吕玉叫道：“哥哥那里来？”

吕玉看他，不是别人，正是第三个亲弟吕珍。吕玉合掌道：“惭愧[30]，惭愧！天遣我捞救兄弟一命。”忙扶上船，将干衣服与他换了。吕珍纳头便拜，吕玉答礼，就叫侄儿见了叔叔。把还金遇子之事，述了一遍，吕珍惊讶不已。

㉚惭愧：侥幸，难得。

吕玉问道：“你却为何到此？”吕珍道：“一言难尽。自从哥哥出门之后，一去三年，有人传说哥哥在山西害了疮毒身故。二哥察访得实，嫂嫂已是成服戴孝，兄弟只是不信。二哥近日又要逼嫂嫂嫁人，嫂嫂不从。因此教兄弟亲到山西访问哥哥消息，不期于此相会。又遭覆溺，得哥哥捞救，天与之幸！哥哥不可怠缓，急急回家，以安嫂嫂之心。迟则怕有变了。”吕玉闻说惊慌，急叫家长开船[31]，星夜赶路。正是：

心忙似箭惟嫌缓，船走如梭尚道迟。

㉛家长：指船家，船主。

再说王氏闻丈夫凶信，初时也疑惑。被吕宝说得活龙活现，也信了，少不得换了些素服。吕宝心怀不善，想着哥哥已故，嫂嫂又无所出，况且年纪后生，要劝他改嫁，自己得些财礼。教浑家杨氏与阿姆说[32]，王氏坚意不从。又得吕珍朝夕谏阻，所以其计不成。王氏想道：“千闻不如一见。虽说丈夫已死，在几千里之外，不知端的。”央小叔吕珍是必亲到山西，问个备细：“如果然不幸，骨殖也带一块回来。”

㉜阿姆：即姆姆，妯娌之间，弟媳妇对嫂嫂的称呼。

吕珍去后，吕宝愈无忌惮，又连日赌钱输了，没处设法。偶有江西客人丧偶，要讨一个娘子，吕宝就将嫂嫂与他说合。那客人也访得吕大

的浑家有几分颜色，情愿出三十两银子。吕宝得了银子，向客人道："家嫂有些妆乔[33]，好好里请他出门，定然不肯。今夜黄昏时分，唤了人轿，悄地到我家来，只看戴孝髻的，便是家嫂，更不须言语，扶他上轿，连夜开船去便了。"客人依计而行。

㉝妆乔：装腔做作，装模作样。

却说吕宝回家，恐怕嫂嫂不从，在他跟前不露一字，却私下对浑家做个手势道："那两脚货[34]，今夜要出脱与江西客人去了。我生怕他哭哭啼啼，先躲出去。黄昏时候，你劝他上轿，日里且莫对他说。"吕宝自去了，却不曾说明孝髻的事。原来杨氏与王氏妯娌最睦，心中不忍，一时丈夫做主，没奈他何。欲言不言，直挨到酉牌时分，只得与王氏透个消息："我丈夫已将姆姆嫁与江西客人，少停，客人就来取亲，教我莫说。我与姆姆情厚，不好瞒得。你房中有甚细软家私，预先收拾，打个包裹，省得一时忙乱。”王氏啼哭起来，叫天叫地起来。杨氏道：“不是奴苦劝姆姆。后生家孤孀，终久不了。吊桶已落在井里，也是一缘一会㉟，哭也没用!”王氏道：“婶婶说那里话！我丈夫虽说已死，不曾亲见。且待三叔回来，定有个真信。如今逼得我好苦!”说罢又哭。杨氏左劝右劝，王氏住了哭说道：“婶婶，既要我嫁人，罢了，怎好戴孝髻出门？婶婶寻一顶黑髻与奴换了。”杨氏又要忠丈夫之托，又要姆姆面上讨好，连忙去寻黑髻来换。也是天数当然，旧髻儿也寻不出一顶。王氏道：“婶婶，你是在家的，暂时换你头上的髻儿与我。明早你教叔叔铺里取一顶来换了就是。”杨氏道：“使得。”便除下髻来递与姆姆。王氏将自已孝髻除下，换与杨氏戴了。王氏又换了一身色服。黄昏过后，江西客人引着灯笼火把，抬着一顶花轿，吹手虽有一副，不敢吹打。如风似雨，飞奔吕家来。吕宝已自与了他暗号，众人推开大门，只认戴孝髻的就抢。杨氏嚷道：“不是!”众人那里管三七二十一，抢上轿时，鼓手吹打，轿夫飞也似抬去了。

一派笙歌上客船，错疑孝髻是姻缘。

新人若向新郎诉，只怨亲夫不怨天。

㉞两脚货：对人的蔑称。

㉟吊桶已落在井里，也是一缘一会：谚语，表示天缘相合，有缘分。

王氏暗暗叫谢天谢地，关了大门，自去安歇。次日天明，吕宝意气扬扬，敲门进来。看见是嫂嫂开门，吃了一惊，房中不见了浑家，见嫂子头上戴的是黑髻，心中大疑，问道：“嫂嫂，你婶子那里去了?”王氏暗暗好笑，答道：“昨夜被江西蛮子抢去了。”吕宝道：“那有这话？且问嫂嫂如何不戴孝髻?”王氏将换髻的缘故，述了一遍。吕宝捶胸，只是叫苦，指望卖嫂子，谁知到卖了老婆！江西客人已是开船去了。三十两银子，昨晚一夜就赌输了一大半，再要娶这房媳妇子，今生休想。

复又思量，一不做，二不休，有心是这等，再寻个主顾把嫂子卖了，还有讨老婆的本钱。方欲出门，只见门外四五个人，一拥进来，不是别人，却是哥哥吕玉、兄弟吕珍，侄子喜儿，与两个脚家，驮了行李货物进门。吕宝自觉无颜，后门逃出，不知去向。

王氏接了丈夫，又见儿子长大回家，问其缘故。吕玉从头至尾，叙了一遍。王氏也把江西人抢去婶婶，吕宝无颜，后门走了一段情节叙出。吕玉道："我若贪了这二百两非意之财，怎勾父子相见？若惜了那二十两银子，不去捞救覆舟之人，怎能勾兄弟相逢？若不遇兄弟时，怎知家中信息？今日夫妻重会，一家骨肉团圆，皆天使之然也。逆弟卖妻，也是自作自受。皇天报应，的然不爽[36]！"自此益修善行，家道日隆。后来喜儿与陈员外之女做亲，子孙繁衍，多有出仕贵显者。诗云：

本意还金兼得子，立心卖嫂反输妻。

世间惟有天工巧，善恶分明不可欺。

㊱的然不爽：指因果报应果然应验，没有丝毫差失。

四　陈可常端阳仙化

【精要简介】

本篇讲述的是落第秀才陈可常出家为僧，被吴七郡王的婢女新荷诬陷与其有染，被押至府衙，屈打成招，后真相大白的故事，指斥了皇亲国戚屈杀无辜，却以佛家的宿世冤业为解释，来掩盖罪责的恶行。

【原文鉴赏】

利名门路两无凭，百岁风前短焰灯。

只恐为僧僧不了，为僧得了尽输僧。

话说大宋高宗绍兴年间，温州府乐清县，有一秀才，姓陈，名义，字可常，年方二十四岁。生得眉目清秀，且是聪明，无书不读，无史不通。绍兴年间，三举不第，就于临安府众安桥命铺，算看本身造物。那先生言："命有华盖①，却无官星，只好出家。"陈秀才自小听得母亲说，生下他时，梦见一尊金身罗汉投怀。今日功名蹭蹬之际②，又闻星家此言，忿一口气③，回店歇了一夜，早起算还了房宿钱，雇人挑了行李，径来灵隐寺投奔印铁牛长老出家，做了行者。这个长老，博通经典，座下有十个侍者，号为甲、乙、丙、丁、戊、己、庚、辛、壬、癸，皆读书聪明。陈可常在长老座下做了第二位侍者。

①华盖：古代迷信说法，认为犯了华盖的人，多有可能是僧道之命。

②蹭蹬（cèng dèng）：倒霉，失势。

③忿：闷着，憋着。

绍兴十一年间，高宗皇帝母舅吴七郡王[④]，时遇五月初四日，府中裹粽子。当下郡王钧旨分付都管：“明日要去灵隐寺斋僧，可打点供食齐备。”都管领钧旨[⑤]，自去关支银两，买办什物，打点完备。至次日早饭后，郡王点看什物，上轿。带了都管、干办、虞候、押番一干人等[⑥]，出了钱塘门，过了石涵桥、大佛头，径到西山灵隐寺。先有报帖报知，长老引众僧鸣钟擂鼓，接郡王上殿烧香，请至方丈坐下。长老引众僧参拜献茶，分立两傍。郡王说：“每年五月重五，入寺斋僧解粽，今日依例布施。”院子抬供食献佛[⑦]，大盘托出粽子，各房都要散到。

郡王闲步廊下，见壁上有诗四句：

齐国曾生一孟尝[⑧]，晋朝镇恶又高强[⑨]。

五行偏我遭时蹇，欲向星家问短长。

④高宗皇帝母舅吴七郡王：指宋高宗皇后吴氏的兄弟吴益。话本里

误妻弟为母舅。

⑤都管：即总管，管理事务的奴仆头目。

⑥干办：负责买办和伺候差遣的奴仆，地位比都管小。虞候：宋代禁军中比军士稍高一些的小校的名目，为高级官员的随身侍从。押番：宋代禁军中比军兵高一级的军士，正式的名称是押官。

⑦院子：年轻的仆役。

⑧孟尝：战国时齐国公子田文，号孟尝君，善养士，门下食客数千人。

⑨镇恶：即东晋王镇恶，前秦宰相王猛之孙。秦亡后投晋，官至征虏将军。

郡王见诗道："此诗有怨望之意，不知何人所作？"回至方丈，长老设宴管待。郡王问："长老，你寺中有何人能作得好诗？"长老："覆恩王，敝寺僧多，座下有甲、乙、丙、丁、戊、已、庚、辛、壬、癸十个侍者，皆能作诗。"郡王说："与我唤来。"长老："覆恩王，止有两个在敝寺，这八个教去各庄上去了。"只见甲乙二侍者，到郡王面前。郡王叫甲侍者：

"你可作诗一首。"甲侍者禀乞题目，郡王教就将粽子为题。甲侍者作诗曰：

四角尖尖草缚腰，浪荡锅中走一遭。

若还撞见唐三藏，将来剥得赤条条。

郡王听罢，大笑道："好诗，却少文采。"再唤乙侍者作诗。乙侍者问讯了[10]，乞题目，也教将粽子为题。作诗曰：

香粽年年祭屈原，斋僧今日结良缘。

满堂供尽知多少，生死工夫那个先？

郡王听罢大喜道："好诗！"问乙侍者："廊下壁间诗，是你作的？"乙侍者："覆恩王，是侍者作的。"郡王道："既是你作的，你且解与我知道。"乙侍者道："齐国有个孟尝君，养三千客，他是五月五日午时生。晋国有个大将王镇恶，此人也是五月五日午时生。小侍者也是五月五日午时生，却受此穷苦，以此作下四句自叹。”郡王问：“你是何处人氏？”侍者答道：“小侍者温州府乐清县人氏，姓陈名义，字可常。”郡王见侍者言语清亮，人才出众，意欲抬举他，当日就差押番，去临安府僧录司讨一道度牒⑪，将乙侍者剃度为僧，就用他表字可常，为佛门中法号，就作郡王府内门僧⑫。郡王至晚回府，不在话下。

⑩问讯：指僧尼向人合掌致敬，表示问候。

⑪僧录司：管理佛教寺院和僧尼事务的机构。唐文宗开成年间，开始在京邑设立左右街僧录，明洪武十五年（1382年）设置僧录司。度牒：古代人出家当和尚，须经政府审查，合格者才发给证明文件，称作度牒。有了度牒可以免除赋税和劳役等。

⑫门僧：即门下的僧人，也就是由吴七郡王做他的保护人和供给布施者。

光阴似箭，不觉又早一年。至五月五日，郡王又去灵隐寺斋僧。长老引可常并众僧接入方丈，少不得安办斋供，款待郡王。坐间叫可常到面前道：“你作一篇词，要见你本身故事。”可常问讯了，口念一词，名《菩萨蛮》：

平生只被今朝误，今朝却把平生补。重午一年期，斋僧只待时。

主人恩义重，两载蒙恩宠。清净得为僧，幽闲度此生。

郡王大喜，尽醉回府，将可常带回。见两国夫人说⑬：“这个和尚是温州人氏，姓陈名义，三举不第，因此弃俗出家，在灵隐寺做侍者。我见他作得好诗，就剃度他为门僧，法号可常。如今一年了，今日带回府来，参拜夫人。”夫人见说，十分欢喜，又见可常聪明朴实，一府中人都欢喜。郡王与夫人解粽，就将一个与可常，教作“粽子词”，还要《菩萨蛮》。可常问讯了，乞纸笔写出一词来：

包中香黍分边角，彩丝剪就交绒索。樽俎泛菖蒲，年年五月初。

主人恩义重，对景承欢宠。何日玩山家？葵蒿三四花！

郡王见了大喜，传旨唤出新荷姐[14]，就教他唱可常这词。那新荷姐生得眉长眼细，面白唇红，举止轻盈。手拿象板，立于筵前，唱起绕梁之声，众皆喝采。郡王又教可常做新荷姐词一篇，还要《菩萨蛮》。可常执笔便写，词曰：

天生体态腰肢细，新词唱彻歌声利。一曲泛清奇，扬尘簌簌飞。

主人恩义重，宴出红妆宠。便要赏新荷，时光也不多！

郡王越加欢喜。至晚席散，着可常回寺。

⑬两国夫人：宋制，三师三公的妻子都奉为国夫人，吴七郡王吴益，先官太尉，后为太师，故其妻应有两个封号，所以称为两国夫人。

⑭新荷：双关语，既指歌女新荷，又指刚刚露出水面的荷叶。

至明年五月五日，郡王又要去灵隐寺斋僧。不想大

雨如倾，郡王不去，分付院公[15]："你自去分散众僧斋供，就教同可常到府中来看看。"院公领旨去灵隐寺斋僧，说与长老："郡王教同可常回府。"长老说："近日可常得一心病，不出僧房，我与你同去问他。"院公与长老同至可常房中。可常睡在床上，分付院公："拜覆恩王，小僧心病发了，去不得。有一柬帖，与我呈上恩王。"院公听说，带来这封柬帖回府。郡王问："可常如何不来?"院公："告恩王，可常连日心疼病发，来不得。教男女奉上一简[16]，他亲自封好。"郡王拆开看，又是《菩萨蛮》词一首：

去年共饮菖蒲酒，今年却向僧房守。好事更多磨，教人没奈何。

主人恩义重，知我心头痛。待要赏新荷，争知疾愈么?

⑮院公：奴仆当中年长和资格深一些的。

⑯男女：奴仆对于家主的自称，犹言奴才，小的。

郡王随即唤新荷出来唱此词。有管家婆禀："覆恩王，近日新荷眉低眼慢，乳大腹高，出来不得。"郡王大怒，将新荷送交府中五夫人勘问。新荷供说："我与可常奸宿有孕。"五夫人将情词覆恩王。郡王大怒："可知道这秃驴词内都有赏新荷之句，他不是害什么心病，是害的相思病！今日他自觉心亏，不敢到我府中!"教人分付临安府，差人去灵隐寺，拿可常和尚。临安府差人去灵隐寺印长老处要可常。长老离不得安排酒食，送些钱钞与公人。常言道："官法如炉，谁肯容情。"可常推病不得，只得挣圂起来[17]，随着公人到临安府厅上跪下。

府主升堂：

冬冬牙鼓响，公吏两边排。

阎王生死案，东岳摄魂台[18]。

带过可常问道："你是出家人，郡王怎地恩顾你，缘何做出这等没天理的事出来？你快快招了!"可常说："并无此事。"府尹不听分辨："左右拿下好生打!"左右将可常拖倒，打得皮开肉绽，鲜血迸流。可常招道："小僧果与新荷有奸。一时念头差了，供招是实。"将新荷勘问，一般供招。临安府将可常、新荷供招呈上郡王。郡王本要打杀可常，因他满腹文章，不忍下手，监在狱中。

⑰挣阘（chuài）：挣扎，支持，勉强支撑。

⑱东岳：即东岳大帝。道教所奉祀掌管人间赏罚和生死的泰山神。

却说印长老自思："可常是个有德行和尚，日常山门也不出，只在佛前看经。便是郡王府里唤去半日，未晚就回，又不在府中宿歇，此奸从何而来？内中必有跷蹊！"连忙入城去传法寺，央住持槁大惠长老同到府中，与可常讨饶。郡王出堂，赐二长老坐，待茶。郡王开口便说："可常无礼！我平日怎么看待他，却做下不仁之事！"二位长老跪下，再三禀说："可常之罪，僧辈不敢替他分辨，但求恩王念平日错爱之情，可以饶恕一二。"郡王请二位长老回寺，"明日分付临安府量轻发落。"印长老开言："覆恩王，此事日久自明。"郡王闻言心中不喜，退入后堂，再不出来。二位长老见郡王不出，也走出府来。槁长者道："郡王嗔怪你说'日久自明'。他不肯认错，便不出来。"印长老便说："可常是个有德行的，日常无事，山门也不出，只在佛前看经。便是郡王府里唤去，去了半日便回，又不曾宿歇，此奸从何而来？故此小僧说'日久自明'，必有冤枉。"槁长老说："'贫不与富敌，贱不与贵争。'僧家怎敢与王府争得是非？这也是宿世冤业，且得他量轻发落，却又理会。"说罢，各回寺去了，不在话下。次日郡王将封简子去临安府[19]，即将可常、新荷量轻打断[20]。有大尹禀郡王："待新荷产子，可断。"郡王分付，便要断出。府官只得将僧可常追了度牒，杖一百，发灵隐寺，转发宁家当差。将新荷杖八十，发钱塘县转发宁家[21]，追原钱一千贯还郡王府。

⑲简子：便笺，便札。

⑳打：给予杖罪。断：判决，处理。

㉑宁家：宁家住或宁家住坐的简称，意为回家。

却说印长老接得可常，满寺僧众教长老休要安着可常在寺中，玷辱宗风。长老对众僧说："此事必有跷蹊，久后自明。"长老令人山后搭一草舍，教可常将息棒疮好了，着他自回乡去。

且说郡王把新荷发落宁家，追原钱一千贯。新荷父母对女儿说："我又无钱，你若有私房积蓄，将来凑还府中。"新荷说："这钱自有人替我出。"张公骂道："你这贱人！与个穷和尚通奸，他的度牒也被追了，却那得钱来替你还府中？"新荷说："可惜屈了这个和尚。我自与府中钱原都管有奸，他见我有孕了，恐事发，'到郡王面前，只供与可常和尚有奸。郡王喜欢可常，必然饶你。我自来供养你家，并使用钱物。'说过的话，今日只去问他讨钱来用，并还官钱[22]。我一个身子被他骗了，先前说过的话，如何赖得？他若欺心不招架时，左右做我不着[23]，你两个老人家将我去府中，等我郡王面前实诉，也出脱了可常和尚。"

㉒官钱：郡王府里的身价钱是经官断追的，要缴官转还，故称为

官钱。

㉓左右做我不着：反正连累不到我身上，奈何我不得的意思。

父母听得女儿说，便去府前伺候钱都管出来，把上项事一一说了。钱都管到焦躁起来，骂道："老贱才！老无知！好不识廉耻！自家女儿偷了和尚，官司也问结了，却说恁般鬼话来图赖人！你欠了女儿身价钱，没处措办时，好言好语，告个消乏[24]，或者可怜你的，一两贯钱助了你也不见得。你却说这样没根蒂的话来，傍人听见时，教我怎地做人？"骂了一顿，走开去了。

㉔消乏：缺少钱财，拮据，贫乏。

张老只得忍气吞声回来，与女儿说知。新荷见说，两泪交流，乃言："爹娘放心，明日却与他理会[25]。"至次日，新荷跟父母到郡王府前，连声叫屈。郡王即时叫人拿来，却是新荷父母。郡王骂道："你女儿做下迷天大罪，到来我府前叫屈！"张老跪覆："恩王，小的女儿没福，做出事来，其中屈了一人，望恩王做主。"郡王问："屈了何人？"张老道："小人不知，只问小贱人便有明白。"郡王问："贱人在那里？"张老道："在门首伺候。"郡王唤他入来，问他详细。新荷入到府堂跪下。郡王问："贱人，做下不仁之事，你今说屈了甚人？"新荷："告恩王，贱妾犯奸，妄屈了可常和尚。"郡王问："缘何屈了他？你可实说，我到饶你。"新荷告道："贱妾犯奸，却不干可常之事。"郡王道："你先前怎地不说？"新荷告道："妾实被干办钱原奸骗。有孕之时，钱原怕事露，分付妾：'如若事露，千万不可说我！只说与可常和尚有奸。因郡王喜欢可常，必然饶你。'"郡王骂道："你这贱人，怎地依他说，害了这个和尚！"新荷告道："钱原说：'你若无事退回，我自养你一家老小；如要原钱还府，也是我出。'今日贱妾宁家，恩王责取原钱，一时无措，只得去问他讨钱还府中。以此父亲去与他说，到把父亲打骂，被害无辜。妾今诉告明白，情愿死在恩王面前。"郡王道："先前他许供养你一家，有甚表记为证?”新荷：“告恩王，钱原许妾供养，妾亦怕他番悔，已拿了他上直朱红牌一面为信[26]。”郡王见说，十分大怒，跌脚大骂：“泼贱人！屈了可常和尚!”就着人分付临安府，拿钱原到厅审问拷打，供认明白。一百日限满，脊杖八十[27]，送沙门岛牢城营料高[28]。新荷宁家，饶了一千贯原钱。随即差人去灵隐寺取可常和尚来。

却说可常在草舍将息好了，又是五月五日到。可常取纸墨笔来，写下一首《辞世颂》：

生时重午，为僧重午，得罪重午，死时重午。为前生欠他债负，若不当时承认，又恐他人受苦。今日事已分明，不若抽身回去。五月五日午时书，赤口白舌尽消除；五月五日天中节，赤口白舌尽消灭。”

㉕理会：交涉，评理。

㉖上直：值班，值勤。

㉗脊杖：宋代的杖刑分为脊杖和臀杖。脊杖就是打脊背。

㉘沙门岛：山东登州海中的小岛，宋代死罪获宽免的犯人大都流放到这里，“至者多死”。在人数超过一定限额时，便把其中的一些犯人抛在海里。牢城营：宋代囚禁流配罪犯的场所。料高：即瞭高，守望的意思，是指日受风吹日晒，负有监视人犯责任的苦役。

可常作了《辞世颂》，走出草舍，有一泉水。可常脱了衣裳，遍身抹净，穿了衣服，入草舍结跏趺坐圆寂了[29]。道人报与长老知道，长老将自己龛子[30]，妆了可常，抬出山顶。长老正欲下火，只见郡王府院公来取可常。长老道：“院公，你去禀覆恩王，可常坐化了，正欲下火。郡王来取，今且暂停，待恩王令旨。”院公说：“今日事已明白，不干可常之事。皆因屈了，教我来取，却又圆寂了。我去禀恩王，必然亲自来看下火。”院公急急回府，将上项事并《辞世颂》呈上，郡王看了大惊。

㉙结跏趺坐：佛教徒坐禅法，即交迭左右脚背于左右股上而坐。圆

寂：梵文音为般涅槃或涅槃，为佛教所指的最高境界，后称得道的僧尼死为圆寂。

㉚龛子：装殓僧人尸体的木盒。

次日，郡王同两国夫人去灵隐寺烧化可常，众僧接到后山。郡王与两国夫人亲自拈香罢，郡王坐下。印长老带领众僧看经毕。印长老手执火把，口中念道：

留得屈原香粽在，龙舟竞渡尽争先。

从今剪断缘丝索，不用来生复结缘。

恭惟圆寂可常和尚：重午本良辰，谁把兰汤浴？角黍漫包金，菖蒲空切玉。须知《妙法华》，大乘俱念足。手不折新荷，枉受攀花辱。目下事分明，唱彻阳关曲。今日 是重午，归西何太速！寂灭本来空，管甚时辰毒？山僧今日来，赠与光明烛。凭此火光三昧，要见本来面目。

咦！唱彻当时《菩萨蛮》，撒手便归兜率国[31]。

众人只见火光中现出可常，问讯谢郡王、夫人、长老并众僧：“只因我前生欠宿债，今世转来还。吾今归仙境，再不往人间。吾是五百尊罗汉中名常欢喜尊者。”正是：

从来天道岂痴聋？好丑难逃久照中。

说好劝人归善道，算来修德积阴功。

㉛兜率国：即兜率天，佛教谓欲界的第四层天，其内院是弥勒成佛的人间净土，外院为天上众生所住的地方，是佛弟子心目中仰望的地方，认为人若能潜心向佛，死后就可以升到兜率天国的净土中去。

五　崔待诏生死冤家[1]

【精要简介】

本篇讲述的是咸安郡王的女奴璩秀秀与碾玉工人崔宁私奔，后被咸安郡王抓回打死，鬼魂仍与崔宁逃奔建康同居的故事，揭露了封建统治者对市民阶层的压迫，表现了主人公对人身自由和婚姻自由的强烈渴望。

【原文鉴赏】

山色晴岚景物佳，暖烘回雁起平沙。东郊渐觉花供眼，南陌依稀草吐芽。

堤上柳，未藏鸦，寻芳趁步到山家。陇头几树红梅落，红杏枝头未着花。

①宋小说题作《碾玉观音》。

这首《鹧鸪天》说孟春景致，原来又不如仲春词作得好：

每日青楼醉梦中[2]，不知城外又春浓。杏花初落疏疏雨，杨柳轻摇淡淡风。

浮画舫，跃青骢，小桥门外绿阴笼。行人不入神仙地，人在珠帘第几重？

②青楼：这里指富贵人家的楼房。

这首词说仲春景致，原来又不如黄夫人作着季春词又好[3]：

先自春光似酒浓，时听燕语透帘栊。小桥杨柳飘香絮，山寺绯桃散落红。

莺渐老，蝶西东，春归难觅恨无穷。侵阶草色迷朝雨，满地梨花逐晓风。”

③黄夫人：宋代女词人，名孙道绚，自号冲虚居士，其子名黄铢。

这三首词，都不如王荆公看见花瓣儿片片风吹下地来，原来这春归去，是东风断送的。有诗道：

春日春风有时好，春日春风有时恶。

不得春风花不开，花开又被风吹落。

苏东坡道：“不是东风断送春归去，是春雨断送春归去。”有诗道：

雨前初见花间蕊，雨后全无叶底花。

蜂蝶纷纷过墙去，却疑春色在邻家。

秦少游道[④]：“也不干风事，也不干雨事，是柳絮飘将春色去。”有诗道：

三月柳花轻复散，飘扬澹荡送春归。

此花本是无情物，一向东飞一向西。

④秦少游：秦观（1049—1100年），字少游，又字太虚，号淮海居士，北宋词人，有《淮海集》。

邵尧夫道[⑤]：“也不干柳絮事，是蝴蝶采将春色去。”有诗道：

花正开时当三月，蝴蝶飞来忙劫劫。

采将春色向天涯，行人路上添凄切。

⑤邵尧夫：邵雍，字尧夫，谥号康节，北宋著名理学家，著有《伊川击壤者》二十卷。

曾两府道[⑥]：“也不干蝴蝶事，是黄莺啼得春归去。”有诗道：

花正开时艳正浓，春宵何事恼芳丛？

黄鹂啼得春归去，无限园林转首空。

⑥曾两府：指曾公亮，字仲明，宋赵祯（仁宗）时人，任官吏部

侍郎，同中书门下事及枢密使。两府，宋代称中书省和枢密院为两府，中书省实际是相职。

朱希真道[7]：“也不干黄莺事，是杜鹃啼得春归去。”有诗道：

杜鹃叫得春归去，吻边啼血尚犹存。

庭院日长空悄悄，教人生怕到黄昏！

⑦ 朱希真：朱敦儒（1081—1159 年），字希真，号岩壑，南宋词人，有《樵歌》三卷。

苏小小道[8]：“都不干这几件事，是燕子衔将春色去。”有《蝶恋花》词为证：

妾本钱塘江上住，花开花落，不管流年度。燕子衔将春色去，纱窗几阵黄梅雨。

斜插犀梳云半吐，檀板轻敲，唱彻《黄金缕》。歌罢彩云无觅处，梦回明月生南浦。

⑧苏小小：南宋杭州有名的妓女。这首词，是托名司马才仲在梦中听见苏小小唱的。

王岩叟道[9]：“也不干风事，也不干雨事，也不干柳絮事，也不干蝴蝶事，也不干黄莺事，也不干杜鹃事，也不干燕子事。是九十日春光已过，春归去。”曾有诗道：

怨风怨雨两俱非，风雨不来春亦归。

腮边红褪青梅小，口角黄消乳燕飞。

蜀魄健啼花影去[10]，吴蚕强食柘桑稀。

直恼春归无觅处，江湖辜负一蓑衣。

⑨王岩叟（1043—1093年）：字彦霖，宋赵熙（哲宗）时人。

⑩蜀魄：相传古蜀国国王杜宇死后魂魄化为鸟，这鸟便名为杜鹃，又叫子规。这里即用蜀魄代指杜鹃。

说话的，因甚说这春归词？绍兴年间，行在有个关西延州延安府人，本身是三镇节度使、咸安郡王[11]。当时怕春归去，将带着许多钧眷游春[12]。至晚回家，来到钱塘门里车桥，前面钧眷轿子过了，后面是郡王轿子到来。则听得桥下裱褙铺里一个人叫道：“我儿出来看郡王!”当时郡王在轿里看见，叫帮窗虞候道[13]：“我从前要寻这个人，今日却在这里。只在你身上，明日要这个人入府中来。”

当时虞候声诺，来寻这个看郡王的人，是甚色目人[14]？正是：

尘随车马何年尽？情系人心早晚休。

只见车桥下一个人家，门前出着一面招牌，写着“璩家装裱古今书画”。铺里一个老儿，引着一个女儿，生得如何？

云鬟轻笼蝉翼，蛾眉淡拂春山[15]，朱唇缀一颗樱桃，皓齿排两行碎玉。莲步半折小弓弓[16]，莺啭一声娇滴滴。

便是出来看郡王轿子的人。虞候即时来他家对门一个茶坊里坐定，婆婆把茶点来。虞候道：

“启请婆婆，过对门裱褙铺里请璩大夫来说话[17]。”婆婆便去请到来，两个相揖了就坐。璩待诏问[18]：“府干有何见谕[19]?”虞候道：“无甚事，闲问则个[20]。适来叫出来看郡王轿子的人是令爱么?”待诏道：“正是拙女，止有三口。”虞候又问：“小娘子贵庚?”待诏应道：“一十八岁。”再问：“小娘子如今要嫁人，却是趋奉官员[21]？”待诏道：“老拙家寒，那讨钱来嫁人，将来也只是献与官员府第。”虞候道：“小娘子有甚本事？”待诏说出女孩儿一件本事来，有词寄《眼儿媚》为证：

深闺小院日初长，娇女绮罗裳。不做东君造化，金针刺绣群芳。斜枝嫩叶包开蕊，唯只欠馨香。曾向园林深处，引教蝶乱蜂狂。

⑪咸安郡王：南宋抗金名将韩世忠的封爵。上文所述籍贯、官职都相符，所以本篇是以当时民间所传韩世忠的事情为背景的，但文中没有明确指出其姓名。

⑫钧眷：对官员家属的尊称。

⑬帮窗：靠窗，近窗，这里指在轿子的窗傍走。

⑭色目：身份，等级，种类。

⑮春山：春天的山色黛青，用来形容妇女的眉毛。

⑯半折：折，指姆指与中指间的距离。一折约为五寸，半折不到三寸，这里形容很短。弓弓：指旧时缠足妇女所穿的修鞋，因前头弯曲如弓状，故称。

⑰大夫：原为官名，这里是宋代借用官名来尊称手工艺人。

⑱待诏：待命供奉内廷的人，这里也是借用来尊称手工艺人。

⑲府干：对显贵府中办事人的尊称。见谕：一种客气说法，表示上对下的吩咐。

⑳则个：句末加强语气的助词。

㉑趋奉：侍候，服事。

原来这女儿会绣作。虞候道：“适来郡王在轿里，看见令爱身上系着一条绣裹肚[22]。府中正要寻一个绣作的人，老丈何不献与郡王？”璩公归去，与婆婆说了。到明日写一纸献状，献来府中。郡王给与身价，因此取名秀秀养娘[23]。

㉒裹肚：腰巾，也叫兜肚，妇人身着时，是系在衣服外面的。

㉓养娘：对买来的或雇来的女仆的称呼。

不则一日，朝廷赐下一领团花绣战袍。当时秀秀依样绣出一件来。郡王看了欢喜道："主上赐与我团花战袍，却寻甚么奇巧的物事献与官家?"去府库里寻出一块透明的羊脂美玉来，即时叫将门下碾玉待诏㉔，问："这块玉堪做甚么?"内中一个道："好做一副劝杯。"郡王道："可惜恁般一块玉，如何将来只做得一副劝杯?"又一个道："这块玉上尖下圆，好做一个摩侯罗儿㉕。"郡王道："摩侯罗儿，只是七月七日乞巧使得，寻常间又无用处。"数中一个后生，年纪二十五岁，姓崔，名宁，趋事郡王数年，是昇州建康府人。当时叉手向前，对着郡王道："告恩王，这块玉上尖下圆，甚是不好，只好碾一个南海观音。"郡王道："好，正合我意!"就叫崔宁下手。不过两个月，碾成了这个玉观音。郡王即时写表进上御前，龙颜大喜。崔宁就本府增添请给㉖，遭遇郡王㉗。

㉔碾：打磨，雕琢。

㉕摩侯罗：又名摩合罗，一种用泥、木、象牙、玉石等塑制的小孩形状的玩偶，加上衣饰，七夕时作为供奉用。

㉖请给：又称请受，宋代由公家支付的俸禄、粮饷等供给的专称。

㉗遭遇：犹遭际，指被赏识。

不则一日，时遇春天，崔待诏游春回来，入得钱塘门，在一个酒肆，与三四个相知方才吃得数杯，则听得街上闹吵吵。连忙推开楼窗看时，见乱烘烘道："井亭桥有遗漏㉘!"吃不得这酒成，慌忙下酒楼看时，只见"初如萤火，次若灯光，千条蜡烛焰难当，万座糁盆敌不住㉙。六丁神推倒宝天炉㉚，八力士放起焚山火㉛。骊山会上㉜，料应褒姒逞娇容；赤壁矶头，想是周郎施妙策。五通神牵住火葫芦㉝，宋无忌赶番赤骡子㉞。又不曾泻烛浇油，直恁的烟飞火猛。

崔待诏望见了，急忙道："在我本府前不远。"奔到府中看时，已搬挈得罄尽，静悄悄地无一个人。崔待诏既不见人，且循着左手廊下入去，火光照得如同白日。去那左廊下，一个妇女，摇摇摆摆，从府堂里

出来。自言自语，与崔宁打个胸厮撞[35]。崔宁认得是秀秀养娘，倒退两步，低身唱个喏。原来郡王当日尝对崔宁许道："待秀秀满日[36]，把来嫁与你。"这些众人都撺掇道："好对夫妻！"崔宁拜谢了，不则一番。崔宁是个单身，却也痴心。秀秀见恁地个后生，却也指望。当日有这遗漏，秀秀手中提着一帕子金珠富贵[37]，从左廊下出来，撞见崔宁，便道："崔大夫，我出来得迟了。府中养娘各自四散，管顾不得，你如今没奈何，只得将我去，躲避则个。"

㉘遗漏：失火的代词，意同"失慎""走水"。

㉙糁（sǎn）盆：应为籸（shēn）盆。旧时除夕祭祖送神时，用松柴高架，举火焚烧的一种仪式，又名生盆。这里来形容失火。

㉚六丁神：传说中的神名，六甲中的丁神，民间奉为火神。

㉛八力士：民间传说中的八位大力神。焚山火：相传战国时介子推隐于绵山，晋文公为搜索他出山，派人放火焚山，介子推抱树被烧死。

㉜骊山会：西周幽王为博褒姒（sì）一笑，在骊山举烽火以戏诸侯。这里用烽火来比喻大火。

㉝五通神：指道教所奉的护法神华光大帝，也称为“五显神”，是民间传说中的火神。

㉞宋无忌：道教传说中的火仙。

㉟厮撞：相撞，碰撞。

㊱满日：旧时对于男女奴婢，到了一定年龄，主人就将他们放出或择配。

㊲富贵：指珍宝、财物。

当下崔宁和秀秀出府门，沿着河，走到石灰桥。秀秀道：“崔大夫，我脚疼了，走不得。”崔宁指着前面道：“更行几步，那里便是崔宁住处，小娘子到家中歇脚，却也不妨。”到得家中坐定。秀秀道：“我肚里饥，崔大夫与我买些点心来吃！我受了些惊，得杯酒吃更好。”当时崔宁买将酒来，三杯两盏，正是：

三杯竹叶穿心过，两朵桃花上脸来。

道不得个“春为花博士，酒是色媒人”㊳。秀秀道：“你记得当时在月台上赏月，把我许你，你兀自拜谢。你记得也不记得？”崔宁叉着手，只应得“喏”。秀秀道：“当日众人都替你喝采：‘好对夫妻！’你怎地倒忘了？”崔宁又则应得“喏”。秀秀道：“比似只管等待，何不今夜我和你先做夫妻，不知你意下何如？”崔宁道：“岂敢。”秀秀道：“你知道不敢！我叫将起来，教坏了你㊴，你却如何将我到家中？我明日府里去说。”崔宁道：“告小娘子，要和崔宁做夫妻不妨。只一件，这里住不得了，要好，趁这个遗漏人乱时，今夜就走开去，方才使得。”秀秀道：“我既和你做夫妻，凭你行。”当夜做了夫妻。

㊳花博士：指摧花使者。

㊴教坏了你：指坏了你的名声，毁了前途。

四更已后，各带着随身金银物件出门。离不得饥餐渴饮，夜住晓行，迤逦来到衢州。崔宁道：“这里是五路总头㊵，是打那条路去好？

不若取信州路上去，我是碾玉作，信州有几个相识，怕那里安得身。”即时取路到信州。住了几日，崔宁道：“信州常有客人到行在往来，若说道我等在此，郡王必然使人来追捉，不当稳便。不若离了信州，再往别处去。”两个又起身上路，径取潭州。不则一日，到了潭州。却是走得远了，就潭州市里讨间房屋，出面招牌，写着“行在崔待诏碾玉生活”。崔宁便对秀秀道：“这里离行在有二千馀里了，料得无事，你我安心，好做长久夫妻。”潭州也有几个寄居官员，见崔宁是行在待诏，日逐也有生活得做。崔宁密使人打探行在本府中事。有曾到都下的，得知府中当夜失火，不见了一个养娘，出赏钱寻了几日，不知下落。也不知道崔宁将他走了，见在潭州住。

㊵五路总头：指四通八达的地方。

时光似箭，日月如梭，也有一年之上。忽一日方早开门，见两个着皂衫的，一似虞候府干打扮，入来铺里坐地，问道：“本官听得说有个行在崔待诏，教请过来做生活。”崔宁分付了家中，随这两个人到湘潭县路上来。便将崔宁到宅里相见官人，承揽了玉作生活，回路归家。正行间，只见一个汉子头上带个竹丝笠儿，穿着一领白段子两上领布衫[41]，青白行缠[42]，找着裤子口，着一双多耳麻鞋，挑着一个高肩担儿，正面来，把崔宁看了一看，崔宁却不见这汉面貌，这个人却见崔宁，从后大踏步尾着崔宁来。正是：

谁家稚子鸣榔板[43]，惊起鸳鸯两处飞。

这汉子毕竟是何人？且听下回分解。

竹引牵牛花满街，疏篱茅舍月光筛。琉璃盏内茅柴酒[44]，白玉盘中簇豆梅[45]。

休懊恼，且开怀，平生赢得笑颜开。三千里地无知己，十万军中挂印来。

㊶两上领：古代衫子的领，有另外用一条布缝缀的，叫做两上领，布是白色，称为白段子。

㊷青白行缠：指青白两色布相间的绑腿。行缠，绑腿布或裹腿布。

㊸鸣榔：渔人捕鱼的一种方法，在船上踏木板作声，惊动鱼闻声来入网。

㊹茅柴酒：一种村酿的酒，味道苦硬而性烈。

㊺簇豆梅：一种腌渍的梅脯，味酸咸。

这只《鹧鸪天》词，是关西秦州雄武军刘两府所作[46]。从顺昌大战之后[47]，闲在家中，寄居湖南潭州湘潭县。他是个不爱财的名将，家道贫寒，时常到村店中吃酒。店中人不识刘两府，讙呼啰唣。刘两府道："百万番人[48]，只如等闲，如今却被他们诬罔！"做了这只《鹧鸪天》，流传直到都下。当时殿前太尉是杨和王[49]，见了这词好伤感，"原来刘两府直恁孤寒！"教提辖官差人送一项钱与这刘两府[50]。今日崔宁的东人郡王，听得说刘两府恁地孤寒，也差人送一项钱与他，却经由潭州路过。见崔宁从湘潭路上来，一路尾着崔宁到家，正见秀秀坐在柜身子里，便撞破他们道："崔大夫，多时不见，你却在这里。秀秀养娘他如何也在这里？郡王教我下书来潭州，今日遇着你们。原来秀秀养娘嫁了你，也好。"当时唬杀崔宁夫妻两个，被他看破。

㊻刘两府：南宋抗金名将刘锜。

㊼顺昌大战：南宋绍兴十年（1140 年），刘锜率八字军三万七千人，在顺昌打败金兀术主力。顺昌，即今安徽阜阳。

㊽番人：指金兵。

㊾杨和王：指南宋著名将领杨存中。

㊿提辖官：一种事务官的名称，这里似指左藏库的事务官，左藏库是宋代支应军需钱粮的机构。

那人是谁？却是郡王府中一个排军[51]，从小伏侍郡王，见他朴实，差他送钱与刘两府。这人姓郭名立，叫做郭排军。当下夫妻请住郭排军，安排酒来请他，分付道："你到府中千万莫说与郡王知道！"郭排军道："郡王怎知得你两个在这里。我没事，却说甚么。"当下酬谢了出门，回到府中，参见郡王，纳了回书，看着郡王道："郭立前日下书回，打潭州过，却见两个人在那里住。"郡王问："是谁?"郭立道："见秀秀养娘并崔待诏两个，请郭立吃了酒食，教休来府中说知。"郡王听说便道："叵耐这两个做出这事来[52]，却如何直走到那里?"郭立道："也不知他仔细，只见他在那里住地，依旧挂招牌做生活。"

郡王教干办去分付临安府，即时差一个缉捕使臣，带着做公的，备了盘缠，径来湖南潭州府，下了公文，同来寻崔宁和秀秀。却似：

皂雕追紫燕，猛虎啖羊羔。

㉛排军：原为一手使用盾，一手执武器的军兵，后来泛指一般军兵。

㉜叵耐：不可耐，引申为可恨，不能容忍。

不两月，捉将两个来，解到府中。报与郡王得知，即时升厅。原来郡王杀番人时，左手使一口刀，叫做“小青”；右手使一口刀，叫做“大青”。这两口刀不知剁了多少番人。那两口刀，鞘内藏着，挂在壁上。郡王升厅，众人声喏。即将这两个人押来跪下。郡王好生焦躁，左手去壁牙上取下“小青”，右手一掣，掣刀在手，睁起杀番人的眼儿，咬得牙齿剥剥地响。当时吓杀夫人，在屏风背后道：“郡王，这里是帝辇之下，不比边庭上面。若有罪过，只消解去临安府施行，如何胡乱凯得人[53]？”郡王听说道：“叵耐这两个畜生逃走，今日捉将来，我恼了，如何不凯？既然夫人来劝，且捉秀秀入府后花园去，把崔宁解去临安府断治。”当下喝赐钱酒，赏犒捉事人[54]。

㊼凯：“砍”的谐音假借字。

㊽捉事人：指捉拿罪犯的人。

解这崔宁到临安府，一一从头供说：“自从当夜遗漏，来到府中，都搬尽了，只见秀秀养娘从廊下出来，揪住崔宁道：‘你如何安手在我怀中？若不依我口，教坏了你！’要共崔宁逃走。崔宁不得已，只得与他同走。只此是实。”临安府把文案呈上郡王，郡王是个刚直的人，便道：“既然恁地，宽了崔宁，且与从轻断治。”崔宁不合在逃，罪杖，发遣建康府居住。

当下差人押送，方出北关门，到鹅项头，见一顶轿儿。两个人抬着，从后面叫：“崔待诏，且不得去！”崔宁认得像是秀秀的声音，赶将来又不知恁地？心下好生疑惑。伤弓之鸟，不敢揽事，且低着头只顾走。只见后面赶将上来，歇了轿子，一个妇人走出来，不是别人，便是秀秀，道：“崔待诏，你如今去建康府，我却如何？”崔宁道：“却是怎地好？”秀秀道：“自从解你去临安府断罪，把我捉入后花园，打了三十竹篦，遂便赶我出来。我知道你建康府去，赶将来同你去。”崔宁道：“恁地却好。”讨了船，直到建康府。押发人自回。若是押发人是个学舌的，就有一场是非出来。因晓得郡王性如烈火，惹着他不是轻放手的。他又不是王府中人，去管这闲事怎地？况且崔宁一路买酒买食，奉承得他好，回去时就隐恶而扬善了。

再说崔宁两口在建康居住，既是问断了，如今也不怕有人撞见，依旧开个碾玉作铺。浑家道："我两口却在这里住得好，只是我家爹妈自从我和你逃去潭州，两个老的吃了些苦。当日捉我入府时，两个去寻死觅活，今日也好教人去行在取我爹妈来这里同住。"崔宁道："最好。"便教人来行在取他丈人丈母，写了他地理脚色与来人[55]。到临安府寻见他住处，问他邻舍，指道："这一家便是。"来人去门首看时，只见两扇门关着，一把锁锁着，一条竹竿封着。问邻舍："他老夫妻那里去了？"邻舍道："莫说！他有个花枝也似女儿，献在一个奢遮去处[56]。这个女儿不受福德，却跟一个碾玉的待诏逃走了。前日从湖南潭州捉将回来，送在临安府吃官司，那女儿吃郡王捉进后花园里去，老夫妻见女儿捉去，就当下寻死觅活，至今不知下落，只恁地关着门在这里。"来人见说，再回建康府来，兀自来到家。

55地理脚色：这里指居住的地址和年纪面貌。

56奢遮：了不起，出色。

且说崔宁正在家中坐，只见外面有人道："你寻崔待诏住处？这里便是。"崔宁叫出浑家来看时，不是别人，认得是璩父璩婆。都相见了，喜欢的做一处。那去取老儿的人，隔一日才到，说如此这般，寻不见，却空走了这遭。两个老的且自来到这里了。两个老人道："却生受你，我不知你们在建康住，教我寻来寻去，直到这里。"其时四口同住，不在话下。

且说朝廷官里，一日到偏殿看玩宝器，拿起这玉观音来看。这个观音身上，当时有一个玉铃儿，失手脱下。即时问近侍官员："却如何修理得？"官员将玉观音反覆看了，道："好个玉观音！怎地脱落了铃儿？"看到底下，下面碾着三字："崔宁造"。"恁地容易，既是有人造，只消得宣这个人来，教他修整。"敕下郡王府，宣取碾玉匠崔宁。郡王回奏："崔宁有罪，在建康府居住。"即时使人去建康，取得崔宁到行在歇泊了。当时宣崔宁见驾，将这玉观音教他领去，用心整理。崔宁谢了恩，寻一块一般的玉，碾一个铃儿接住了，御前交纳。破分请给养了崔宁[57]，令只在行在居住。崔宁道："我今日遭际御前，争得气。再来清湖河下寻间屋儿开个碾玉铺，须不怕你们撞见！"

㊵破分：拨付，支拨。

可煞事有斗巧，方才开得铺三两日，一个汉子从外面过来，就是那郭排军。见了崔待诏，便道："崔大夫恭喜了！你却在这里住？"抬起头来，看柜身里却立着崔待诏的浑家。郭排军吃了一惊，拽开脚步就走。浑家说与丈夫道："你与我叫住那排军！我相问则个。"正是：

平生不作皱眉事，世上应无切齿人。

崔待诏即时赶上扯住，只见郭排军把头只管侧来侧去，口里喃喃地道："作怪，作怪！"没奈何，只得与崔宁回来，家中坐地。浑家与他相见了，便问："郭排军，前者我好意留你吃酒，你却归来说与郡王，坏了我两个的好事。今日遭际御前，却不怕你去说。"郭排军吃他相问得无言可答，只道得一声"得罪！"相别了，便来到府里，对着郡王道："有鬼！"郡王道："这汉则甚？"郭立道："告恩王，有鬼！"郡王问道："有甚鬼？"郭立道："方才打清湖河下过，见崔宁开个碾玉铺，却见柜身里一个妇女，便是秀秀养娘。"郡王焦躁道："又来胡说！秀秀被我打杀了，埋在后花园，你须也看见，如何又在那里？却不是取笑我？"郭立道："告恩王，怎敢取笑！方才叫住郭立，相问了一回。怕恩王不信，勒下军令状了去。"郡王道："真个在时，你勒军令状来！"那汉也是合苦，真个写一纸军令状来。郡王收了，叫两个当直的轿番，抬一顶轿子，教："取这妮子来。若真个在，把来凯取一刀。若不在，郭立，你须替他凯取一刀！"郭立同两个轿番来取秀秀。正是：

麦穗两岐，农人难辨。

郭立是关西人，朴直，却不知军令状如何胡乱勒得！三个一径来到崔宁家里，那秀秀兀自在柜身里坐地。见那郭排军来得恁地慌忙，却不

知他勒了军令状来取你。郭排军道："小娘子，郡王钧旨，教来取你则个。"秀秀道："既如此，你们少等，待我梳洗了同去。"即时入去梳洗，换了衣服出来，上了轿，分付了丈夫。两上轿番便抬着，径到府前。郭立先入去，郡王正在厅上等待。郭立唱了喏，道："已取到秀秀养娘。"郡王道："着他入来！"郭立出来道："小娘子，郡王教你进来。"掀起帘子看一看，便是一桶水倾在身上，开着口，则合不得，就轿子里不见了秀秀养娘。问那两上轿番道："我不知，则见他上轿，抬到这里，又不曾转动。"那汉叫将入来道："告恩王，恁地真个有鬼！"郡王道："却不叵耐！"教人："捉这汉，等我取过军令状来，如今凯了一刀。先去取下'小青'来。"那汉从来伏侍郡王，身上也有十数次官了[58]，盖缘是粗人[59]，只教他做排军。这汉慌了道："见有两个轿番见证，乞叫来问。"即时叫将轿番来道："见他上轿，抬到这里，却不见了。"说得一般，想必真个有鬼，只消得叫将崔宁来问。便使人叫崔宁来到府中。崔宁从头至尾说了一遍，郡王道："恁地又不干崔宁事，且放他去。"崔宁拜辞去了。郡王焦躁，把郭立打了五十背花棒。

58身上也有十数次官了：指多次立功，有十几次可以提拔做官的机会。

59盖缘：大概因为。

崔宁听得说浑家是鬼，到家中问丈人丈母。两个面面厮觑，走出门，看着清湖河里，扑通地都跳下水去了。当下叫救人，打捞，便不见了尸首。原来当时打杀秀秀时，两个老的听得说，便跳在河里，已自死了。这两个也是鬼。崔宁到家中，没情没绪，走进房中，只见浑家坐在床上。崔宁道："告姐姐，饶我性命!"秀秀道："我因为你，吃郡王打死了，埋在后花园里。却恨郭排军多口，今日已报了冤仇，郡王已将他打了五十背花棒。如今都知道我是鬼，容身不得了。"道罢起身，双手揪住崔宁，叫得一声，匹然倒地[60]。邻舍都来看时，只见：

两部脉尽总皆沉，一命已归黄壤下。

崔宁也被扯去，和父母四个，一块儿做鬼去了。后人评论得好：

咸安王捺不下烈火性，郭排军禁不住闲磕牙[61]。

璩秀娘舍不得生眷属，崔待诏撇不脱鬼冤家。

60匹然：又作"劈然""瞥然"，像中了邪一样，形容迅速地跌倒。

61闲磕牙：指说闲话，搬弄是非。

六　李谪仙醉草吓蛮

【精要简介】

本篇展现了唐代大诗人李白才华横溢、崇尚自由、蔑视权势、关心时政、为民做主、具有悠远见识的形象。全篇故事情节极具传奇色彩，情节曲折，读来引人入胜，人物形象栩栩如生。

【原文鉴赏】

堪羡当年李谪仙，吟诗斗酒有连篇。

蟠胸锦绣欺时彦[①]，落笔风云迈古贤。

书草和番威远塞，词歌倾国媚新弦。

莫言才子风流尽，明月长悬采石边。

①蟠胸锦绣：指满腹文采。

话说唐玄宗皇帝朝，有个才子，姓李，名白，字太白。乃西梁武昭兴圣皇帝李暠九世孙，西川锦州人也。其母梦长庚入怀而生，那长庚星又名太白星，所以名字俱用之。那李白生得姿容美秀，骨格清奇，有飘然出世之表。十岁时，便精通书史，出口成章。人都夸他锦心绣口，又说他是神仙降生，以此又呼为李谪仙。有杜工部赠诗为证：

昔年有狂客，号尔谪仙人。

笔落惊风雨，诗成泣鬼神！

声名从此大，汩没一朝伸。

文采承殊渥[②]，流传必绝伦。

②殊渥（wò）：特殊的恩惠，这里指格外重视和赏识。

李白又自称青莲居士。一生好酒，不求仕进，志欲遨游四海，看尽天下名山，尝遍天下美酒。先登峨眉，次居云梦，复隐于徂徕山竹溪，与孔巢父等六人，日夕酣饮，号为竹溪六逸[③]。有人说湖州乌程酒甚佳，白不远千里而往，到酒肆中，开怀畅饮，旁若无人。时有迦叶司马经过[④]，闻白狂歌之声，遣从者问其何人。白随口答诗四句：

青莲居士谪仙人，酒肆逃名三十春。

湖州司马何须问，金粟如来是后身[⑤]。

迦叶司马大惊，问道："莫非蜀中李谪仙么？闻名久矣。"遂请相见，留饮十日，厚有所赠。临别，问道："以青莲高才，取青紫如拾芥，何不游长安应举?"李白道："目今朝政紊乱，公道全无，请托者登高第，纳贿者获科名。非此二者，虽有孔、孟之贤，晁、董之才[⑥]，无由自达。白所以流连诗酒，免受盲试官之气耳。"迦叶司马道："虽则如此，足下谁人不知？一到长安，必有人荐拔。"

③竹溪六逸：唐开元末，李白客居东鲁，与山东名士孔巢父、韩准、裴政、张叔明、陶沔在泰安府徂徕山下的竹溪隐居，酣歌纵酒，世人皆称他们为"竹溪六逸"。

④迦叶司马：迦叶为复姓。司马，唐代州郡长官的副职，后也用来称明清的府同知。

⑤金粟如来：即维摩诘，意译为净名或无垢尘，意思是以洁净、没有染污而著称的人。

⑥晁（cháo）、董：指西汉的晁错和董仲舒。

李白从其言，乃游长安。一日到紫极宫游玩，遇了翰林学士贺知章[⑦]，通姓道名，彼此相慕。知章遂邀李白于酒肆中，解下金貂，当酒同饮。至夜不舍，遂留李白于家中下榻，结为兄弟。次日，李白将行李搬至贺内翰宅，每日谈诗饮酒，宾主甚是相得。

⑦贺知章（659—744年）：字季真，晚年自号四明狂客，唐代著名诗人、书法家，越州永兴（今浙江萧山）人，官至秘书监。

时光荏苒，不觉试期已迫。贺内翰道："今春南省试官[8]，正是杨贵妃兄杨国忠太师，监视官乃太尉高力士，二人都是爱财之人。贤弟却无金银买嘱他，便有冲天学问，见不得圣天子。此二人与下官皆有相识，下官写一封札子去，预先嘱托，或者看薄面一二。"李白虽则才大气高，遇了这等时势，况且内翰高情，不好违阻，贺内翰写了柬帖，投与杨太师、高力士。二人接开看了，冷笑道："贺内翰受了李白金银，却写封空书在我这里讨白人情。到那日专记，如有李白名字卷子，不问好歹，即时批落[9]。"

⑧南省：唐代称尚书省为南省，因为它在宫廷的南边。尚书省所属的礼部，是主持考试取士的官署，所以后来称赴京应试叫做赴南省。

⑨批落：指在试卷上批"落第"二字。

时值三月三日，大开南省，会天下才人，尽呈卷子。李白才思有馀，一笔挥就，第一个交卷。杨国忠见卷子上有李白名字，也不看文字，乱笔涂抹道："这样书生，只好与我磨墨。"高力士道："磨墨也不中，只好与我着袜脱靴。"喝令将李白推抢出去。正是：

不愿文章中天下，只愿文章中试官！

李白被试官屈批卷子，怨气冲天，回至内翰宅中，立誓："久后吾若得志，定教杨国忠磨墨，高力士与我脱靴，方才满愿。"贺内翰劝白："且休烦恼，权在舍下安歇。待三年，再开试场，别换试官，必然登第。"终日共李白饮酒赋诗。

日往月来，不觉一载。忽一日，有番使赍国书到。朝廷差使命急宣贺内翰陪接番使，在馆驿安下。次日，阁门舍人接得番使国书一道⑩。玄宗敕宣翰林学士，拆开番书，全然不识一字，拜伏金阶启奏："此书皆是鸟兽之迹，臣等学识浅短，不识一字。"天子闻奏，将与南省试官杨国忠开读。杨国忠开看，双目如盲，亦不晓得。天子宣问满朝文武，并无一人晓得，不知书上有何吉凶言语。龙颜大怒，喝骂朝臣："枉有许多文武，并无一个饱学之士与朕分忧。此书识不得，将何回答发落番使？却被番邦笑耻，欺侮南朝，必动干戈，来侵边界，如之奈何！敕限三日，若无人识此番书，一概停俸；六日无人，一概停职；九日无人，一概问罪。别选贤良，共扶社稷。"圣旨一出，诸官默默无言，再无一人敢奏。天子转添烦恼。

⑩阁门舍人：即通事舍人，执掌接纳四方（外国使者）的官。

贺内翰朝散回家，将此事述于李白。白微微冷笑："可惜我李某去年不曾及第为官，不得与天子分忧。"贺内翰大惊道："想必贤弟博学多能，辨识番书，下官当于驾前保奏。"次日，贺知章入朝，越班奏道："臣启陛下，臣家有一秀才，姓李名白，博学多能。要辨番书，非此人不可。"天子准奏，即遣使命，赍诏前去内翰宅中，宣取李白。李白告天使道："臣乃远方布衣，无才无识，今朝中有许多官僚，都是饱学之儒，何必问及草莽？臣不敢奉诏，恐得罪于朝贵。"说这句"恐得罪于朝贵"，隐隐刺着杨、高二人，使命回奏。天子初问贺知章："李白不肯奉诏，其意云何?"知章奏道："臣知李白文章盖世，学问惊人。只为去年试场中，被试官屈批了卷子，羞抢出门，今日教他白衣入朝，有愧于心。乞陛下赐以恩典，遣一位大臣再往，必然奉诏。"玄宗道："依卿所奏。钦赐李白进士及第，着紫袍金带，纱帽象简见驾。就烦卿自往迎取，卿不可辞!"

贺知章领旨回家，请李白开读，备述天子惓惓求贤之意。李白穿了御赐袍服，望阙拜谢，遂骑马随贺内翰入朝。玄宗于御座专待李白，李白至金阶拜舞，山呼谢恩，躬身而立。天子一见李白，如贫得宝，如暗得灯，如饥得食，如旱得云，开金口，动玉音，道："今有番国赍书，无人能晓，特宣卿至，为朕分忧。"白躬身奏道："臣因学浅，被太师批卷不中，高太尉将臣推抢出门。今有番书，何不令试官回答，却乃久滞番官在此? 臣是批黜秀才，不能称试官之意，怎能称皇上之意?"天子道："朕自知卿，卿其勿辞!"遂命侍臣捧番书赐李白观看。李白看了一遍，微微冷笑，对御座前将唐音译出，宣读如流。番书云：

渤海国大可毒书达唐朝官家。自你占了高丽，与俺国逼近，边兵屡屡侵犯吾界，想出自官家之意。俺如今不可耐者，差官来讲和，可将高丽一百七十六城，让与俺国，俺有好物事相送。太白山之菟[11]，南海之昆布[12]，栅城之鼓，扶馀之鹿，鄚颉之豕，率宾之马，沃州之绵，湄沱河之鲫，九都之李，乐游之梨，你官家都有分。若还不肯，俺起兵来厮杀，且看那家胜败!

⑪菟（tú）：即於菟，虎的别称。

⑫昆布：也叫黑菜、鹅掌菜，可食用和入药。

众官听得读罢番书，不觉失惊，面面相觑，尽称"难得"。天子听了番书，龙情不悦，沉吟良久，方问两班文武："今被番家要兴兵抢占高丽，有何策可以应敌?"两班文武，如泥塑木雕，无人敢应。贺知章启奏道："自太宗皇帝三征高丽，不知杀了多少生灵，不能取胜，府库为之虚耗。天幸盖苏文死了，其子男生兄弟争权，为我乡导。高宗皇帝遣老将李勣、薛仁贵统百万雄兵，大小百战，方才殄灭。今承平日久，无将无兵，倘干戈复动，难保必胜。兵边祸结，不知何时而止？愿吾皇圣鉴！”天子道：“似此如何回答他？”知章道：“陛下试问李白，必然善于辞命。”天子乃召白问之。李白奏道：“臣启陛下，此事不劳圣虑，来日宣番使入朝，臣当面回答番书，与他一般字迹，书中言语，羞辱番家，须要番国可毒拱手来降。”天子问：“可毒何人也？”李白奏道：“渤海风俗，称其王曰可毒。犹回纥称可汗，吐番称赞普，六诏称诏⑬，诃陵称悉莫威⑭，各从其俗。”天子见其应对不穷，圣心大悦，即日拜为翰林学士。遂设宴于金鸾殿，宫商迭奏，琴瑟喧阗，嫔妃进酒，彩女传杯。御音传示：“李卿，可开怀畅饮，休拘礼法。”李白尽量而饮，不觉酒浓身软。天子令内官扶于殿侧安寝。

次日五鼓，天子升殿。

净鞭三下响⑮，文武两班齐。

李白宿酲犹未醒，内官催促进朝。百官朝见已毕，天子召李白上殿，见其面尚带酒容，两眼兀自有朦胧之意。天子分付内侍，教御厨中造三分醒酒酸鱼羹来。须臾，内侍将金盘捧到鱼羹一碗。天子见羹气太热，御手取牙箸调之良久，赐与李学士。李白跪而食之，顿觉爽快。是时百官见天子恩幸李白，且惊且喜，惊者怪其破格，喜者喜其得人。惟杨国忠、高力士愀然有不乐之色。

⑬六诏：唐代位于今云南及四川西南的乌蛮六个部落的总称，即蒙嶲诏、越析诏、浪穹诏、邆赕诏、施浪诏、蒙舍诏。

⑭诃（hē）陵：唐代的一个小国，约当今越南南部，曾和唐发生朝贡关系。悉莫威：诃陵国女王，称为悉莫。

⑮净鞭：又称静鞭，古代帝王驾临时的一种仪仗，挥响它使官员们肃静守序。

圣旨宣番使入朝，番使山呼见圣已毕。李白紫衣纱帽，飘飘然有神

仙凌云之态，手捧番书立于左侧柱下，朗声而读，一字无差，番使大骇。李白道："小邦失礼，圣上洪度如天，置而不较。有诏批答，汝宜静听！"番官战战兢兢，跪于阶下。天子命设七宝床于御座之傍，取于阗白玉砚，象管兔毫笔，独草龙香墨，五色金花笺，排列停当。赐李白近御榻前，坐锦墩草诏。李白奏道："臣靴不净，有污前席，望皇上宽恩，赐臣脱靴结袜而登。"天子准奏，命一小内侍："与李学士脱靴。"李白又奏道："臣有一言，乞陛下赦臣狂妄，臣方敢奏。"天子道："任卿失言，朕亦不罪。"李白奏道："臣前入试春闱[16]，被杨太师批落，高太尉赶逐，今日见二人押班[17]，臣之神气不旺。乞玉音分付杨国忠与臣捧砚磨墨，高力士与臣脱靴结袜，臣意气始得自豪，举笔草诏，口代天言，方可不辱群命。"天子用人之际，恐拂其意，只得传旨，教"杨国忠捧砚，高力士脱靴"。二人心里暗暗自揣，前日科场中轻薄了他，"这样书生，只好与我磨墨脱靴。"今日恃了天子一时宠幸，就来还话，报复前仇。出于无奈，不敢违背圣旨，正是敢怒而不敢言。常言道：

冤家不可结，结了无休歇。

侮人还自侮，说人还自说。

⑯春闱（wéi）：唐礼部考试在春季举行，故称春闱。

⑰押班：旧时百官朝会，有一定的行列次序，压班是位在班列的最前面。

李白此时昂昂得意，跚袜登褥[18]，坐于锦墩。杨国忠磨得墨浓，捧砚侍立。论来爵位不同，怎么李学士坐了，杨太师到侍立？因李白口代天言，天子宠以殊礼。杨太师奉旨磨墨，不曾赐坐，只得侍立。李白左手将须一拂，右手举起中山兔颖，向五花笺上，手不停挥，须臾，草就吓蛮书。字画齐整，并无差落，献于龙案之上。天子看了大惊，都是照样番书，一字不识。传与百官看了，各各骇然。天子命李白诵之。李白就御座前朗诵一遍：

大唐开元皇帝，诏谕渤海可毒，自昔石卵不敌，蛇龙不斗。本朝应运开天，抚有四海，将勇卒精，甲坚兵锐。颉利背盟而被擒[19]，弄赞铸鹅而纳誓[20]；新罗奏织锦之颂[21]，天竺致能言之鸟[22]；波斯献捕鼠之蛇[23]，拂菻进曳马之狗[24]；白鹦鹉来自诃陵，夜光珠贡于林邑[25]；骨利干有名马之纳[26]，泥婆罗有良酢之献[27]。无非畏威怀德，买静求安。高丽拒命，天讨再加，传世九百，一朝殄灭，岂非逆天之咎征，衡大之明鉴与[28]！况尔海外小邦，高丽附国，比之中国，不过一郡，士马刍粮，万分不及。若螳怒是逞[29]，鹅骄不逊[30]，天兵一下，千里流血，君同颉利之俘，国为高丽之续。方今圣度汪洋，恕尔狂悖。急宜悔祸，勤修岁事，毋取诛僇，为四夷笑。尔其三思哉！故谕。

天子闻之大喜，再命李白对番官面宣一通，然后用宝入函[31]。李白仍叫高太尉着靴，方才下殿，唤番官听诏。李白重读一遍，读得声韵铿锵，番使不敢则声，面如土色，不免山呼拜舞辞朝。贺内翰送出都门，番官私问道：“适才读诏者何人？”内翰道：“姓李名白，官拜翰林学士。”番使道：“多大的官，使太师捧砚，太尉脱靴？”内翰道：“太师大臣，太尉亲臣，不过人间之极贵。那李学士乃天上神仙下降，赞助天朝，更有何人可及！”番使点头而别，归至本国，与国王述之。国王看了国书，大惊，与国人商议，天朝有神仙赞助，如何敌得。写了降表，愿年年进贡，岁岁来朝。此是后话。

⑱蹝袜：这里指袜子没穿正，靸（sǎ）拉着。

⑲颉（jié）利：东突厥的可汗，在唐李世民时被擒。

⑳弄赞铸鹅而纳誓：唐太宗征高丽会，弃宗弄赞为了表示庆贺，献了一个高七尺可以贮酒三斛的金鹅。弄赞，即文成公主所远嫁的吐蕃赞普弃宗弄赞，又号松赞干布。

㉑新罗奏织锦之颂：指唐高宗永徽元年（650 年），新罗女王真德献织锦颂诗。新罗，朝鲜古国名。

㉒天竺致能言之鸟：唐玄宗开元年间，南天竺献五色能言鸟。天竺，古印度的别称。

㉓波斯献捕鼠之蛇：唐太宗贞观十二年（638 年），波斯献能捕穴鼠的活褥蛇。波斯，即今伊朗。

㉔拂菻（lǐn）：就是大秦，也就是东罗马帝国。曳马之狗：兽名，大如狗，犷恶而有力。

㉕林邑：又称占国，即今越南。

㉖骨利干：西域大戈壁以北的一个部落名字，唐代内附。

㉗泥婆罗有良酢之献：唐太宗贞观二十一年（647 年），泥婆罗派使臣入献波稜、酢菜、浑提葱。泥婆罗，唐代在吐蕃西面的一个小国，曾经发生朝贡关系。

㉘衡大：抗衡大国。

㉙螳怒：螳螂怒臂挡车，形容自不量力。

㉚鹅骄：鹅的习性顽而傲，所以用骄字来形容它，并和螳怒对衬。

㉛宝：皇帝的印信，也称国玺。

话分两头，却说天子深敬李白，欲重加官职。李白启奏：“臣不愿受职，愿得逍遥散诞，供奉御前，如汉东方朔故事[32]。”天子道：“卿既不受职，朕所有黄金白璧，奇珍异宝，惟卿所好。”李白奏道：“臣不亦愿受金玉，愿得从陛下游幸，日饮美酒三千觞，足矣！”天子知李白清高，不忍相强。从此时时赐宴，留宿于金銮殿中，访以政事，恩幸日隆。

㉜东方朔：字曼倩，西汉文学家。他性格诙谐狂放，把朝廷当作避世、保全自身的地方。故事：指旧日的行事制度，成例。

一日，李白乘马游长安街，忽听得锣鼓齐鸣，见一簇刀斧手，拥着一辆囚车行来。白停骖问之，乃是并州解到失机将官，今押赴东市处斩。那囚车中，囚着个美丈夫，生得甚是英伟，叩其姓名，声如洪钟，答道：“姓郭名子仪。”李白相他容貌非凡，他日必为国家柱石，遂喝住刀斧手：“待我亲往驾前保奏。”众人知是李谪仙学士，御手调羹的，谁敢不依。李白当时回马，直叩宫门，求见天子，讨了一道赦敕，亲往东市开读，打开囚车，放出子仪，许他戴罪立功。子仪拜谢李白活命之恩，异日衔环结草㉝，不敢忘报。此事阁过不题。

㉝衔环：传说东汉杨宝救了一只受伤的黄雀，后来黄雀衔了四个玉环来酬谢他。结草：相传春秋时，晋国大夫魏颗，在父亲死后，没有依父命将其宠妾殉葬，而是嫁了她。后来在与秦国的战争中，宠妾的亡父为报答魏颗，在田里结草将秦将杜回绊倒，使他获胜。

是时，宫中最重木芍药，是扬州贡来的。如今叫做牡丹花，唐时谓之木芍药。宫中种得四本，开出四样颜色。那四样？大红、深紫、浅红、通白。玄宗天子移植于沉香亭前，与杨贵妃娘娘赏玩，诏梨园子弟奏乐。天子道：“对妃子，赏名花，新花安用旧曲？”遽命梨园长李龟年召李学士入宫。有内侍说道：“李学士往长安市上酒肆中去了。”龟年不往九街，不走三市，一径寻到长安市去。只听得一个大酒楼上，有人歌云：

三杯通大道，一斗合自然。

但得酒中趣，勿为醒者传。

李龟年道："这歌的不是李学士是谁?"大踏步上楼梯来，只见李白独占一个小小座头，桌上花瓶内供一枝碧桃花，独自对花而酌，已吃得酩酊大醉，手执巨觥，兀自不放。龟年上前道："圣上在沉香亭宣召学士，快去!"众酒客闻得有圣旨，一时惊骇，都站起来闲看。李白全然不理，张开醉眼，向龟年念一句陶渊明的诗，道是：

我醉欲眠君且去。

念了这句诗，就瞑然欲睡。李龟年也有三分主意，向楼窗往下一招，七八个从者，一齐上楼，不由分说，手忙脚乱，抬李学士到于门前，上了玉花骢，众人左扶右持，龟年策马在后相随，直跑到五凤楼前。天子又遣内侍来催促了，敕赐"走马入宫"。龟年遂不扶李白下马，同内侍帮扶，直至后宫，过了兴庆池，来到沉香亭。

天子见李白在马上双眸紧闭，兀自未醒，命内侍铺紫氍毹于亭侧[34]，扶白下马少卧。亲往省视，见白口流涎沫，天子亲以龙袖拭之。贵妃奏道："妾闻冷水沃面，可以解醒。"乃命内侍汲兴庆池水，使宫女含而喷之。白梦中惊醒，见御驾，大惊，俯伏道："臣该万死！臣乃酒中之仙，幸陛下恕臣!"天子御手搀起道："今日同妃子赏名花，不可无新词，所以召卿，可作《清平调》三章。”李龟年取金花笺授白，白带醉一挥，立成三首。

其一曰：

云想衣裳花想容，春风拂槛露华浓。

若非群玉山头见，会向瑶台月下逢。

其二曰：

一枝红艳露凝香，云雨巫山枉断肠。

借问汉宫谁得似？可怜飞燕倚新妆！

其三曰：

名花倾国两相欢，长得君王带笑看。

解释春风无限恨，沉香亭北倚栏杆。

㉞氍毹（qú shū）：毛织的布或地毯。

天子览词，称美不已：“似此天才，岂不压倒翰林院许多学士。”即命龟年按调而歌，梨园众子弟丝竹并进，天子自吹玉笛以和之。歌毕，贵妃敛绣巾，再拜称谢。天子道：“莫谢朕，可谢学士也！”贵妃持玻璃七宝杯，亲酌西凉葡萄酒，命宫女赐李学士饮。天子敕赐李白遍游内苑，令内侍以美酒随后，恣其酣饮。自是宫中内宴，李白每每被召，连贵妃亦爱而重之。

高力士深恨脱靴之事，无可奈何。一日，贵妃重吟前所制《清平调》三首，倚栏叹羡。高力士见四下无人，乘间奏道：“奴婢初意娘娘闻李白此词，怨入骨髓，何反拳拳如是？”贵妃道：“有何可怨？”力士奏道：“‘可怜飞燕倚新妆’，那飞燕姓赵，乃西汉成帝之后。则今画图中，画着一个武士，手托金盘，盘中有一女子，举袖而舞，那个便是赵飞燕。生得腰肢细软，行步轻盈，若人手执花枝颤颤然，成帝宠幸无比。谁知飞燕私与燕赤凤相通，匿于复壁之中。成帝入宫，闻壁衣内有人咳嗽声㉟，搜得赤凤杀之。欲废赵后，赖其妹合德力救而止，遂终身不入正宫。今日李白以飞燕比娘娘，此乃谤毁之语，娘娘何不熟思？”

原来贵妃那时以胡人安禄山为养子，出入宫禁，与之私通，满宫皆知，只瞒得玄宗一人。高力士说飞燕一事，正刺其心。贵妃于是心下怀恨，每于天子前说李白轻狂使酒，无人臣之礼。天子见贵妃不乐李白，遂不召他内宴，亦不留宿殿中。李白情知被高力士中伤，天子有疏远之意，屡次告辞求去，天子不允。乃益纵酒自废，与贺知章、李适之、汝阳王琎、崔宗之、苏晋、张旭、焦遂为酒友，时人呼为饮中八仙。

㉟壁衣：帷幕。

却说玄宗天子心下实是爱重李白，只为宫中不甚相得，所以疏了些儿。见李白屡次乞归，无心恋阙，乃向李白道："卿雅志高蹈，许卿暂还，不日再来相召。但卿有大功于朕，岂可白手还山？卿有所需，朕当一一给与。"李白奏道："臣一无所需，但得杖头有钱，日沽一醉足矣。"天子乃赐金牌一面，牌上御书："敕赐李白为天下无忧学士，逍遥落托秀才，逢坊吃酒，遇库支钱，府给千贯，县给五百贯。文武官员军民人等，有失敬者，以违诏论。"又赐黄金千两，锦袍玉带，金鞍龙马，从者二十人。白叩头谢恩。天子又赐金花二朵，御酒三杯。于驾前上马出朝，百官俱给假，携酒送行，自长安街直接到十里长亭，樽罍不绝。只有杨太师、高太尉二人怀恨不送。内中惟贺内翰等酒友七人，直送至百里之外，流连三日而别。李白集中有《还山别金门知己诗》，略云：

恭承丹凤诏，欻起烟萝中。
一朝去金马，飘落成飞蓬。
闲来《东武吟》，曲尽情未终。
书此谢知己，扁舟寻钓翁。

李白锦衣纱帽，上马登程，一路只称锦衣公子。果然逢坊饮酒，遇库支钱。不一日，回至锦州，与许氏夫人相见。官府闻李学士回家，都来拜贺，无日不醉。日往月来，不觉半载。一日白对许氏说，要出外游玩山水。打扮做秀才模样，身边藏了御赐金牌，带了一个小仆，骑一健驴，任意而行。府县酒资，照牌供给。

忽一日，行到华阴界上，听得人言华阴县知县贪财害民，李白生计，要去治他。来到县前，令小仆退去，独自倒骑着驴子，于县门首连打三回。那知县在厅上取问公事，观见了，连声："可恶，可恶！怎敢调戏父母官！"速令公吏人等拿至厅前取问。李白微微诈醉，连问不答。知县令狱卒押入牢中，待他酒醒，着他好生供状，来日决断。狱卒将李白领入牢中，见了狱官，掀髯长笑。狱官道："想此人是风颠的？"李白道："也不风，也不颠。"狱官道："既不风颠，好生供状。你是何人？为何到此骑驴，搪突县主？"李白道："要我供状，取纸笔来。"狱卒将纸笔置于案上，李白扯狱官在一边说道："让开一步待我写。"狱官笑道："且看这风汉写出甚么来！"李白写道：

供状锦州人，姓李单名白。弱冠广文章，挥毫神鬼泣。长安列八仙，竹溪称六逸。曾草吓蛮书，声名播绝域。玉辇每趋陪，金銮为寝室。啜羹御手调，流涎御袍拭。高太尉脱靴，杨太师磨墨。天子殿前尚容乘马行，华阴县里不许我骑驴入？请验金牌，便知来历。

写毕，递与狱官看了，狱官唬得魂惊魄散，低头下拜道："学士老爷，可怜小人蒙官发遣，身不由己，万望海涵赦罪！"李白道："不干你事，只要你对知县说，我奉金牌圣旨而来，所得何罪，拘我在此？"狱官拜谢了，即忙将供状呈与知县，并述有金牌圣旨。知县此时如小儿初闻霹雳，无孔可钻，只得同狱官到牢中参见李学士，叩头哀告道："小官有眼不识泰山，一时冒犯，乞赐怜悯！"在职诸官，闻知此事，都来拜求，请学士到厅上正面坐下，众官庭参已毕。李白取出金牌，与众官看，牌上写道："学士所到，文武官员军民人等，有不敬者，以违诏论。""汝等当得何罪？"众官看罢圣旨，一齐低头礼拜："我等都该万死。"李白见众官苦苦哀求，笑道："你等受国家爵禄，如何又去贪财害民？如若改过前非，方免汝罪。"众官听说，人人拱手，个个遵依，不敢再犯。就在厅上大排筵宴，管待学士，饮酒三日方散。自是知县洗心涤虑，遂为良牧[36]。此事闻于他郡，都猜道朝廷差李学士出外私行观风考政，无不化贪为廉，化残为善。

㊱良牧：指清廉贤能的地方官。

李白遍历赵、魏、燕、晋、齐、梁、吴、楚，无不流连山水，极诗酒之趣。后因安禄山反叛，明皇车驾幸蜀，诛国忠于军中，缢贵妃于佛寺，白避乱隐于庐山。永王璘时为东南节度使，阴有乘机自立之志。闻白大才，强逼下山，欲授伪职，李白不从，拘留于幕府。未几，肃宗即位于灵武，拜郭子仪为天下兵马大元帅，克复两京。有人告永王璘谋叛，肃宗即遣子仪移兵讨之。永王兵败，李白方得脱身，逃至浔阳江口，被守江把总擒拿[37]，把做叛党，解到郭元帅军前。子仪见是李学士，即喝退军士，亲解其缚，置于上位，纳头便拜道："昔日长安东市，若非恩人相救，焉有今日？"即命治酒压惊，连夜修本，奏上天子，为李白辨冤，且追叙其吓蛮书之功，荐其才可以大用。此乃施恩而得报也。正是：

两叶浮萍归大海，人生何处不相逢。

㊲把总：明代下级武官的名称。这里话本编者一时疏忽，没有注意

到故事的时代背景，将明代职官与唐代相混。

时杨国忠已死，高力士亦远贬他方，玄宗皇帝自蜀迎归，为太上皇，亦对肃宗称李白奇才。肃宗乃徵白为左拾遗。白叹宦海沉迷，不得逍遥自在，辞而不受。别了郭子仪，遂泛舟游洞庭岳阳，再过金陵，泊舟于采石江边。是夜，月明如昼。李白在江头畅饮，忽闻天际乐声嘹亮，渐近舟次，舟人都不闻，只有李白听得。忽然江中风浪大作，有鲸鱼数丈，奋鬣而起。仙童二人，手持旌节，到李白面前，口称："上帝奉迎星主还位。"舟人都惊倒。须臾苏醒，只见李学士坐于鲸背，音乐前导，腾空而去。明日将此事告于当涂县令李阳冰，阳冰具表奏闻。天子敕建李谪仙祠于采石山上，春秋二祭。

到宋太平兴国年间，有书生于月夜渡采石江，见锦帆西来，船头上有白牌一面，写"诗伯"二字。书生遂朗吟二句道：

谁人江上称诗伯？锦绣文章借一观！

舟中有人和云：

夜静不堪题绝句，恐惊星斗落江寒。

书生大惊，正欲傍舟相访，那船泊于采石之下。舟中人紫衣纱帽，飘然若仙，径投李谪仙祠中。书生随后求之祠中，并无人迹，方知和诗者即李白也。至今人称"酒仙"、"诗伯"[38]，皆推李白为第一云。

吓蛮书草见天才，天子调羹亲赐来。

一自骑鲸天上去，江流采石有馀哀。

㊳诗伯：意为诗坛领袖。

七 苏知县罗衫再合

【精要简介】

本篇描写了明朝永乐年间苏云赴任浙江兰溪知县，半路上遭强盗徐能抢劫，后戏剧性地与家人团聚的故事，刻画了一系列鲜活生动的人物形象。

【原文鉴赏】

早潮才罢晚潮来，一月周流六十回。

不独光阴朝复暮，杭州老去被潮催。

这四句诗，是唐朝白乐天杭州钱塘江看潮所作。话中说杭州府有一才子，姓李，名宏，字敬之。此人胸藏锦绣，腹隐珠玑，奈时运未通，三科不第。时值深秋，心怀抑郁，欲渡钱塘，往严州访友。命童子收拾书囊行李，买舟而行。搳出江口[①]，天已下午。李生推篷一看，果然秋江景致，更自非常。有宋朝苏东坡《江神子》词为证：

凤凰山下雨初晴，水风清，晚霞明。一朵芙蓉开过尚盈盈。何处飞来双白鹭，如有意，慕娉婷。忽闻江上弄哀筝，苦含情，遣谁听。烟敛云收，依约是湘灵。欲待曲终寻问取，人不见，数峰青。

①搳（huá）：同“划”。

李生正看之间，只见江口有一座小亭，匾曰“秋江亭”。舟人道：“这亭子上每日有游人登览，今日如何冷静？”李生想道：“似我失意之人，正好乘着冷静时去看一看。”叫：“家长，与我移到秋江亭去。”舟人依命，将船放到亭边，停桡稳缆。李生上岸，步进亭子，将那四面窗槅推开，倚栏而望，见山水相衔，江天一色。李生心喜，叫童子将桌椅拂净，焚起一炉好香，取瑶琴于卓上，操了一回。曲终音止，举眼见墙壁上多有留题，字迹不一。独有一处连真带草，其字甚大。李生起而观之，乃是一首词，名《西江月》，是说酒、色、财气四件的短处：

酒是烧身硝焰，色为割肉钢刀，财多招忌损人苗，气是无烟火药。

四件将来合就，相当不欠分毫。劝君莫恋最为高，才是修身正道。

李生看罢，笑道："此词未为确论，人生在世，酒色财气四者脱离不得。若无酒，失了祭享宴会之礼；若无色，绝了夫妻子孙人事；若无财，天子庶人皆没用度；若无气，忠臣义士也尽委靡。我如今也作一词与他解释，有何不可。"当下磨墨浓，蘸得笔饱，就在《西江月》背后，也带草连真，和他一首：

三杯能和万事，一醉善解千愁，阴阳和顺喜相求，孤寡须知绝后。

财乃润家之宝，气为造命之由。助人情性反为仇，持论何多差谬！

李生写罢，掷笔于卓上。见香烟未烬，方欲就坐，再抚一曲，忽然画檐前一阵风起。

善聚庭前草，能开水上萍。

惟闻千树吼，不见半分形。

李生此时，不觉神思昏迷，伏几而卧。朦胧中，但闻环珮之声，异香满室。有美女四人，一穿黄，一穿红，一穿白，一穿黑，自外而入，向李生深深万福。李生此时似梦非梦，便问："四女何人？为何至此？"四女乃含笑而言："妾姊妹四人，乃古来神女，遍游人间。前日有诗人在此游玩，作《西江月》一首，将妾等辱骂，使妾等羞愧无地。今日蒙先生也作《西江月》一首，与妾身解释前冤，特来拜谢！"李生心中开悟，知是酒色财气四者之精，全不畏惧，便道："四位贤姐，各请通名。"四女各言诗一句，穿黄的道：

"杜康造下万家春。"

穿红的道：

“一面红妆爱杀人。”

穿白的道：

“生死穷通都属我。”

穿黑的道：

“氤氲世界满乾坤。”

原来那黄衣女是酒，红衣女是色，白衣女是财，黑衣女是气。李生心下了然，用手轻招四女：“你四人听我分剖。

香甜美味酒为先，美貌芳年色更鲜。

财积千箱称富贵，善调五气是真仙。”

四女大喜，拜谢道：“既承解释，复劳褒奖，乞先生于吾姊妹四人之中，选择一名无过之女，奉陪枕席，少效恩环。”李生摇手，连声道：“不可，不可！小生有志攀月中丹桂②，无心恋野外闲花。请勿多言，恐亏行止。”四女笑道：“先生差矣。妾等乃巫山洛水之俦，非路柳墙花之比。汉司马相如文章魁首，唐李卫公开国元勋，

一纳文君，一收红拂，反作风流话柄，不闻取讥于后世。况佳期良会，错过难逢，望先生三思！”李生到底是少年才子，心猿意马，拿把不定，不免转口道：“既贤姐们见爱，但不知那一位是无过之女？小生情愿相留。”

②月中丹桂：比喻科举及第。

言之未已，只见那黄衣酒女急急移步上前道：“先生，妾乃无过之女。”李生道：“怎见贤姐无过？”酒女道：“妾亦有《西江月》一首：

善助英雄壮胆，能添锦绣诗肠。神仙造下解愁方，雪月风花玩赏。”

又道：“还有一句要紧言语，先生听着：

好色能生疾病，贪杯总是清狂。八仙醉倒紫云乡，不羡公侯卿相。”

李生大笑道：“好个‘八仙醉倒紫云乡’，小生情愿相留。”

方留酒女，只见那红衣色女向前，柳眉倒竖，星眼圆睁，道：“先生不要听贱婢之言！贱人，我且问你：你只讲酒的好处就罢了，何重己轻人，乱讲好色的能生疾病？终不然三四岁孩儿害病，也从好色来？你只夸己的好处，却不知己的不好处：

平帝丧身因酒毒[3]，江边李白损其躯。

劝君休饮无情水，醉后教人心意迷！”

李生道：“有理。古人亡国丧身，皆酒之过，小生不敢相留。”只见红衣女妖妖娆娆的走近前来，道：“妾身乃是无过之女，也有《西江月》为证：

每羡鸳鸯交颈，又看连理花开。无知花鸟动情怀，岂可人无欢爱。

君子好逑淑女，佳人贪恋多才。红罗帐里两和谐，一刻千金难买。”

李生沉吟道：“真个‘一刻千金难买’！”

③平帝丧身因酒毒：西汉平帝被王莽用毒酒鸩死。

才欲留色女，那白衣女早已发怒骂道："贱人，怎么说'千金难买'？终不然我到不如你？说起你的过处尽多：

尾生桥下水涓涓[④]，吴国西施事可怜。

贪恋花枝终有祸，好姻缘是恶姻缘。"

李生道："尾生丧身，夫差亡国，皆由于色，其过也不下于酒。请去！请去！"遂问白衣女："你却如何？"白衣女上前道：

收尽三才权柄[⑤]，荣华富贵从生。纵教好善圣贤心，空手难施德行。

有我人皆钦敬，无我到处相轻。休因闲气斗和争，问我须知有命。

李生点头道："汝言有理，世间所敬者财也。我若有财，取科第如反掌耳。"

④尾生：传说，尾生与一女子约在桥下想回，久待不至，水涨，尾生不愿失信，抱桥柱而溺死。

⑤ 三才：指天、地、人。

才动喜留之意，又见黑衣女粉脸生嗔，星眸带怒，骂道："你为何说'休争闲气'？为人在世，没了气还好？我想着你：

有财有势是英雄，命若无时枉用功。

昔日石崇因富死，铜山不助邓通穷。"

李生摇首不语，心中暗想："石崇因财取祸，邓通空有钱山，不救其饿，财有何益？"便问气女："卿言虽则如此，但不知卿于平昔间处世何如？"黑衣女道："像妾处世呵：

一自混元开辟，阴阳二字成功。含为元气散为风，万物得之萌动。

但看生身六尺，喉间三寸流通。财和酒色尽包笼，无气谁人享用？"

气女说罢，李生还未及答，只酒色财三女齐声来讲："先生休听其言，我三人岂被贱婢包笼乎？且听我数他过失：

霸王自刎在乌江，有智周瑜命不长。

多少阵前雄猛将，皆因争气一身亡。

先生也不可相留！”李生踌躕思想：“呀！四女皆为有过之人。——四位贤姐，小生褥薄衾寒，不敢相留，都请回去。”四女此时互相埋怨，这个说：“先生留我，为何要你短？”那个说：“先生爱我，为何要你争先？”话不投机，一时间打骂起来。

酒骂色，盗人骨髓；色骂酒，专惹非灾；财骂气，能伤肺腑；气骂财，能损情怀。

直打得酒女乌云乱，色女宝髻歪，财女捶胸叫，气女倒尘埃。一个个蓬松鬓发遮粉脸，不整金莲撒凤鞋。

四女打在一团，搅在一处。

李生暗想：“四女相争，不过为我一人耳。”方欲向前劝解，被气女用手一推，“先生闪开，待我打死这三个贱婢！”李生猛然一惊，衣袖拂着琴弦，当的一声响，惊醒回来，擦磨睡眼，定睛看时，那见四女踪迹！李生抚髀长叹：“我因关心太切，遂形于梦寐之间。据适间梦中所言，四者皆为有过，我为何又作这一首词赞扬其美？使后人观吾此词，恣意于酒色，沉迷于财气，我即为祸之魁首。如今欲要说他不好，难以悔笔。也罢，如今再题四句，等人酌量而行。”就在粉墙《西江月》之后，又挥一首：

饮酒不醉最为高，好色不乱乃英豪。

无义之财君莫取，忍气饶人祸自消。

这段评话，虽说酒色财气一般有过，细看起来，酒也不会饮的，气也有耐得的，无如财色二字害事。但是贪财好色的，又免不得吃几杯酒，免不得淘几场气，酒气二者又总括在财色里面了。今日说一桩异闻，单为财色二字弄出天大的祸来。后来悲欢离合，做了锦片一场佳话，正是：

说时惊破奸人胆，话出伤残义士心。

却说国初永乐年间，北直隶涿州，有个兄弟二人，姓苏，其兄名云，其弟名雨。父亲早丧，单有母亲张氏在堂。那苏云自小攻书，学业淹贯，二十四岁上，一举登科，殿试二甲，除授浙江金华府兰溪县大尹⑥。苏云回家，住了数月，凭限已到⑦，不免择日起身赴任。苏云对夫人郑氏说道："我早登科甲，初任牧民，立心愿为好官，此去止饮兰溪一杯水。所有家财，尽数收拾，将十分之三留为母亲供膳，其馀带去任所使用。"当日拜别了老母，嘱咐兄弟苏雨："好生侍养高堂，为兄的若不得罪于地方，到三年考满⑧，又得相见。"说罢，不觉惨然泪下。苏雨道："哥哥荣任是美事，家中自有兄弟支持，不必挂怀。前程万里，须自保重!"苏雨又送了一程方别。

⑥大尹：对知府、知县的称呼。

⑦凭限：一种由吏部颁发的文书，上面写着官员赴任限期，逾越限期，照规定是要受处分的。

⑧考满：明代对官员的考察制度。规定三年为初考，六年为再考，九年为通考，根据考察结果，分为称职、平常、不称职三等，作为升降调补的依据。

苏云同夫人郑氏，带了苏胜夫妻二人，伏事登途，到张家湾地方，苏胜禀道："此去是水路，该用船只，偶有顺便回头的官座，老爷坐去稳便。"苏知县道："甚好。"原来坐船有个规矩，但是顺便回家，不论客货私货，都装载得满满的，却去揽一位官人乘坐，借其名号，免他一路税课，不要那官人的船钱，反出几十两银子送他，为孝顺之礼，谓之坐舱钱。苏知县是个老实的人，何曾晓得恁样规矩，闻说不要他船钱，已自勾了⑨，还想甚么坐舱钱。那苏胜私下得了他四五两银子酒钱，喜出望外，从旁撺掇。苏知县同家小下了官舱，一路都是下水，渡了黄河，过了扬州广陵驿，将近仪真。因船是年远的，又带货太重，发起漏来，满船人都慌了。苏知县叫快快拢岸，一时间将家眷行李都搬上岸来。只因搬这一番，有分教苏知县全家受祸。正合着二句古语，道是：

慢藏诲盗，冶容诲淫。

却说仪真县有人惯做私商的人，姓徐，名能，在五坝上街居住。久揽山东王尚书府中一只大客船，装载客人，南来北往，每年纳还船租银两。他合着一班水手，叫做赵三、翁鼻涕、杨辣嘴、范剥皮、沈胡子，这一班都不是个良善之辈。又有一房家人，叫做姚大。时常揽了载，约莫有些油水看得入眼时，半夜三更悄地将船移动，到僻静去处，把客人谋害，劫了财帛。如此十馀年，徐能也做了些家事。这些伙计，一个个羹香饭熟，饱食暖衣，正所谓"为富不仁，为仁不富"。你道徐能是仪真县人，如何却揽山东王尚书府中的船只？况且私商起家千金，自家难道打不起一只船？是有个缘故，王尚书初任南京为官，曾在扬州娶了一位小奶奶，后来小奶奶父母却移家于仪真居住，王尚书时常周给。后因路遥不便，打这只船与他，教他赁租用度。船上竖的是山东王尚书府的水牌，下水时，就是徐能包揽去了。徐能因为做那私商的道路，到不好用自家的船，要借尚书府的名色[⑨]，又有势头，人又不疑心他，所以一向不致败露。

⑨名色：名义。

今日也是苏知县合当有事，恰好徐能的船空闲在家。徐能正在岸上寻主顾，听说官船发漏，忙走来看，看见搬下许多箱笼囊箧，心中早有七分动火。结末又走个娇娇滴滴少年美貌的奶奶上来，徐能是个贪财好色的都头[⑩]，不觉心窝发痒，眼睛里迸出火来。又见苏胜搬运行李，料是个仆人，在人丛中将苏胜背后衣袂一扯。苏胜回头，徐能陪个笑脸问道："是那里去的老爷，莫非要换船么？"苏胜道："家老爷是新科进士，选了兰溪县知县，如今却到任，因船发了漏，权时上岸，若就个好船换得，省得又落主人家[⑪]。"徐能指着河里道："这山东尚书府中水牌在上的，就是小人的船，新修整得好，又坚固又干净。惯走浙直水路，水手又都是得力的。今晚若下船时，明早祭了神福[⑫]，等一阵顺风，不几日就吹到了。"苏胜欢喜，便将这话禀知家主。苏知县叫苏胜先去看了舱口，就议定了船钱。因家眷在上，不许搭载一人。徐能俱依允了。当下先秤了一半船钱，那一半直待到县时找足。苏知县家眷行李重复移下了船。

⑩都头：原指低级武官名，州县的捕快头儿也称都头。

⑪主人家：这里指客店，旅舍。

⑫神福：开船之前，对神祭祀，祈求保佑。神福，指的是祭祀所用的酒肉和纸马等。

徐能慌忙去寻那一班不做好事的帮手，赵三等都齐了，只有翁、范二人不到。买了神福，正要开船，岸上又有一个汉子跳下船来道："我也相帮你们去！"徐能看见，呆了半晌。原来徐能有一个兄弟，叫做徐用，班中都称为徐大哥、徐二哥。真个是有性善有性不善，徐能惯做私商，徐用偏好善。但是徐用在船上，徐能要动手脚，往往被兄弟阻住，十遍到有八九遍做不成，所以今日徐能瞒了兄弟不去叫他。那徐用却自有心，听得说有个少年知县换船到任，写了哥子的船⑬，又见哥哥去唤这一班如狼似虎的人，不对他说，心下有些疑惑，故意要来船上相帮。徐能却怕兄弟阻挡他这番稳善的生意，心中嘿嘿不喜。正是：

泾渭自分清共浊，薰莸不混臭和香。

⑬写了：指立约租赁。

却说苏知县临欲开船，又见一个汉子赶将下来，心中到有些疑虑，只道是趁船的，叫苏胜："你问那方才来的是甚么人？"苏胜去问了来，回复道："船头叫做徐能，方才来的叫做徐用，就是徐能的亲弟。"苏知县想道："这便是一家了。"是日开船，约有数里，徐能就将船泊岸，说道："风还不顺，众弟兄且吃神福酒。"徐能饮酒中间，只推出恭上岸，招兄弟徐用对他说道："我看苏知县行李沉重，不下千金，跟随的又止一房家人，这场好买卖不可挫过，你却不要阻挡我。"徐用道；"哥哥，此事断然不可！他若任所回来，盈囊满箧，必是贪赃所致，不义之财，取之无碍。如今方才赴任，不过家中带来几两盘费，那有千金？

况且少年科甲，也是天上一位星宿，哥哥若害了他，天理也不容，后来必然懊悔。"徐能道："财采到不打紧，还有一事，好一个标致奶奶！你哥正死了嫂嫂，房中没有个得意掌家的，这是天付姻缘，兄弟这番须作成做哥的则个！"徐用又道："从来'相女配夫'。既是奶奶，必然也是宦家之女，把他好夫好妇拆散了，强逼他成亲，到底也不和顺，此事一发不可。"

这里兄弟二人正在唧唧哝哝，船艄上赵三望见了，正不知他商议甚事，一跳跳上岸来。徐用见赵三上岸，洋洋的到走开了。赵三问徐能："适才与二哥说甚么？"徐能附耳述了一遍。赵三道："既然二哥不从，到不要与他说了，只消兄弟一人便与你完成其事。今夜须如此如此，这般这般。"徐能大喜道："不枉叫做赵一刀。"原来赵三为人粗暴，动不动自夸道："我是一刀两段的性子，不学那粘皮带骨。"因此起个异名，叫做赵一刀。当下众人饮酒散了，权时歇息。

看看天晚，苏知县夫妇都睡了。约至一更时分，闻得船上起身，收拾篷索。叫苏胜问时，说道："江船全靠顺风，趁这一夜风使去，明早便到南京了。老爷们睡稳莫要开口，等我自行。"那苏知县是北方人，不知水面的勾当，听得这话，就不问他了。

却说徐能撑开船头，见风色不顺，正中其意，拽起满篷，倒使转向黄天荡去[14]。那黄天荡是极野去处，船到荡中，四望无际。姚大便去抛铁锚，杨辣嘴把定头舱门口，沈胡子守舵，赵三当先提着一口泼风刀，徐能手执板斧随后，只不叫徐用一人。却说苏胜打铺睡在舱口，听得有人推门进来，便从被窝里钻出头向外张望，赵三看得真，一刀砍去，正劈着脖子，苏胜只叫得一声："有贼！"又复一刀砍杀，

拖出舱口，向水里撺下去了。苏胜的老婆和衣睡在那里，听得嚷，摸将出来，也被徐能一斧劈倒。姚大点起火把，照得舱中通亮。慌得苏知县双膝跪下，叫道："大王，行李分毫不要了，只求饶命！"徐能道："饶你不得！"举斧照顶门砍下，却被一人拦腰抱住道："使不得！"却便似：

秋深逢赦至⑮，病笃遇仙来！

你道是谁？正是徐能的亲弟徐用。晓得众人动掸⑯，不干好事，走进舱来，却好抱住了哥哥，扯在一边，不容他动手。徐能道："兄第，今日骑虎之势，罢不得手了。"徐用道："他中了一场进士，不曾做得一日官，今日劫了他财帛，占了他妻小，杀了他家人，又教他刀下身亡，也忒罪过。"徐能道："兄弟，别事听得你，这一件听不得你，留了他便是祸根，我等性命难保。放了手！"徐用越抱得紧了，便道："哥哥，既然放他不得，抛在湖中，也得个全尸而死。"徐能道："便依了兄弟言语。"徐用道："哥哥撇下手中凶器，兄弟方好放手。"徐能果然把板斧撇下，徐用放了手。徐能对苏知县道："免便免你一斧，只是松你不得。"便将棕缆捆做一团，如一只馄饨相似，向水面扑通的撺将下去，眼见得苏知县不活了。夫人郑氏只叫得苦，便欲跳水。徐能那里容他，把舱门关闭，拨回船头，将篷扯满，又使转来。原来江湖中除了顶头大逆风，往来都使得篷。

⑭黄天荡：长江下游的一段，在今江苏南京东北。

⑮秋深逢赦（shè）至：旧时处决最烦，一般在秋天执行，这里是临刑遇赦免的意思。

⑯动掸：动静，举动。

仪真至邵伯湖，不过五十馀里，到天明，仍到了五坝口上。徐能回家，唤了一乘肩舆，教管家的朱婆先扶了奶奶上轿，一路哭哭啼啼，竟到了徐能家里。徐能分付朱婆："你好生劝慰奶奶，到此地位，不由不顺从，不要愁烦。今夜若肯从顺，还你终身富贵，强似跟那穷官。说得成时，重重有赏。”朱婆领命，引着奶奶归房。

徐能叫众人将船中箱笼，尽数搬运上岸，打开看了，作六分均分。杀倒一口猪，烧利市纸[17]，连翁鼻涕、范剥皮都请将来，做庆贺筵席。徐用心中甚是不忍，想着哥哥不仁，到夜来必然去逼苏奶奶，若不从他，性命难保？若从时，可不坏了他名节。虽在席中，如坐针毡。众人大酒大肉，直吃到夜。徐用心生一计，将大折碗满斟热酒[18]，碗内约有斤许。徐用捧了这碗酒，到徐能面前跪下。徐能慌忙来搀道：“兄弟为何如此？”徐用道：“夜来船中之事，做兄弟的违拗了兄长，必然见怪。若果然不怪，可饮兄弟这瓯酒。”徐能虽是强盗，兄弟之间，到也和睦，只恐徐用疑心，将酒一饮而尽。众人见徐用劝了酒，都起身把盏道：“今日徐大哥娶了新嫂，是个大喜，我等一人庆一杯。”此时徐能七八已醉，欲推不饮。众人道：“徐二哥是弟兄，我们异姓，偏不是弟兄？”徐能被缠不过，只得每人陪过，吃得酩酊大醉。

⑰烧利市纸：烧纸马祭神，谢神的一种祭祀。

⑱折碗：指容量相当大的碗，可以盛下好多杯酒。

徐用见哥哥坐在椅上打瞌睡，只推出恭，提了灯笼，走出大门。从后门来，门却锁了。徐用从墙上跳进屋里，将后门锁裂开，取灯笼藏了。厨房下两个丫头在那里烫酒，徐用不顾，径到房前。只见房门掩着，里面说话声响，徐用侧耳而听，却是朱婆劝郑夫人成亲，正不知劝过几多言语了，郑夫人不允，只是啼哭。朱婆道：“奶奶既立意不顺从，何不就船中寻个自尽？今日到此，那里有地孔钻去？”郑夫人哭道：“妈妈，不是奴家贪生怕死，只为有九个月身孕在身，若死了不打紧，我丈夫就绝后了。”朱婆道：“奶奶，你就生下儿女来，谁容你存留？老身又是妇道家，做不得程婴、杵臼，也是枉然。”徐用听到这句话，一脚把房门踢开，吓得郑夫人魂不附体，连朱婆也都慌了。徐用道：“不要忙，我是来救你的。我哥哥已醉，乘此机会，送你出后门去逃命，异日相会，须记的不干我徐用之事。”郑夫人叩头称谢。朱婆因说了半日，也十分可怜郑夫人，情愿与他作伴逃走。徐用身边取出十两银子，付与朱婆做盘缠，引二人出后门，又送了他出了大街，嘱付“小心在意”，说罢，自去了。好似：

捶碎玉笼飞彩凤，掣开金锁走蛟龙。

单说朱婆与郑夫人寻思黑夜无路投奔，信步而行，只拣僻静处走去，顾不得鞋弓步窄。约行十五六里，苏奶奶心中着忙，到也不怕脚痛，那朱婆却走不动了。没奈何，彼此相扶，又捱了十馀里，天还未明。朱婆原有个气急的症候，走了许多路，发喘起来，道：“奶奶，不是老身有始无终，其实寸步难移，恐怕反拖累奶奶。且喜天色微明，奶奶前去，好寻个安身之外。老身在此处途路还熟，不消挂念。”郑夫人道：“奴家患难之际，只得相撇了，只是妈妈遇着他人，休得漏了奴家消息!”朱婆道：“奶奶尊便，老身不误你的事。”郑夫人才回得身，朱婆叹口气想道：“没处安身，索性做个干净好人。”望着路旁有口义井，将一双旧鞋脱下，投井而死。郑夫人眼中流泪，只得前行。

又行了十里，共三十馀里之程，渐觉腹痛难忍。此时天色将明，望见路傍有一茅庵，其门尚闭。郑夫人叩门，意欲借庵中暂歇。庵内答应开门。郑夫人抬头看见，惊上加惊，想道：“我来错了，原来是僧人!闻得南边和尚们最不学好，躲了强盗，又撞了和尚，却不晦气。千死万死，左右一死，且进门观其动静。”那僧人看见郑夫人丰姿服色，不像个以下之人，甚相敬重，请入净室问讯[19]。叙话起来，方知是尼僧。郑夫人方才心定，将黄天荡遇盗之事，叙了一遍。

⑲ 净室：寺庙中供歇息的房间。

那老尼姑道：“奶奶暂住几日不妨，却不敢久留，恐怕强人访知，彼此有损……”说犹未了，郑夫人腹痛一阵紧一阵。老尼年逾五十，也是半路出家的，晓得些道儿[20]，问道：“奶奶这痛阵，到像要分娩一般?”郑夫人道：“实不相瞒，奴家怀九个月孕，因星夜走急了路，肚疼，只怕是分娩了。”老尼道：“奶奶莫怪我说，这里是佛地，不可污秽。奶奶可往别处去，不敢相留。”郑夫人眼中流泪，哀告道：“师父，慈悲为本，这十方地面不留㉑，教奴家更投何处？想是苏门前世业重㉒，今日遭此冤劫，不如死休！”老尼心慈，道：“也罢，庵后有个厕屋，奶奶若没处去，权在那厕屋里住下，等生产过了，进庵未迟。”

⑳道儿：门径，方法。

㉑十方：佛教中称东南西北及四维（东南、西南、东北、西北）、上、下为十方。意为无尽无量的有情世界，和佛门的广大。

㉒业重：罪孽深重。

郑夫人出于无奈，只得捧着腹肚，走到庵后厕屋里去。虽则厕屋，喜得不是个露坑，到还干净。郑夫人到了屋内，一连几阵紧痛，产下一个孩儿。老尼听得小儿啼哭之声，忙走来看，说道：“奶奶且喜平安。只是一件，母子不能并留。若留下小的，我与你托人抚养，你就休住在此；你若要住时，把那小官人弃了。不然佛地中啼啼哭哭，被人疑心，查得根由，又是祸事。”

郑夫人左思右量，两下难舍，便道：“我有道理。”将自己贴肉穿的一件罗衫脱下，包裹了孩儿，拔下金钗一股，插在孩儿胸前，对天拜告道：“夫主苏云，倘若不该绝后，愿天可怜，遣个好人收养此儿。”祝罢，将孩儿递与老尼，央他放在十字路口。老尼念声“阿弥陀佛”，接了孩儿，走去约莫半里之遥，地名大柳村，撇于柳树之下。

分明路侧重逢弃[23]，疑是空桑再产伊[24]。

老尼转来，回复了郑夫人，郑夫人一恸几死，老尼劝解，自不必说。老尼净了手，向佛前念了《血盆经》，送汤送水价看觑郑夫人。郑夫人将随身簪珥手钏，尽数解下，送与老尼为陪堂之费[25]。等待满月，进庵做了道姑，拜佛看经。过了数月，老尼恐在本地有是非，又引他到当涂县慈湖老庵中潜住，更不出门，不在话下。

㉓弃：传说是周代的始祖后稷，他的母亲姜嫄，踩巨人足迹而有孕，生下他以后，以为不祥，便把他弃在路上，故名弃。但他却得到飞鸟等的保护，后来又被抱回。

㉔伊：即商汤的贤相伊尹。相传他生在中空的桑树里面，被有莘氏的采桑女子发现。

㉕陪堂：指带发修行的人自备生活费用，长期居住在寺庙或尼庵。

却说徐能醉了，睡在椅上，直到五鼓方醒。众人见主人酒醉，先已各散去讫。徐能醒来，想起苏奶奶之事，走进房看时，却是个空房，连朱婆也不见了。叫丫鬟问时，一个个目睁口呆，对答不出。看后门大开，情知走了，虽然不知去向，也少不得追赶。料他不走南路，必走北路，望僻静处，一直追来。也是天使其然，一径走那苏奶奶的旧路，到义井跟头，看见一双女鞋，原是他先前老婆的旧鞋，认得是朱婆的。疑猜道：“难道他特地奔出去，到于此地，舍得性命？”巴着井栏一望，黑洞洞地，不要管他，再赶一程。又行十馀里，已到大柳村前，全无踪迹。正欲回身，只听得小孩子哭响，走上一步看时，那大柳树之下一个小孩儿，且是生得端正，怀间有金钗一股，正不知什么人撇下的，心中暗想：我徐能年近四十，尚无子息，这不是皇天有眼，赐与我为嗣？轻轻抱在怀里，那孩儿就不哭了。徐能心下十分之喜，也不想追赶，抱了孩子就回。到得家中，想姚大的老婆，新育一个女儿，未及一月死了，正好接奶。把那一股钗子，就做赏钱，赏了那婆娘，教他好生喂乳，“长大之时，我自看顾你。”有诗为证：

插下蔷薇有刺藤，养成乳虎自伤生。

凡人不识天公巧，种就殃苗待长成。

话分两头。再说苏知县被强贼撺入黄天荡中，自古道死生有命，若是命不该活，一千个也休了。只为苏知县后来还有造化，在水中半沉半浮，直翾到向水闸边[26]。恰好有个徽州客船泊于闸口，客人陶公夜半正起来撒溺，觉得船底下有物，叫水手将篙摘起，却是一个人，浑身捆缚，心中骇异，不知是死的是活的？正欲推去水中，有这等异事，那苏知县在水中浸了半夜，还不曾死，开口道：“救命！救命！”陶公见是活的，慌忙解开绳索，将姜汤灌醒，问其缘故。苏知县备细告诉，被山东王尚书船家所劫，如今待往上司去告理[27]。陶公是本分生理之人，听得说要与山东王尚书家打官司，只恐连累，有懊悔之意。苏知县看见颜色变了，怕不相容，便改口道：“如今盘费一空，文凭又失，此身无所着落，倘有安身之处，再作道理。”陶公道：“先生休怪我说，你若要去告理，在下不好管得闲事。若只要个安身之处，敝村有个市学，倘肯相就，权住几时。”苏知县道：“多谢！多谢！”陶公取些干衣服，教苏知县换了，带回家中。这村名虽唤做三家村，共有十四五家，每家多有儿女上学，却是陶公做领袖，分派各家轮流供给，在家教学，不放他出门。看官牢记着，那苏知县自在村中教学，正是：

未司社稷民人事，权作之乎者也师。

㉖翾（xuān）：疾迅的。

㉗告理：告状，请求处理。

却说苏老夫人在家思念儿子苏云，对次子苏雨道："你哥哥为官，一去三年，杳无音信。你可念手足之情，亲往兰溪任所，讨个音耗回来，以慰我悬悬之望。"苏雨领命，收拾包裹，陆路短盘[28]，水路搭船，不则一月，来到兰溪。那苏雨是朴实庄家，不知委曲，一径走到县里。值知县退衙，来私宅门口敲门。守门皂隶急忙拦住[29]，问是甚么人。苏雨道："我是知县老爷亲属，你快通报。"皂隶道："大爷好利害，既是亲属，可通个名姓，小人好传云板。"苏雨道："我是苏爷的嫡亲兄弟，特地从涿州家乡而来。"皂隶兜脸打一啐，骂道："见鬼，大爷自姓高，是江西人，牛头不对马嘴！"正说间，后堂又有几个闲荡的公人听得了，走来帮兴，骂道："那里来这光棍，打他出去就是。"苏雨再三分辨，那个听他。正在那里七张八嘴，东扯西拽，惊动了衙内的高知县，开私宅出来，问甚缘由。

㉘短盘：长途步行，在中间常作休息。

㉙皂隶：就是衙门里的差役。

苏雨听说大爷出衙，睁眼看时，却不是哥哥，已自心慌，只得下跪禀道："小人是北直隶涿州苏雨，有亲兄苏云，于三年前选本县知县，到任以后，杳无音信。老母在家悬望，特命小人不远千里，来到此间，何期遇了恩相。恩相既在此荣任，必知家兄前任下落。"高知县慌忙扶起，与他作揖，看坐，说道："你令兄向来不曾到任，吏部只道病故了，又将此缺补与下官。既是府上都没消息，不是覆舟，定是遭寇了。若是中途病亡，岂无一人回籍？"苏雨听得，哭将起来道："老母家中悬念，只望你衣锦还乡。谁知死得不明不白，教我如何回覆老母？"高知县傍观，未免同袍之情[30]，甚不过意，宽慰道："事已如此，足下休得烦恼。且在敝治宽住一两个月，待下官差人四处打听令兄消息，回府未迟。一应路费，都在下官身上。"便分付门子[31]，于库房取书仪十两[32]，送与苏雨为程敬[33]，着一名皂隶送苏二爷于城隍庙居住。苏雨虽承高公美意，心下痛苦，昼夜啼哭。住了半月，忽感一病，服药不愈，呜呼哀哉。

未得兄弟生逢，又见娘儿死别。

高知县买棺亲往殡殓，停柩于庙中，分付道士小心看视。不在话下。

㉚同袍：同事，同僚。

㉛门子：州县长官的贴身仆役，一般都是由没有成年的童子充当。

㉜书仪：旧时送人礼物或金钱时缩写的礼帖和封签，泛指馈赠的钱物。

㉝程敬：也称程仪，送给远行者的财礼。

再说徐能，自抱那小孩儿回来，教姚大的老婆做了乳母，养为己子。俗语道："只愁不养，不愁不长。"那孩子长成六岁，聪明出众，取名徐继祖，上学攻书。十三岁经书精通，游庠补廪[34]。十五岁上登科，起身会试。从涿州经过，走得乏了，下马歇脚。见一老婆婆，面如秋叶，发若银丝，自提一个磁瓶向井头汲水。徐继祖上前与婆婆作揖，求一瓯清水解渴。老婆婆老眼朦胧，看见了这小官人，清秀可喜，便留他家里吃茶。徐继祖道："只怕老娘府上路远。"婆婆道："十步之内，就是老身舍下。"徐继祖真个下马，跟到婆婆家里。见门庭虽象旧家，甚是冷落。后边房屋都被火焚了，瓦砾成堆，无人收拾，止剩得厅房三间，将土墙隔断。左一间老婆婆做个卧房，右一间放些破家伙，中间虽则空下，傍边供两个灵位，开写着长儿苏云，次儿苏雨。厅侧边是个耳房，一个老婢在内烧火。老婆婆请小官人于中间坐下，自己陪坐，唤老婢泼出一盏热腾腾的茶，将托盘托将出来道："小官人吃茶。"

㉞游庠：进了学，就是中了秀才。补廪：补入廪生的名额，是秀才里面的一个等级，可由政府供给膳食。

老婆婆看着小官人，目不转睛，不觉两泪交流。徐继祖怪而问之。老婆婆道："老身七十八岁了，就说错了句言语，料想郎君不怪。"徐继祖道："有话但说，何怪之有！"老婆婆道："官人尊姓？青春几岁？"徐继祖叙出姓名，年方一十五岁，今科侥幸中举，赴京会试。老婆婆屈指暗数了一回，扑簌簌泪珠滚一个不住。徐继祖也不觉惨然，道："婆婆如此哀楚，必有伤心之事！"老婆婆道："老身有两个儿子，长子苏云，叨中进士，职受兰溪县尹，十五年前，同着媳妇赴任，一去杳然。老身又遣次男苏雨亲往任所体探，连苏雨也不回来。后来闻人传说，大儿丧于江盗之手，次儿没于兰溪。老身痛苦无伸，又被邻家失火延烧卧室。老身和这婢子两口，权住这几间屋内，坐以待死。适才偶见郎君面貌与苏云无二，又刚是十五岁，所以老身感伤不已。今日天色已晚，郎君若不嫌贫贱，在草舍权住一晚，吃老身一餐素饭。"说罢又哭。徐继祖是个慈善的人，也是天性自然感动，心内到可怜这婆婆，也不忍别去，就肯住了。老婆婆宰鸡煮饭，管待徐继祖，叙了二三更的话，就留在中间歇息。

次早，老婆婆起身，又留吃了早饭，临去时依依不舍，在破箱子内取出一件不曾开折的罗衫出来相赠，说道："这衫是老身亲手做的，男女衫各做一件，却是一般花样。女衫把与儿妇穿去了，男衫因打摺时被灯煤落下，烧了领上一个孔。老身嫌不吉利，不曾把与亡儿穿，至今老身收着。今日老身见了郎君，就如见我苏云一般。郎君受了这件衣服，倘念老身衰暮之景，来年春闱得第，衣锦还乡，是必相烦差人于兰溪县打听苏云、苏雨一个实信见报，老身死亦瞑目。”说罢放声痛哭。徐继祖没来由，不觉也掉下泪来。老婆婆送了徐继祖上马，哭进屋去了。徐继祖不胜伤感。

到了京师，连科中了二甲进士，除授中书。朝中大小官员，见他少年老成，诸事历练，甚相敬重。也有打听他未娶，情愿赔了钱，送女儿与他做亲。徐继祖为不曾禀命于父亲，坚意推辞。在京二年，为急缺风宪事㉟，选授监察御史，差往南京刷卷㊱，就便回家省亲归娶，刚好一十九岁。徐能此时已做了太爷，在家中耀武扬威，甚是得志。正合着古人两句：

常将冷眼观螃蟹，看你横行得几时？

㉟风宪：古代御史观察民风，整饬吏治，称作风宪。

㊱刷卷：检查和清理民刑案件。

再说郑氏夫人在慈湖尼庵，一住十九年，不曾出门。一日照镜，觉得庞儿非旧，潸然泪下。想道：“杀夫之仇未报，孩儿又不知生死，就是那时有人收留，也不知落在谁手？住居何乡？我如今容貌憔瘦，又是道姑打扮，料无人认得。况且吃了这几年安逸茶饭，定害庵中㊲，心中过意不去。如今不免出外托钵，一来也帮贴庵中，二来往仪真一路去，顺便打听孩儿消息。常言：‘大海浮萍，也有相逢之日’，或者天可怜，有近处人家拾得，抚养在彼，母子相会，对他说出根由，教他做个报仇之人，却不了却心愿。”当下与老尼商议停妥，托了钵盂，出庵而去。

㊲定害：打扰，烦扰。

一路抄化，到于当涂县内，只见沿街搭彩，迎接刷卷御史徐爷。郑夫人到一家化斋，其家乃是里正，辞道：“我家为接官一事，甚是匆忙，改日来布施罢！”却有间壁一个人家，有女眷闲立在门前观看搭彩，看这道姑生得十分精致，年也却不甚长，见化不得斋，便去叫唤他。郑氏闻唤，到彼问讯过了，那女眷便延进中堂，将素斋款待，问其来历。郑氏料非贼党，想道："我若隐忍不说，到底终无结末。"遂将十九年前苦情，数一数二，告诉出来。谁知屏后那女眷的家长伏着，听了半日，心怀不平，转身出来，叫道姑："你受恁般冤苦，见今刷卷御史到任，如何不去告状申理？"郑氏道："小道是女流，幼未识字，写不得状词。"

那家长道："要告状，我替你写。"便去买一张三尺三的绵纸，从头至尾写道：

告状妇郑氏，年四十二岁，系直隶涿州籍贯。夫苏云，由进士选授浙江兰溪县尹。

于某年相随赴任，路经仪真，因船漏过载。岂期船户积盗徐能，纠伙多人，中途劫夫财，谋夫命，又欲奸骗氏身。氏幸逃出，庵中潜躲，迄今一十九年，沉冤无雪。徐盗见在五坝街住。恳乞天台捕获正法，生死衔恩，激切上告！

郑氏收了状子，作谢而出。走到接官亭，徐御史正在宁太道周兵备船中答拜[38]，船头上一清如水[39]。郑氏不知利害，径跄上船。管船的急忙拦阻，郑氏便叫起屈来。徐爷在舱中听见，也是一缘一会，偏觉得音声凄惨，叫巡捕官接进状子[40]，同周兵备观看。不看犹可，看毕时，唬得徐御史面如土色。屏去从人，私向周兵备请教；"这妇人所告，正是老父。学生欲待不准他状，又恐在别衙门告理。"周兵备呵呵大笑道："先生大人，正是青年，不知机变，此事亦有何难？可分付巡捕官带那妇人明日察院中审问[41]。到那其间，一顿板子，将那妇人敲死，可不绝了后患？"徐御史起身相谢道："承教了。"辞别周兵备，分付了巡捕官说话，押那告状的妇人，明早带进衙门面审。

㊳宁太道：全称徽宁池太道，属于按察使下的兵备道，管辖皖南、徽州、宁国、池州、太平等府。兵备：是负责这一地区的军务。

㊴一清如水：比喻寂静无人。

㊵巡捕官：明代负责护卫、侦缉、缉捕人犯的官员。

㊶察院：明代督察院的简称。明代专司监察的机关，他所属的官员，就是御史，御史出差在外，其衙署仍称察院。

当下回察院中安歇，一夜不睡，想道：“我父亲积年为盗，这妇人所告，或是真情。当先劫财杀命，今日又将妇人打死，却不是冤上加冤！若是不打杀他时，又不是小可利害。”蓦然又想起三年前涿州遇见老妪，说儿子苏云被强人所算，想必就是此事了。又想道：“我父亲劫掠了一生，不知造下许多冤业，有何阴德，积下儿子科第？我记得小时上学，学生中常笑我不是亲生之子，正不知我此身从何而来。此事除非奶公姚大知其备细。”心生一计，写就一封家书，书中道：“到任忙促，不及回家，特地迎接父叔诸亲，南京衙门相会。路上乏人伏侍，可先差奶公姚大来当涂采石驿，莫误，莫误！”次日开门，将家书分付承差[42]，送到仪真五坝街上太爷亲拆。

㊷承差：指衙门里承办各项差务的吏员。

巡捕官带郑氏进衙，徐继祖见了那郑氏，不由人心中惨然，略问了几句言语，就问道："那妇人有儿子没有？如何自家出身告状？"郑氏眼中流泪，将庵中产儿，并罗衫包裹，和金钗一股，留于大柳村中始末，又备细说了一遍。徐继祖委决不下，分付郑氏："你且在庵中暂住，待我察访强盗着实，再来唤你。"郑氏拜谢去了。

徐继祖起马到采石驿住下[43]，等得奶公姚大到来。日间无话，直至黄昏深后，唤姚大至于卧榻，将好言抚慰，问道："我是谁人所生？"姚大道："是太爷生的。"再三盘问，只是如此。徐爷发怒道："我是他生之子，备细都已知道。你若说得明白，念你妻子乳哺之恩，免你本身一刀。若不说之时，发你在本县，先把你活活敲死！"姚大道："实是太爷亲生，小的不敢说谎。"徐爷道："黄天荡打劫苏知县一事，难道你不知？"姚大又不肯明言。徐爷大怒，便将宪票一幅[44]，写下姚大名字，发去当涂县打一百讨气绝缴[45]。姚大见佥了宪票，着了忙，连忙磕头道："小的愿说，只求老爷莫在太爷面前泄漏。"徐爷道："凡事有我做主，你不须惧怕！"姚大遂将打劫苏知县，谋苏奶奶为妻，及大柳树下拾得小孩子回家，教老婆接奶，备细说了一遍。徐爷又问道："当初裹身有罗衫一件，又有金钗一股，如今可在？"姚大道："罗衫上染了血迹，洗不净，至今和金钗留在。"此时徐爷心中已自了然，分付道："此事只可你我二人知道，明早打发你回家，取了钗子、罗衫，星夜到南京衙门来见我。"姚大领命自去。徐爷次早，一面差官"将盘缠银两好生接取慈湖庵郑道姑到京中来见我"，一面发牌起程，往南京到任。正是：

少年科第荣如锦，御史威名猛似雷。

㊸起马：动身，启程。

㊹宪票：指都察院发出的拘提或处分人犯的指令。

㊺讨气绝缴：打死后回报。

且说苏云知县在三家村教学，想起十九年前之事，老母在家，音信隔绝，妻房郑氏怀孕在身，不知生死下落，日夜忧惶，将此情告知陶公，欲到仪真寻访消息。陶公苦劝安命，莫去惹事。苏云乘清明日各家出去扫墓，乃写一谢帖留在学馆之内，寄谢陶公，收拾了笔墨出门。一路卖字为生，行至常州烈帝庙[46]，日晚投宿。梦见烈帝庙中，灯烛辉煌，自己拜祷求签，签语云：

陆地安然水面凶，一林秋叶遇狂风。

要知骨肉团圆日，只在金陵豸府中。

五更醒来，记得一字不忘，自家暗解道："江中被盗遇救，在山中住这几年，首句'陆地安然水面凶'已自应了。'一林秋叶遇狂风'，应了骨肉分飞之象，难道还有团圆日子？金陵是南京地面，御史衙门号为豸府[47]。我如今不要往仪真，径到南都御史衙门告状，或者有伸冤之日。"

㊻烈帝庙：相传烈帝，就是陈司徒，名杲仁，字世威，隋末为沈法兴部将，沈作乱，他自破其腹，以水涤肠而死。生前被人称誉为"忠孝文武信义谋辩"的八绝贤臣，死后建祠庙祭祀，南唐保大时，被封为"烈帝"。

㊼豸（zhì）府：指御史衙门。豸，传说中的异兽，能辨别曲直。

天明起来，拜了神道，讨其一筶，"若该往南京，乞赐圣筶。"掷下果然是个圣筶。苏公欢喜，出了庙门，直至南京，写下一张词状，到操江御史衙门去出告[48]，状云：

告状人苏云，直隶涿州人。忝中某科进士，初选兰溪知县，携家赴任，行至仪真，祸因舟漏，重雇山东王尚书家船只过载。岂期舟子徐能、徐用等，惯于江洋打劫。夜半移船僻处，缚云抛水，幸遇救免，教授糊口，行李一空，妻仆不知存亡。势宦养盗，非天莫剿，上告！"

㊽操江：明制，设提督操江，由副佥都御使充任，主管江防的任务。

那操江林御史，正是苏爷的同年，看了状词，甚是怜悯。即刻行个文书，支会山东抚按，着落王尚书身上要强盗徐能、徐用等。刚刚发了文书，刷卷御史徐继祖来拜。操院偶然叙及此事，徐继祖有心，别了操院出门，即时叫听事官："将操院差人唤到本院御门，有话分付。"徐爷回衙门，听事官唤到操院差人进衙磕头，禀道："老爷有何分付?"徐爷道："那王尚书船上强盗，本院已知一二。今本院赏你盘缠银二两，你可暂停两三日，待本院唤你们时，你可便来，管你有处缉拿真赃真盗，不须到山东去得。"差人领命去了。

少顷，门上通报太爷到了。徐爷出迎，就有踢蹭之意。想着养育教训之恩，恩怨也要分明，今日且尽个礼数。当下差官往河下接取到衙。原来徐能、徐用起身时，连这一班同伙赵三、翁鼻涕、杨辣嘴、范剥皮、沈胡子，都倚仗通家兄弟面上，备了百金贺礼，一齐来庆贺徐爷。这是天使其然，自来投死。姚大先进衙磕头。徐爷教请太爷、二爷到衙，铺毡拜见。徐能端然而受。次要拜徐用，徐用抵死推辞，不肯要徐爷下拜，只是长揖。赵三等一伙，向来在徐能家，把徐继祖当做子侄之辈，今日高官显耀，时势不同，赵三等口称"御史公"，徐继祖口称"高亲"，两下宾主相见，备饭款待。

至晚，徐继祖在书房中，密唤姚大，讨他的金钗及带血罗衫看了。那罗衫花样与涿州老婆婆所赠无二。"那老婆婆又说我的面庞与他儿子一般，他分明是我的祖母，那慈湖庵中道姑是我亲娘，更喜我爷不死，见在此间告状，骨肉团圆，在此一举。"

次日大排筵宴在后堂，管待徐能一伙七人，大吹大擂介饮酒。徐爷只推公务，独自出堂，先教聚集民壮快手五六十人，安排停当，听候本院挥扇为号，一齐进后堂擒拿七盗。又唤操院公差，快快请告状的苏爷，到衙门相会。不一时，苏爷到了，一见徐爷便要下跪。徐爷双手扶住，彼此站立，问其情节，苏爷含泪而语。徐爷道："老先生休得愁烦，后堂有许多贵相知在那里，请去认一认。"苏爷走入后堂。一者此时苏爷青衣小帽，二者年远了，三者出其不意，徐能等已不认得苏爷了。苏爷时刻在念，到也还认得这班人的面貌，看得仔细，吃了一惊，倒身退出，对徐爷道："这一班人，正是船中的强盗，为何在此？"徐爷且不回话，举扇一挥，五六十个做公的蜂拥而入，将徐能等七人一齐捆缚。徐能大叫道："继祖孩儿，救我则个！"徐爷骂道："死强盗，谁是你的孩儿？你认得这位十九年前苏知县老爷么？"徐能就骂徐用道："当初不听吾言，只叫他全尸而死，今日悔之何及！"又叫姚大出来对证，各各

无言。徐爷分付巡捕官："将这八人与我一总发监，明日本院自备文书，送到操院衙门去。"

发放已毕，分付关门，请苏爷复入后堂。苏爷看见这一伙强贼，都在酒席上擒拿，正不知甚么意故。方欲待请问明白，然后叩谢。只见徐爷将一张交椅，置于面南，请苏爷上坐，纳头便拜。苏爷慌忙扶住道："老大人素无一面，何须过谦如此？"徐爷道："愚男一向不知父亲踪迹，有失迎养，望乞恕不孝之罪！"苏爷还说道："老大人不要错了！学生并无儿子。"徐爷道："不孝就是爹爹所生，如不信时，有罗衫为证。"徐爷先取涿州老婆婆所赠罗衫，递与苏爷，苏爷认得领上灯煤孔，道："此衫乃老母所制，从何而得？"徐爷道："还有一件。"又将血渍的罗衫及金钗取来。苏爷观看，又认得："此钗乃吾妻首饰，原何也在此？"徐爷将涿州遇见老母，及采石驿中道姑告状，并姚大招出情由，备细说了一遍。苏爷方才省悟，抱头而哭。事有凑巧，这里恰才父子相认，门外传鼓报道："慈湖观音庵中郑道姑已唤到。"徐爷忙教请进后堂。苏爷与奶奶别了一十九年，到此重逢。苏爷又引孩儿拜见了母亲。痛定思痛，夫妻母子哭做一堆，然后打扫后堂，重排个庆贺筵席。正是：

树老抽枝重茂盛，云开见月倍光明。

次早，南京五府六部六科十三道[49]，及府县官员，闻知徐爷骨肉团圆，都来拜贺。操江御史将苏爷所告状词，奉还徐爷，听其自审。徐爷别了列位官员，分付手下，取大毛板伺候。于监中吊出众盗，一个个脚镣手扭，跪于阶下。徐爷在徐家生长，已熟知这班凶徒杀人劫财，非止一事，不消拷问。只有徐用平昔多曾谏训，且苏爷夫妇都受他活命之恩，叮嘱儿子要出脱他。徐爷一笔出豁了他[50]，赶出衙门，徐用拜谢而去。山东王尚书遥远无干，不须推究。徐能、赵三首恶，打八十。杨辣嘴、沈胡子在船上帮助，打六十。姚大虽也在船上出尖，其妻有乳哺之恩，与翁鼻涕、范剥皮各只打四十板。虽有多寡，都打得皮开肉绽，鲜血迸流。姚大受痛不过，叫道："老爷亲许免小人一刀，如何失信？"徐爷又免他丨板，只打三十。打完了，分付收监。徐爷退于后堂，请命于父亲，草下表章，将此段情由，具奏天子。先行出姓，改名苏泰，取否极泰来之义。次要将诸贼不时处决，各贼家财，合行籍没为边储之用。表尾又说："臣父苏云，二甲出身，一官未赴，十九年患难之馀，宦情已淡。臣祖母年逾八帙，独居故里，未知存亡。臣年十九未娶，继祀无望。恳乞天恩给假，从臣父暂归涿州，省亲归娶。"云云。奏章已发。

㊾南京五府六部六科十三道：在明代，明成祖朱棣迁都北京后，在南京仍保留了一部分名义上的中央行政机构。另加"南京"二字。五府，即五军都督府。六部，分为吏、户、礼、兵、刑、工。六科是六科给事中，和六部一样，也分为吏、户、礼、兵、刑、工。十三道，是都察院的监察御史。科、道都是属于检察性质的官。

㊿出豁：出脱，对付。

此时徐继祖已改名苏泰，将新名写帖，遍拜南京各衙门。又写年侄帖子，拜谢了操江林御史。又记着祖母言语，写书差人往兰溪县查问苏雨下落。兰溪县差人先来回报，苏二爷十五年前曾到，因得病身死。高知县殡殓，棺寄在城隍庙中。苏爷父子痛哭了一场，即差的当人，赍了盘费银两，重到兰溪，于水路雇船装载二爷灵柩回涿州祖坟安葬。不一日，奏章准了下来，一一依准，仍封苏泰为御史之职，钦赐父子驰驿还乡。刑部请苏爷父子同临法场监斩诸盗。苏泰预先分付狱中，将姚大缢死全尸，也算免其一刀。徐能叹口气道："我虽不曾与苏奶奶成亲，做了三年太爷，死亦甘心了。"各盗面面相觑，延颈受死。但见：

两声破鼓响，一棒碎锣鸣。监斩官如十殿阎王，刽子手似飞天罗刹。刀斧劫来财帛，万事皆空；江湖使尽英雄，一朝还报。森罗殿前，个个尽惊凶鬼至；阳间地上，人人都庆贼人亡！

在先上本时，便有文书知会扬州府官、仪真县官，将强盗六家，预先赶出人口，封锁门户，纵有金宝如山，都为官物。家家女哭儿啼，人离财散，自不必说。只有姚大的老婆，原是苏御史的乳母，一步一哭，到南京来求见御史老爷。苏御史因有乳哺之恩，况且丈夫已经正法，罪不及孥[51]。又恐奶奶伤心，不好收留，把五十两银子赏他为终身养生送死之资，打发他随便安身。

㊿孥（nú）：指妻子和儿女的统称。

京中无事，苏太爷辞了年兄林操江。御史公别了各官起马，前站打两面金字牌，一面写着“奉旨省亲”，一面写着“钦赐归娶”。旗幡鼓吹，好不齐整，闹嚷嚷的从扬州一路而回。道经仪真，苏太爷甚是伤感，郑老夫人又对儿子说起朱婆投井之事，又说亏了庵中老尼。御史公差地方访问义井。居民有人说，十九年前，是曾有个死尸，浮于井面，众人捞起三日，无人识认，只得敛钱买棺盛殓，埋于左近一箭之地。地方回复了，御史公备了祭礼，及纸钱冥锭，差官到义井坟头，通名致祭。又将白金百两，送与庵中老尼，另封白银十两，付老尼启建道场，超度苏二爷、朱婆及苏胜夫妇亡灵。这叫做以直报怨，以德报德。苏公父子亲往拈香拜佛。

诸事已毕，不一日行到山东临清，头站先到渡口驿，惊动了地方上一位乡宦，那人姓王名贵，官拜一品尚书，告老在家。那徐能揽的山东王尚书船，正是他家。徐能盗情发了，操院拿人，闹动了仪真一县，王尚书的小夫人家属，恐怕连累，都搬到山东，依老尚书居住。后来打听得苏御史审明，船虽尚书府水牌，止是租赁，王府并不知情。老尚书甚是感激，今日见了头行，亲身在渡口驿迎接。见了苏公父子，满口称谢，设席款待。席上问及：“御史公钦赐归娶，不知谁家老先儿的宅眷[52]？”苏云答道：“小儿尚未择聘。”王尚书道：“老夫有一末堂幼女[53]，年方二八，才貌颇称，倘蒙御史公不弃老朽，老夫愿结丝萝。”苏太爷谦让不遂，只得依允。就于临清暂住，择吉行聘成亲。有诗为证：

月下赤绳曾绾足，何须射中雀屏目。

当初恨杀尚书船，谁想尚书为眷属。

52 老先儿：老先生的省称。

53 末堂：最后出生的。

三朝以后[54]，苏公便欲动身，王尚书苦留。苏太爷道："久别老母，未知存亡，归心已如箭矣！"王尚书不好担阁。过了七日，备下千金妆奁，别起夫马，送小姐随夫衣锦还乡。一路无话。

54 三朝：旧时举行婚礼后的第三天。

到了涿州故居，且喜老夫人尚然清健，见儿子媳妇俱已半老，不觉感伤。又见孙儿就是向年汲水所遇的郎君，欢喜无限。当初只恨无子，今日抑且有孙。两代甲科，仆从甚众，旧居火焚之馀，安顿不下，暂借察院居住。起建御史第，府县都来助工，真个是"不日成之"。

苏云在家，奉养太夫人直至九十馀岁方终。苏泰历官至坐堂都御史[55]，夫人王氏，所生二子，将次子承继为苏雨之后，二子俱登第。至今闾里中传说苏知县报冤唱本。后人有诗云：

月黑风高浪沸扬，黄天荡里贼猖狂。

平陂往复皆天理，那见凶人寿命长？

㊺坐堂：指当上了都察院的长官都御史。

八　小夫人金钱赠年少

【精要简介】

本篇讲述的是王招宣府里出来的小夫人，嫁给开线铺的张员外，有意于店中主管张胜，张胜奉母命辞去店职，不与往来，后小夫人因故自缢身死，鬼魂仍追寻张胜的故事，表现了主人公对爱情的大胆追求。

【原文鉴赏】

谁言今古事难穷？大抵荣枯总是空。

算得生前随分过，争如云外指溟鸿。

暗添雪色眉根白，旋落花光脸上红。

惆怅凄凉两回首，暮林萧索起悲风。

这八句诗，乃西川成都府华阳县王处厚，年纪将及六旬，把镜照面，见须发有几根白的，有感而作。世上之物，少则有壮，壮则有老，古之常理，人人都免不得的。原来诸物都是先白后黑，惟有髭须却是先黑后白。又有戴花刘使君，对镜中见这头发斑白，曾作《醉亭楼》词：

平生性格，随分好些春色，沉醉恋花陌。虽然年老心未老，满头花压巾帽侧。鬓如霜，须似雪，自嗟恻！

几个相知劝我染，几个相知劝我摘。染摘有何益！当初怕作短命鬼，如今已过中年客。且留些，妆晚景，尽教白。

如今说东京汴州开封府界，有个员外，年逾六旬，须发皤然[①]。只因不伏老，兀自贪色，荡散了一个家计，几乎做了失乡之鬼。这员外姓甚名谁？却做甚么事来？正是：

尘随车马何年尽？事系人心早晚休。

①皤（pó）然：形容须发花白的样子。

话说东京汴州开封府界身子里[②]，一个开线铺的员外张士廉[③]，年过六旬，妈妈死后，孑然一身，并无儿女。家有十万资财，用两个主管营运。张员外忽一日拍胸长叹，对二人说："我许大年纪，无儿无女，要十万家财何用？"二人曰："员外何不取房娘子，生得一男半女，也不绝了香火。"员外甚喜，差人随即唤张媒李媒前来。这两个媒人端的是：

开言成匹配，举口合姻缘。医世上凤只鸾孤，管宇宙单眠独宿。传言玉女，用机关把臂拖来；侍案金童，下说词拦腰抱住。调唆织女害相思，引得嫦娥离月殿。

员外道："我因无子，相烦你二人说亲。"张媒口中不道，心下思量道："大伯子许多年纪，如今说亲，说甚么人是得？教我怎地应他？"则见李媒把张媒推一推，便道："容易。"临行，又叫住了道："我有三句话。"只因说出这三句话来，教员外：

青云有路，番为苦楚之人；

白骨无坟，化作失乡之鬼。

媒人道："不知员外意下何如？"张员外道："有三件事，说与你两人。第一件，要一个人材出众，好模好样的。第二件，要门户相当。第三件，我家下有十万贯家财，须着个有十万贯房奁的亲来对付我[④]。"两个媒人，肚里暗笑，口中胡乱答应道："这三件事都容易。"当下相辞员外自去。

②界身：北宋汴京皇城东南角的一条繁华街巷，是大商店开设的地方，也是当日商业中心区。

③员外：本是官名，员外郎的简称。宋元以来用作对地主阶级的尊称。

④房奁（lián）：嫁妆。对付：匹配。

张媒在路上与李媒商议道："若说得这头亲事成，也有百十贯钱撰。只是员外说的话太不着人⑤，有那三件事的他不去嫁个年少郎君，却肯随你这老头子？偏你这几根白胡须是沙糖拌的？"李媒道："我有一头到也凑巧，人材出众，门户相当。"张媒道："是谁家？"李媒云："是王招宣府里出来的小夫人⑥。王招宣初娶时，十分宠幸，后来只为一句话破绽些，失了主人之心，情愿白白里把与人，只要个有门风的便肯。随身房计少也有几万贯，只怕年纪忒小些。"张媒道："不愁小的忒小，还嫌老的忒老，这头亲张员外怕不中意？只是雌儿心下必然不美⑦。如今对雌儿说，把张家年纪瞒过了一二十年，两边就差不多了。"李媒道："明日是个和合日⑧，我同你先到张宅讲定财礼，随到王招宣府一说便成。"是晚各归无话。

⑤不着人：不近人情。

⑥宣府：招讨使和宣抚使的简称，宋代高级的领军主官。

⑦雌儿：年轻妇女的代称，含有轻戏的意思。

⑧和合：吉利。

次日，二媒纳会了，双双的到张员外宅里说："昨日员外分付的三件事，老媳妇寻得一头亲，难得恁般凑巧！第一件，人材十分足色。第二件，是王招宣府里出来，有名声的。第三件，十万贯房奁。则怕员外嫌他年小。"张员外问道："却几岁？"张媒应道："小员外三四十岁。"张员外满脸堆笑道："全仗作成则个！"

话休絮烦，当下两边俱说允了。少不得行财纳礼，奠雁已毕，花烛成亲。次早参拜家堂，张员外穿紫罗衫，新头巾，新靴新袜。这小夫人着乾红销金大袖团花霞帔⑨，销金盖头，生得：

新月笼眉，春桃拂脸。意态幽花殊丽，肌肤嫩玉生光。说不尽万种妖娆，画不出千般艳冶。何须楚峡云飞过，便是蓬莱殿里人！

张员外从上至下看过，暗暗地喝采。小夫人揭起盖头，看见员外须眉皓白，暗暗地叫苦。花烛夜过了，张员外心下喜欢，小夫人心下不乐。

⑨乾红：深红色。销金：用真金合线制成的一种金线，绣在衣服和饰品上。

过了月馀，只见一人相揖道："今日是员外生辰，小道送疏在此。"原来员外但遇初一月半，本命生辰，须有道疏⑩。那时小夫人开疏看时，扑簌簌两行泪下，见这员外年已六十，埋怨两个媒人："将我误了。"看那张员外时，这几日又添了四五件在身上：

腰便添疼，眼便添泪。

耳便添聋，鼻便添涕。

⑩道疏：道教中用来白天、祈神降福的文书。

一日，员外对小夫人道："出外薄干⑪，夫人耐静。"小夫人只得应道："员外早去早归。"说了，员外自出去。小夫人自思量："我恁地一个人，许多房奁，却嫁一个白须老儿！"心下正烦恼，身边立着从嫁道："夫人今日何不门首看街消遣？"小夫人听说，便同养娘到外边来看。这张员外门首，是胭脂绒线铺，两壁装着厨柜，当中一个紫绢沿边帘子。养娘放下帘钩，垂下帘子，门前两个主管，一个李庆，五十来岁；一个张胜，年纪三十来岁，二人见放下帘子，问道："为甚么?"养娘道："夫人出来看街。"两个主管躬身在帘子前参见。小夫人在帘子底下启一点朱唇，露两行碎玉，说不得数句言语，教张胜惹场烦恼：

远如沙漠，何殊没底沧溟；

重若丘山，难比无穷泰华。

⑪薄干：指有些小事情。

小夫人先叫李主管问道："在员外宅里多少年了?"李主管道："李庆在此三十馀年。"夫人道："员外寻常照管你也不曾?"李主管道："一饮一啄，皆出员外。"却问张主管，张主管道："张胜从先父在员外宅里二十馀年，张胜随着先父便趋事员外，如今也有十馀年。"小夫人问道："员外曾管顾你么?"张胜道："举家衣食，皆出员外所赐。"小夫人道："主管少待。"小夫人折身进去不多时，递些物与李主管。把袖包手来接，躬身谢了。小夫人却叫张主管道："终不成与了他不与你？这物件虽不直钱，也有好处。"张主管也依李主管接取，躬身谢了。小夫人又看了一回，自入去。两个主管，各自出门前支持买卖。原来李主管得的是十文银钱，张主管得的却是十文金钱。当时张主管也不知道李主管得的是银钱，李主管也不知张主管得的是金钱。

当日天色已晚，但见：

野烟四合，宿鸟归林，佳人秉烛归房，路上行人投店。渔父负鱼归竹径，牧童骑犊返孤村。

当日晚算了帐目，把文簿呈张员外，今日卖几文，买几文，人上欠几文，都佥押了。原来两个主管，各轮一日在铺中当直，其日却好正轮着张主管值宿。门外面一间小房，点着一盏灯。张主管闲坐半晌，安排歇宿，忽听得有人来敲门。张主管听得，问道："是谁?"应道："你快开门，却说与你!"张主管开了房门，那人跄将入来，闪身已在灯光背后。张主管看时，是个妇人。张主管吃了一惊，慌忙道："小娘子你这早晚来有甚事?"那妇人应道："我不是私来，早间与你物事的教我来。"张主管道："小夫人与我十文金钱，想是教你来讨还?"那妇人道："你不理会得，李主管得的是银钱。如今小夫人又教把一件物来与你。"

只见那妇人背上取下一包衣装，打开来看道："这几件把与你穿的，又有几件妇女的衣服把与你娘。"只见妇女留下衣服，作别出门，复回身道："还有一件要紧的倒忘了。"又向衣服里取出一锭五十两大银，撇了自去。当夜张胜无故得了许多东西，不明不白，一夜不曾睡着。

明日早起来，张主管开了店门，依旧做买卖。等得李主管到了，将铺面交割与他，张胜自归到家中，拿出衣服银子与娘看。娘问："这物事那里来的?"张主管把夜来的话，一一说与娘知。婆婆听得说道："孩儿，小夫人他把金钱与你，又把衣服银子与你，却是甚么意思?娘如今六十已上年纪，自从没了你爷，便满眼只看你。若是你做出事来，老身靠谁?明日便不要去。"这张主管是个本分之人，况又是个孝顺的，听见娘说，便不往铺里去。张员外见他不去，使人来叫，问道："如何主管不来?"婆婆应道："孩儿感些风寒，这几日身子不快，来不得。传语员外得知，一好便来。"又过了几日，李主管见他不来，自来叫道："张主管如何不来?铺中没人相帮。"老娘只是推身子不快，这两日反重，李主管自去。张员外三五遍使人来叫，做娘的只是说未得好。张员外见三回五次叫他不来，猜道："必是别有去处。"张胜自在家中。

时光迅速，日月如梭，捻指之间，在家中早过了一月有馀，道不得"坐吃山崩"。虽然得这小夫人许多物事，那一锭大银子容易不敢出笏，衣裳又不好变卖，不去营运，日来月往，手内使得没了，却来问娘道："不教儿子去张员外宅里去，闲了经纪，如今在家中日逐盘费如何措置?”那婆婆听得说，用手一指，指着屋梁上道：“孩儿你见也不见?”张胜看时，原来屋梁上挂着一个包，取将下来。道：“你爷养得你这等大，则是这件物事身上。”打开纸包看时，是个花栲栲儿⑫。婆婆道：“你如今依先做这道路，习爷的生意，卖些胭脂绒线。”

⑫花栲（kǎo）栲儿：应为花栲栳儿，一种用柳条编制的筐篮一类的容器。

当日时遇元宵，张胜道：“今日元宵夜端门下放灯。”便问娘道：“儿子欲去看灯则个。”娘道：“孩儿，你许多时不行这条路，如今去端门看灯，从张员外门前过，又去惹是招非。”张胜道：“是人都去看灯，说道‘今年好灯’。儿子去去便归，不从张员外门前过便了。”娘道：“要去看灯不妨，则是你自去看不得，同一个相识做伴去才好。”张胜道：“我与王二哥同去。”娘道：“你两个去看不妨，第一莫得吃酒！第二同去同回。”分付了，两个来端门下看灯。正撞着当时赐御酒，撒金钱，好热闹，王二哥道：“这里难看灯，一来我们身小力怯，着甚来由吃挨吃搅[13]？不如去一处看，那里也抓缚着一座鳌山[14]。”张胜问道：“在那里?”王二哥道：“你到不知，王招宣府里抓缚着小鳌山，今夜也放灯。”

⑬吃挨吃搅：指被人挤来挤去。

⑭鳌（áo）山：用彩灯扎制的灯山，在上面加上许多点缀。

两个便复身回来，却到王招宣府前。原来人又热闹似端门下，就府门前不见了王二哥。张胜只叫得声苦：“却是怎地归去？临出门时，我娘分付道：‘你两个同去同回。’如何不见了王二哥！只我先到屋里，我娘便不焦躁。若是王二哥先回，我娘定道我那里去。”当夜看不得那灯，独自一个行来行去，猛省道：“前面是我那旧主人张员外宅里，每年到元宵夜，歇浪钱铺[15]，添许多烟火，今日想他也未收灯。”迤逦信步行到张员外门前，张胜吃惊，只见张员外家门便开着，十字两条竹竿，缚着皮革底钉住，一碗泡灯，照着门上一张手榜贴在。张胜看了，唬得目睁口呆，罔知所措。张胜去这灯光之下，看这手榜上写着道：“开封府左军巡院，勘到百姓张士廉，为不合……”方才读到“为不合”三个字，兀自不知道因甚罪，则见灯笼底下一人喝声道：“你好大胆，来这里看甚的?”张主管吃了一惊，拽开脚步便走。那喝的人大踏步赶将来，叫道：“是甚么人？直恁大胆！夜晚间，看这榜做甚么?”唬得张胜便走。

⑮歇浪：停业，歇业。

渐次间，行到巷口，待要转弯归去，相次二更，见一轮明月，正照着当空。正行之间，一个人从后面赶将来，叫道：“张主管，有人请你。”张胜回头看时，是一个酒博士。张胜道：“想是王二哥在巷口等我，买些酒吃归去，恰也好。”同这酒博士到店内，随上楼梯，到一个阁儿前面。量酒道："在这里。"掀开帘儿，张主管看见一妇女，身上衣服不堪齐整，头上蓬松，正是：

乌云不整，唯思昔日豪华；粉泪频飘，为忆当年富贵。秋夜月蒙云笼罩，牡丹花被土沉埋。

这妇女叫："张主管，是我请你。"张主管看了一看，虽有些面熟，却想不起。这妇女道："张主管如何不认得我？我便是小夫人。"张主管道："小夫人如何在这里？"小夫人道："一言难尽！"张胜问："夫人如何恁地？"小夫人道："不合信媒人口，嫁了张员外，原来张员外因烧煅假银事犯，把张员外缚去左军巡院里去[16]，至今不知下落。家计并许多房产，都封估了[17]。我如今一身无所归着，特地投奔你。你看我平昔之面，留我家中住几时则个。"张胜道："使不得！第一家中母亲严谨，第二道不得'瓜田不纳履，李下不整冠'。要来张胜家中，断然使不得。"小夫人听得道："你将为常言俗语道：'呼蛇容易遣蛇难'，怕日久岁深，盘费重大。我教你看……"用手去怀里提出件物来：

闻钟始觉山藏寺，傍岸方知水隔村。

小夫人将一串一百单八颗西珠数珠，颗颗大如鸡豆子[18]，明光灿烂。张胜见了喝采道："有眼不曾见这宝物！"小夫人道："许多房奁，尽被官府籍没了，则藏得这物。你若肯留在家中，慢慢把这件宝物逐颗去卖，尽可过日。"张主管听得说，正是：

归去只愁红日晚，思量犹恐马行迟。

横财红粉歌楼酒，谁为三般事不迷？

⑯左军巡院：宋代，在开封府喜爱设立左右军巡院，管理京城的治安和诉讼等事。

⑰封估：查封估值入官。

⑱鸡豆子：鸡头米，也叫做芡实。

当日张胜道："小夫人要来张胜家中，也得我娘肯时方可。"小夫人道："和你同去问婆婆，我只在对门人家等回报。"张胜回到家中，将前后事情逐一对娘说了一遍。婆婆是个老人家，心慈，听说如此落难，连声叫道："苦恼，苦恼！小夫人在那里？"张胜道："见在对门等。"婆婆道："请相见！"相见礼毕，小夫人把适来说的话从头细说一遍："如今都无亲戚投奔，特来见婆婆，望乞容留！"婆婆听得说道："夫人暂住数日不妨，只怕家寒怠慢，思量别的亲戚再去投奔。"小夫人便从怀里取出数珠递与婆婆。灯光下婆婆看见，就留小夫人在家住。小夫人道："来日剪颗来货卖，开起胭脂绒线铺，门前挂着花栲栲儿为记。"张胜道："有这件宝物，胡乱卖动，便是若干钱。况且五十两一锭大银未动，正好收买货物。"张胜自从开店，接了张员外一路买卖，其时人唤张胜做小张员外。小夫人屡次来缠张胜，张胜心坚似铁，只以主母相待，并不及乱。

当时清明节候，怎见得？

清明何处不生烟？郊外微风挂纸钱。

人笑人歌芳草地，乍晴乍雨杏花天。

海棠枝上绵蛮语，杨柳堤边醉客眠。

红粉佳人争画板，彩丝摇曳学飞仙。

满城人都出去金明池游玩，小张员外也出去游玩。到晚回来，却待入万胜门，则听得后面一人叫"张主管"。当时张胜自思道："如今人都叫我做小张员外，甚人叫我主管？"回头看时，却是旧主人张员外。张胜看张员外面上刺着囚字金印[19]，蓬头垢面，衣服不整齐，即时邀入酒店里一个稳便阁儿坐下。

⑲金印：宋代犯人脸上刺的字。

张胜问道："主人缘何如此狼狈？"张员外道："不合成了这头亲事！小夫人原是王招宣府里出来的。今年正月初一日，小夫人自在帘儿里看街，只见一个安童托着盒儿打从面前过去[20]。小夫人叫住问道：'府中近日有甚事说？'安童道：'府里别无甚事，则是前日王招宣寻一串一百单八颗西珠数珠不见，带累得一府的人没一个不吃罪责。'小夫人听得说，脸上或青或红。小安童自去。不多时二三十人来家，把他房奁和我的家私都搬将去，便捉我下左军巡院拷问，要这一百单八颗数珠。我从不曾见，回说‘没有’。将我打一顿毒棒，拘禁在监。到亏当日小夫人入去房里自吊身死，官司没决撒[21]，把我断了。则是一事，至今日那一串一百单八颗数珠不知下落。”张胜闻言，心下自思道：“小夫人也在我家里，数珠也在我家里，早剪动几颗了。”甚是惶惑。劝了张员外些酒食，相别了。

⑳安童：年幼的童仆。

㉑决撒：败露，识破，被戳穿。

张胜沿路思量道：“好是惑人！”回到家中，见小夫人，张胜一步退一步道：“告夫人，饶了张胜性命！”小夫人问道：“怎恁地说？”张胜把适来大张员外说的话说了一遍。小夫人听得道：“却不作怪，你看我身上衣裳有缝，一声高似一声，你岂不理会得？他道我在你这里，故意说这话教你不留我。”张胜道：“你也说得是。”

又过了数日，只听得外面道：“有人寻小员外!”张胜出来迎接，便是大张员外。张胜心中道：“家里小夫人使出来相见，是人是鬼，便明白了。”教养娘请小夫人出来。养娘入去，只没寻讨处，不见了小夫人。当时小员外既知小夫人真个是鬼，只得将前面事一一告与大张员外。问道：“这串数珠却在那里?”张胜去房中取出，大张员外叫张胜同来王招宣府中说，将数珠交纳，其馀剪去数颗，将钱取赎讫。王招宣赎免张士廉罪犯[22]，将家私给还，仍旧开胭脂绒线铺。大张员外仍请天庆观道士做醮，追荐小夫人。只因小夫人生前甚有张胜的心，死后犹然相从。亏杀张胜立心至诚，到底不曾有染，所以不受其祸，超然无累。如今财色迷人者纷纷皆是，如张胜者万中无一。有诗赞云：

谁不贪财不爱淫？始终难染正人心。

少年得似张主管，鬼祸人非两不侵。

㉒赎免：古代对于罪行，可以缴纳金或铜赎减或赎免。

九　老门生三世报恩

【精要简介】

本篇叙述的是五十七岁的饱学之士鲜于同接连被蒯遇时“错取”，而最终仕途顺达，以其一己之力，报答蒯氏知遇之恩的故事。全篇语言风趣幽默，故事情节极具表现张力。

【原文鉴赏】

买只牛儿学种田，结间茅屋向林泉。

也知老去无多日，且向山中过几年。

为利为官终幻客，能诗能酒总神仙。

世间万物俱增价，老去文章不值钱。

这八句诗，乃是达者之言，末句说：“老去文章不值钱”，这一句，还有个评论。大抵功名迟速，莫逃乎命，也有早成，也有晚达。早成者未必有成，晚达者未必不达。不可以年少而自恃，不可以年老而自弃。这老少二字，也在年数上论不得的。假如甘罗十二岁为丞相，十三岁上就死了，这十二岁之年，就是他发白齿落、背曲腰弯的时候了。后头日子已短，叫不得少年。又如姜太公八十岁还在渭水钓鱼，遇了周文王以后车载之，拜为师尚父。文王崩，武王立，他又秉钺为军师[①]，佐武王伐纣，定了周家八百年基业，封于齐国。又教其子丁公治齐，自己留相周朝，直活到一百二十岁方死。你说八十岁一个老渔翁，谁知日后还有许多事业，日子正长哩！这等看将起来，那八十岁上还是他初束发、刚顶冠、做新郎、应童子试的时候[②]，叫不得老年。世人只知眼前贵贱，那知去后日长日短？见个少年富贵的奉承不暇，多了几年年纪，蹉跎不遇，就怠慢他，这是短见薄识之辈。譬如农家，也有早谷，也有晚稻，正不知那一种收成得好？不见古人云：

东园桃李花，早发还先萎。

迟迟涧畔松，郁郁含晚翠。

①秉钺（yuè）：持斧，指掌握兵权。

②束发：古代男孩成童时束发为髻，用来指代成童。童子试：科举制度，不曾进学做秀才的全称为童生，应童子试就是指应做秀才的考试。

闲话休提。却说国朝正统年间，广西桂林府兴安县有一秀才，复姓鲜于，名同，字大通。八岁时曾举神童③，十一岁游庠，超增补廪④。论他的才学，便是董仲舒、司马相如也不看在眼里，真个是胸藏万卷，笔扫千军。论他的志气，便像冯京、商辂连中三元⑤，也只算他便袋里东西，真个是足蹑风云，气冲牛斗。何期才高而数奇⑥，志大而命薄。年年科举，岁岁观场，不能得朱衣点额⑦，黄榜标名。到三十岁上，循资该出贡了⑧。他是个有才有志的人，贡途的前程是不屑就的。思量穷秀才家，全亏学中年规这几两廪银，做个读书本钱。若出了学门，少了这项来路，又去坐监⑨，反费盘缠。况且本省比监里又好中，算计不通。偶然在朋友前露了此意，那下首该贡的秀才，就来打话要他让贡，情愿将几十金酬谢。鲜于同又得了这个利息，自以为得计。

③神童：有特异聪明的童子，这里指由古代童子科演变而来的一种举士制度。明制，聪慧过人的儿童由官举荐，可以由皇帝亲自召试，给予读书或进学的优待机会。

④超增：科举制度，明代秀才按资历分为三种名目和级别：即附生、增生、廪生。超增就是由附生跳过增生这一级而补为廪生。

⑤冯京、商辂：冯京（1021—1094 年），宋代；商辂（lù，1414—1486 年），明代人，两人都曾连中解元、会元、状元三元。

⑥数奇：指命运不好，诸事不利。

⑦朱衣点额：相传，北宋欧阳修知贡举阅卷时，曾觉得背后有朱衣人在点头，凡他点头的文章都合格。

⑧出贡：科举时代，凡秀才经过选拔，向朝廷推荐，称贡生，又叫拔贡。贡生屡试不第者，可按年资轮次到京，由吏部选派杂职小官。凡轮到的叫做出贡，如本人不愿意，可让次一人递补。

⑨坐监：指如国子监读书。

第一遍是个情，第二遍是个例，人人要贡，个个争先。鲜于同自三十岁上让贡起，一连让了八遍，到四十六岁兀自沉埋于泮水之中，驰逐于青衿之队[10]。也有人笑他的，也有人怜他的，又有人劝他的。那笑他的他也不睬，怜他的他也不受，只有那劝他的，他就勃然发怒起来道："你劝我就贡，止无过道俺年长，不能个科第了。却不知龙头属于老成[11]，梁皓八十二岁中了状元[12]，也替天下有骨气肯读书的男子争气。俺若情愿小就时，三十岁上就了，肯用力钻刺，少不得做个府佐县正，昧着心田做去，尽可荣身肥家。只是如今是个科目的世界，假如孔夫子不得科第，谁说他胸中才学？若是三家村一个小孩子，粗粗里记得几篇烂旧时文，遇了个盲试官，乱圈乱点，睡梦里偷得个进士到手，一般有人拜门生，称老师，谈天说地，谁敢出个题目将带纱帽的再考他一考么？不止于此，做官里头还有多少不平处，进士官就是个铜打铁铸的[13]，撒漫做去[14]，没有敢说他不字。科贡官，兢兢业业，捧了卵子过桥，上司还要寻趁他。此乃按院复命，参论的但是进士官，凭你叙得极贪极酷，公道看来，拿问也还透头[15]。道：'此一臣者，官箴虽玷，但或念初任，或念年青，尚可望其自新，策其末路，姑照浮躁或不及例降调。'不勾几年工夫，依旧做起。倘拼得些银子央要道挽回，不过对调个地方，全然没事。科贡的官一分不是，就当做十分。晦气遇着别人有势有力，没处下手，随你清廉贤宰，少不得借重他替进士顶缸。有这许多不平处，所以不中进士，再做不得官。俺宁可老儒终身，死去到阎王面前高声叫屈，还博个来世出头。岂可屈身小就，终日受人懊恼，吃顺气丸度日！"遂吟诗一首，诗曰：

从来资格困朝绅，只重科名不重人。
楚士凤歌诚恐殆[16]，叶公龙好岂求真[17]。
若还黄榜终无分，宁可青衿老此身。
铁砚磨穿豪杰事，《春秋》晚遇说平津。

⑩青衿（jīn）：学子所穿的服装，这里借指读书人。

⑪龙头：科举时代称状元为龙头。

⑫梁皓：梁灏（hào）之误。相传宋梁灏八十二岁中状元。

⑬进士官：明代任官进士为一途，举贡为一途，吏员等为一途，所谓三途并用。凡京官六部主事、中书、行人、评事、博士，外官知州、

推官、知县，均由进士选任，称为“进使官”。

⑭撒漫：任意，大胆，没有顾虑。

⑮透头：出头，超出常例。

⑯楚士凤歌诚恐殆：《论语》上说，接舆见楚国国政无常，而孔子却到处游说自己的政治主张，因此对孔子唱歌，讽刺他的从政，歌的首句是“凤兮凤兮”。这里是用的这个典故。

⑰叶公龙好岂求真：古代寓言，讲的是叶公非常爱龙，经常画龙。一天，真龙来到他家，吓得他丧魂失魄。

汉时有个平津侯，复姓公孙名弘，五十岁读《春秋》，六十岁对策第一，做到丞相封侯。鲜于同后来六十一岁登第，人以为诗谶[18]，此是后话。

⑱诗谶（chèn）：指作诗中无意预言了后来所发生的事情。谶，预言吉凶的文字、图箓。

却说鲜于同自吟了这八句诗，其志愈锐。怎奈时运不利，看看五十齐头，“苏秦还是旧苏秦”，不能勾改换头面。再过几年，连小考都不利了。每到科举年分，第一个拦场告考的就是他，讨了多少人的厌贱。到天顺六年，鲜于同五十七岁，鬓发都苍然了，兀自挤在后生家队里，谈文讲艺，娓娓不倦。那些后生见了他，或以为怪物，望而避之；或以为笑具，就而戏之。这都不在话下。

却说兴安县知县，姓蒯名遇时，表字顺之，浙江台州府仙居县人氏。少年科甲，声价甚高。喜的是谈文讲艺，商古论今。只有件毛病，爱少贱老，不肯一视同仁。见了后生英俊，加意奖借；若是年长老成的，视为朽物，口呼“先辈”[19]，甚有戏侮之意。其年乡试届期，宗师行文，命县里录科[20]。蒯知县将合县生员考试，弥封阅卷，自恃眼力，从公品第，黑暗里拔了一个第一，心中十分得意，向众秀才面前夸奖道：“本县拔得个首卷，其文大有吴越中气脉[21]，必然连捷，通县秀才，皆莫能及。”众人拱手听命，却似汉皇筑坛拜将，正不知拜那一个有名的豪杰。比及拆号唱名，只见一人应声而出，从人丛中挤将上来。你道这人如何？

矮又矮，胖又胖，须鬓黑白各一半。破儒巾，欠时样，蓝衫补孔重重绽。你也瞧，我也看，若还冠带像胡判[22]。不枉夸，不枉赞，“先辈”今朝说嘴惯。休羡他，莫自叹，少不得大家做老汉。不须营，不须干，序齿轮流做领案。

⑲先辈：科举制度，凡是登科在前的，后科都称为先辈。

⑳录科：即科考，乡试前的一种预备考试，在这场考试中被录取的秀才，就选送去应乡试。

㉑吴越中气脉：吴越，指江浙。科举时代，江浙一带文风很盛，知识分子数目较多，是科名最盛的地方，因此凡文章做得好，就夸称是有江浙人的气脉。

㉒胡判：迷信传说中的阴司的判官的形状。胡，形容人脸上多须。

那案首不是别人，正是那五十七岁的怪物、笑具，名叫鲜于同。合堂秀才哄然大笑，都道：“鲜于‘先辈’，又起用了。”连蒯公也自羞得满面通红，顿口无言。一时间看错文字，今日众人属目之地，如何番悔！忍着一肚子气，胡乱将试卷拆完。喜得除了第一名，此下一个个都是少年英俊，还有些嗔中带喜。是日蒯公发放诸生事毕，回衙闷闷不悦，不在话下。

却说鲜于同少年时本是个名士，因淹滞了数年，虽然志不曾灰，却也是：

泽畔屈原吟独苦，洛阳季子面多惭[23]。

今日出其不意，考个案首[24]，也自觉有些兴头。到学道考试，未必爱他文字，亏了县家案首，就搭上一名科举，喜孜孜去赴省试。众朋友都在下处看经书，温后场[25]。只有鲜于同平昔饱学，终日在街坊上游玩。旁人看见，都猜道：“这位老相公，不知是送儿子孙儿进场的？事外之人，好不悠闲自在!”若晓得他是科举的秀才，少不得要笑他几声。

㉓洛阳季子：即苏秦，字季子，战国时东周洛阳人。他曾经外出求官，失意回家，家里人都看不起他。

㉔案首：清代省学政于考试后揭晓名次，称为出案，名列第一者称为案首。

㉕后场：科举考试，乡、会试都各考三场。后三场指二三场，考试策论和诏表等。

日居月诸，忽然八月初七日，街坊上大吹大擂，迎试官进贡院。鲜于同观看之际，见兴安县蒯公，正征聘做《礼记》房考官㉖。鲜于同自想，我与蒯公同经，他考过我案首，必然爱我的文字，今番遇合，十有八九。谁知蒯公心里不然，他又是一个见识道：“我取个少年门生，他后路悠远，官也多做几年，房师也靠得着他。那些老师宿儒，取之无益。”又道：“我科考时不合昏了眼，错取了鲜于‘先辈’，在众人前老大没趣。今番再取中了他，却不又是一场笑话。我今阅卷，但是三场做得齐整的，多应是夙学之士，年纪长了，不要取他。只拣嫩嫩的口气，乱乱的文法，歪歪的四六，怯怯的策论，愦愦的判语，那定是少年初学。虽然学问未充，养他一两科，年还不长，且脱了鲜于同这件干纪。”算计已定，如法阅卷，取了几个不整不齐，略略有些笔资的，大圈大点，呈上主司。主司都批了“中”字。

㉖房考官：科举制度，除主考官外，还有帮助阅卷的同考官，录取的生员尊称同考官为房考官，亦称房师。

到八月廿八日，主司同各经房在至公堂上拆号填榜。《礼记》房首卷是桂林府兴县学生，复姓鲜于，名同，习《礼记》，又是那五十七的怪物、笑具侥幸了。蒯公好生惊异。主司见蒯公有不乐之色，问其缘故。蒯公道：“那鲜于同年纪已老，恐置之魁列，无以压服后生，情愿把一卷换他。”主司指堂上匾额，道：“此堂既名为‘至公堂’，岂可以老少而私爱憎乎？自古龙头属于老成，也好把天下读书人的志气鼓舞一番。”遂不肯更换，判定了第五名正魁，蒯公无可奈何。正是：

饶君用尽千般力，命里安排动不得。

本心拣取少年郎，依旧取将老怪物。

蒯公立心不要中鲜于“先辈”，故此只拣不整齐的文字才中。那鲜于同是宿学之士，文字必然整齐，如何反投其机？原来鲜于同为八月初七日看了蒯公入帘[27]，自谓遇合十有八九。回归寓中多吃了几杯生酒，坏了脾胃，破腹起来。勉强进场，一头想文字，一头泄泻，泻得一丝两气，草草完篇。二场三场，仍复如此。十分才学，不曾用得一分出来。自谓万无中式之理，谁知蒯公到不要整齐文字，以此竟占了个高魁。也是命里否极泰来，颠之倒之，自然凑巧。那兴安县刚刚只中他一举人。当日鹿鸣宴罢，众同年序齿，他就居了第一。各房考官见了门生，俱各欢喜，惟蒯公闷闷不悦。鲜于同感蒯公两番知遇之恩，愈加殷勤，蒯公愈加懒散。上京会试，只照常规，全无作兴加厚之意[28]。

㉗入帘：考官进入试院之后称为入链子，在考试期间不得外出。

㉘作兴：器重，抬举。

明年鲜于同五十八岁，会试，又下第了。相见蒯公，蒯公更无别语，只劝他选了官罢。鲜于同做了四十馀年秀才，不肯做贡生官，今日才中一年乡试，怎肯就举人职[29]，回家读书，愈觉有兴。每闻里中秀才会文，他就袖了纸墨笔砚，捱入会中同做。凭众人耍他，笑他，嗔他，厌他，总不在意。做完了文字，将众人所作看一遍，欣然而归，以此为常。

㉙举人职：做了举人，可以选官，和贡生的出路差不多。

光阴荏苒，不觉转眼三年，又当会试之期。鲜于同时年六十有一，年齿虽增，矍铄如旧。在北京第二遍会试，在寓所得其一梦。梦见中了正魁，会试录上有名，下面却填做《诗经》，不是《礼记》。鲜于同本是个宿学之士，那一经不通？他功名心急，梦中之言，不由不信，就改了《诗经》应试。

事有凑巧，物有偶然。蒯知县为官清正，行取到京[30]，钦授礼科给事中之职。其年又进会试经房。蒯公不知鲜于同改经之事，心中想到："我两遍错了主意，取了鲜于'先辈'做了首卷，今番会试，他年纪一发长了。若《礼记》房里又中了他，这才是终身之玷。我如今不要看《礼记》，改看了《诗经》卷子，那鲜于'先辈'中与不中，都不干我事。"比及入帘阅卷，遂请看《诗》五房卷。蒯公又想道："天下举子像鲜于'先辈'的，谅也非止一人，我不中鲜于同，又中了别的老儿，可不是'躲了雷公，遇了霹雳'！我晓得了，但凡老师宿儒，经旨必然十分透彻。后生家专工四书，经义必然不精。如今到不要取四经整齐[31]，但是有些笔资的[32]，不妨题旨影响，这定是少年之辈了。"阅卷进呈，等到揭晓，《诗》五房头卷，列在第十名正魁。拆号看时，却是桂林府兴安县学生，复姓鲜于，名同，习《诗经》，刚刚又是那六十一岁的怪物、笑具！气得蒯遇时目睁口呆，如槁木死灰模样！

早知富贵生成定，悔却从前枉用心。

㉚行取：明代州县官有政绩者，经地方长官保举，由吏部行文调取至京，通过考试，补授科道或部属官职，称为行取，实际是外官内调。

㉛四经：明代科举定式，试经义四道，四经就是四个经题。

㉜笔资：犹言笔路，才情。

蒯公又想道："论起世上同名姓的尽多，只是桂林府兴安县却没有两个鲜于同，但他向来是《礼记》，不知何故又改了《诗经》，好生奇怪？"候其来谒，叩其改经之故。鲜于同将梦中所见，说了一遍。蒯公叹息连声道："真命进士，真命进士！"自此蒯公与鲜于同师生之谊，比前反觉厚了一分。殿试过了，鲜于同考在二甲头上，得选刑部主事。人道他晚年一第，又居冷局，替他气闷，他欣然自如。

却说蒯遇时在礼科衙门直言敢谏，因奏疏里面触突了大学士刘吉，被吉寻他罪过，下于诏狱[33]。那时刑部官员，一个个奉承刘吉，欲将蒯公置之死地。却好天与其便，鲜于同在本部一力周旋看觑，所以蒯公不致吃亏。又替他纠合同年，在各衙门恳求方便，蒯公遂得从轻降处。蒯公自想道："'着意种花花不活，无心栽柳柳成阴。'若不中得这个老门生，今日性命也难保。"乃往鲜于"先辈"寓所拜谢。鲜于同道："门生受恩师三番知遇，今日小小效劳，止可少答科举而已，天高地厚，未酬万一！"当日师生二人欢饮而别。自此不论蒯公在家在任，每年必遣人问候，或一次或两次，虽俸金微薄，表情而已。

㉝诏狱：这里指刑部狱。

光阴荏苒，鲜于同只在部中迁转，不觉六年，应升知府。京中重他才品，敬他老成，吏部立心要寻个好缺推他，鲜于同全不在意。偶然仙居县有信至，蒯公的公子蒯敬共与豪户查家争坟地疆界，嚷骂了一场。查家走失了个小厮，赖蒯公子打死，将人命事告官。蒯敬共无力对理，一径逃往云南父亲任所去了。官府疑蒯公子逃匿，人命真情，差人雪片下来提人，家属也监了几个，阖门惊惧。鲜于同查得台州正缺知府，乃央人讨这地方。吏部知台州原非美缺，既然自己情愿，有何不从，即将鲜于同推升台州府知府。

鲜于同到任三日，豪家已知新太守是蒯公门生，特讨此缺而来，替他解纷，必有偏向之情。先在衙门谣言放刁，鲜于同只推不闻。蒯家家属诉冤，鲜于同亦佯为不理。密差的当捕人访缉查家小厮，务在必获。约过两月有馀，那小厮在杭州拿到，鲜于太守当堂审明，的系自逃，与蒯家无干。当将小厮责取查家领状。蒯氏家属，即行释放。期会一日，亲往坟所踏看疆界。查家见小厮已出，自知所讼理虚，恐结讼之日必然吃亏，一面央大分上到太守处说方便[34]，一面又央人到蒯家，情愿把坟界相让讲和。蒯家事已得白，也不愿结冤家。鲜于太守准了和息，将查家薄加罚治，申详上司，两家莫不心服。正是：

只愁堂上无明镜，不怕民间有鬼奸。

鲜于太守乃写书信一通，差人往云南府回覆房师蒯公。蒯公大喜，想道："'树荆棘得刺，树桃李得荫'，若不曾中得这个老门生，今日身家也难保。"遂写恳切谢启一通，遣儿子蒯敬共赍回，到府拜谢。鲜于同道："下官暮年淹蹇，为世所弃，受尊公老师三番知遇，得掇科目，常恐身先沟壑，大德不报。今日恩兄被诬，理当暴白。下官因风吹火，小效区区，止可少酬老师乡试提拔之德，尚欠情多多也！"因为蒯公子经纪家事，劝他闭户读书，自此无话。

㉞大分上：指有脸面、有情面的人。

鲜于同在台州做了三年知府，声名大振，升在徽宁道做兵宪，累升河南廉使[35]，勤于官职。年至八旬，精力比少年兀自有馀，推升了浙江巡抚。鲜于同想道："我六十一岁登第，且喜儒途淹蹇，仕途到顺溜，并不曾有风波。今官至抚台，恩荣极矣。一向清勤自矢，不负朝廷。今日急流勇退，理之当然。但受蒯公三番知遇之恩，报之未尽，此任正在房师地方，或可少效涓埃[36]。"乃择日起程赶任。一路迎送荣耀，自不必说。不一日，到了浙江省城。此时蒯公也历任做到大参地位[37]，因病目不能理事，致政在家[38]。闻得鲜于"先辈"又做本省开府，乃领了十二岁孙儿，亲到杭州谒见。蒯公虽是房师，到小于鲜于公二十馀岁。今日蒯公致政在家，又有了目疾，龙钟可怜。鲜于公年已八旬，健如壮年，位至开府[39]。可见发达不在于迟早，蒯公叹息了许多。正是：

松柏何须羡桃李，请君点检岁寒枝。

㉟廉使：提刑按察使的别称，是一省的最高司法官员。

㊱涓埃：比喻微笑的力量。

㊲大参：布政司参政的别称，是布政使的副职，或分司诸道。

㊳致政：指辞官、退休。

㊴开府：实际中枢高级官员的一种特别尊称，意为大开衙署，位尊权重，后也可用来称总督、巡抚。

且说鲜于同到任以后，正拟遣人问候蒯公，闻说蒯参政到门，喜不自胜，倒屣而迎，直请到私宅，以师生礼相见。蒯公唤十二岁孙儿："见了老公祖[40]。"鲜于公问："此位是老师何人？"蒯公道："老夫受公祖活命之恩，犬子昔日难中，又蒙昭雪，此恩直如覆载。今天幸福星又照吾省。老夫衰病，不久于世，犬子读书无成，只有此孙，名曰蒯悟，资性颇敏，特携来相托，求老公祖青目一二[41]。"鲜于公道："门生年齿，已非仕途人物，正为师恩酬报未尽，所以强颜而来。今日承老师以令孙相托，此乃门生报德之会也。鄙思欲留令孙在敝衙同小孙辈课业，未审老师放心否？"蒯公道："若蒙老公祖教训，老夫死亦瞑目！"遂留两个书童服事蒯悟在都抚衙内读书，蒯公自别去了。

㊵老公祖：明代乡绅对巡抚以下知府以上地方官员的尊称。对地位较高者，也称为大公祖。

㊶青目：多照顾，这里指另眼相看。

那蒯悟资性过人，文章日进。就是年之秋，学道按临，鲜于公力荐神童，进学补廪，依旧留在衙门勤学。三年之后，学业已成。鲜于公道："此子可取科第，我亦可以报老师之恩矣。"乃将俸银三百两赠与蒯悟为笔砚之资，亲送到台州仙居县。适值蒯公三日前一病身亡，鲜于公哭奠已毕。问："老师临终亦有何言？"蒯敬共道："先父遗言，自己不幸少年登第，因而爱少贱老，偶尔暗中摸索，得了老公祖大人。后来许多年少的门生，贤愚不等，升沉不一，俱不得其气力，全亏了老公祖大人一人，始终看觑。我子孙世世不可怠慢老成之士！"鲜于公呵呵大笑道："下官今日三报师恩，正要天下人晓得扶持了老成人也有用处，不可爱少而贱老也!”说罢，作别回省，草上表章，告老致仕。得旨予告，驰驿还乡，优悠林下。每日训课儿孙之暇，同里中父老饮酒赋诗。后八年，长孙鲜于涵乡榜高魁，赴京会试，恰好仙居县蒯悟是年中举，也到京中。两人三世通家，又是少年同窗，并在一寓读书。比及会试揭晓，同年进士，两家互相称贺。

鲜于同自五十七岁登科，六十一岁登甲，历仕二十三年，腰金衣紫，锡恩三代。告老回家，又看了孙儿科第，直活到九十七岁，整整的四十年晚运。至今浙江人肯读书，不到六七十岁还不丢手，往往有晚达者。后人有诗叹云：

利名何必苦奔忙，迟早须臾在上苍。

但学蟠桃能结果，三千馀岁未为长。

十　宋小官团圆破毡笠

【精要简介】

本篇通过描写宋小官与刘宜春的感情经历了种种坎坷，但最终有情人终成眷属的故事，赞扬了两人之间坚贞不渝的爱情。

【原文鉴赏】

不是姻缘莫强求，姻缘前定不须忧。

任从波浪翻天起，自有中流稳渡舟。

话说正德年间，苏州府昆山县大街，有一居民，姓宋名敦，原是宦家之后，浑家卢氏。夫妻二口，不做生理，靠着祖遗田地，见成收些租课为活。年过四十，并不曾生得一男半女。宋敦一日对浑家说："自古道'养儿待老，积谷防饥'。你我年过四旬，尚无子嗣。光阴似箭，眨眼头白。百年之事，靠着何人？"说罢，不觉泪下。卢氏道："宋门积祖善良[1]，未曾作恶造业；况你又是单传，老天决不绝你祖宗之嗣。招子也有早晚，若是不该招时，便是养得长成，半路上也抛撇了，劳而无功，枉添许多悲泣。"宋敦点头道是。

①积祖：历代祖先。

方才拭泪未干，只听得坐启中有人咳嗽[2]，叫唤道："玉峰在家么？"原来苏州风俗，不论大家、小家，都有个外号，彼此相称。玉峰就是宋敦的外号。宋敦侧耳而听，叫唤第二句，便认得声音，是刘顺泉。那刘顺泉双名有才，积祖驾一只大船，揽载客货，往各省交卸，趁得好些水脚银两。一个十全的家业，团团都做在船上。就是这只船本，

也值几百金，浑身是香楠木打造的。江南一水之地，多有这行生理。那刘有才是宋敦最契之友，听得是他声音，连忙趋出坐启。彼此不须作揖，拱手相见，分坐看茶，自不必说。宋敦道："顺泉今日如何得暇?"刘有才道："特来与玉峰借件东西。"宋敦笑道："宝舟缺什么东西，到与寒家相借?"刘有才道："别的东西不来干渎[3]，只这件，是宅上有馀的，故此敢来启口。"宋敦道："果是寒家所有，决不相吝。"刘有才不慌不忙，说出这件东西。正是：

背后并非擎诏[4]，当前不是围胸。鹅黄细布密针缝，净手将来借奉。

还愿曾装冥钞，祈神并衬威容。名山古刹几相从，染下炉香浮动。

②坐启：又称坐起，房屋里接近门首的小客厅。

③干渎：打扰，麻烦。

④背后并非擎诏：背后背的并不是诏书。封建时期，皇帝的诏旨发往外地，是用黄布包裹，背在钦差的背后。这里指下文所说的黄布袱。

原来宋敦夫妻二口，因难于得子，各处烧香祈嗣，做成黄布袱、黄布袋，装裹佛马楮钱之类。烧过香后，悬挂于家中佛堂之内，甚是志诚。刘有才长于宋敦五年，四十六岁了，阿妈徐氏亦无子息。闻得徽州有盐商求嗣，新建陈州娘娘庙于苏州阊门之外，香火甚盛，祈祷不绝。刘有才恰好有个方便，要驾船往枫桥接客，意欲进一炷香，却不曾做得布袱布袋，特特与宋家告借。

其时说出缘故，宋敦沉思不语。刘有才道："玉峰莫非有吝惜之心么？若污坏时，一个就赔两个。"宋敦道："岂有此理！只是一件，既然娘娘庙灵显，小子亦欲附舟一往。只不知几时去？"刘有才道："即刻便行。"宋敦道："布袱布袋，拙荆另有一副，共是两副，尽可分用。"刘有才道："如此甚好。"宋敦入内，与浑家说知欲往郡城烧香之事，刘氏也欢喜。宋敦于佛堂挂壁上取下两副布袱布袋，留下一副自用，将一副借与刘有才。刘有才道："小子先往舟中伺候，玉峰可快来。船在北门大坂桥下，不嫌怠慢时，吃些见成素饭，不消带米。"宋敦应允。当下忙忙的办下些香烛纸马阡张定段，打叠包裹，穿了一件新联就的洁白湖绸道袍⑤，赶出北门下船。趁着顺风，不勾半日，七十里之程，等闲到了，舟泊枫桥，当晚无话。有诗为证：

月落乌啼霜满天，江枫渔火对愁眠。

姑苏城外寒山寺，夜半钟声到客船。

⑤联：缝纫。

次日起个黑早，在船中洗盥罢，吃了些素食，净了口手，一对儿黄布袱驮了冥财，黄布袋安插纸马文疏，挂于项上，步到陈州娘娘殿前，刚刚天晓。庙门虽开，殿门还关着。二人在两廊游绕，观看了一遍，果然造得齐整。正在赞叹，"呀"的一声，殿门开了，就有庙祝出来迎接进殿。其时香客未到，烛架尚虚，庙祝放下琉璃灯来，取火点烛，讨文疏替他通陈祷告。二人焚香礼拜已毕，各将几十文钱，酬谢了庙祝，化纸出门。刘有才再要邀宋敦到船，宋敦不肯。当下刘有才将布袱布袋交还宋敦，各各称谢而别，刘有才自往枫桥接客去了。

宋敦看天色尚早，要往娄门趁船回家。刚欲移步，听得墙下呻吟之声，近前看时，却是矮矮一个芦席棚，搭在庙垣之侧，中间卧着个有病的老和尚，恹恹欲死，呼之不应，问之不答。宋敦心中不忍，停眸而看。傍边一人走来说道："客人，你只管看他则甚？要便做个好事了去。"宋敦道："如何做个好事？"那人道："此僧是陕西来的，七十八岁了。他说一生不曾开荤，每日只诵《金刚经》。三年前在此募化建庵，没有施主。搭这个芦席棚儿住下，诵经不辍。这里有个素饭店，每日只上午一餐，过午就不用了。也有人可怜他，施他些钱米，他就把来还了店上的饭钱，不留一文。近日得了这病，有半个月不用饮食了。两日前还开口说得话，我们问他：'如此受苦，何不早去罢？'他说：'因缘未到，还等两日。'今早连话也说不出了，早晚待死。客人若可怜他时，买一只薄薄棺材，焚化了他，便是做好事。他说'因缘未到'，或者这因缘就在客人身上。"宋敦想道："我今日为求嗣而来，做一件好事回去，也得神天知道。"便问道："此处有棺材店么？"那人道："出巷陈三郎家就是。"宋敦道："烦足下同往一看。"

那人引路到陈家来，陈三郎正在店中支分锵匠锯木。那人道："三郎，我引个主顾作成你。"三郎道："客人若要看寿板，小店有真正婺源加料双鉼的在里面；若要见成的，就店中但凭拣择。"宋敦道："要见成的。"陈三郎指着一副道："这是头号，足价三两。"宋敦未及还价，那人道："这个客官是买来舍与那芦席棚内老和尚做好事的，你也有一半功德，莫要讨虚价。"陈三郎道："既是做好事的，我也不敢要多，照本钱一两六钱罢，分毫少不得了。"宋敦道："这价钱也是公道了。"想起汗巾角上带得一块银子，约有五六钱重，烧香剩下，不上一百铜钱，总凑与他，还不勾一半。"我有处了，刘顺泉的船在枫桥不远。"便对陈三郎道："价钱依了你，只是还要到一个朋友处借办，少顷便来。"陈三郎到罢了，说道："任从客便。"那人咈然不乐，道："客人既发了个好心，却又做脱身之计，你身边没有银子，来看则甚？"

说犹来了，只见街上人纷纷而过，多有说这老和尚，可怜半月前还听得他念经之声，今早呜呼了。正是：

三寸气在千般用，一旦无常万事休。

那人道：“客人不听得说么？那老和尚已死了，他在地府睁眼等你断送哩[⑥]！”宋敦口虽不语，心下复想道：“我既是看定了这具棺材，倘或往枫桥去，刘顺泉不在船上，终不然呆坐等他回来？况且常言得‘价一不择主’，倘别有个主顾，添些价钱，这副棺木买去了，我就失信于此僧了。罢，罢！”便取出银子，刚刚一块，讨等来一称[⑦]，叫声惭愧！原来是块元宝，看时像少，称时便多，到有七钱多重，先教陈三郎收了。将身上穿的那一件新联就的洁白湖道袍脱下，道：“这一件衣服，价在一两之外，倘嫌不值，权时相抵，待小子取赎；若用得时，便乞收算。”陈三郎道：“小店大胆了，莫怪计较。”将银子衣服收过了。宋敦又在髻上拔下一根银簪，约有二钱之重，交与那人，道：“这枝簪，相烦换些铜钱，以为殡殓杂用。”当下店中看的人都道：“难得这位做好事的客官，他担当了大事去。其馀小事，我们地方上也该凑出些钱钞相助。”众人都凑钱去了。

⑥断送：发葬治丧。

⑦等：即戥（děng）子，一种用来称金、银等贵重物品的小秤。

宋敦又复身到芦席边，看那老僧，果然化去，不觉双眼垂泪，分明如亲戚一般，心下好生酸楚，正不知什么缘故。不忍再看，含泪而行。到娄门时，航船已开[⑧]，乃自唤一只小船，当日回家。浑家见丈夫黑夜回来，身上不穿道袍，面又带忧惨之色，只道与人争竞，忙忙的来问。宋敦摇首道：“话长哩！”一径走到佛堂中，将两副布袱布袋挂起，在佛前磕了个头，进房坐下，讨茶吃了，方才开谈，将老和尚之事备细说知。浑家道：“正该如此！”也不嗔怪。宋敦见浑家贤慧，到也回愁作喜。

是夜夫妻二口睡到五更，宋敦梦见那老和尚登门道谢，道：“檀越命合无子[⑨]，寿数亦止于此矣。因檀越心田慈善，上帝命延寿半纪[⑩]。

老僧与檀越又有一段因缘，愿投宅上为儿，以报盖棺之德。”卢氏也梦见一个金身罗汉走进房里，梦中叫喊起来，连丈夫也惊醒了。各言其梦，似信似疑，嗟叹不已。正是：

种瓜还得瓜，种豆还得豆。

劝人行好心，自作还自受。

⑧航船：定期在两个地方往来航行搭客装货的船只。

⑨檀越：僧人对施主的尊称。

⑩半纪：旧时以十二年为一纪，半纪为六年。

从此卢氏怀孕，十月满足，生下一个孩儿。因梦见金身罗汉，小名金郎，官名就叫宋金。夫妻欢喜，自不必说。此时刘有才也生一女，小名宜春。各各长成，有人撺掇两家对亲，刘有才到也心中情愿，宋敦却嫌他船户出身，不是名门旧族，口虽不语，心中有不允之意。

那宋金方年六岁，宋敦一病不起，呜呼哀哉了。自古道：“家中百事兴，全靠主人命。”“十个妇人，敌不得一个男子。”自从宋敦故后，卢氏掌家，连遭荒歉，又里中欺他孤寡，科派户役[11]。卢氏撑持不定，只得将田房渐次卖了，赁屋而居。初时还是诈穷，以后坐吃山崩，不上十年，弄做真穷了。卢氏亦得病而亡。

⑪科派：摊派。户役：按每户人丁、田亩等摊派的差役。

断送了毕，宋金只剩得一双赤手，被房主赶逐出屋，无处投奔。且喜从幼学得一件本事，会写会算。偶然本处一个范举人选了浙江衢州府江山县知县，正要寻个写算的人。有人将宋金说了，范公就教人引来。见他年纪幼小，又生得齐整，心中甚喜。叩其所长，果然书通真草，算善归除⑫。当日就留于书房之中，取一套新衣与他换过，同桌而食，好生优待。择了吉日，范知县与宋金下了官船，同往任所。正是：

冬冬画鼓催征棹⑬，习习和风荡锦帆。

⑫归除：指珠算中的两位或两位以上的除法。

⑬征棹（zhào）：远行的船。

却说宋金虽然贫贱，终是旧家子弟出身，今日做范公门馆，岂肯卑污苟贱，与童仆辈和光同尘，受其戏侮？那些管家们欺他年幼，见他做作，愈有不然之意。自昆山起程，都是水路，到杭州便起旱了。众人撺掇家主道："宋金小厮家，在此写算服事老爷，还该小心谦逊，他全不知礼。老爷优待他忒过分了，与他同坐同食。舟中还可混帐，到陆路中火歇宿，老爷也要存个体面。小人们商议，不如教他写一纸靠身文书⑭，方才妥帖。到衙门时，他也不敢放肆为非。"范举人是绵花做的耳朵，就依了众人言语，唤宋金到舱，要他写靠身文书。宋金如何肯写？逼勒了多时，范公发怒，喝教剥去衣服，喝出船去。众苍头拖拖拽拽，剥的干干净净，一领单布衫，赶在岸上，气得宋金半晌开口不得。

⑭靠身文书：指自愿投充为奴仆的契约。

只见轿马纷纷伺候范知县起陆，宋金噙着双泪，只得回避开去。身边并无财物，受饿不过，少不得学那两个古人：

伍伯吹箫于吴门⑮，韩王寄食于漂母⑯。

⑮伍伯吹箫于吴门：说的是伍子胥的父兄遭楚平王杀害后，他避难奔吴，在溧阳（今属江西）市上吹箫乞食的事。

⑯韩王寄食于漂母：说的是汉初名将韩信幼年家贫时的事。

日间街坊乞食，夜间古庙栖身。还有一件，宋金终是旧家子弟出身，任你十分落泊，还存三分骨气，不肯随那叫街丐户一流，奴言婢膝，没廉没耻。讨得来便吃了，讨不来忍饿，有一顿没一顿。过了几时，渐渐面黄肌瘦，全无昔日丰神。正是：

好花遭雨红俱褪，芳草经霜绿尽凋。

时值暮秋天气，金风催冷，忽降下一场大雨。宋金食缺衣单，在北新关关王庙中担饥受冻，出头不得。这雨自辰牌直下至午牌方止。宋金将腰带收紧，挪步出庙门来，未及数步，劈面遇着一人。宋金睁眼一看，正是父亲宋敦的最契之友，叫做刘有才，号顺泉的。宋金无面目见"江东父老"⑰，不敢相识，只得垂眼低头而走。那刘有才早已看见，从背后一手挽住，叫道："你不是宋小官么？为何如此模样？"宋金两泪交流，叉手告道："小侄衣衫不齐，不敢为礼了。承老叔垂问。"如此如此，这般这般，将范知县无礼之事，告诉了一遍。刘翁道："'恻隐之心，人皆有之。'你肯在我船上相帮，管教你饱暖过日。"宋金便下跪，道："若得老叔收留，便是重生父母。"

⑰无面目见"江东父老"：楚汉相争时，项羽被刘邦打败，逃到乌江自刎时，曾说了这句话。

当下刘翁引着宋金到于河下。刘翁先上船，对刘妪说知其事。刘妪道："此乃两得其便，有何不美。"刘翁就在船头上招宋小官上船。于自身上脱下旧布道袍，教他穿了，引他到后艄，见了妈妈徐氏，女儿宜春在傍，也相见了。宋金走出船头，刘翁道："把饭与宋小官吃。"刘妪道："饭便有，只是冷的。"宜春道："有热茶在锅内。"宜春便将瓦罐子舀了一罐滚热的茶。刘妪便在厨柜内取了些腌菜，和那冷饭，付与宋金道："宋小官，船上买卖，比不得家里，胡乱用些罢！"宋金接得在手。又见细雨纷纷而下，刘翁叫女儿："后艄有旧毡笠，取下来与宋小官戴。"宜春取旧毡笠看时，一边已自绽开。宜春手快，就盘髻上拔下针线将绽处缝了，丢在船篷之上，叫道："拿毡笠去戴。"宋金戴了破毡笠，吃了茶淘冷饭。刘翁教他收拾船上家火，扫抹船只，自往岸上接客，至晚方回，一夜无话。

次日，刘翁起身，见宋金在船头上闲坐，心中暗想：“初来之人，莫惯了他。”便吆喝道：“个儿郎吃我家饭，穿我家衣，闲时搓些绳，打些索，也有用处。如何空坐？”宋金连忙答应道：“但凭驱使，不敢有违！”刘翁便取一束麻皮，付与宋金，教他打索子。正是：

在他矮檐下，怎敢不低头。

宋金自此朝夕小心，辛勤做活，并不偷懒。兼之写算精通，凡客货在船，都是他记帐，出入分毫不爽。别船上交易，也多有央他去拿算盘，登账簿。客人无不敬而爱之，都夸道好个宋小官，少年伶俐。刘翁刘妪见他小心得用，另眼相待，好衣好食的管顾他，在客人面前，认为表侄。宋金亦自以为得所，心安体适，貌日丰腴，凡船户中无不欣羡。

光阴似箭，不觉二年有馀。刘翁一日暗想：“自家年纪渐老，止有一女，要求个贤婿以靠终身。似宋小官一般，到也十全之美。但不知妈妈心下如何？”是夜与妈妈饮酒半醺，女儿宜春在傍，刘翁指着女儿对妈妈道：“宜春年纪长成，未有终身之托，奈何？”刘妪道：“这是你我靠老的一桩大事，你如何不上紧？”刘翁道：“我也日常在念，只是难得个十分如意的。像我船上宋小官恁般本事人才，千中选一，也就不能勾了。”刘妪道：“何不就许了宋小官？”刘翁假意道：“妈妈说那里话！他无家无倚，靠着我船上吃饭，手无分文，怎好把女儿许他？”刘妪道：“宋小官是宦家之后，况系故人之子，当初他老子存时，也曾有人议过亲来，你如何忘了？今日虽然落薄，看他一表人材，又会写，又会算，招得这般女婿，须不辱了门面，我两口儿老来也得所靠。”刘翁道：“妈妈，你主意已定否？”刘妪道：“有什么不定？”刘翁道：“如此甚好！”

原来刘有才平昔是个怕婆的，久已看上了宋金，只愁妈妈不肯。今见妈妈慨然，十分欢喜。当下便唤宋金，对着妈妈面许了他这头亲事。

宋金初时也谦逊不当，见刘翁夫妇一团美意，不要他费一分钱钞，只索顺从。刘翁往阴阳生家选择周堂吉日[18]，回复了妈妈。将船驾回昆山。先与宋小官上头[19]，做一套绸绢衣服与他穿了，浑身新衣、新帽、新鞋、新袜，妆扮得宋金一发标致：

虽无子建才八斗[20]，胜似潘安貌十分[21]。

刘妪也替女儿备办些衣饰之类。吉日已到，请下两家亲戚，大设喜筵，将宋金赘入船上为婿。次日，诸亲作贺，一连吃了三日喜酒。宋金成亲之后，夫妻恩爱，自不必说。从此船上生理，日兴一日。

⑱周堂：星命上的一个名词，是宜于婚嫁的吉日。

⑲上头：古代少男少女到成年时，男子束发行加冠礼，女子束发加笄，叫做上头。

⑳子建才八斗：曹植（192—232年），字子建。

㉑潘安：晋时人，他字安仁，是当时有名的美男子。

光阴似箭，不觉过了一年零两个月。宜春怀孕日满，产下一女。夫妻爱惜如金，轮流怀抱。期岁方过，此女害了痘疮，医药不效，十二朝身死。宋金痛念爱女，哭泣过哀，七情所伤，遂得个痨瘵之疾。朝凉暮热，饮食渐减，看看骨露肉消，行迟走慢。刘翁、刘妪初时还指望他病好，替他迎医问卜。延至一年之外，病势有加无减，三分人，七分鬼，写也写不动，算也算不动。到做了眼中之钉，巴不得他死了干净，却又不死。

两个老人家懊悔不迭，互相抱怨起来："当初只指望半子靠老，如今看这货色，不死不活，分明一条烂死蛇缠在身上，摆脱不下，把个花枝般女儿，误了终身，怎生是了？为今之计，如何生个计较，送开了那冤家，等女儿另招个佳婿，方才称心。"两口儿商量了多时，定下个计策，连女儿都瞒过了，只说有客货在于江西，移船往载。行至池州五溪地方，到一个荒僻的所在，但见孤山寂寂，远水滔滔，野岸荒崖，绝无人迹。是日小小逆风，刘公故意把舵使歪，船便向沙岸上阁住，却教宋金下水推舟。宋金手迟脚慢，刘公就骂道："痨病鬼！没气力使船时，岸上野柴也砍些来烧烧，省得钱买。"宋金自觉惶愧，取了砟刀，挣扎到岸上砍柴去了。刘公乘其未回，把舵用力撑动，拨转船头，挂起满风帆，顺流而下，不愁骨肉遭颠沛，且喜冤家离眼睛。

且说宋金上岸打柴，行到茂林深处，树木虽多，那有气力去砍伐，只得拾些儿残柴，割些败棘，抽取枯藤，束做两大捆，却又没有气力背负得去。心生一计，再取一条枯藤，将两捆野柴穿做一捆，露出长长的藤头，用手挽之而行，如牧童牵牛之势。行了一时，想起忘了砟刀在地，又复身转去，取了砟刀，也插入柴捆之内，缓缓的拖下岸来。到于泊舟之处，已不见了船。但见江烟沙岛，一望无际。宋金沿江而上，且行且看，并无踪影。看看红日西沉，情知为丈人所弃。上天无路，入地无门，不觉痛切于心，放声大哭。哭得气咽喉干，闷绝于地，半晌方苏。忽见岸上一老僧，正不知从何而来，将拄杖卓地，问道："檀越伴侣何在？此非驻足之地也！"宋金忙起身作礼，口称姓名："被丈人刘翁脱赚，如今孤苦无归，求老师父提挈，救取微命。"老僧道："贫僧茅庵不远，且同往暂住一宵，来日再做道理。"宋金感谢不已，随着老僧而行。

约莫里许，果见茅庵一所。老僧敲石取火，煮些粥汤，把与宋金吃了，方才问道："令岳与檀越有何仇隙？愿闻其详。"宋金将入赘船上，及得病之由，备细告诉一遍。老僧道："老檀越怀恨令岳乎？"宋金道："当初求乞之时，蒙彼收养婚配；今日病危见弃，乃小生命薄所致，岂敢怀恨他人？"老僧道："听子所言，真忠厚之士也。尊恙乃七情所伤，非药饵可治。惟清心调摄可以愈之。平日间曾奉佛法诵经否？"宋金道："不曾。"老僧于袖中取出一卷相赠，道："此乃《金刚般若经》，我佛心印。贫僧今教授檀越，若日诵一遍，可以息诸妄念，却病延年，有无穷利益。"宋金原是陈州娘娘庙前老和尚转世来的，前生专诵此经。今日口传心受，一遍便能熟诵，此乃是前因不断。

宋金和老僧打坐，闭眼诵经，将次天明，不觉睡去。及至醒来，身坐荒草坡间，并不见老僧及茅庵在那里，《金刚经》却在怀中，开卷能诵。宋金心下好生诧异，遂取池水净口，将经朗诵一遍，觉万虑消释，病体顿然健旺。方知圣僧显化相救，亦是夙因所致也。宋金向空叩头，感谢龙天保佑。然虽如此，此身如大海浮萍，没有着落，信步行去，早觉腹中饥馁。望见前山林木之内，隐隐似有人家，不免再温旧稿，向前乞食。只因这一番，有分教宋小官凶中化吉，难过福来。正是：

路逢尽处还开径，水到穷时再发源。

宋金走到前山一看，并无人烟，但见枪刀戈戟，遍插林间。宋金心疑不决，放胆前去。见一所败落土地庙，庙中有大箱八只，封锁甚固，上用松茅遮盖。宋金暗想："此必大盗所藏，布置枪刀，乃惑人之计。来历虽则不明，取之无碍。"心生一计，乃折取松枝插地，记其路径，一步步走出林来，直至江岸。

也是宋金时亨运泰，恰好一只大船，因逆浪冲坏了舵，停泊于岸下修舵。宋金假作慌张之状，向船上人说道："我陕西钱金也，随吾叔父走湖广为商，道经于此，为强贼所劫，叔父被杀，我只说是随跟的小主郎，久病乞哀，暂容残喘。贼乃遣伙内一人，与我同住土地庙中，看守货物，他又往别处行劫去了。天幸同伙之人，昨夜被毒蛇咬死，我得脱身在此，幸方便载我去。"舟人闻言，不甚信。宋金又道："见有八巨箱在庙内，皆我家财物。庙去此不远，多央几位上岸，抬归舟中，愿以一箱为谢。必须速往，万一贼徒回转，不惟无及于事，且有祸患!"

众人都是千里求财的，闻说有八箱货物，一个个欣然愿往。当时聚起十六筹后生，准备八副绳索杠棒，随宋金往土地庙来。果见巨箱八只，其箱甚重。每二人抬一箱，恰好八杠。宋金将林子内枪刀收起藏于深草之内，八个箱子都下了船，舵已修好了。舟人问宋金道："老客今欲何往?"宋金道："我且往南京省亲。"舟人道："我的船正要往瓜州，却喜又是顺便。"当下开船，约行五十馀里方歇。众人奉承陕西客有钱，到凑出银子，买酒买肉，与他压惊称贺。次日西风大起，挂起帆来，不几日，到了瓜州停泊。那瓜州到南京只隔十来里江面，宋金召唤了一只渡船。将箱笼只拣重的抬下七个，把一个箱子送与舟中众人以践其言。众人自去开箱分用，不在话下。

宋金渡到龙江关口，寻了店主人家住下。唤铁匠对了匙钥，打开箱看时，其中充牣，都是金玉珍宝之类。原来这伙强盗积之有年，不是取之一家，获之一时的。宋金先把一箱所蓄鬻之于市，已得数千金。恐主人生疑，迁寓于城内，买家奴伏侍，身穿罗绮，食用膏粱。馀六箱，只拣精华之物留下，其他都变卖，不下数万金。就于南京仪凤门内买下一所大宅，改造厅堂园亭，制办日用家火，极其华整。门前开张典铺，又置买田庄数处，家僮数十房，出色管事者千人，又畜美童四人，随身答应。满京城都称他为钱员外，出乘舆马，入拥金资。自古道："居移

气，养移体。”宋金今日财发身发，肌肤充悦，容采光泽，绝无向来枯瘠之容，寒酸之气。正是：

人逢运至精神爽，月到秋来光彩新。

话分两头。且说刘有才那日哄了女婿上岸，拨转船头，顺风而下，瞬息之间，已行百里。老夫妇两口暗暗欢喜。宜春女犹然不知，只道丈夫还在船上，煎好了汤药，叫他吃时，连呼不应。还道睡着在船头，自要去唤他。却被母亲劈手夺过药瓯，向江中一泼，骂道：“痨病鬼在那里？你还要想他！”宜春道：“真个在那里？”母亲道：“你爹见他病害得不好，恐沾染他人，方才哄他上岸打柴，径自转船来了。”宜春一把扯住母亲，哭天哭地叫道：“还我宋郎来。”刘公听得艄内啼哭，走来劝道：“我儿，听我一言，妇道家嫁人不着，一世之苦。那害痨的死在早晚，左右要拆散的，不是你因缘了。到不如早些开交干净，免致担误你青春。待做爹的另拣个好郎君，完你终身，休想他罢!”宜春道：“爹做的是什么事！都是不仁不义，伤天理的勾当。宋郎这头亲事，原是二亲主张。既做了夫妻，同生同死，岂可翻悔？就是他病势必死，亦当待其善终，何忍弃之于无人之地？宋郎今日为奴而死，奴决不独生！爹若可怜见孩儿，快转船上水，寻取宋郎回来，免被傍人讥谤。”刘公道：“那害痨的不见了船，定然转往别处村坊乞食去了，寻之何益？况且下水顺风，想去已百里之遥，一动不如一静，劝你息了心罢!”宜春见父亲不允，放声大哭，走出船舷，就要跳水。喜得刘妈手快，一把拖住。宜春以死自誓，哀哭不已。

两个老人家不道女儿执性如此，无可奈何，准准的看守了一夜。次早只得依顺他，开船上水。风水俱逆，弄了一日，不勾一半之路，这一夜啼啼哭哭，又不得安稳。第三日申牌时分，方到得先前阁船之处。宜春亲自上岸寻取丈夫，只见沙滩上乱柴二捆，砟刀一把，认得是船上的刀。眼见得这捆柴，是宋郎驮来的。物在人亡，愈加疼痛，不肯心死，定要往前寻觅。父亲只索跟随同去。走了多时，但见树黑山深，杳无人迹。刘公劝他回船，又啼哭了一夜。第四日黑早，再教父亲一同上岸寻觅，都是旷野之地，更无影响。只得哭下船来，想道：“如此荒郊，教丈夫何处乞食？况久病之人，行走不动，他把柴刀抛弃沙崖，一定是赴水自尽了。”哭了一场，望着江心又跳，早被刘公拦住。宜春道：“爹妈养得奴的身，养不得奴的心。孩儿左右是要死的，不如放奴早死，以见宋郎之面。”

两个老人家见女儿十分痛苦，甚不过意，叫道：“我儿，是你爹妈不是了，一时失于计较，干出这事，差之在前，懊悔也没用了。你可怜我年老之人，止生得你一人。你若死时，我两口儿性命也都难保。愿我儿恕了爹妈之罪，宽心度日，待做爹的写一招子，于沿江市镇各处粘贴。倘若宋郎不死，见我招帖，定可相逢。若过了三个月无信，凭你做好事，追荐丈夫[22]。做爹的替你用钱，并不吝惜。”宜春方才收泪谢道：“若得如此，孩儿死也瞑目。”刘公即时写个寻婿的招帖，粘于沿江市镇墙壁触眼之处。

㉒追荐：诵经礼忏，超度死者。

过了三个月，绝无音耗。宜春道：“我丈夫果然死了。”即忙制备头梳麻衣，穿着一身重孝，设了灵位祭奠，请九个和尚，做了三昼夜功德。自将簪珥布施，为亡夫祈福。刘翁、刘妪爱女之心无所不至，并不敢一些违拗，闹了数日方休。兀自朝哭五更，夜哭黄昏。邻船闻之，无不感叹。有一班相熟的客人，闻知此事，无不可惜宋小官，可怜刘小娘者。宜春整整的哭了半年六个月方才住声。刘公对阿妈道：“女儿这几日不哭，心下渐渐冷了，好劝他嫁人。终不然我两个老人家守着个孤孀女儿，缓急何靠？”刘妪道：“阿老见得是[23]。只怕女儿不肯，须是缓缓的偎他。”

㉓阿老：老妇对丈夫的一种昵称，犹言老头子。

又过了月馀，其时十二月二十四日，刘翁回船到昆山过年，在亲戚家吃醉了酒，乘其酒兴来劝女儿道：“新春将近，除了孝罢！”宜春道：“丈夫是终身之孝，怎样除得？”刘翁睁着眼道：“什么终身之孝！做爹的许你带时便带，不许你带时，就不容你带。”刘妪见老儿口重，便来收科道[24]：“再等女儿带过了残岁，除夜做碗羹饭起了灵，除孝罢！”宜春见爹妈话不投机，便啼哭起来道：“你两口儿合计害了我丈夫，又不容我带孝，无非要我改嫁他人。我岂肯失节以负宋郎？宁可带孝而死，决不除孝而生。”刘翁又待发作，被婆子骂了几句，劈颈的推向船舱睡了。宜春依先又哭了一夜。

㉔收科：收场，打圆场。

到月尽三十日，除夜，宜春祭奠了丈夫，哭了一会。婆子劝住了，三口儿同吃夜饭。爹妈见女儿荤酒不闻，心中不乐，便道：“我儿！你孝是不肯除了，略吃点荤腥，何妨得？少年人不要弄弱了元气。”宜春道：“未死之人，苟延残喘，连这碗素饭也是多吃的，还吃甚荤菜？”刘妪道：“既不用荤，吃杯素酒儿，也好解闷。”宜春道：“‘一滴何曾到九泉。’想着死者，我何忍下咽!”说罢，又哀哀的哭将起来，连素饭也不吃就去睡了。刘公夫妇料想女儿志不可夺，从此再不强他。后人有诗赞宜春之节，诗曰：

闺中节烈古今传，船女何曾阅简编？
誓死不移金石志，《柏舟》端不愧前贤㉕。

㉕《柏舟》：《诗经·鄘风》中的一篇，旧说卫世子共伯早死，其妻共姜作此诗作为她不肯改嫁的誓言。后用来指妇女守节。

话分两头，再说宋金住在南京一年零八个月，把家业挣得十全了，却教管家看守门墙，自己带了三千两银子，领了四个家人、两个美童，顾了一只航船，径至昆山来访刘翁、刘妪。邻舍人家说道：“三日前往仪真去了。”宋金将银两贩了布匹，转至仪真，下个有名的主家，上货了毕。

次日，去河口寻着了刘家船只，遥见浑家在船艄，麻衣素妆，知其守节未嫁，伤感不已。回到下处，向主人王公说道：“河下有一舟妇，带孝而甚美。我已访得是昆山刘顺泉之船，此妇即其女也。吾丧偶已将二年，欲求此女为继室。”遂于袖中取出白金十两奉与王公道：

“此薄意权为酒资，烦老翁执伐。成事之日，更当厚谢。若问财礼，虽千金吾亦不吝。”王公接银欢喜，径往船上邀刘翁到一酒馆，盛设相款，推刘翁于上坐。刘翁大惊道：“老汉操舟之人，何劳如此厚待？必有缘故。”王公道：“且吃三杯，方敢启齿。”刘翁心中愈疑，道：“若不说明，必不敢坐。”王公道：“小店有个陕西钱员外，万贯家财，丧偶将二载，慕令爱小娘子美貌，欲求为继室，愿出聘礼千金，特央小子作伐，望勿见拒。”刘翁道：“舟女得配富室，岂非至愿。但吾儿守节甚坚，言及再婚，便欲寻死。此事不敢奉命，盛意亦不敢领。”

便欲起身。王公一手扯住，道："此设亦出钱员外之意，托小子做个主人。既已费了，不可虚之，事虽不谐，无害也。"刘翁只得坐了。饮酒中间，王公又说起："员外相求，出于至诚，望老翁回舟，从容商议。"刘翁被女儿几遍投水吓坏了，只是摇头，略不统口，酒散各别。

王公回家，将刘翁之语，述与员外。宋金方知浑家守志之坚，乃对王公说道："姻事不成也罢了，我要顾他的船载货往上江出脱，难道也不允?"王公道："天下船载天下客，不消说，自然从命。"王公即时与刘翁说了顾船之事，刘翁果然依允。宋金乃分付家童，先把铺陈行李发下船来，货且留岸上，明日发也未迟。宋金锦衣貂帽，两个美童，各穿绿绒直身，手执熏炉如意跟随。刘翁夫妇认做陕西钱员外，不复相识。到底夫妇之间，与他人不同，宜春在艄尾窥视，虽不敢便信是丈夫，暗暗地惊怪道：有七八分厮像。只见那钱员外才上得船，便向船艄说道："我腹中饥了，要饭吃。

若是冷的，把些热茶淘来罢!”宜春已自心疑。那钱员外又吆喝童仆道：“个儿郎吃我家饭，穿我家衣，闲时搓些绳，打些索，也有用处，不可空坐!”这几句分明是宋小官初上船时刘翁分付的话，宜春听得，愈加疑心。

少顷，刘翁亲自捧茶奉钱员外，员外道：“你船艄上有一破毡笠，借我用之。”刘翁愚蠢，全不省事，径与女儿讨那破毡笠。宜春取毡笠付与父亲，口中微吟四句：

毡笠虽然破，经奴手自缝。

因思戴笠者，无复旧时容。

钱员外听艄后吟诗，嘿嘿会意，接笠在手，亦吟四句：

仙凡已换骨，故乡人不识。

虽则锦衣还，难忘旧毡笠。

是夜宜春对翁妪道：“舱中钱员外，疑即宋郎也。不然何以知吾船有破毡笠？且面庞相肖，语言可疑，可细叩之。”刘翁大笑道：“痴女子！那宋家痨病鬼，此时骨肉俱消矣！就使当年未死，亦不过乞食他乡，安能致此富盛乎?”刘妪道：“你当初怪爹娘劝你除孝改嫁，动不动跳水求死。今见客人富贵，便要认他是丈夫。倘你认他不认，岂不可羞?”宜春满面羞惭，不敢开口。刘翁便招阿妈到背处道：“阿妈你休如此说。姻缘之事，莫非天数。前日王店主请我到酒馆中饮酒，说陕西钱员外愿出千金聘礼，求我女儿为继室。我因女儿执性，不曾统口。今日难得女儿自家心活，何不将机就机，把他许配钱员外，落得你我下半世受用。”

刘妪道：“阿老见得是。那钱员外来顾我家船只，或者其中有意。阿老明日可往探之。”刘翁道：“我自有道理。”

次早，钱员外起身，梳洗已毕，手持破毡笠于船头上翻覆把玩。刘翁启口而问道：“员外，看这破毡笠则甚?”员外道：“我爱那缝补处，这行针线，必出自妙手。”刘翁道：“此乃小女所缝，有何妙处？前日王店主传员外之命，曾有一言，未知真否?”钱员外故意问道：“所传何言?”刘翁道：“他说员外丧了孺人，已将二载，未曾继娶，欲得小女为婚。”员外道：“老翁愿也不愿?”刘翁道：“老汉求之不得。但恨小女守节甚坚，誓不再嫁，所以不敢轻诺。”员外道：“令婿为何而死?”刘翁道：“小婿不幸得了个痨瘵之疾，其年因上岸打柴未还，老汉不知，错开了船。以后曾出招帖寻访了三个月，并无动静，多是投江而死了。”员外道：“令婿不死，他遇了个异人，病都好了，反获大财致富。老翁若要会令婿时，可请令爱出来!”

此时宜春侧耳而听，一闻此言，便哭将起来，骂道：“薄幸钱郎!我为你带了三年重孝，受了千辛万苦，今日还不说实话，待怎么?”宋金也堕泪道：“我妻！快来相见!”夫妻二人抱头大哭。刘翁道：“阿妈，眼见得不是什么钱员外了，我与你须索去谢罪[26]。”刘翁、刘妪走进舱来，施礼不迭。宋金道：“丈人丈母，不须恭敬。只是小婿他日有病痛时，莫再脱赚!”两个老人家羞惭满面。宜春便除了孝服，将灵位抛向水中。宋金便唤跟随的童仆来与主母磕头。

翁妪杀鸡置酒，管待女婿，又当接风，又是庆贺筵席。安席已毕，刘翁叙起女儿自来不吃荤酒之意，宋金惨然下泪，亲自与浑家把盏，劝他开荤。随对翁妪道：“据你们设心脱赚，欲绝吾命，恩断义绝，不该相认了。今日勉强吃你这杯酒，都看你女儿之面。”宜春道：“不因这番脱赚，你何由发迹?况爹妈日前也有好处，今后但记恩，莫记怨。”宋金道：“谨依贤妻尊命。我已立家于南京，田园富足。你老人家可弃了驾舟之业，随我到彼，同享安乐，岂不美哉!”翁妪再三称谢，是夜无话。次日，王店主闻知此事，登船拜贺，又吃了一日酒。

宋金留家童三人于王店主家发布取帐，自己开船先往南京大宅子。住了三日，同浑家到昆山故乡扫墓，追荐亡亲。宗族亲党各有厚赠。此时范知县已罢官在家，闻知宋小官发迹还乡，恐怕街坊撞见没趣，躲向乡里，有月馀不敢入城。宋金完了故乡之事，重回南京，阖家欢喜，安享富贵，不在话下。

再说宜春见宋金每早必进佛堂拜佛诵经，问其缘故。宋金将老僧所传《金刚经》却病延年之事，说了一遍。宜春亦起信心，要丈夫教会了，夫妻同诵，到老不衰。后享寿各九十馀，无疾而终。子孙为南京世富之家，亦有发科第者[27]。后人评云：

刘老儿为善不终，宋小官因祸得福。

《金刚经》消除灾难，破毡笠团圆骨肉。

㉖须索：必须，只好。

㉗发科第：指通过科举考试得官而发迹。

十一　乐小舍拚生觅偶[1]

【精要简介】

本篇通过描写乐小舍不顾危险赴水去救看潮落水的顺娘，后两人感动潮王而度脱水厄的故事，表现了乐小舍与顺娘之间的深挚爱情。

【原文鉴赏】

怒气雄声出海门，舟人云是子胥魂[2]。

天排雪浪晴雷吼，地拥银山万马奔。

上应天轮分晦朔[3]，下临宇宙定朝昏。

吴征越战今何在？一曲渔歌过晚村。

①《乐小舍拚生觅偶》：一名《喜乐和顺记》。小舍：即小舍人。舍人原为官名，宋元以来也俗称贵家子弟为舍人，犹言公子。

②子胥：春秋时，伍子胥因力谏吴王夫差停止伐齐，拒绝越国求和而渐被疏远。后来伍子胥自杀，被弃尸江上。传说浙江的潮水，就是他的魂魄在震怒。

③晦：阴历每月的最后一天。朔：每月的最初一天。

这首诗，单题着杭州钱塘江潮，元来非同小可：刻时定信，并无差错。自古至今，莫能考其出没之由。从来说道天下有四绝，却是：雷州换鼓[4]，广德埋藏[5]，登州海市[6]，钱塘江潮。

④雷州换鼓：广东雷州，大部分地区受热带季风影响多雷雨，旧时当地很多关于雷的神话，有雷公庙，当地百姓每年都要定期到雷神庙献雷车雷鼓。每逢春夏之间出现的大雷雨，民间就把它看成是雷公换鼓。

⑤广德埋藏：广德太极洞，又名长乐洞，是一个规模庞大的天然溶洞，洞口刻有“太极洞”三字，系明万历时刑部侍郎吴同春手迹。

⑥登州：今山东蓬莱。海市：即海市蜃楼，原是光学上的一种折射现象，古人不懂得这个科学道理，以为是海上仙山的出现，并说只有登州蓬莱阁可以看到。

这三绝，一年止则一遍。惟有钱塘江潮，一日两番。自古唤做罗刹江，为因风涛险恶，巨浪滔天，常番了船，以此名之。南北两山，多生虎豹，名为虎林。后因虎字犯了唐高祖之祖父御讳，改名武林。又因江潮险迅，怒涛汹涌，冲害居民，因取名宁海军[⑦]。后至唐末五代之间，去那径山过来，临安邑人钱宽生得一子。生时红光满室，里人见者，将谓火发，皆往救之。却是他家产下一男，两足下有青色毛，长寸馀，父母以为怪物，欲杀之。有外母不肯，乃留之。因此小名婆留。看看长大成人，身长七尺有馀，美容貌，有智勇，讳镠字巨美，幼年专作私商无赖。因官司缉捕甚紧，乃投径山法济禅师躲难。法济夜闻寺中伽蓝云[⑧]：“今夜钱武肃王在此，毋令惊动!”法济知他是异人，不敢相留，乃作书荐镠往苏州投太守安绶。绶乃用镠为帐下都部署[⑨]，每夜在府中马院宿歇。

⑦宁海军：今浙江杭州。

⑧伽（qié）蓝：梵语的音译，这里指佛教中的护法神。

⑨都部署：小武职官，比虞候（hòu）稍高一些的军校。

时遇炎天酷热，太守夜起独步后园，至马院边，只见钱镠睡在那里。太守方坐间，只见那正厅背后，一眼枯井，井中走出两个小鬼来，戏弄钱镠。却见一个金甲神人，把那小鬼一喝都走了，口称道："此乃武肃王在此，不得无礼。"太守听罢，大惊，急回府中，心大异之。以此好生看待钱镠。后因黄巢作乱，钱镠破贼有功，僖宗拜为节度使。后遇董昌作乱，钱镠收讨平定，昭宗封为吴越国王。因杭州建都，治得国中宁静。只是地方狭窄，更兼长江汹涌，心常不悦。

忽一日，有司进到金色鲤鱼一尾，约长三尺有馀，两目炯炯有光，将来作御膳。钱王见此鱼壮健，不忍杀之，令畜之池中。夜梦一老人来见，峨冠博带，口称小圣："小圣夜来孺子不肖，乘酒醉，变作金色鲤鱼，游于江岸，被人获之，进与大王作御膳，谢大王不杀之恩。今者小圣特来哀告大王，愿王怜悯，差人送往江中，必当重报。"钱王应允，龙君乃退。钱王飒然惊觉，得了一梦。次早升殿，唤左右打起那鱼，差人放之江中。当夜，又梦龙君谢曰："感大王再生之恩，将何以报？小圣龙宫海藏，应有奇珍异宝，夜光珠，盈尺璧，任从大王所欲，即当奉献。"钱王乃言："珍宝珠璧，非吾愿也。惟我国僻处海隅，地方无千里，况兼长江广阔，波涛汹涌，日夕相冲，使国人常有风波之患。汝能借地一方，以广吾国，是所愿也。"龙王曰："此事甚易，然借则借，当在何日见还？"钱王曰："五百劫后，仍复还之。"龙王曰："大王来日，可铸铁柱十二只，各长一丈二尺。请大王自登舟，小圣使虾鱼聚于水面之上，大王但见处，可即下铁柱一只，其水渐渐自退，沙涨为平地。王可垒石为塘，其地即广也。"龙君退去，钱王惊觉。

次日，令有司铸造铁柱十二只，亲自登舟，于江中看之。果见有鱼虾成聚一十二处，乃令人以铁柱沉下去，江水自退。王乃登岸，但见无移时[10]，沙石涨为平地，自富阳山前直至海门舟山为止。钱王大喜，乃使石匠于山中凿石为板，以黄罗木贯穿其中，排列成塘。因凿石迟慢，乃下令："如有军民人等，以新旧石板将船装来，一船换米一船。"各处即将船载石板来换米。因此砌了江岸，石板有馀。后方始称为钱塘江。

⑩无移时：没多久，不一会儿。

至大宋高宗南渡，建都钱塘，改名临安府，称为行在[11]。方始人烟辏集，风俗淳美。似此每遇年年八月十八，乃潮生日，倾城士庶，皆往江塘之上，玩潮快乐。亦有本土善识水性之人，手执十幅旗幡，出没水中，谓之弄潮，果是好看。至有不识水性深浅者，学弄潮，多有被泼了去，坏了性命。临安府尹得知，累次出榜禁谕，不能革其风俗。有东坡学士看潮一绝为证：

吴儿生长押涛渊，冒险轻生不自怜。

东海若知明主意，应教破浪变桑田。

⑪行在：即行在所，皇帝外出离京时住的地方。

话说南宋临安府有一个旧家，姓乐名美善，原是贤福坊安平巷内出身，祖上七辈衣冠[12]。近因家道消乏，移在钱塘门外居住，开个杂色货铺子。人都重他的家世，称他为乐大爷。妈妈安氏，单生一子，名和。生得眉目清秀，伶俐乖巧。幼年寄在永清巷母舅安三老家抚养，附在间壁喜将仕馆中上学[13]。喜将仕家有个女儿，小名顺娘，小乐和一岁。两个同学读书，学中取笑道："你两个姓名'喜乐和顺'，合是天缘一对。"两个小儿女知觉渐开，听这话也自欢喜，遂私下约为夫妇。这是一时戏谑，谁知做了后来配合的谶语。正是：

姻缘本是前生定，曾向蟠桃会里来。

⑫衣冠：指官宦之家。

⑬将仕：将仕郎的简称。宋制，将仕郎是文职从九品的关节，也是

最低的官阶，无出身人补官的第一个官阶。

乐和到十二岁时，顺娘十一岁。那时乐和回家，顺娘深闺女工，各不相见。乐和虽则童年，心中伶俐，常想顺娘情意，不能割舍。

又过了三年，时值清明将近，安三老接外甥同去上坟，就便游西湖。原来临安有这个风俗，但凡湖船，任从客便，或三朋四友，或带子携妻，不择男女，各自去占个座头，饮酒观山，随意取乐。安三老领着外甥上船，占了个座头，方才坐定，只见船头上又一家女眷入来，看时不是别人，正是间壁喜将仕家母女二人和一个丫头，一个奶娘。三老认得，慌忙作揖。又教外甥来相见了。此时顺娘年十四岁，一发长成得好了。乐和有三年不见，今日水面相逢，如见珍宝。虽然分桌而坐，四目不时观看，相爱之意，彼此尽知。只恨众人属目，不能叙情。船到湖心亭，安三老和一班男客，都到亭子上闲步，乐和推腹痛留在舱中；捱身与喜大娘攀话，稍稍得与顺娘相近。捉空以目送情，彼此意会。少顷众客下船，又分开了。傍晚，各自分散。安三老送外甥回家。乐和一心忆着顺娘，题诗一首：

嫩蕊娇香郁未开，不因蜂蝶自生猜。

他年若作扁舟侣，日日西湖一醉回。

乐和将此诗题于桃花笺上，折为方胜[14]，藏于怀袖。私自进城，到永清巷喜家门首，伺候顺娘，无路可通。如此数次。闻说潮王庙有灵，乃私买香烛果品，在潮王面前祈祷，愿与喜顺娘今生得成鸳侣。拜罢，炉前化纸，偶然方胜从袖中坠地，一阵风卷出纸钱的火来烧了。急去抢时，止剩得了一个“侣”字。乐和拾起看了，想道：“侣乃双口之意，此亦吉兆。”心下甚喜。

⑭方胜：方形的彩结。古代妇女的头饰，用彩绸制作，由两块斜方形的部分迭合而成。这里指折成方胜的形状。

忽见碑亭内坐一老者，衣冠古朴，容貌清奇，手中执一团扇，上写

"姻缘前定"四个字。乐和上前作揖，动问："老翁尊姓?"答道："老汉姓石。"又问道："老翁能算姻缘之事乎?"老者道："颇能推算。"乐和道："小子乐和烦老翁一推，赤绳系于何处?"老者笑道："小舍人年未弱冠，如何便想这事?"乐和道："昔汉武帝为小儿时，圣母抱于膝上，问'欲得阿娇为妻否[15]?'帝答言：'若得阿娇，当以金屋贮之。'年无长幼，其情一也。"老者遂问了年月日时，在五指上一轮道："小舍人佳眷，是熟人，不是生人。"乐和见说得合机，便道："不瞒老翁，小子心上正有一熟人，未知缘法何如?"老者引至一口八角井边，教乐和看井内有缘无缘便知。乐和手把井栏张望，但见井内水势甚大，巨涛汹涌，如万顷相似，其明如镜，内立一个美女，可十六七岁，紫罗衫、杏黄裙，绰约可爱。仔细认之，正是顺娘，心下又惊又喜，却被老者望背后一推，刚刚的跌在那女子身上，大叫一声，猛然惊觉，乃一梦，双

手兀自抱定亭柱。正是：

黄粱犹未熟[16]，一梦到华胥[17]。

⑮阿娇：汉武帝刘彻姑母馆陶长公主的女儿，也是他的表妹，后来嫁给了他，封为陈皇后。

⑯黄粱犹未熟：唐沈既济《枕中记》载，卢生在邯郸旅店，遇到吕翁，怨叹自己贫困失意。吕翁给他一个瓷枕，他枕着入睡，梦境中经历了许多事故，一觉醒来，店主人煮的黄粱米饭还不曾熟。

⑰华胥：相传黄帝昼寝，梦游华胥仙国。这里指梦境。

乐和醒将转来，看亭内石碑，其神姓石名瑰，唐时捐财筑塘捍水，死后封为潮王。乐和暗想："原来梦中所见石老翁，即潮王也。此段姻缘，十有九就。"回家对母亲说，要央媒与喜顺娘议亲。那安妈妈是妇道家，不知高低，便向乐公撺掇其事。乐公道："姻亲一节，须要门当户对。我家虽曾有七辈衣冠，见今衷微，经纪营活。喜将仕名门富室，他的女儿，怕没有人求允，肯与我家对亲？若央媒往说，反取其笑。"乐和见父亲不允，又教母亲央求母舅去说合。安三老所言，与乐公一般。乐和大失所望，背地里叹了一夜的气，明早将纸裱一牌位，上写"亲妻喜顺娘生位"七个字，每日三餐，必对而食之；夜间安放枕边，低唤三声，然后就寝。每遇清明三月三，重阳九月九，端午龙舟，八月玩潮，这几个胜会，无不刷鬓修容，华衣美服，在人丛中挨挤。只恐顺娘出行，侥幸一遇。同般生意人家有女儿的，见乐小舍人年长，都来议亲，爹娘几遍要应承，到是乐和立意不肯，立个誓愿，直待喜家顺娘嫁出之后，方才放心，再图婚配。

事有凑巧，这里乐和立誓不娶，那边顺娘却也红鸾不照[18]，天喜未临，高不成，低不就，也不曾许得人家。光阴似箭，倏忽又过了三年。乐和年一十八岁，顺娘一十七岁了。男未有室，女未有家。

男才女貌正相和，未卜姻缘事若何？

且喜室家俱未定，只须灵鹊肯填河。

⑱红鸾不照：指没有婚配的缘分。红鸾，旧时星命家所说的吉星，主婚配等喜事。

话分两头。却说是时，南北通和。其年有金国使臣高景山来中国修聘。那高景山善会文章，朝命宣一个翰林范学士接伴。当八月中秋过了，又到十八潮生日，就城外江边浙江亭子上，搭彩铺毡，大排筵宴，款待使臣观潮。陪宴官非止一员。都统司领着水军[19]，乘战舰，于水面往来，施放五色烟火炮。豪家贵戚，沿江搭缚彩幕，绵亘三十馀里，照江如铺锦相似。市井弄水者，共有数百人，蹈浪争雄，出没游戏。有蹈滚木、水傀儡诸般伎艺。但见：

迎潮鼓浪，拍岸移舟。惊湍忽自海门来，怒吼遥连天际出。何异地生银汉，分明天震春雷。遥观似匹练飞空，远听如千军驰噪。吴儿勇健，平分白浪弄洪波；渔父轻便，出没江心夸好手。果然是万顷碧波随地滚，千寻雪浪接云奔。

北朝使臣高景山见了，毛发皆耸，嗟叹不已，果然奇观。范学士道："相公见此，何不赐一佳作？"即令取过文房四宝来。高景山谦让再三，作《念奴娇》词：

云涛千里，泛今古绝致，东南风物。碧海云横初一线，忽尔雷轰苍壁，万马奔天，群鹅扑地，汹涌飞烟雪。吴人勇悍，便竞踏浪雄杰。

想旗帜纷纭，吴音楚管，与胡笳俱发。人物江山如许丽，岂信妖氛难灭。况是行宫，星缠五福，光焰窥毫发。惊看无语，凭栏姑待明月。

⑲都统司：这里指都统制，禁卫军的主官。

高景山题毕，满座皆赞奇才，只有范学士道："相公词作得甚好，只可惜'万马奔天，群鹅扑地'，将潮比得来轻了，这潮可比玉龙之势。"学士遂作《水调歌头》，道是：

登临眺东渚，始觉太虚宽。海天相接，潮生万里一毫端。滔滔怒生雄势，宛胜玉龙戏水，尽出没波间。雪浪番云脚，波卷水晶寒。

扫方涛，卷圆峤[20]，大洋番。

天垂银汉，壮观江北与江南。借问子胥何在？博望乘槎（chá）仙去[21]，知是几时还？上界银河窄，流泻到人间！”

范学士题罢，高景山见了，大喜道：“奇哉佳作！难比万马争驰，真是玉龙戏水。”

⑳圆峤（jiào）：传说中的海上仙山。

㉑博望乘槎仙去：汉代张骞封博望侯，相传他出使西域时，曾探寻黄河源头，乘槎至天河，遇见织女。

不题各官尽欢饮酒。且说临安大小户人家，闻得是日朝廷款待北使，陈设百戏，倾城士女都来观看。乐和打听得喜家一门也去看潮，侵早便妆扮齐整，来到钱塘江口，踅来踅去，找寻喜顺娘不着。结末来到一个去处，唤做“天开图画”，又叫做“团围头”。因那里团团围转，四面都看见潮头，故名“团围头”。后人讹传，谓之“团鱼头”。这个所在，潮势阔大，多有子弟立脚不牢，被潮头涌下水去，又有豁湿了身上衣服的，都在下浦桥边搅挤教干。有人作下《临江仙》一只，单嘲那看潮的：

自古钱塘难比，看潮人成群作队。不待中秋，相随相趁，尽往江边游戏。沙滩畔，远望潮头，不觉侵天浪起。

头巾如洗，斗把衣裳去挤。下浦桥边，一似奈何池畔[22]，裸体披头似鬼。入城里，烘好衣裳，犹问几时起水？”

乐和到“团围头”寻了一转，不见顺娘，复身又寻转来。那时人山人海，围拥着席棚彩幕。乐和身材即溜，在人丛里捱挤进去，一步一看，行走多时，看见一个妇人，走进一个席棚里面去了。乐和认得这妇人，是喜家的奶娘，紧步随后，果然喜将仕一家男女，都成团聚块的坐下饮酒玩赏。乐和不敢十分逼近，又不舍得十分窎远。紧紧的贴着席棚而立，觑定顺娘，目不转睛，恨不得走近前去，双手搂抱，说句话儿。那小娘子抬头观看，远远的也认得是乐小舍人，见他趋前褪后，神情不定，心上也觉可怜。只是父母相随，寸步不离，无由相会一面。正是：

两人衷腹事，尽在不言中。

㉒奈何池：佛教所说地狱中的恶水。

却说乐和与喜顺娘正在相视凄惶之际，忽听得说潮来了。道犹未绝，耳边如山崩地坼之声，潮头有数丈之高，一涌而至。有诗为证：

银山万叠耸嵬嵬，蹴地排空势若飞。

信是子胥灵未泯，至今犹自奋神威。

那潮头比往年更大，直打到岸上高处，掀翻锦幕，冲倒席棚。众人发声喊，都退后走。顺娘出神在小舍人身上，一时着忙，不知高低，反向前几步，脚儿把滑不住，溜的滚入波浪之中：

可怜绣阁金闺女，翻做随波逐浪人。

乐和乖觉，约莫潮来，便移身立于高阜去处，心中不舍得顺娘，看定席棚，高叫："避水！"忽见顺娘跌在江里去了，这惊非小。说时迟，那时快，就顺娘跌下去这一刻，乐和的眼光紧随着小娘子下水，脚步自然留不住，扑通的向水一跳，也随波而滚。他那里会水！只是为情所使，不顾性命。这里喜将仕夫妇见女儿坠水，慌急了，乱呼："救人救人！救得吾女，自有重赏。"那顺娘穿着紫罗衫杏黄裙，最好记认。有那一班弄潮的子弟们，踏着潮头，如履平地，贪着利物，应声而往，翻波搅浪，去捞救那紫罗衫杏黄裙的女子。

却说乐和跳下水去，直至水底，全不觉波涛之苦，心下如梦中相似。行到潮王庙中，见灯烛辉煌，香烟缭绕。乐和下拜，求潮王救取顺娘，度脱水厄。潮王开言道："喜顺吾已收留在此，今交付你去。"说罢，小鬼从神帐后，将顺娘送出。乐和拜谢了潮王，领顺娘出了庙门。彼此十分欢喜，一句话也说不出，四只手儿紧紧对面相抱，觉身子或沉或浮，浯出水面。那一班弄潮的看见紫罗衫杏黄裙在浪中现出，慌忙去抢。及至托出水面，不是单却是双。四五个人扛头扛脚，抬上岸来，对喜将仕道："且喜连女婿都救起来了。"喜公、喜母、丫环、奶娘都来看时，此时八月天气，衣服都单薄，两个脸对脸，胸对胸，交股叠肩，且是偎抱得紧，分拆不开，叫唤不醒，体尚微暖，不生不死的模样。父母慌又慌，苦又苦，正不知什么意故。喜家眷属哭做一堆。众人争先来看，都道从古来无此奇事。

却说乐美善正在家中，有人报他儿子在"团鱼头"看潮，被潮头打在江里去了，慌得一步一跌，直跑到"团围头"来。又听得人说打捞得一男一女，那女的是喜将仕家小姐。乐公分开人众，捱入看时，认得是儿子乐和，叫了几声"亲儿！"放声大哭道："儿呵！你生前不得吹箫侣，谁知你死后方成连理枝[23]！"喜将仕问其缘故，乐公将三年前儿子执意求亲，及誓不先娶之言，叙了一遍。喜公、喜母到抱怨起来道："你乐门七辈衣冠，也是旧族。况且两个幼年，曾同窗读书，有此说话，何不早说？如今大家叫唤，若唤得醒时，情愿把小女配与令郎。”两家一边唤女，一边唤儿，约莫叫唤了半个时辰，渐渐眼开气续，四只胳膊，兀自不放。乐公道：“我儿快苏醒，将仕公已许下把顺娘配你为妻了。”说犹未毕，只见乐和睁开双眼道：“岳翁休要言而无信！”跳起身来，便向喜公、喜母作揖称谢。喜小姐随后苏醒。两口儿精神如故，清水也不吐一口。喜杀了喜将仕，乐杀了乐大爷。两家都将干衣服换了，顾个小轿抬回家里。

㉓连理枝：据晋干宝《搜神记》卷十一载，战国宋康王舍人韩凭的妻子很美，被康王所夺，夫妇都以死来反抗，死后，坟墓上生出连理的树来。后人常用“连理枝”比喻坚贞不渝的爱情。

次日，到是喜将仕央媒来乐家议亲，愿赘乐和为婿，媒人就是安三老。乐家无不应允。择了吉日，喜家送些金帛之类，笙箫鼓乐，迎娶乐和到家成亲。夫妻恩爱，自不必说。满月后，乐和同顺娘备了三牲祭礼，到潮王庙去赛谢㉔。喜将仕见乐和聪明，延名师在家，教他读书，后来连科及第。至今临安说婚姻配合故事，还传“喜乐和顺”四字。有诗为证：

少负情痴长更狂，却将情字感潮王。

钟情若到真深处，生死风波总不妨。

㉔赛谢：祭祀神灵，以示酬谢。

十二　玉堂春落难逢夫①

【精要简介】

本篇通过对妓女玉堂春苏三与王景隆相爱，因故离散，玉堂春被老鸨骗卖，身陷囹圄，几乎惨死，但结局为两人团聚的故事的描写，表达了当时女性渴望获得独立和自由的心声。

【原文鉴赏】

公子初年柳陌游②，玉堂一见便绸缪。

黄金数万皆消费，红粉双眸枉泪流。

财货拐，仆驹休，犯法洪同狱内囚。

按临骢马冤愆脱③，百岁姻缘到白头。

①原注：与旧刻《王公子奋志记》不同。

②柳陌：指妓院聚集的地方。

③按临：巡视，巡察。

话说正德年间，南京金陵城有一人，姓王名琼，别号思竹，中乙丑科进士，累官至礼部尚书。因刘瑾擅权，劾了一本。圣旨发回原籍。不敢稽留，收拾轿马和家眷起身。王爷暗想有几两俸银，都借在他人名下，一时取讨不及。况长子南京中书，次子时当大比④，踌躇半晌，乃呼公子三官前来。那三官双名景隆，字顺卿，年方一十七岁。生得眉目清新，丰姿俊雅。读书一目十行，举笔即便成文，元是个风流才子。王爷爱惜胜如心头之气、掌上之珍。当下王爷唤至分付道："我留你在此读书，叫王定讨帐。银子完日，作速回家，免得父母牵挂。我把这里帐目都留与你。”叫王定过来：“我留你与三叔在此读书讨帐，不许你引诱他胡行乱为。吾若知道，罪责非小。”王定叩头说：“小人不敢。”次日收拾起程。

④大比：指参加乡试。

王定与公子送别，转到北京，另寻寓所安下。公子谨依父命，在寓读书。王定讨帐，不觉三月有馀，三万银帐，都收完了。公子把底帐扣算，分厘不欠，分付王定，选日起身。公子说：“王定，我们事体俱已完了，我与你到大街上各巷口闲耍片时，来日起身。”王定遂即锁了房门，分付主人家用心看着生口。房主说：“放心，小人知道。”二人离了寓所，至大街观看皇都景致。但见：

人烟凑集，车马喧阗[⑤]。人烟凑集，合四山五岳之音；车马喧阗，尽六部九卿之辈。

做买做卖，总四方土产奇珍；闲荡闲游，靠万岁太平洪福。处处胡同铺锦绣，家家杯斝醉笙歌[⑥]。

公子喜之不尽。忽然又见五七个宦家子弟，各拿琵琶弦子，欢乐饮酒。公子道：“王定，好热闹去处。”王定说：“三叔，这等热闹，你还没到那热闹去处哩！”二人前至东华门，公子睁眼观看，好锦绣景致。只见门彩金凤，柱盘金龙。王定道：“三叔，好么？”公子说：“真个好所在。”又走前面去，问王定：“这是那里？”王定说：“这是紫金城。”公子往里一视，只见城内瑞气腾腾，红光闪闪，看了一会，果然富贵无过于帝王，叹息不已。

⑤喧阗（tián）：喧哗，热闹。

⑥斝（jiǎ）：古代青铜制的酒器，圆口，三足两柱有把手。

离了东华门往前，又走多时，到一个所在，见门前站着几个女子，衣服整齐。公子便问："王定，此是何处？"王定道："此是酒店。"乃与王定进到酒楼上，公子坐下，看那楼上有五七席饮酒的，内中一席有两女子，坐着同饮。公子看那女子，人物清楚，比门前站的，更胜几分。公子正看中间，酒保将酒来，公子便问："此女是那里来的？"酒保说："这是一秤金家丫头翠香翠红。"三官道："生得清气。"酒保说："这等就说标致？他家里还有一个粉头⑦，排行三姐，号玉堂春，有十二分颜色。鸨儿索价太高，还未梳栊⑧。"公子听说留心，叫王定还了酒钱，下楼去，说："王定，我与你春院胡同走走⑨。"王定道："三叔不可去，老爷知道怎了！"公子说："不妨，看一看就回。"乃走至本司院门首。果然是：

花街柳巷，绣阁朱楼。家家品竹弹丝，处处调脂弄粉。黄金买笑，无非公子王孙；

红袖邀欢，都是妖姿丽色。正疑香雾弥天霭，忽听歌声别院娇。总然道学也迷魂，任是真僧须破戒。

⑦粉头：指妓女。

⑧梳栊：指妓女第一次接客。妓女接客前只梳发辫，接客后才开始梳成发髻，故称。

⑨春院胡同：泛指妓院集中的地方，即下文所说的本司院。在明代，娼妓属于乐籍，都属于教坊司管理，本司就是指教坊司。

公子看得眼花撩乱，心内踌躇，不知那是一秤金的门。正思中间，有个卖瓜子的小伙叫做金哥走来，公子便问："那是一秤金的门？"金哥说："大叔莫不是耍耍？我引你去。"王定便道："我家相公不嫖，莫错认了。"公子说："但求一见。"

那金哥就报与老鸨知道。老鸨慌忙出来迎接，请进待茶。王定见老鸨留茶，心下慌张，说："三叔可回去罢。"老鸨听说，问道："这位何人？"公子说："是小价[10]。"鸨子道："大哥，你也进来吃茶去，怎么这等小器？"公子道："休要听他。"跟着老鸨往里就走。王定道："三叔不要进去，俺老爷知道，可不干我事。"在后边自言自语，公子那里听他，竟到了里面坐下。

⑩小价：对别人称自己仆从的谦词。

老鸨叫丫头看茶。茶罢，老鸨便问："客官贵姓？"公子道："学生姓王，家父是礼部正堂。"老鸨听说，拜道："不知贵公子，失瞻休罪[11]。"公子道："不碍，休要计较。久闻令爱玉堂春大名，特来相访。"老鸨道："昨有一位客官，要梳栊小女，送一百两财礼，不曾许他。"公子道："一百两财礼，小哉！学生不敢夸大话，除了当今皇上，往下也数家父。就是家祖，也做过侍郎。"老鸨听说，心中暗喜。便叫翠红请三姐出来见尊客。翠红去不多时，回话道："三姐身子不健，辞了罢。"老鸨起身带笑说："小女从幼养娇了，直待老婢自去唤他。"王定在傍喉急[12]，又说："他不出来就罢了，莫又去唤。"老鸨不听其言，走进房中，叫："三姐，我的儿，你时运到了！今有王尚书的公子，特慕你而来。"玉堂春低头不语。慌得那鸨儿便叫："我儿，王公子好个标致人物，年纪不上十六七岁，囊中广有金银。你若打得上这个主儿，不但名声好听，也勾你一世受用。"玉姐听说，即时打扮，来见公子。临行，老鸨又说："我儿，用心奉承，不要怠慢他。"玉姐道："我知道了。"

⑪失瞻：失于瞻仰拜候，客套话。

⑫喉急：着急。

公子看玉堂春果然生得好：

鬓挽乌云，眉弯新月。肌凝瑞雪，脸衬朝霞。袖中玉笋尖尖，裙下金莲窄窄。雅淡梳妆偏有韵，不施脂粉自多姿。便数尽满院名姝，总输他十分春色。

玉姐偷看公子，眉清目秀，面白唇红，身段风流，衣裳清楚，心中也是暗喜。当下玉姐拜了公子。老鸨就说："此非贵客坐处，请到书房小叙。"公子相让，进入书房。果然收拾得精致，明窗净几，古画古炉。公子却无心细看，一心只对着玉姐。

鸨儿帮衬，教女儿捱着公子肩下坐了，分付丫环摆酒。王定听见摆酒，一发着忙，连声催促三叔回去。老鸨丢个眼色与丫头："请这大哥到房里吃酒。"翠香、翠红道："姐夫请进房里，我和你吃盅喜酒。"王定本不肯去，被翠红二人拖拖拽拽扯进去坐了，甜言美语，劝了几杯酒。初时还是勉强，以后吃得热闹，连王定也忘怀了，索性放落了心，且偷快乐。

正饮酒中间，听得传语公子叫王定。王定忙到书房，只见杯盘罗列，本司自有答应乐人[13]，奏动乐器。公子开怀乐饮。王定走近身边，公子附耳低言："你到下处取二百两银子，四匹尺头[14]，再带散碎银二十两，到这里来。"王定道："三叔要这许多银子何用?"公子道："不要你闲管。"王定没奈何，只得来到下处，开了皮箱，取出五十两元宝四个，并尺头碎银，再到本司院，说："三叔，有了。"公子看也不看，都教送与鸨儿，说："银两尺头，权为令爱初会之礼；这二十两碎银，把做赏人杂用。"王定只道公子要讨那三姐回去，用许多银子，听说只当初会之礼，吓得舌头吐出三寸。却说鸨儿一见许多东西，就叫丫头转过一张空桌，王定将银子尺头放在桌上。鸨儿假意谦让了一回，叫玉姐："我儿，拜谢了公子。"又说："今日是王公子，明日就是王姐夫了。"叫丫头收了礼物进去："小女房中还备得有小酌，请公子开怀畅饮。"公子与玉姐肉手相搀，同至香房，只见围屏小桌，果品珍羞，俱已摆设完备。公子上坐，鸨儿自弹弦子，玉堂春清唱侑酒[15]。弄得三官骨松筋痒，神荡魂迷。王定见天色晚了，不见三官动身，连催了几次。丫头受鸨儿之命，不与他传。王定又不得进房，等了一个黄昏，翠红要留他宿歇，王定不肯，自回下处去了。公子直饮到二鼓方散。玉堂春殷勤伏侍公子上床，解衣就寝，真个男贪女爱，倒凤颠鸾，彻夜交情，不在话下。

⑬答应乐人：专门承应侍候统治阶级们饮酒助兴的乐工。

⑭尺头：绸缎衣料等类丝织品的代称。

⑮侑（yòu）酒：劝酒。

天明，鸨儿叫厨下摆酒煮汤，自进香房，追红讨喜，叫一声：“王姐夫，可喜！可喜！”丫头小厮都来磕头。公子分付王定，每人赏银一两。翠香、翠红各赏衣服一套，折钗银三两。王定早晨本要来接公子回寓，见他撒漫使钱，有不然之色。公子暗想：“在这奴才手里讨针线[16]，好不爽利。索性将皮箱搬到院里，自家便当。”鸨儿见皮箱来了，愈加奉承。真个朝朝寒食，夜夜元宵，不觉住了一个多月。老鸨要生心科派[17]，设一大席酒，搬戏演乐，专请三官玉姐二人赴席。鸨子举杯敬公子说："王姐夫，我女儿与你成了夫妇，地久天长，凡家中事务，望乞扶持。"那三官心里只怕鸨子心里不自在，看那银子犹如粪土，凭老鸨说谎，欠下许多债负，都替他还，又打若干首饰酒器，做若干衣服，又许他改造房子，又造百花楼一座，与玉堂春做卧房。随其科派，件件许了。正是：

酒不醉人人自醉，色不迷人人自迷。

急得家人王定手足无措，三回五次，催他回去。三官初时含糊答应，以后逼急了，反将王定痛骂。王定没奈何，只得到求玉姐劝他。玉姐素知虔婆利害[18]，也来苦劝公子道："'人无千日好，花有几日红？'你一日无钱，他番了脸来，就不认得你。"三官此时手内还有钱钞，那里信他这话。王定暗想："心爱的人还不听他，我劝他则甚？"又想："老爷若知此事，如何了得！不如回家报与老爷知道，凭他怎么裁处，与我无干。"王定乃对三官说："我在北京无用，先回去罢。"三官正厌王定多管，巴不得他开身，说："王定，你去时，我与你十两盘费，你到家中禀老爷，只说帐未完，三叔先使我来问安。"玉姐也送五两，鸨子也送五两。王定拜别三官而去。正是：

各人自扫门前雪，莫管他家瓦上霜。

⑯讨针线：讨生活，意为求别人一点小的施舍。

⑰科派：这里是需索，开支，假借各种名目索要钱财。

⑱虔婆：犹言贼婆娘，这里指鸨母。

且说三官被酒色迷住，不想回家，光阴似箭，不觉一年。亡八淫妇，终日科派。莫说上头、做生、讨粉头、买丫环[19]，连亡八的寿圹都打得到[20]。三官手内财空。亡八一见无钱，凡事疏淡，不照常答应奉承。又住了半月，一家大小作闹起来。老鸨对玉姐说："'有钱便是本司院，无钱便是养济院[21]。'王公子没钱了，还留在此做甚！那曾见本司院举了节妇，你却呆守那穷鬼做甚？"玉姐听说，只当耳边之风。

⑲上头：指妓女梳栊（lóng）接客。做生：做生日。

⑳寿圹（kuàng）：去世前预修的墓穴。

㉑养济院：也称为孤老院，旧时的一种慈善机构，专门收养老弱和鳏寡孤独的人。

一日三官下楼往外去了，丫头来报与鸨子。鸨子叫玉堂春下来："我问你，几时打发王三起身？"玉姐见话不投机，复身向楼上便走。鸨子随即跟上楼来，说："奴才，不理我么？"玉姐说："你们这等没天理，王公子三万两银子，俱送在我家。若不是他时，我家东也欠债，西也欠债，焉有今日这等足用？"鸨子怒发，一头撞去，高叫："三儿打娘哩！"亡八听见，不分是非，便拿了皮鞭，赶上楼来，将玉姐撾跌在楼上，举鞭乱打，打得髻偏发乱，血泪交流。

且说三官在午门外，与朋友相叙，忽然面热肉颤，心下怀疑，即辞归，径走上百花楼。看见玉姐如此模样，心如刀割，慌忙抚摩，问其缘故。玉姐睁开双眼，看见三官，强把精神挣着说："俺的家务事，与你无干！"三官说："冤家，你为我受打，还说无干？明日辞去，免得累你受苦。"玉姐说："哥哥，当初劝你回去，你却不依我。如今孤身在此，盘缠又无，三千馀里，怎生去得？我如何放得心？你若不能还乡，流落在外，又不如忍气且住几日。"三官听说，闷倒在地。玉姐近前抱住公子，说："哥哥，你今后休要下楼去，看那亡八淫妇怎么样行来？"三官说："欲待回家，难见父母兄嫂；待不去，又受不得亡八冷言热语。我又舍不得你。待住，那亡八淫妇只管打你。"玉姐说："哥哥，打不打，你休管他，我与你是从小的儿女夫妻，你岂可一旦别了我！"看看天色又晚，房中往常时丫头秉灯上来，今日火也不与了。玉姐见三官痛伤，用手扯到床上睡了。一递一声长吁短气。三官与玉姐说："不如我去罢！再接有钱的客官，省你受气。"玉姐说："哥哥，那亡八淫妇，任他打我，你好歹休要起身。哥哥在时，奴命在，你真个要去，我只一死。"二人直哭到天明，起来，无人与他碗水。玉姐叫丫头："拿钟茶来与你姐夫吃。"鸨子听见，高声大骂："大胆奴才，少打。叫小三自家来取。”那丫头小厮都不敢来。玉姐无奈，只得自己下楼，到厨下，盛碗饭，泪滴滴自拿上楼去，说：“哥哥，你吃饭来。”公子才要吃，又听得下边骂；待不吃，玉姐又劝。公子方才吃得一口，那淫妇在楼下说：“小三，大胆奴才，那有‘巧媳妇做出无米粥’?”三官分明听得他话，只索隐忍。正是：

囊中有物精神旺，手内无钱面目惭。

却说亡八恼恨玉姐，待要打他，倘或打伤了，难教他挣钱；待不打他，他又恋着王小三。十分逼的小三极了，他是个酒色迷了的人，一时他寻个自尽，倘或尚书老爷差人来接，那时把泥做也不干。左思右算，无计可施。鸨子说：“我自有妙法叫他离咱们去。明日是你妹子生日，如此如此，唤做‘倒房计’。”亡八说：“到也好。”

鸨子叫丫头楼上问：“姐夫吃了饭还没有?”鸨子上楼来说：“休怪！俺家务事，与姐夫不相干。”又照常摆上了酒。吃酒中间，老鸨忙陪笑道：“三姐，明日是你姑娘生日[22]。你可禀王姐夫，封上人情，送去与他。”玉姐当晚封下礼物。第二日清晨，老鸨说：“王姐夫早起来，趁凉可送人情到姑娘家去。”大小都离司院，将半里，老鸨故意吃一惊，说：“王姐夫，我忘了锁门，你回去把门锁上。”公子不知鸨子用计，回来锁门不题。且说亡八从那小巷转过来，叫：“三姐，头上吊了簪子。”哄的玉姐回头，那亡八把头口打了两鞭，顺小巷流水出城去了。

㉒姑娘：姑姑，姑母。

三官回院，锁了房门，忙往外赶看，不见玉姐，遇着一伙人，公子躬身便问：“列位曾见一起男女，往那里去了?”那伙人不是好人，却是短路的[23]。见三官衣服齐整，心生一计，说：“才往芦苇西边去了。”三官说：“多谢列位。”公子往芦苇里就走。这人哄的三官往芦苇里去了，即忙走在前面等着。三官至近，跳起来喝一声，却去扯住三官，齐下手剥去衣服帽子，拿绳子捆在地上。三官手足难挣，昏昏沉沉，捱到天明，还只想了玉堂春，说："姐姐，你不知在何处去，那知我在此受苦!"

㉓短路：拦路抢劫。

不说公子有难，且说亡八淫妇拐着玉姐，一日走了一百二十里地，野店安下。玉姐明知中了亡八之计，路上牵挂三官，泪不停滴。

再说三官在芦苇里，口口声声叫救命。许多乡老近前看见，把公子解了绳子，就问："你是那里人?"三官害羞，不说是公子，也不说嫖玉堂春。浑身上下又无衣服，眼中吊泪说："列位大叔，小人是河南人，来此小买卖。不幸遇着歹人，将一身衣服尽剥去了，盘费一文也无。"众人见公子年少，舍了几件衣服与他，又与了他一顶帽子。三官谢了众人，拾起破衣穿了，拿破帽子戴了。又不见玉姐，又没了一个钱，还进北京来，顺着房檐，低着头，从早至黑，水也没得口。三官饿的眼黄，到天晚寻宿，又没人家下他。有人说："想你这个模样子，谁家下你？你如今可到总铺门口去，有觅人打梆子，早晚勤谨，可以度日。”三官径至总铺门首，只见一个地方来雇人打更。三官向前叫：“大叔，我打头更。”地方便问：“你姓甚么?”公子说：“我是王小三。”地方说：“你打二更罢！失了更，短了筹，不与你钱，还要打哩!”三官是个自在惯了的人，贪睡了，晚间把更失了。地方骂：“小三，你这狗骨头，也没造化吃这自在饭，快着走。”三官自思无路，乃到孤老院里去存身。正是：

一般院子里，苦乐不相同。

却说那亡八鸨子说：“咱来了一个月，想那王三必回家去了，咱们回去罢。”收拾行李，回到本司院。只有玉姐每日思想公子，寝食俱废。鸨子上楼来，苦苦劝说：“我的儿，那王三已是往家去了，你还想他怎么？北京城内多少王孙公子，你只是想着王三不接客。你可知道我的性子，自讨分晓，我再不说你了。”说罢自去了。玉姐泪如雨滴，想王顺卿手内无半文钱，不知怎生去了？“你要去时，也通个信息，免使我苏三常常挂牵。不知何日再得与你相见。”

不说玉姐想公子，且说公子在北京院讨饭度日。北京大街上有个高手王银匠，曾在王尚书处打过酒器。公子在虔婆家打首饰物件，都用着他。一日往孤老院过，忽然看见公子，唬了一跳，上前扯住，叫：“三叔！你怎么这等模样?”三官从头说了一遍，王银匠说：“自古狠心亡八！三叔，你今到寒家，清茶淡饭，暂住几日，等你老爷使人来接你。”三官听说大喜，随跟至王匠家中。王匠敬他是尚书公子，尽礼管待，也住了半月有馀。他媳妇见短，不见尚书家来接，只道丈夫说谎，乘着丈夫上街，便发说话：“自家一窝子男女，那有闲饭养他人！好意留吃几日，各人要自达时务，终不然在此养老送终。”三官受气不过，低着头，顺着房檐往外出来，信步而行。走至关王庙，猛省关圣最灵，何不诉他？乃进庙，跪于神前，诉以亡八鸨儿负心之事。拜祷良久，起来闲看两廊画的三国功劳。

却说庙门外街上，有一个小伙儿叫云："本京瓜子，一分一桶。高邮鸭蛋，半分一个。"此人是谁？是卖瓜子的金哥。金哥说道："原来是年景消疏，买卖不济。当时本司院有王三叔在时，一时照顾二百钱瓜子，转的来，我父母吃不了。自从三叔回家去了，如今谁买这物？二三日不曾发市㉔，怎么过？我到庙里歇歇再走。"

㉔发市：开张。

金哥进庙里来，把盘子放在供桌上，跪下磕了头。三官却认得是金哥，无颜见他，双手掩面，坐于门限侧边。金哥磕了头，起来，也来门限上坐下。三官只道金哥出庙去了，放下手来，却被金哥认出，说："三叔！你怎么在这里？"三官含羞带泪，将前事道了一遍。金哥说："三叔休哭，我请你吃些饭。"三官说："我得了饭。"金哥又问；"你这两日，没见你三婶来？"三官说："久不相见了！金哥，我烦你到本司院密密的与三婶说，我如今这等穷，看他怎么说，回来复我。"金哥应允，端起盘，往外就走。三官又说："你到那里看风色。他若想我，你便题我在这里如此；若无真心疼我，你便休话，也来回我。他这人家有钱的另一样待，无钱的另一样待。"金哥说："我知道。"辞了三官，往院里来，在于楼外边立着。

说那玉姐手托香腮，将汗巾拭泪，声声只叫："王顺卿，我的哥哥！你不知在那里去了？"金哥说："呀，真个想三叔哩！"咳嗽一声，玉姐听见问："外边是谁？"金哥上楼来，说："是我。我来买瓜子与你老人家磕哩！"玉姐眼中吊泪，说："金哥，纵有羊羔美酒，吃不下，那有心绪磕瓜仁。"金哥说："三婶，你这两日怎么淡了？"玉姐不理。金哥又问："你想三叔，还想谁？你对我说，我与你接去。"玉姐说："我自三叔去后，朝朝思想，那里又有谁来？我曾记得一辈古人。"金哥说："是谁？"玉姐说："昔有个亚仙女，郑元和为他黄金使尽，去打《莲花落》。后来收心勤读诗书，一举成名。那亚仙风月场中显大名。我常怀亚仙之心，怎得三叔他像郑元和方好。"

金哥听说，口中不语，心内自思："王三到也与郑元和相像了，虽不打《莲花落》，也在孤老院讨饭吃。"金哥乃低低把三婶叫了一声，说："三叔如今在庙中安歇，叫我密密的报与你，济他些盘费，好上南京。"玉姐唬了一惊："金哥休要哄我。"金哥说："三婶，你不信，跟我到庙中看看去。"玉姐说："这里到庙中有多少远？"金哥说："这里到庙中有三里地。"玉姐说："怎么敢去？"又问："三叔还有甚话？"金哥说："只是少银子钱使用，并没甚话。"玉姐说："你去对三叔说：'十五日在庙里等我。'"金哥去庙里回复三官，就送三官到王匠家中，"倘若他家不留你，就到我家里去。"幸得王匠回家，又留住了公子不题。

却说老鸨又问："三姐，你这两日不吃饭，还是想着王三哩！你想他，他不想你，我儿好痴！我与你寻个比王三强的，你也新鲜些。"玉姐说："娘，我心里一件事不得停当。"鸨子说："你有甚么事？"玉姐说："我当初要王三的银子，黑夜与他说话，指着城隍爷爷说誓。如今待我还了愿，就接别人。"老鸨问："几时去还愿？"玉姐道："十五日去罢。"老鸨甚喜。预先备下香烛纸马。

等到十五日，天未明，就叫丫头起来："你与姐姐烧下水洗脸。"玉姐也怀心，起来梳洗，收拾私房银两，并钗钏首饰之类，叫丫头拿着纸马，径往城隍庙里去。进的庙来，天还未明，不见三官在那里。那晓得三官却躲在东廊下相等。先已看见玉姐，咳嗽一声。玉姐就知，叫丫头烧了纸马："你先去，我两边看看十帝阎君。"玉姐叫了丫头转身，径来东廊下寻三官。三官见了玉姐，羞面通红。玉姐叫声："哥哥王顺卿，怎么这等模样？"两下抱头而哭。玉姐将所带有二百两银子东西，付与三官，叫他置办衣帽买骡子，再到院里来："你只说是从南京才到，休负奴言。"二人含泪各别。

玉姐回至家中，鸨子见了，欣喜不胜，说："我儿还了愿了？"玉姐说："我还了旧愿，发下新愿。"鸨子说："我儿，你发下甚么新愿？"

玉姐说："我要再接王三，把咱一家子死的灭门绝户，天火烧了！"鸨子说："我儿这愿忒发得重了些。"从此欢天喜地不题。

且说三官回到王匠家，将二百两东西，递与王匠。王匠大喜，随即到了市上，买了一身衲帛衣服㉕，粉底皂靴，绒袜，瓦楞帽子㉖，青丝绦，真川扇，皮箱骡马，办得齐整。把砖头瓦片，用布包裹，假充银两，放在皮箱里面，收拾打扮停当。雇了两个小厮，跟随就要起身。王匠说："三叔！略停片时，小子置一杯酒饯行。"公子说："不劳如此，多蒙厚爱，异日须来报恩。"三官遂上马而去。

妆丰圈套入胡同，鸨子焉能不强从。

亏杀玉堂垂念永，固知红粉亦英雄。

㉕衲（nà）帛：秀织上花纹的绸缎。衲，同"纳"，绣织，缝缀。

㉖瓦楞帽子：形似瓦楞的帽子。在明代，读书人戴方巾，一般商人和劳动人民戴瓦楞帽子，这里有些不合王景隆的身份，但衣帽是王银匠去买的，正是手工艺人的举措。

却说公子辞了王匠夫妇，径至春院门首。只见几个小乐工，都在门首说话。忽然看见三官气象一新，唬了一跳，飞风报与老鸨[27]。老鸨听说，半晌不言：“这等事怎么处？向日三姐说：他是宦家公子，金银无数。我却不信，逐他出门去了。今日到带有金银，好不惶恐人也！”左思右想，老着脸走出来见了三官，说：“姐夫从何而至？”一手扯住马头。公子下马唱了半个喏，就要行，说：“我伙计都在船中等我。”老鸨陪笑道：“姐夫好狠心也。就是寺破僧丑，也看佛面，纵然要去，你也看看玉堂春。”公子道：“向日那几两银子值甚的？学生岂肯放在心上！我今皮箱内，见有五万银子，还有几船货物，伙计也有数十人。有王定看守在那里。”鸨子一发不肯放手了。公子恐怕掣脱了，将机就机，进到院门坐下。鸨儿分付厨下忙摆酒席接风。三官茶罢，就要走。故意掴出两锭银子来，都是五两头细丝。三官检起，袖而藏之。鸨子又说：“我到了姑娘家酒也不曾吃，就问你。说你往东去了，寻不见你，寻了一个多月，俺才回家。”公子乘机便说；“亏你好心，我那时也寻不见你。王定来接我，我就回家去了。我心上也欠挂着玉姐，所以急急而来。老鸨忙叫丫头去报玉堂春。

[27]飞风：飞速，飞快。

丫头一路笑上楼来，玉姐已知公子到了，故意说：“奴才笑甚么?”丫头说：“王姐夫又来了。”玉姐故意唬了一跳，说：“你不要哄我！”不肯下楼。老鸨慌忙自来。玉姐故意回脸往里睡。鸨子说：“我的亲儿！王姐夫来了，你知道么?”玉姐也不语，连问了四五声，只不答应。这一时待要骂，又用着他。扯一把椅子拿过来，一直坐下，长吁了一声气。玉姐见他这模样，故意回过头起来，双膝跪在楼上，说：“妈妈！今日饶我这顿打。”老鸨忙扯起来说：“我儿！你还不知道王姐夫又来了。拿有五万两花银，船上又有货物并伙计数十人，比前加倍。你可去见他，好心奉承。”玉姐道：“发下新愿了，我不去接他。”鸨子道：“我儿！发愿只当取笑。”一手挽玉姐下楼来，半路就叫：“王姐夫，三姐来了。”

三官见了玉姐，冷冷的作了一揖，全不温存。老鸨便叫丫头摆桌，取酒斟上一钟，深深万福，递与王姐夫：“权当老身不是。可念三姐之情，休走别家，教人笑话。”三官微微冷笑，叫声：“妈妈，还是我的不是。”老鸨殷勤劝酒，公子吃了几杯，叫声“多扰”，抽身就走。翠红一把扯住，叫：“玉姐，与俺姐夫陪个笑脸。”老鸨说：“王姐夫，你忒做绝了。丫头把门顶了，休放你姐夫出去。”叫丫头把那行李抬在百花楼去，就在楼下重设酒席，笙琴细乐，又来奉承。吃了半更，老鸨说：“我先去了，让你夫妻二人叙话。”三官玉姐正中其意，携手登楼：

如同久旱逢甘雨，好似他乡遇故知。

二人一晚叙话，正是：“欢娱嫌夜短，寞寂恨更长。”不觉鼓打四更，公子爬将起来，说：“姐姐！我走罢！”玉姐说：“哥哥！我本欲留你多住几日，只是留君千日，终须一别。今番作急回家，再休惹闲花野草。见了二亲，用意攻书。倘或成名，也争得这一口气。”玉姐难舍王公子，公子留恋玉堂春。玉姐说：“哥哥，你到家，只怕娶了家小不念我。”三官说：“我怕你在北京另接一人，我再来也无益了。”玉姐说：“你指着圣贤爷说了誓愿[28]。”两人双膝跪下。公子说：“我若南京再娶家小，五黄六月害病死了我[29]。”玉姐说：“苏三再若接别人，铁锁长枷永不出世。”就将镜子拆开，各执一半，日后为记。玉姐说：“你败了三万两银子，空手而回，我将金银首饰器皿，都与你拿去罢。”三官说：“亡八淫妇知道时，你怎打发他？”玉姐说：“你莫管我，我自有主意。”玉姐收拾完备，轻轻的开了楼门，送公子出去了。

㉘圣贤爷：泛指天上过往的神灵。

㉙五黄六月：也作五慌六月，指炎夏。

天明鸨儿起来，叫丫头烧下洗脸水，承下净口茶，“看你姐夫醒了时，送上楼去，问他要吃甚么，我好做去。若是还睡，休惊醒他。”丫头走上楼去，见摆设的器皿都没了，梳妆匣也出空了，撇在一边。揭开帐子，床上空了半边。跑下楼，叫："妈妈罢了!"鸨子说："奴才，慌甚么？惊着你姐夫。"丫头说："还有甚么姐夫？不知那里去了。俺姐姐回脸往里睡着。"老鸨听说，大惊，看小厮骡脚都去了。连忙走上楼来，喜得皮箱还在。打开看时，都是砖头瓦片。鸨儿便骂："奴才！王三那里去了？我就打死你！为何金银器皿他都偷去了?"

玉姐说："我发过新愿了，今番不是我接他来的。"鸨子说："你两个昨晚说了一夜说话，一定晓得他去处。"亡八就去取皮鞭，玉姐拿个首帕，将头紥了，口里说："待我寻王三还你。"忙下楼来，往外就走。鸨子乐工，恐怕走了，随后赶来。

玉姐行至大街上，高声叫屈："图财杀命!"只见地方都来了。鸨子说："奴才，他到把我金银首饰尽情拐去，你还放刁!"亡八说："由他，咱到家里算帐。"

玉姐说："不要说嘴，咱往那里去？那是我家？我同你到刑部堂上讲讲，恁家里是公侯宰相，朝郎驸马，你那里的金银器皿！万物要平个理。一个行院人家㉚，至轻至贱，那有甚么大头面，戴往那里去坐席？王尚书公子在我家，费了三万银子，谁不知道他去了就开手。你昨日见他有了银子，又去哄到家里，图谋了他行李，不知将他下落在何处？列位做个证见。"说得鸨子无言可答。亡八说："你叫王三拐去我的东西，你反来图赖我。"玉姐舍命，就骂："亡八淫妇，你图财杀人，还要说嘴？见今皮箱都打开在你家里，银子都拿过了。那王三官不是你谋杀了是那个?"鸨子说："他那里有甚么银子？都是砖头瓦片哄人。"玉姐说："你亲口说带有五万银子，如何今日又说没有?"两下厮闹。

㉚行院：妓院。

众人晓得三官败过三万银子是真的，谋命的事未必，都将好言劝解。玉姐说："列位，你既劝我不要到官，也得我骂他几句，出这口气。"众人说："凭你骂罢。"玉姐骂道：

你这亡八是喂不饱的狗，鸨子是填不满的坑。不肯思量做生理，只是排局骗别人[31]。奉承尽是天罗网，说话皆是陷人坑。只图你家长兴旺，那管他人贫不贫。八百好钱买了我，与你挣了多少银。我父叫做周彦亨，大同城里有名人。买良为贱该甚罪？兴贩人口问充军。哄诱良家子弟犹自可，图财杀命罪非轻！你一家万分无天理，我且说你两三分。

㉛排局：指设圈套。

众人说："玉姐，骂得勾了。"鸨子说："让你骂许多时，如今该回去了。"玉姐说："要我回去，须立个文书执照与我。"众人说；"文书如何写？"玉姐说："要写'不合买良为娼，及图财杀命'等话。"亡八那里肯写。玉姐又叫起屈来。众人说："买良为娼，也是门户常事[32]。那人命事不的实，却难招认。我们只主张写个赎身文书与你罢！"亡八还不肯。众人说："你莫说别项，只王公子三万银子也勾买三百个粉头了。玉姐左右心不向你了，舍了他罢!”众人都到酒店里面，讨了一张绵纸，一人念，一人写，只要亡八鸨子押花[33]。玉姐道：“若写得不公道，我就扯碎了。”众人道：“还你停当。”写道：

立文书本司乐户苏淮同妻一秤金，向将钱八百文，讨大同府人周彦亨女玉堂春在家，本望接客靠老，奈女不愿为娼。

写到“不愿为娼”，玉姐说：“这句就是了。须要写收过王公子财礼银三万两。”亡八道：“三儿！你也拿些公道出来。这一年多费用去了，难道也算?”众人道：“只写二万罢。”又写道：

有南京公子王顺卿，与女相爱，淮得过银二万两，凭众议作赎身财礼。今后听凭玉堂春嫁人，并与本户无干。立此为照。

㉜门户：即门户人家，妓院的别称。

㉝押花：就是打花押，也就是签字。

后写“正德年月日，立文书乐户苏淮同妻一秤金”，见人有十馀人[34]。众人先押了花。苏淮只得也押了，一秤金也画个十字。玉姐收讫。又说：“列位老爹！我还有一件事，要先讲个明。”众人曰：“又是甚事?”玉姐曰；“那百花楼，原是王公子盖的，拨与我住。丫头原是公子买的，要叫两个来伏侍我。以后米面柴薪菜蔬等项，须是一一供给，不许措勒短少，直待我嫁人方止。”众人说：“这事都依着你。”玉姐辞谢先回。亡八又请众人吃过酒饭方散。正是：

周郎妙计高天下，赔了夫人又折兵[35]。

㉞见人：见证人。

㉟周郎妙计高天下，赔了夫人又折兵：出自《三国演义》五十五回，周郎就是周瑜，说得是刘备东吴招亲，娶回孙权之妹的事。

话说公子在路，夜住晓行，不数日，来到金陵自家门首下马。王定看见，唬了一惊。上前把马扯住，进的里面。三官坐下，王定一家拜见了。三官就问：“我老爷安么?”王定说：“安。”“大叔、二叔、姑爷、姑娘何如?”王定说：“俱安。”又问：“你听得老爷说我家来，他要怎么处?”王定不言，长吁一口气，只看看天。三官就知其意：“你不言语，想是老爷要打死我。”王定说：“三叔！老爷誓不留你，今番不要见老爷了。私去看看老奶奶和姐姐、兄嫂，讨些盘费，他方去安身罢!”公子又问：“老爷这二年与何人相厚？央他来与我说个人情。”王定说：“无人敢说。只除是姑娘姑爹，意思间稍题题，也不敢直说。”三官道：“王定，你去请姑爹来，我与他讲这件事。”

王定即时去请刘斋长、何上舍到来。叙礼毕，何、刘二位说：“三舅，你在此，等俺两个与咱爷讲过，使人来叫你。若不依时，捎信与你，作速逃命。”二人说罢，竟往潭府来见了王尚书。坐下，茶罢，王爷问何上舍：“田庄好么?”上舍答道：“好。”王爷又问刘斋长：“学业何如?”答说：“不敢，连日有事，不得读书。”王爷笑道：“‘读书过万卷，下笔如有神。’秀才将何为本?‘家无读书子，官从何处来?’今后须宜勤学，不可将光阴错过。”刘斋长唯唯谢教。

何上舍问：“客位前这墙几时筑的？一向不见。”王爷笑曰：“我年大了，无多田产，日后恐怕大的二的争竞，预先分为两分。”二人笑说：“三分家事，如何只做两分？三官回来，叫他那里住?”王爷闻说，心中大恼：“老夫平生两个小儿，那里又有第三个?”二人齐声叫：“爷，你如何不疼三官王景隆？当初还是爷不是，托他在北京讨帐，无有一个去接寻。休说三官十六七岁，北京是花柳之所；就是久惯江湖，也迷了心。”二人双膝跪下，吊下泪来。王爷听说：“没下稍的狗畜生，不知死在那里了，再休题起了!”

正说间，二位姑娘也到。众人都知三官到家，只哄着王爷一人。王爷说：“今日不请都来，想必有甚事情?”即叫家奴摆酒。何静庵欠身打一躬曰：“你闺女昨晚作一梦，梦三官王景隆身上蓝缕，叫他姐姐救他性命。三更鼓做了这个梦，半夜捶床捣枕哭到天明，埋怨着我不接三官，今日特来问问三舅的信音。”刘心斋亦说：“自三舅在京，我夫妇日夜不安，今我与姨夫凑些盘费，明日起身去接他回来。”王爷含泪道："贤婿，家中还有两个儿子，无他又待怎生？"何、刘二人往外就走。王爷向前扯住问："贤婿何故起身？"二人说："爷撒手，你家亲生子还是如此，何况我女婿也？"大小儿女放声大哭，两个哥哥一齐下跪，女婿也跪在地上，奶奶在后边吊下泪来。引得王爷心动，亦哭起来。

王定跑出来说："三叔，如今老爷在那里哭你，你好过去见老爷，不要待等恼了。"王定推着公子进前厅跪下说："爹爹！不孝儿王景隆今日回了。"那王爷两手擦了泪眼，说："那无耻畜生，不知死的往那里去了。北京城街上最多游食光棍，偶与畜生面庞厮像，假充畜生来家，哄骗我财物，可叫小厮拿送三法司问罪[36]！"那公子往外就走。二位姐姐赶至二门首拦住说："短命的，你待往那里去？"三官说："二位姐姐，开放条路与我逃命罢！"二位姐姐不肯撒手，推至前来双膝跪下，两个姐姐手指说："短命的！娘为你痛得肝肠碎，一家大小为你哭得眼花，那个不牵挂！"众人哭在伤情处，王爷一声喝住众人不要哭，说："我依着二位姐夫，收了这畜生，可叫我怎么处他？"众人说："消消气再处。"王爷摇头。

㊱三法司：即刑部、都察院、大理寺，都是执掌司法和狱讼的机关，遇有重大案件由三法司会审。

奶奶说："凭我打罢。"王爷说："可打多少？"众人说："任爷爷打多少？"王爷道："须依我说，不可阻我，要打一百。"大姐、二姐跪下说："爹爹严命，不敢阻当，容你儿代替罢！"大哥、二哥每人替上二十，大姐二姐每人亦替二十。王爷说；"打他二十。"大姐、二姐说："叫他姐夫也替他二十，只看他这等黄瘦，一棍打在哪里？等他膘满肉肥，那时打他不迟。"王爷笑道："我儿，你也说得是。想这畜生，天理已绝，良心已丧，打他何益？我问你：'家无生活计，不怕斗量金。'我如今又不做官了，无处挣钱，作何生意以为糊口之计？要做买卖，我又无本钱与你。二位姐夫问他那银子还有多少？"何、刘便问："三舅银子还有多少？”

王定抬过皮箱打开，尽是金银首饰器皿等物。王爷大怒，骂：“狗畜生！你在那里偷的这东西？快写首状[37]，休要玷辱了门庭。”三官高叫：“我爹爹息怒，听不肖儿一言。”遂将初遇玉堂春，后来被鸨儿如何哄骗尽了，如何亏了王银匠收留，又亏了金哥报信，玉堂春私将银两赠我回乡，这些首饰器皿皆玉堂春所赠，备细述了一遍。王爷说，骂道：“无耻狗畜生！自家三万银子都花了，却要娼妇的东西，可不羞杀了人。”三官说：“儿不曾强要他的，是他情愿与我的。”王爷说：“这也罢了，看你姐夫面上，与你一个庄子，你自去耕地布种。”公子不言。王爷怒道：“王景隆，你不言怎么说？”公子说：“这事不是孩儿做的。”王爷说：“这事不是你做的，你还去嫖院罢！”三官说：“儿要读书。”王爷

笑曰："你已放荡了，心猿意马，读甚么书？"公子说："孩儿此回笃志用心读书。"王爷说："既知读书好，缘何这等胡为？"何静庵立起身来说："三舅受了艰难苦楚，这下来改过迁善，料想要用心读书。"王爷说："就依你众人说，送他到书房里去，叫两个小厮去伏侍他。"即时就叫小厮送三官往书院里去。两个姐夫又来说："三舅久别，望老爷留住他，与小婿共饮则可。"王爷说："贤婿，你如此乃非教子之方，休要纵他。"二人道："老爷言之最善。"于是翁婿大家痛饮，尽醉方归。这一出父子相会，分明是：

月被云遮重露彩，花遭霜打又逢春。

㊲首状：出首，向官厅报告。

却说公子进了书院，清清独坐，只见满架诗书，笔山砚海。叹道："书呵！相别日久，且是生涩。欲待不看，焉得一举成名，却不辜负了玉姐言语？欲待读书，心猿放荡，意马难收。"公子寻思一会，拿着书来读了一会，心下只是想着玉堂春。忽然鼻闻甚气，耳闻甚声，乃问书童道："你闻这书里甚么气？听听甚么响？"书童说："三叔，俱没有。"公子道："没有？呀，原来鼻闻乃是脂粉气，耳听即是筝板声。"公子一时思想起来："玉姐当初嘱付我，是甚么话来？叫我用心读书。我如今未曾读书，心意还丢他不下，坐不安，寝不宁，茶不思，饭不想，梳洗无心，神思恍忽。"公子自思："可怎么处他？"走出门来，只见大门上挂着一联对子："'十年受尽窗前苦，一举成名天下闻。'这是我公公作下的对联。他中举会试，官到侍郎。后来咱爹爹在此读书，官到尚书。我今在此读书，亦要攀龙附凤，以继前人之志。"又见二门上有一联对子："不受苦中苦，难为人上人。"公子急回书房，看见《风月机关》、《洞房春意》，公子自思："乃是此二书乱了我的心。"将一火而焚之。破镜分钗，俱将收了。心中回转，发志勤学。

一日书房无火，书童往外取火。王爷正坐，叫书童。书童近前跪下。王爷便问："三叔这一会用功不曾？"书童说："禀老爷得知，我三叔先时通不读书，胡思乱想，体瘦如柴。这半年整日读书，晚上读至三更方才睡，五更就起，直至饭后，方才梳洗，口虽吃饭，眼不离书。”王爷道：“奴才！你好说谎，我亲自去看他。”书童叫：“三叔，老爷来了。”公子从从容容迎接父亲，王爷暗喜。观他行步安详，可以见他学问，王爷正面坐下，公子拜见。王爷曰：“我限的书你看了不曾？我出的题你做了多少？”公子说：“爹爹严命，限儿的书都看了，题目都做完了，但有馀力旁观子史。”王爷说：“拿文字来我看。”公子取出文字。王爷看他所作文课，一篇强如一篇，心中甚喜，叫：“景隆，去应个儒士科举罢。”公子说：“儿读了几日书，敢望中举？”王爷说：“一遭中了虽多，两遭中了甚广。出去观观场，下科好中。”王爷就写书与提学察院，许公子科举。

竟到八月初九日，进过头场，写出文字与父亲看。王爷喜道：“这七篇，中有何难？”到二场三场俱完，王爷又看他后场，喜道：“不在散举，决是魁解。”

话分两头。却说玉姐自上了百花楼，从不下梯。是日闷倦，叫丫头：“拿棋子过来，我与你下盘棋。”丫头说：“我不会下。”玉姐说：“你会打双陆么？”丫头说：“也不会。”玉姐将棋盘双陆一皆撇在楼板上。丫头见玉姐眼中吊泪，即忙掇过饭来，说：“姐姐，自从昨晚没用饭，你吃个点心。”玉姐拿过分为两半，右手拿一块吃，左手拿一块与公子。丫头欲接又不敢接。玉姐猛然睁眼见不是公子，将那一块点心掉在楼板上。丫头又忙掇过一碗汤来，说：“饭干燥，吃些汤罢！”玉姐刚呷得一口，泪如涌泉，放下了，问：“外边是甚么响？”丫头说：“今日中秋佳节，人人玩月，处处笙歌，俺家翠香、翠红姐都有客哩！”玉姐听说，口虽不言，心中自思：“哥哥今已去了一年了。”叫丫头拿过镜子来照了一照，猛然唬了一跳：“如何瘦的我这模样？”把那镜丢在床上，长吁短叹，走至楼门前，叫丫头：“拿椅子过来，我在这里坐一坐。”坐了多时，只见明月高升，谯楼敲转，玉姐叫丫头：“你可收拾香烛过来，今日八月十五日，乃是你姐夫进三场日子，我烧一炷香保佑他。”玉姐下楼来，当天井跪下，说：“天地神明，今日八月十五日，我哥王景隆进了三场，愿他早占鳌头，名扬四海。”祝罢，深深拜了四拜。有诗为证：

对月烧香祷告天，何时得泄腹中冤。

王郎有日登金榜，不枉今生结好缘。

却说西楼上有个客人，乃山西平阳府洪同县人，拿有整万银子，来北京贩马。这人姓沈名洪，因闻玉堂春大名，特来相访。老鸨见他有钱，把翠香打扮当作玉姐。相交数日，沈洪方知不是，苦求一见。

是夜丫头下楼取火，与玉姐烧香。小翠红忍不住多嘴，就说了；“沈姐夫，你每日间想玉姐，今夜下楼，在天井内烧香，我和你悄悄地张他。”沈洪将三钱银子买嘱了丫头，悄然跟到楼下，月明中，看得仔细。等他拜罢，趋出唱喏。玉姐大惊，问：“是甚么人?”答道：“在下是山西沈洪，有数万本钱，在此贩马。久慕玉姐大名，未得面睹，今日得见，如拨云雾见青天。望玉姐不弃，同到西楼一会。”玉姐怒道：“我与你素不相识，今当夤夜[38]，何故自夸财势，妄生事端?”沈洪又哀告道：“王三官也只是个人，我也是个人。他有钱，我亦有钱，那些儿强似我?”说罢，就上前要搂抱玉姐。被玉姐照脸啐一口，急急上楼关了门，骂丫头：“好大胆，如何放这野狗进来?”沈洪没意思自去了。玉姐思想起来，分明是小翠香、小翠红这两个奴才报他，又骂：“小淫妇，小贱人，你接着得意孤老也好了[39]，怎该来啰唣我?”骂了一顿，放声悲哭：“但得我哥哥在时，那个奴才敢调戏我!”又气又苦，越想越毒。正是：

可人去后无日见，俗子来时不待招。

㊳夤（yín）夜：深夜。

㊴孤老：旧时指嫖客、姘夫等。

却说三官在南京乡试终场，闲坐无事，每日只想玉姐。南京一般也有本司院，公子再不去走。到了二十九关榜之日，公子想到三更以后，方才睡着。外边报喜的说："王景隆中了第四名。"三官梦中闻信，起来梳洗，扬鞭上马，前拥后簇，去赴鹿鸣宴。父母兄嫂、姐夫姐姐，喜做一团，连日做庆贺筵席。公子谢了主考，辞了提学，坟前祭扫了，起了文书："禀父母得知，儿要早些赴京，到僻静去处安下，看书数月，好入会试。"父母明知公子本意牵挂玉堂春，中了举，只得依从。叫大哥二哥来："景隆赴京会试，昨日祭扫，有多少人情？"大哥说："不过三百馀两。"王爷道："那只勾他人情的，分外再与他一二百两拿去。"二哥说："禀上爹爹，用不得许多银子。"王爷说："你那知道，我那同年门生在京颇多，往

返交接，非钱不行。等他手中宽裕，读书也有兴。”叫景隆收拾行装，有知心同年，约上两三位。分付家人到张先生家看了良辰。公子恨不的一时就到北京，邀了几个朋友，雇了一只船，即时拜了父母，辞别兄嫂。两个姐夫邀亲朋至十里长亭，酌酒作别。公子上的船来，手舞足蹈，莫知所之。众人不解其意，他心里只想着玉姐玉堂春。不则一日到了济宁府，舍舟起岸，不在话下。

再说沈洪自从中秋夜见了玉姐，到如今朝思暮想，废寝忘餐，叫声：“二位贤姐，只为这冤家害的我一丝两气，七颠八倒。望二位可怜我孤身在外，举眼无亲，替我劝化玉姐，叫他相会一面，虽死在九泉之下，也不敢忘了二位活命之恩。”说罢，双膝跪下。翠香、翠红说：“沈姐夫，你且起来，我们也不敢和他说这话。你不见中秋夜骂的我们不耐烦。等俺妈妈来，你央浼他[40]。”沈洪说：“二位贤姐，替我请出妈妈来。”翠香姐说：“你跪着我，再磕一百二十个大响头。”沈洪慌忙跪下磕头。翠香即时就去，将沈洪说的言语述与老鸨。

㊵央浼（měi）：恳求，请求。

老鸨到西楼见了沈洪，问：“沈姐夫唤老身何事？”沈洪说：“别无他事，只为不得玉堂春到手。你若帮衬我成就了此事，休说金银，便是杀身难保。”老鸨听说，口内不言，心中自思：“我如今若许了他，倘三儿不肯，教我如何？若不许他，怎哄出他的银子？”沈洪见老鸨踌躇不语，便看翠红。翠红丢了一个眼色，走下楼来。沈洪即跟他下去。翠红说：“常言‘姐爱俏，鸨爱钞’，你多拿些银子出来打动他，不愁他不用心。他是使大钱的人，若少了，他不放在眼里。”沈洪说：“要多少？”翠香说：“不要少了！就把一千两与他，方才成得此事。”也是沈洪命运该败，浑如鬼迷一般，即依着翠香，就拿一千两银子来，叫：“妈妈，财礼在此。”老鸨说：“这银子老身权收下。你却不要性急，待老身慢慢的偎他。”沈洪拜谢说：“小子悬悬而望。”正是：

请下烟花诸葛亮，欲图风月玉堂春。

且说十三省乡试榜都到午门外张挂，王银匠邀金哥说："王三官不知中了不曾？"两个跑在午门外南直隶榜下，看解元是《书经》，往下第四个乃王景隆。王匠说："金哥，好了，三叔已中在第四名。"金哥道："你看看的确，怕你识不得字。"王匠说："你说话好欺人，我读书读到《孟子》，难道这三个字也认不得？随你叫谁看！"金哥听说大喜。

二人买了一本乡试录，走到本司院里去报玉堂春说："三叔中了。"玉姐叫丫头将试录拿上楼来，展开看了，上刊"第四名王景隆"，注明"应天府儒士，《礼记》"。玉姐步出楼门，叫丫头忙排香案，拜谢天地。起来先把王匠谢了，转身又谢金哥。

唬得亡八鸨子魂不在体。商议到："王三中了举，不久到京，白白地要了玉堂春去，可不人财两失？三儿向他孤老，决没甚好言语，搬斗是非，教他报往日之仇。此事如何了？"鸨子说："不若先下手为强。"亡八说："怎么样下手？"老鸨说："咱已收了沈官人一千两银子，如今再要了他一千，贱些价钱卖与他罢。"亡八道；"三儿不肯如何？"鸨子说："明日杀猪宰羊，买一桌纸钱。假说东岳庙看会，烧了纸，说了誓，合家从良，再不在烟花巷里。小三若闻知从良一节，必然也要往岳庙烧香。叫沈官人先安轿子，径抬往山西去。公子那时就来，不见他的情人，心下就冷了。"亡八说："此计大妙。"即时暗暗地与沈洪商议，又要了他一千银子。

次早，丫头报与玉姐："俺家杀猪宰羊，上岳庙哩。"玉姐问："为何？"丫头道："听得妈妈说：'为王姐夫中了，恐怕他到京来报仇，今日发愿，合家从良。'"玉姐说："是真是假？"丫头说："当真哩！昨日沈姐夫都辞去了。如今再不接客了。"玉姐说："既如此，你对妈妈说，我也要去烧香。"老鸨说："三姐，你要去，快梳洗，我唤轿儿抬你。"玉姐梳妆打扮，同老鸨出的门来。正见四个人，抬着一顶空轿。老鸨便问："此轿是雇的？"这人说："正是。"老鸨说："这里到岳庙要多少雇价？"那人说："抬去抬来，要一钱银子。"老鸨说："只是五分。"那人说："这个事小，请老人家上轿。"老鸨说："不是我坐，是我女儿要坐。"玉姐上轿，那二人抬着，不往东岳庙去，径往西门去了。

走有数里，到了上高转折去处，玉姐回头，看见沈洪在后骑着个骡子。玉姐大叫一声："吆！想是亡八鸨子盗卖我了？"玉姐大骂："你这些贼狗奴，抬我往那里去？"沈洪说："往那里去？我为你去了二千两银子，买你往山西家去。"玉姐在轿中号啕大哭，骂声不绝。那轿夫抬了飞也似走。行了一日，天色已晚。沈洪寻了一座店房，排合卺美酒[41]，指望洞房欢乐。谁知玉姐题着便骂，触着便打。沈洪见店中人多，恐怕出丑，想道："瓮中之鳖，不怕他走了，权耐几日，到我家中，何愁不从。"于是反将好话奉承，并不去犯他。玉姐终日啼哭，自不必说。

㊶合卺（jǐn）：古代婚礼仪式之一。卺是瓢，将匏（葫芦）剖为两个瓢，新郎新娘各执一个，在新房内共饮合欢酒，称为"合卺"。

却说公子一到北京，将行李上店，自己带两个家人，就往王银匠家，探问玉堂春消息。王匠请公子坐下："有见成酒，且吃三杯接风，慢慢告诉。"王匠就拿酒来斟上。三官不好推辞，连饮了三杯。又问："玉姐敢不知我来？"王匠叫："三叔开怀，再饮三杯。"三官说："勾了，不吃了。"王匠说："三叔久别，多饮几杯，不要太谦。"公子又饮了几杯，问："这几日曾见玉姐不曾？"王匠又叫："三叔且莫问此事，再吃三杯。"公子心疑，站起说："有甚或长或短，说个明白，休闷死我也！"王匠只是劝酒。

却说金哥在门首经过，知道公子在内，进来磕头叫喜。三官问金哥："你三婶近日何如？"金哥年幼多嘴，说："卖了。"三官急问说："卖了谁？"王匠瞅了金哥一眼，金哥缩了口。公子坚执盘问，二人瞒不过，说："三婶卖了。"公子问："几时卖了？"王匠说："有一个月了。"公子听说，一头撞在尘埃，二人忙扶起来。公子问金哥："卖到那里去了？"金哥说："卖与山西客人沈洪去了。"三官说："你那三婶就怎么肯去？”金哥叙出：“鸨儿假意从良，杀猪宰羊上岳庙，哄三婶同去烧香。私与沈洪约定，雇下轿子抬去，不知下落。”

公子说：“亡八盗卖我玉堂春，我与他算帐！”那时叫金哥跟着，带领家人，径到本司院里。进的院门，亡八眼快，跑去躲了。公子问众丫头：“你家玉姐何在？”无人敢应。公子发怒，房中寻见老鸨，一把揪住，叫家人乱打。金哥劝住。公子就走在百花楼上，看见锦帐罗帏，越加怒恼，把箱笼尽行打碎，气得痴呆了，问丫头：“你姐姐嫁那家去？可老实说，饶你打。”丫头说：“去烧香，不知道就偷卖了他。”公子满眼落泪，说：“冤家，不知是正妻，是偏妾？”丫头说：“他家里自有老婆。”公子听说，心中大怒，恨骂：“亡八淫妇，不仁不义！”丫头说：“他今日嫁别人去了，还疼他怎的？”公子满眼流泪。

正说间，忽报朋友来访。金哥劝："三叔休恼，三婶一时不在了，你纵然哭他，他也不知道。今有许多相公在店中相访，闻公子在院中，都要来。"公子听说，恐怕朋友笑话，即便起身回店。公子心中气闷，无心应举，意欲束装回家。朋友闻知，都来劝说："顺卿兄，功名是大事，表子是末节，那里有为表子而不去求功名之理?"公子说："列位不知，我奋志勤学，皆为玉堂春的言语激我。冤家为我受了千辛万苦，我怎肯轻舍?"众人叫："顺卿兄，你倘联捷，幸在彼地，见之何难?你若回家，忧虑成病，父母悬心，朋友笑耻，你有何益?"三官自思言之最当，倘或侥幸，得到山西，平生愿足矣。数言劝醒公子。

会试日期已到，公子进了三场，果中金榜二甲第八名，刑部观政。三个月，选了真定府理刑官[42]。即遣轿马迎请父母兄嫂。父母不来，回书说："教他做官勤慎公廉。念你年长未娶，已聘刘都堂之女，不日送至任所成亲。"公子一心只想玉堂春，全不以聘娶为喜。正是：

已将路柳为连理，翻把家鸡作野鸳。

㊷理刑官：即推官，府的属官，专理刑名各方面的事。

且说沈洪之妻皮氏，也有几分颜色，虽然三十馀岁，比二八少年，也还风骚。平昔间嫌老公粗蠢，不会风流，又出外日多，在家日少。皮氏色性太重，打熬不过。间壁有个监生，姓赵名昂，自幼惯走花柳场中，为人风月，近日丧偶。虽然是纳粟相公[43]，家道已在消乏一边。一日，皮氏在后园看花，偶然撞见赵昂，彼此有心，都看上了。赵昂访知巷口做歇家的王婆[44]，在沈家走动识熟，且是利口，善于做媒说合，乃将白银二十两，贿赂王婆，央他通脚[45]。皮氏平昔间不良的口气，已有在王婆肚里。况且今日你贪我爱，一说一上，幽期密约，一墙之隔，梯上梯下，做就了一点不明不白的事。赵昂一者贪皮氏之色，二者要骗他钱财，枕席之间，竭力奉承。皮氏心爱赵昂，但是开口，无有不从，恨不得连家当都津贴了他。不上一年，倾囊倒箧，骗得一空。初时只推事故，暂时挪借，借去后，分毫不还。皮氏只愁老公回来盘问时，无言回答。一夜与赵昂商议，欲要跟赵昂逃走他方。赵昂道："我又不是赤脚汉，如何走得？便走了，也不免吃官司。只除暗地谋杀了沈洪，做个长久夫妻，岂不尽美。"皮氏点头不语。

㊸纳粟相公：指用钱或入粟买来的监生。

㊹歇家：旧时的一种职业，兼营客店、生意经纪人、职业介绍人、做媒作保、代打官司等业务。

㊺通脚：做内线，走脚路，传递消息。

却说赵昂有心打听沈洪的消息，晓得他讨了院妓玉堂春一路回来，即忙报与皮氏知道，故意将言语触恼皮氏。皮氏怨恨不绝于声，问："如今怎么样对付他说好？"赵昂道："一进门时，你便数他不是，与他寻闹，叫他领着娼根另住，那时凭你安排了。我央王婆赎得些砒霜在此，觑便放在食器内，把与他两个吃。等他双死也罢，单死也罢。"皮氏说："他好吃的是辣面。"赵昂说："辣面内正好下药。"两人圈套已定，只等沈洪入来。

不一日，沈洪到了故乡，叫仆人和玉姐暂停门外。自己先进门，与皮氏相见，满脸陪笑说："大姐休怪，我如今做了一件事。"皮氏说："你莫不是娶了个小老婆？"沈洪说："是了。"皮氏大怒，说："为妻的整年月在家守活孤孀，你却花柳快活，又带这泼淫妇回来，全无夫妻之情。你若要留这淫妇时，你自在西厅一带住下，不许来缠我。我也没福受这淫妇的拜，不要他来。"昂然说罢，啼哭起来，拍台拍凳，口里"千亡八，万淫妇"骂不绝声。沈洪劝解不得，想道："且暂时依他言语，在西厅住几日，落得受用。等他气消了时，却领玉堂春与他磕头。"沈洪只道浑家是吃醋，谁知他有了私情，又且房计空虚了，正怕老公进房，借此机会，打发他另居。正是：

你向东时我向西，各人有意自家知。

不在话下。

却说玉堂春曾与王公子设誓，今番怎肯失节于沈洪，腹中一路打稿[46]："我若到这厌物家中，将情节哭诉他大娘子，求他做主，以全节操。慢慢的寄信与三官，教他将二千两银子来赎我去，却不好。"及到沈洪家里，闻知大娘不许相见，打发老公和他往西厅另住，不遂其计，心中又惊又苦。沈洪安排床帐在厢房，安顿了苏三。自己却去窝伴皮氏[47]，陪吃夜饭。被皮氏三回五次催赶，沈洪说："我去西厅时，只怕大娘着恼。"皮氏说："你在此，我反恼；离了我眼睛，我便不恼。"沈洪唱个淡喏，谢声"得罪"，出了房门，径望西厅而来。原来玉姐乘着沈洪不在，检出他铺盖撇在厅中，自己关上房门自睡了。任沈洪打门，那里肯开。却好皮氏叫小段名到西厅看老公睡也不曾。沈洪平日原与小段名有情，那时扯在铺上，草草合欢[48]，也当春风一度。事毕，小段名自去了。沈洪身子困倦，一觉睡去直至天明。

㊻打稿：思量，策划。

㊼窝伴：亲近，安慰，敷衍。

㊽合欢：指那男女交欢。

却说皮氏这一夜等赵昂不来，小段名回后，老公又睡了。番来复去，一夜不曾合眼。天明早起，赶下一轴面，煮熟分作两碗。皮氏悄悄把砒霜撒在面内，却将辣汁浇上，叫小段名送去西厅："与你爹爹吃。"小段名送至西厅，叫道："爹爹，大娘欠你[49]，送辣面与你吃。"沈洪见是两碗，就叫："我儿，送一碗与你二娘吃。"小段名便去敲门。玉姐在床上问："做甚么?"小段名说："请二娘起来吃面。"玉姐道："我不要吃。"沈洪说："想是你二娘还要睡，莫去闹他。"沈洪把两碗都吃了，须臾而尽。小段名收碗去了。

㊾欠：牵挂，惦记。

沈洪一时肚疼，叫道："不好了，死也死也!"玉姐还只认假意，看看声音渐变，开门出来看时，只见沈洪九窍流血而死。正不知甚么缘故，慌慌的高叫："救人!"只听得脚步响，皮氏早到，不等玉姐开言，就变过脸，故意问道：“好好的一个人，怎么就死了？想必你这小淫妇弄死了他，要去嫁人！”玉姐说：“那丫头送面来，叫我吃，我不要吃，并不曾开门。谁知他吃了，便肚疼死了。必是面里有些缘故。”皮氏说：“放屁！面里若有缘故，必是你这小淫妇做下的。不然，你如何先晓得这面是吃不得的，不肯吃？你说并不曾开门，如何却在门外？这谋死情由，不是你，是谁？”说罢，假哭起“养家的天”来。家中僮仆养娘都乱做一堆。皮氏就将三尺白布摆头，扯了玉姐往知县处叫喊。

正直王知县升堂，唤进问其缘故。皮氏说：“小妇人皮氏。丈夫叫沈洪，在北京为商，用千金娶这娼妇，叫做玉堂春为妾。这娼妇嫌丈夫丑陋，因吃辣面，暗将毒药放入，丈夫吃了，登时身死。望爷爷断他偿命。”王知县听罢，问：“玉堂春，你怎么说？”玉姐说：“爷爷，小妇人原籍北直隶大同府人氏。只因年岁荒旱，父亲把我卖在本司院苏家。

卖了三年后，沈洪看见，娶我回家。皮氏嫉妒，暗将毒药藏在面中，毒死丈夫性命。反倚刁泼，展赖小妇人。”知县听玉姐说了一会，叫：“皮氏，想你见那男人弃旧迎新，你怀恨在心，药死亲夫，此情理或有之。”皮氏说：“爷爷！我与丈夫从幼的夫妻，怎忍做这绝情的事！这苏氏原是不良之妇，别有个心上之人，分明是他药死，要图改嫁。望青天爷爷明镜。”知县乃叫苏氏，“你过来，我想你原系娼门，你爱那风流标致的人，想是你见丈夫丑陋，不趁你意，故此把毒药药死是实。”叫皂隶：“把苏氏与我夹起来。”玉姐说：“爷爷！小妇人虽在烟花巷里，跟了沈洪又不曾难为半分，怎下这般毒手？小妇人果有恶意，何不在半路谋害？既到了他家，他怎容得小妇人做手脚？这皮氏昨夜就赶出丈夫，不许他进房。今早的面，出于皮氏之手，小妇人并无干涉。”王知县见他二人各说有理。叫皂隶暂把他二人寄监：“我差人访实再审。”二人进了南牢不题。

却说皮氏差人密密传与赵昂，叫他快来打点。赵昂拿着沈家银子，与刑房吏一百两，书手八十两，掌案的先生五十两，门子五十两，两班皂隶六十两，禁子每人二十两，上下打点停当。封了一千两银子，放在坛内，当酒送与王知县。知县受了。

次日清晨升堂，叫皂隶把皮氏一起提出来。不多时到了，当堂跪下。知县说：“我夜来一梦，梦见沈洪说：‘我是苏氏药死，与那皮氏无干。’”玉堂春正待分辨，知县大怒，说：“人是苦虫，不打不招。”叫皂隶：“与我拶起着实打[50]！问他招也不招？他若不招，就活活敲死！”玉姐熬刑不过，说：“愿招。”知县说：“放下刑具。”皂隶递笔与玉姐画供。知县说：“皮氏召保在外，玉堂春收监。”皂隶将玉姐手肘脚镣，带进南牢。禁子牢头都得了赵上舍银子，将玉姐百般凌辱。只等上司详允之后，就递罪状，结果他性命。正是：

安排缚虎擒龙计，断送愁鸾泣凤人。

[50]拶（zǎn）：亦称“拶子”或“拶指”，旧时一种夹手指的酷刑。

且喜有个刑房吏姓刘名志仁，为人正直无私。素知皮氏与赵昂有奸，都是王婆说合。数日前撞见王婆在生药铺内赎砒霜，说："要药老鼠。"刘志仁就有些疑心。今日做出人命来，赵监生使着沈家不疼的银子来衙门打点，把苏氏买成死罪，天理何在？踌躇一会，"我下监去看看。"那禁子正在那里逼玉姐要灯油钱。志仁喝退众人，将温言宽慰玉姐，问其冤情。玉姐垂泪拜诉来历。志仁见四傍无人，遂将赵监生与皮氏私情及王婆赎药始末，细说一遍，分付："你且耐心守困，待后有机会，我指点你去叫冤。日逐饭食，我自供你。"玉姐再三拜谢。禁子见刘志仁做主，也不敢则声。此话阁过不题。

却说公子自到真定府为官，兴利除害，吏畏民悦。只是想念玉堂春，无刻不然。一日正在烦恼，家人来报，老奶奶家中送新奶奶来了。公子听说，接进家小。见了新人，口中不言，心内自思："容貌到也齐整，怎及得玉堂春风趣？"当时摆了合欢宴，吃下合卺杯。毕姻之际，猛然想起多娇，"当初指望白头相守，谁知你嫁了沈洪，这官诰却被别人承受了[51]。"虽然陪伴了刘氏夫人，心里还想着玉姐，因此不快。当夜中了伤寒。又想当初与玉姐别时，发下誓愿，各不嫁娶。心下疑惑，合眼就见玉姐在傍。刘夫人遣人到处祈禳，府县官都来问安，请名药切脉调治。一月之外，才得痊可。

[51]官诰（gào）：朝廷授官赐爵或册封命妇的诏令。

公子在任年馀，官声大著，行取到京。吏部考选天下官员，公子在部点名已毕，回到下处，焚香祷告天地，只愿山西为官，好访问玉堂春消息。须臾马上人来报："王爷点了山西巡按。"公子听说，两手加额："趁我平生之愿矣！"次日领了敕印，辞朝，连夜起马，往山西省城上任讫。即时发牌，先出巡平阳府。公子到平阳府，坐了察院，观看文卷。见苏氏玉堂春问了重刑，心内惊慌，其中必有蹊蹊。随叫书吏过来："选一个能干事的，跟着我私行采访。你众人在内，不可走漏消息。"

公子时下换了素巾青衣，随跟书吏，暗暗出了察院。雇了两个骡子，往洪同县路上来。这赶脚的小伙，在路上闲问："二位客官，往洪同县有甚贵干？"公子说："我来洪同县要娶个妾，不知谁会说媒？"小伙说："你又说娶小，俺县里一个财主，因娶了个小，害了性命。"公子问："怎的害了性命？"小伙说："这财主叫沈洪，妇人叫做玉堂春，他是京里娶来的。他那大老婆皮氏与那邻家赵昂私通，怕那汉子回来知道，一服毒药把沈洪药死了。这皮氏与赵昂反把玉堂春送到本县，将银买嘱官府衙门，将玉堂春屈打成招，问了死罪，送在监里。若不是亏了一个外郎，几时便死了。"公子又问："那玉堂春如今在监死了？"小伙说："不曾。"公子说："我要娶个小，你说可投着谁做媒？"小伙说："我送你往王婆家去罢，他极会说媒。"公子说："你怎么知道他会说媒？"小伙说："赵昂与皮氏都是他做牵头。"公子说："如今下他家里罢。"小伙竟引到王婆家里，叫声："干娘！我送个客官在你家来，这客官要娶个小，你可与他说媒。"王婆说："累你，我转了钱来谢你[52]。"小伙自去了。

[52]转：这里作获得、赚到解释。

公子夜间与王婆攀话。见他能言快语，是个积年的马泊六了[53]。到天明，又到赵监生前后门看了一遍，与沈洪家紧壁相通，可知做事方便。回来吃了早饭，还了王婆店钱。说："我不曾带得财礼，到省下回来，再作商议。"公子出的门来，雇了骡子，星夜回到省城，到晚进了察院，不题。

[53]马泊六：替男女私情做牵引撮合的人。

次早，星火发牌，按临洪同县。各官参见过，分付就要审录。王知县回县，叫刑房吏书即将文卷审册，连夜开写停当，明日送审不题。却说刘志仁与玉姐写了一张冤状，暗藏在身。

到次日清晨，王知县坐在监门首，把应解犯人点将出来。玉姐披枷带锁，眼泪纷纷，随解子到了察院门首，伺候开门。巡捕官回风已毕[54]，解审牌出。公子先唤苏氏一起。玉姐口称冤枉，探怀中诉状呈上。公子抬头见玉姐这般模样，心中凄惨，叫听事官接上状来。公子看了一遍，问说："你从小嫁沈洪，可还接了几年客?"玉姐说："爷爷，我从小接着一个公子，他是南京礼部尚书三舍人。"公子怕他说出丑处，喝声："住了，我今只问你谋杀人命事，不消多讲。"玉姐说："爷爷，若杀人的事，只问皮氏便知。"公子叫皮氏问了一遍，玉姐又说了一遍。公子分付刘推官道："闻知你公正廉能，不肯玩法徇私。我来到任，尚未出巡，先到洪同县访得这皮氏药死亲夫，累苏氏受屈。你与我把这事情用心问断。"说罢，公子退堂。

[54]回风：旧时高级官员升厅的一种仪式。坐堂之前，

手下吏役要向他报告：一切准备妥当，并无意外事故，然后吩咐升堂。

刘推官回衙，升堂，就叫："苏氏，你谋杀亲夫，是何意故？"玉姐说："冤屈！分明是皮氏串通王婆，和赵监生合计毒死男子。县官要钱，逼勒成招，今日小妇拚死诉冤，望青天爷爷做主。"刘爷叫皂隶把皮氏采上来，问："你与赵昂奸情可真么？"皮氏抵赖没有。刘爷即时拿赵昂和王婆到来面对。用了一番刑法，都不肯招。刘爷又叫小段名："你送面与家主吃，必然知情！"喝教夹起。小段名说："爷爷，我说罢！那日的面，是俺娘亲手盛起，叫小妇人送与爹爹吃。小妇人送到西厅，爹叫新娘同吃[55]。新娘关着门，不肯起身，回道：'不要吃。'俺爹自家吃了，即时口鼻流血死了。"刘爷又问赵昂奸情，小段名也说了。赵昂说："这是苏氏买来的硬证。"

[55]新娘：对妾的一种专称。

刘爷沉吟了一会，把皮氏这一起分头送监，叫一书吏过来："这起泼皮奴才，苦不肯招。我如今要用一计，用一个大柜，放在丹墀内，凿几个孔儿，你执纸笔暗藏在内，不要走漏消息。我再提来问他，不招，即把他们锁在柜左柜右，看他有甚么说话，你与我用心写来。"刘爷分付已毕，书吏即办一大柜，放在丹墀，藏身于内。

刘爷又叫皂隶，把皮氏一起提来再审。又问："招也不招？"赵昂、皮氏、王婆三人齐声哀告，说："就打死小的那里招？"刘爷大怒，分付："你众人各自去吃饭来，把这起奴才着实拷问。把他放在丹墀里，连小段名四人锁于四处，不许他交头接耳。"皂隶把这四人锁在柜的四角，众人尽散。

却说皮氏抬起头来，四顾无人，便骂："小段名！小奴才！你如何乱讲？今日再乱讲时，到家中活敲杀你。"小段名说："不是夹得疼，我也不说。"王婆便叫："皮大姐，我也受这刑杖不过，等刘爷出来，说了罢。"赵昂说："好娘，我那些亏着你！倘挨出官司去，我百般孝顺你，即把你做亲母。”王婆说：“我再不听你哄我。叫我圆成了，认我做亲娘；许我两石麦，还欠八升；许我一石米，都下了糠秕；段衣两套，止与我一条蓝布裙；许我好房子，不曾得住。你干的事，没天理，教我只管与你熬刑受苦。”皮氏说：“老娘，这遭出去，不敢忘你恩。捱过今日不招，便没事了。”柜里书吏把他说的话尽记了，写在纸上。

刘爷升堂，先叫打开柜子。书吏跑将出来，众人都唬软了。刘爷看了书吏所录口词，再要拷问，三人都不打自招。赵昂从头依直写得明白。各各画供已完，递至公案。刘爷看了一遍，问苏氏：“你可从幼为娼，还是良家出身?”苏氏将苏淮买良为贱，先遇王尚书公子，挥金三万，后被老鸨一秤金赶逐，将奴赚卖与沈洪为妾，一路未曾同睡，备细说了。刘推官情知王公子就是本院，提笔定罪：

皮氏凌迟处死[56]，赵昂斩罪非轻。王婆赎药是通情，杖责段名示警。王县贪酷罢职，追赃不恕衙门。苏淮买良为贱合充军，一秤金三月立枷罪定[57]。

㊻凌迟：封建时代的一种酷刑，将罪犯剐死。

㊼立枷：明清时代的刑具，又称为站笼，前面长，后面短，长的一端触地，笼上有口卡住囚犯颈部，昼夜站立，直至死去。

刘爷做完申文，把皮氏一起俱已收监。次日亲捧招详，送解察院。公子依拟，留刘推官后堂待茶，问：“苏氏如何发放?”刘推官答言：“发还原籍，择夫另嫁。”公子屏去从人，与刘推官吐胆倾心，备述少年设誓之意：“今日烦贤府密地差人送至北京王银匠处暂居，足感足感!”刘推官领命奉行，自不必说。

却说公子行下关文，到北京本司院提到苏淮、一秤金依律问罪。苏淮已先故了。一秤金认得是公子，还叫：“王姐夫。”被公子喝教重打六十，取一百斤大枷枷号[58]。不勾半月，呜呼哀哉！正是：

万两黄金难买命，一朝红粉已成灰。

㊽枷号：旧时强制犯人戴枷于监狱外或官府衙门前示众，以示羞

辱，使之痛苦。

再说公子一年任满，复命还京。见朝已过，便到王匠处问信。王匠说有金哥伏侍，在顶银胡同居住。公子即往顶银胡同，见了玉姐，二人放声大哭。公子已知玉姐守节之美，玉姐已知王御史就是公子，彼此称谢。公子说："我父母娶了刘氏夫人，甚是贤德，他也知道你的事情，决不妒忌。"当夜同饮同宿，浓如胶漆。次日，王匠、金哥都来磕头贺喜。公子谢二人昔日之恩，分付：本司院苏淮家当原是玉堂春置办的，今苏淮夫妇已绝，将遗下家财，拨与王匠、金哥二人管业，以报其德。上了个省亲本，辞朝和玉堂春起马共回南京。

到了自家门首，把门人急报老爷说："小老爷到了。"老爷听说甚喜。公子进到厅上，排了香案，拜谢天地，拜了父母兄嫂，两位姐夫姐姐都相见了。又引玉堂春见礼已毕。玉姐进房，见了刘氏说："奶奶坐上，受我一拜。"刘氏说："姐姐怎说这话？你在先，奴在后。"玉姐说："奶奶是名门宦家之子，奴是烟花，出身微贱。"公子喜不自胜，当日正了妻妾之分，姊妹相称，一家和气。公子又叫："王定，你当先在北京三番四复规谏我，乃是正理。我今与老老爷说，将你做老管家。"以百金赏之。

后来王景隆官至都御史，妻妾俱有子，至今子孙繁盛。有诗叹云：

郑氏元和已著名，三官嫖院是新闻。
风流子弟知多少，夫贵妻荣有几人？

十三　唐解元一笑姻缘

【精要简介】

本篇讲述的是吴中才子唐伯虎为一青衣小婢，扮成穷汉前往华府谋职，后遂心如愿，与秋香结成姻缘的故事，是民间传诵成佳话的一桩"风流话柄"。

【原文鉴赏】

三通鼓角四更鸡，日色高升月色低。

时序秋冬又春夏，舟车南北复东西。

镜中次第人颜老，世上参差事不齐。

若向其间寻稳便，一壶浊酒一餐齑。

这八句诗乃吴中一个才子所作。那才子姓唐名寅[①]，字伯虎，聪明盖地，学问包天。书画音乐，无有不通；词赋诗文，一挥便就。为人放浪不羁，有轻世傲物之志。生于苏郡，家住吴趋。做秀才时，曾效连珠体[②]，做《花月吟》十馀首，句句中有花有月。如："长空影动花迎月，深院人归月伴花"；"云破月窥花好处，夜深花睡月明中"等句，为人称颂。本府太守曹凤见之，深爱其才。值宗师科考，曹公以才名特荐。那宗师姓方名志，鄞县人，最不喜古文辞。闻唐寅恃才豪放，不修小节，正要坐名黜治[③]。却得曹公一力保救，虽然免祸，却不放他科举。直至临场，曹公再三苦求，附一名于遗才之末[④]。是科遂中了解元。

①唐寅（1470—1523年）：字伯虎，一字子畏，号六如居士，桃花庵主，吴县（今江苏苏州）人，明代画家、书法家、诗人。

②连珠：古体诗的一种格式，要求作品从头至尾每一句里面都重复使用某两个字，词句连续，互相发明，如珠贯连，故谓“连珠体”。

③坐名：指名。

④遗才：秀才去应乡试，须经过学道的科考录取，才能去参加乡试，而因故未考者，可以临时添补核准，称为录遗。所谓遗才就是指这种录遗之才。

伯虎会试至京，文名益著，公卿皆折节下交，以识面为荣。有程詹事典试[5]，颇开私径卖题，恐人议论，欲访一才名素著者为榜首，压服众心，得唐寅甚喜，许以会元。伯虎性素坦率，酒中便向人夸说：“今年我定做会元了。”众人已闻程詹事有私，又忌伯虎之才，哄传主司不公。言官风闻动本。圣旨不许程詹事阅卷，与唐寅俱下诏狱，问革。

⑤詹事：明代詹事府的职官，掌有关太子的事务。

伯虎还乡，绝意功名，益放浪诗酒，人都称为唐解元。得唐解元诗文字画，片纸尺幅，如获重宝。其中惟画，尤其得意。平日心中喜怒哀乐，都寓之于丹青。每一画出，争以重价购之。有《言志》诗一绝为证：

不炼金丹不坐禅，不为商贾不耕田。

闲来写幅丹青卖，不使人间作业钱。

却说苏州六门：葑、盘、胥、阊、娄、齐。那六门中只有阊门最盛，乃舟车辐辏之所。真个是：

翠袖三千楼上下，黄金百万水东西。

五更市贩何曾绝，四远方言总不齐。

唐解元一日坐在阊门游船之上，就有许多斯文中人，慕名来拜，出扇求其字画。解元画了几笔水墨[⑥]，写了几首绝句。那闻风而至者，其来愈多。解元不耐烦，命童子且把大杯斟酒来。解元倚窗独酌，忽见有画舫从旁摇过，舫中珠翠夺目。内有一青衣小鬟，眉目秀艳，体态绰约，舒头船外，注视解元，掩口而笑。须臾船过，解元神荡魂摇，问舟子："可认得去的那只船么？"舟人答言："此船乃无锡华学士府眷也，"解元欲尾其后，急呼小艇不至，心中如有所失。

⑥水墨：水墨画的简称。一种绘画法，全部用墨笔点染，不用彩色。

正要教童子去觅船，只见城中一只船儿摇将出来。他也不管那船有载没载，把手相招，乱呼乱喊。那船渐渐至近，舱中一人走出船头，叫声："伯虎，你要到何处去？这般要紧！"解元打一看时，不是别人，却是好友王雅宜[⑦]。便道："急要答拜一个远来朋友，故此要紧。兄的船往哪里去？"雅宜道："弟同两个舍亲到茅山去进香，数日方回。"解元道："我也要到茅山进香，正没有人同去，如今只得要趁便了。"雅宜道："兄若要去，快些回家收拾，弟泊船在此相候。"解元道："就去罢了，又回家做什么！"雅宜道："香烛之类，也要备的。"解元道：

“到那里去买罢！”遂打发童子回去。也不别这些求诗画的朋友，径跳过船来，与舱中朋友叙了礼，连呼：“快些开船。”

⑦王雅宜：王宠（1494—1533年），字履吉，号雅宜人，明代著名书法家，与祝允明、文徵明齐名。

舟子知是唐解元，不敢怠慢，即忙撑篙摇橹。行不多时，望见这只画舫就在前面。解元分付船上，随着大船而行。众人不知其故，只得依他。次日到了无锡，见画舫摇进城里。解元道：“到了这里，若不取惠山泉，也就俗了。”叫船家移舟去惠山取了水，原到此处停泊，明日早行：“我们到城里略走一走，就来下船。”舟子答应自去。

解元同雅宜三四人登岸，进了城，到那热闹的所在，撇了众人，独自一个去寻那画舫。却又不认得路径，东行西走，并不见些踪影。走了一回，穿出一条大街上来，忽听得呼喝之声。解元立住脚看时，只见十来个仆人前引一乘暖桥[⑧]，自东而来，女从如云。自古道：“有缘千里能相会。”那女从之中，阊门所见青衣小鬟，正在其内。解元心中欢喜，远远相随，直到一座大门楼下，女使出迎，一拥而入。询之傍人，说是华学士府，适才轿中乃夫人也。解元得了实信，问路出城。

⑧暖桥：四周有帷幔遮蔽的轿子。

恰好船上取了水才到。少顷，王雅宜等也来了，问“解元那里去了？教我们寻得不耐烦。”解元道：“不知怎的，一挤就挤散了。又不认得路径，问了半日，方能到此。”并不题起此事。至夜半，忽于梦中狂呼，如魇魅之状。众人皆惊，唤醒问之。解元道：“适梦中见一金甲神人，持金杵击我，责我进香不虔。我叩头哀乞，愿斋戒一月，只身至山谢罪。天明，汝等开船自去，吾且暂回。不得相陪矣。”雅宜等信以为真。

至天明，恰好有一只小船来到，说是苏州去的。解元别了众人，跳上小船。行不多时，推说遗忘了东西，还要转去。袖中摸几文钱，赏了舟子，奋然登岸。到一饭店，办下旧衣破帽，将衣巾换讫，如穷汉之状，走至华府典铺内，以典钱为由，与主管相见。卑词下气，问主管道："小子姓康，名宣，吴县人氏，颇善书，处一个小馆为生⑨。近因拙妻亡故，又失了馆，孤身无活，欲投一大家充书办之役，未知府上用得否？倘收用时，不敢忘恩！"因于袖中取出细楷数行，与主管观看。主管看那字，写得甚是端楷可爱，答道："待我晚间进府禀过老爷，明日你来讨回话。"是晚，主管果然将字样禀知学士。学士看了，夸道："写得好，不似俗人之笔，明日可唤来见我。"

⑨处馆：设私塾教书。

次早，解元便到典中，主管引进解元拜见了学士。学士见其仪表不俗，问过了姓名住居，又问："曾读书么？"解元道："曾考过几遍童生，不得进学，经书还都记得。"学士问是何经，解元虽习《尚书》，其实五经俱通的，晓得学士习《周易》，就答应道："《易经》。"学士大喜道："我书房中写帖的不缺，可送公子处作伴读。"问他要多少身价，解元道："身价不敢领，只要求些衣服穿。待后老爷中意时，赏一房好媳妇足矣。"学士更喜，就叫主管于典中寻几件随身衣服与他换了，改名华安。送至书馆，见了公子。

公子教华安抄写文字。文字中有字句不妥的，华安私加改窜。公子见他改得好，大惊道："你原来通文理，几时放下书本的？"华安道："从来不曾旷学，但为贫所迫耳。"公子大喜，将自己日课教他改削。华安笔不停挥，真有点铁成金手段。有时题义疑难，华安就与公子讲解。若公子做不出时，华安就通篇代笔。

先生见公子学问骤进，向主人夸奖。学士讨近作看了，摇头道："此非孺子所及，若非抄写，必是倩人。"呼公子诘问其由，公子不敢隐瞒，说道："曾经华安改窜。"学士大惊。唤华安到来，出题面试。华安不假思索，援笔立就，手捧所作呈上。学士见其手腕如玉，但左手有枝指⑩。阅其文，词意兼美，字复精工，愈加欢喜，道："你时艺如

此，想古作亦可观也！”乃留内书房掌书记。一应往来书札，授之以意，辄令代笔，烦简曲当，学士从未曾增减一字。宠信日深，赏赐比众人加厚。

⑩枝（qí）指：大拇指旁歧生一指，成为六指。

华安时买酒食与书房诸童子共享，无不欢喜。因而潜访前所见青衣小鬟，其名秋香，乃夫人贴身伏侍，顷刻不离者。计无所出，乃因春暮，赋《黄莺调》以自叹：

风雨送春归，杜鹃愁，花乱飞，青苔满院朱门闭。孤灯半垂，孤衾半枌，萧萧孤影汪汪泪。忆归期，相思未了，春梦绕天涯。

学士一日偶到华安房中，见壁间之词，知安所题，甚加称奖。但以为壮年鳏处，不无感伤，初不意其有所属意也。适典中主管病故，学士令华安暂摄其事。

月馀，出纳谨慎，毫忽

无私。学士欲遂用为主管，嫌其孤身无室，难以重托，乃与夫人商议，呼媒婆欲为娶妇。华安将银三两送与媒婆，央他禀知夫人说："华安蒙老爷夫人提拔，复为置室，恩同天地。但恐外面小家之女，不习里面规矩。倘得于侍儿中择一人见配，此华安之愿也！"媒婆依言禀知夫人。夫人对学士说了。学士道："如此诚为两便。但华安初来时，不领身价，原指望一房好媳妇。今日又做了府中得力之人，倘然所配未中其意，难保其无他志也。不若唤他到中堂，将许多丫鬟听其自择。"夫人点头道是。

当晚夫人坐于中堂，灯烛辉煌，将丫鬟二十馀人各盛饰装扮，排列两边，恰似一班仙女，簇拥着王母娘娘在瑶池之上。夫人传命唤华安。华安进了中堂，拜见了夫人。夫人道："老爷说你小心得用，欲赏你一房妻小。这几个粗婢中，任你自择。"叫老姆姆携烛下去照他一照。华安就烛光之下，看了一回，虽然尽有标致的，那青衣小鬟不在其内。华安立于傍边，嘿然无语。夫人叫道："老姆姆，你去问华安：'那一个中你的意？就配与你。'"华安只不开言。

夫人心中不乐，叫："华安，你好大眼孔，难道我这些丫头就没个中你意的？"华安道："复夫人，华安蒙夫人赐配，又许华安自择，这是旷古隆恩，粉身难报。只是夫人随身侍婢还来不齐，既蒙恩典，愿得尽观。"夫人笑道："你敢是疑我有吝啬之意？也罢！房中那四个一发唤出来与他看看，满他的心愿！"原来那四个是有执事的，叫做：春媚、夏清、秋香、冬瑞。春媚，掌首饰脂粉。夏清，掌香炉茶灶。秋香，掌四时衣服。冬瑞，掌酒果食品。

管家老姆姆传夫人之命，将四个唤出来。那四个不及更衣，随身妆束。秋香依旧青衣。老姆姆引出中堂，站立夫人背后。室中蜡炬，光明如昼，华安早已看见了，昔日丰姿，宛然在目。还不曾开口，那老姆姆知趣，先来问道："可看中了谁？"华安心中明晓得是秋香，不敢说破，只将手指道："若得穿青这一位小娘子，足遂生平。"夫人回顾秋香，微微而笑，叫华安且出去。

华安回典铺中，一喜一惧，喜者机会甚好，惧者未曾上手，惟恐不成。偶见月明如昼，独步徘徊，吟诗一首：

徙倚无聊夜卧迟，绿杨风静鸟栖枝。

难将心事和人说，说与青天明月知。

次日，夫人向学士说了。另收拾一所洁净房室，其床帐家火，无物不备。又合家童仆奉承他是新主管，担东送西，摆得一室之中，锦片相似。择了吉日，学士和夫人主婚，华安与秋香中堂双拜，鼓乐引至新房，合卺成婚，男欢女悦，自不必说。

夜半，秋香向华安道："与君颇面善，何处曾相会来？"华安道："小娘子自去思想。"又过了几日，秋香忽问华安道："向日阊门游船中看见的可就是你？"华安笑道："是也。"秋香道："若然，君非下贱之辈，何故屈身于此？"华安道："吾为小娘子傍舟一笑，不能忘情，所以从权相就。"秋香道："妾昔见诸少年拥君，出素扇纷求书画，君一概不理，倚窗酌酒，旁若无人。妾知君非凡品，故一笑耳！"

华安道："女子家能于流俗中识名士，诚红拂、绿绮之流也[11]！"秋香道："此后于南门街上，似又会一次。"华安笑道："好利害眼睛！果然果然。"秋香道："你既非下流，实是甚么样人？可将真姓名告我。"华安道："我乃苏州唐解元也。与你三生有缘，得谐所愿。今夜既然说破，不可久留。欲与你图谐老之策，你肯随我去否？"秋香道："解元为贱妾之故，不惜辱千金之躯，妾岂敢不惟命是从！"

⑪红拂：隋末，李靖去谒见越国公杨素，杨家家妓红拂慧眼识英雄，深夜私奔李靖。后红拂助李靖辅佐唐太宗李世民建立唐朝基业。绿绮：相传是司马相如的琴名，这里借指卓文君，好与红拂对衬。

华安次日将典中帐目细细开了一本簿子，又将房中衣服首饰及床帐器皿另开一帐，又将各人所赠之物亦开一帐，纤毫不取，共是三宗帐目，锁在一个护书箧内，其钥匙即挂在锁上。又于壁间题诗一首：

拟向华阳洞里游，行踪端为可人留。

愿随红拂同高蹈，敢向朱家惜下流[12]。

好事已成谁索笑？屈身今去尚含羞。

主人若问真名姓，只在康宣两字头。

是夜雇了一只小船，泊于河下。黄昏人静，将房门封锁，同秋香下船，连夜望苏州去了。

⑫朱家：汉代鲁地的侠士。项羽灭亡后，将官季布为了逃避刘邦的追捕，曾经卖身在他家做奴隶，这里以季布为奴自比。

天晓，家人见华安房门封锁，奔告学士。学士教打开看时，床帐什物一毫不动，护书内帐目开载明白。学士沉思，莫测其故。抬头一看，忽见壁上有诗八句，读了一遍，想："此人原名不是康宣。"又不知甚么意故，来府中住许多时，若是不良之人，财上又分毫不苟。又不知那秋香如何就肯随他逃走，如今两口儿又不知逃在那里？"我弃此一婢，亦有何难。只要明白了这桩事迹。"便叫家童唤捕人来，出信赏钱，各处缉获康宣、秋香，杳无影响。过了年馀，学士也放过一边了。

忽一日学士到苏州拜客，从阊门经过。家童看见书坊中有一秀才坐而观书，其貌酷似华安，左手亦有枝指，报与学士知道。学士不信，分付此童再去看个详细，并访其人名姓。家童复身到书坊中，那秀才又和着一个同辈说话，刚下阶头。家童乖巧，悄悄随之。那两个转湾向潼子门下船去，仆从相随共有四五人。背后察其形相，分明与华安无二，只是不敢唐突。家童回转书坊，问店主适来在此看书的是什么人，店主道："是唐伯虎解元相公，今日是文衡山相公舟中请酒去了[13]。"家童道："方才同去的那一位可就是文相公么?"店主道："那是祝枝山[14]，也都是一般名士。"家童一一记了，回复了华学士。学士大惊，想道："久闻唐伯虎放达不羁，难道华安就是他？明日专往拜谒，便知是否。"

⑬文衡山：文徵明（1470—1559年），号衡山居士，明代著名画家。

⑭祝枝山：祝允明（1460—1527年），字希哲，号枝山，明代书法家。

次日写了名帖，特到吴趋坊拜唐解元。解元慌忙出迎，分宾而坐。学士再三审视，果肖华安。及捧茶，又见手白如玉，左有枝指，意欲问之，难于开口。茶罢，解元请学士书房中小坐。学士有疑未决，亦不肯轻别，遂同至书房。见其摆设齐整，啧啧叹羡。少停酒至，宾主对酌多时。学士开言道："贵县有个康宣，其人读书不遇，甚通文理。先生识其人否？"解元唯唯。学士又道："此人去岁曾佣书于舍下，改名华安。先在小儿馆中伴读，后在学生书房管书柬⑮，后又在小典中为主管。因他无室，教他于贱婢中自择。他择得秋香成亲，数日后夫妇俱逃，房中日用之物一无所取，竟不知其何故？学生曾差人到贵处察访，并无其人。先生可略知风声么？"解元又唯唯。学士见他不明不白，只是胡答应，忍耐不住，只得又说道："此人形容颇肖先生模样，左手亦有枝指，不知何故？"解元又唯唯。

⑮学生：科第或官场中人的自称谦词，表示恭敬客气。

少顷，解元暂起身入内。学士翻看桌上书籍，见书内有纸一幅，题诗八句，读之，即壁上之诗也。解元出来，学士执诗问道："这八句诗乃华安所作，此字亦华安之笔。如何有在尊处？必有缘故，愿先生一言，以决学生之疑。"解元道："容少停奉告。"学士心中愈闷道："先生见教过了，学生还坐，不然即告辞矣。"

解元道："禀复不难，求老先生再用几杯薄酒。"学士又吃了数杯，解元巨觥奉劝。学士已半酣，道："酒已过分，不能领矣。学生惓惓请教，止欲剖胸中之疑，并无他念。"解元道："请用一箸粗饭。"饭后献茶，看看天晚，童子点烛到来。学士愈疑，只得起身告辞。解元道："请老先生暂挪贵步，当决所疑。"命童子秉烛前引，解元陪学士随后共入后堂。

堂中灯烛辉煌。里面传呼："新娘来！"只见两个丫鬟伏侍一位小娘子，轻移莲步而出，珠珞重遮，不露娇面。学士惶悚退避，解元一把扯住衣袖，道："此小妾也。通家长者，合当拜见，不必避嫌。"丫鬟铺毡，小娘子向上便拜。学士还礼不迭。解元将学士抱住，不要他还礼。拜了四拜，学士只还得两个揖，甚不过意。

拜罢，解元携小娘子近学士之旁，带笑问道："老先生请认一认，方才说学生颇似华安，不识此女亦似秋香否？"学士熟视大笑，慌忙作揖，连称得罪。解元道："还该是学生告罪。"二人再至书房。解元命重整杯盘，洗盏更酌。酒中学士复叩其详。解元将阊门舟中相遇始末细说一遍，各各抚掌大笑。学士道："今日即不敢以记室相待，少不得行子婿之礼。"解元道："若要甥舅相行⑯，恐又费丈人妆奁耳。"二人复大笑。是夜，尽欢而别。

⑯ 甥舅：指女婿和岳父。

学士回到舟中，将袖中诗句置于桌上，反覆玩味。"首联道'拟向华阳洞里游’，是说有茅山进香之行了。‘行踪端为可人留’，分明为中途遇了秋香，担阁住了。第二联：‘愿随红拂同高蹈，改向朱家惜下流。’他屈身投靠，便有相挈而逃之意。第三联：‘好事已成谁索笑？屈身今去尚含羞。’这两句，明白。末联：‘主人若问真名姓，只在康宣两字头。’康字与唐字头一般，宣字与寅字头无二，是影着唐寅二字，我自不能推详耳。他此举虽似情痴，然封还衣饰，一无所取，乃礼义之人，不枉名士风流也。”

学士回家，将这段新闻向夫人说了。夫人亦骇然。于是厚具装奁，约值千金，差当家老姆姆押送唐解元家。从此两家遂为亲戚，往来不绝。至今吴中把此事传作风流话柄。有唐解元《焚香默坐歌》，自述一生心事，最做得好。歌曰：

焚香嘿坐自省已，口里喃喃想心里。
心中有甚害人谋？口中有甚欺心语？
为人能把口应心，孝弟忠信从此始。
其馀小德或出入，焉能磨涅吾行止[17]。
头插花枝手把杯，听罢歌童看舞女。
食色性也古人言，今人乃以为之耻。
及至心中与口中，多少欺人没天理。
阴为不善阳掩之，则何益矣待劳耳。
请坐且听吾语汝，凡人有生必有死。
死见阎君面不惭，才是堂堂好男子。

⑰磨涅："磨而不磷，涅而不缁"的简用，经得起考验、折磨的意思。

十四　白娘子永镇雷峰塔

【精要简介】

本篇讲述的是蛇精白素贞与许宣之间人蛇之恋的故事，带有浓重的悲情色彩，为后来白蛇故事的演变提供了范本。

【原文鉴赏】

山外青山楼外楼，西湖歌舞几时休？

暖风薰得游人醉，直把杭州作汴州。

话说西湖景致，山水鲜明。晋朝咸和年间，山水大发，汹涌流入西门。忽然水内有牛一头见浑身金色。后水退，其牛随行至北山，不知去向。哄动杭州市上之人，皆以为显化。所以建立一寺，名曰金牛寺。西门，即今之涌金门，立一座庙，号金华将军。当时有一番僧，法名浑寿罗，到此武林郡云游，玩其山景，道："灵鹫山前小峰一座忽然不见，原来飞到此处。"当时人皆不信。僧言："我记得灵鹫山前峰岭，唤做灵鹫岭。这山洞里有个白猿，看我呼出为验。"果然呼出白猿来。山前有一亭，今唤做冷泉亭。又有一座孤山，生在西湖中。先曾有林和靖先生在此山隐居[①]，使人搬挑泥石，砌成一条走路，东接断桥，西接栖霞岭，因此唤作孤山路。又唐时有刺史白乐天，筑一条路，南至翠屏山，北至栖霞岭，唤做白公堤，不时被山水冲倒，不只一番，用官钱修理。后宋时苏东坡来做太守，因见有这两条路，被水冲坏，就买木石，起人夫，筑得坚固。六桥上朱红栏杆，堤上栽种桃柳，到春景融和，端的十分好景，堪描入画。后人因此只唤做苏公堤。又孤山路畔，起造两条石

桥，分开水势，东边唤做断桥，西边唤做西宁桥。真乃：

隐隐山藏三百寺，依稀云锁二高峰。

①林和靖：林逋（967—1028年），字君复，北宋诗人，谥号和靖先生。

说话的，只说西湖美景，仙人古迹。俺今日且说一个俊俏后生，只因游玩西湖，遇着两个妇人，直惹得几处州城，闹动了花街柳巷。有分教才人把笔[②]，编成一本风流话本。单说那子弟，姓甚名谁？遇着甚般样的妇人？惹出甚般样事？有诗为证：

清明时节雨纷纷，路上行人欲断魂。

借问酒家何处有，牧童遥指杏花村。

②才人：宋元时称话本戏剧的编者或说书艺人为才人。

话说宋高宗南渡，绍兴年间，杭州临安府过军桥黑珠巷内，有一个宦家，姓李名仁。见做南廊阁子库募事官[③]，又与邵太尉管钱粮。家中妻子有一个兄弟许宣，排行小乙。他爹曾开生药店，自幼父母双亡，却在表叔李将仕家生药铺做主管[4]，年方二十二岁。那生药店开在官巷口。忽一日，许宣在铺内做买卖，只见一个和尚来到门首，打个问讯，道："贫僧是保叔塔寺内僧，前日已送馒头并卷子在宅上。今清明节近，追修祖宗，望小乙官到寺烧香，勿误!"许宣道："小子准来。"和尚相别去了。许宣至晚归姐夫家去。原来许宣无有老小，只在姐姐家住。当晚与姐姐说："今日保叔塔和尚来请烧篑子[5]，明日要荐祖宗，走一遭了来。"

③南廊阁子库：即宋代的左藏南库，专门支应军需所用。募事官：指管库的小吏。

④将仕：原为官名，这里是对富商的尊称。

⑤篑（yǎn）子：用草编织的盛放迷信品如纸马等包袋状的东西。

次日早起买了纸马、蜡烛、经幡、钱垛一应等项，吃了饭，换了新鞋袜衣服，把篑子钱马，使条袱子包了，径到官巷口李将仕家来。李将仕见了，问许宣何处去。许宣道："我今日要去保叔塔烧篑子，追荐祖宗，乞叔叔容暇一日。"李将仕道："你去便回。"

许宣离了铺中，入寿安坊，花市街，过井亭桥，往清河街后钱塘门，行石函桥，过放生碑，径到保叔塔寺。寻见送馒头的和尚，忏悔过疏头，烧了篑子，到佛殿上看众僧念经。吃斋罢，别了和尚，离寺迤逦闲走，过西宁桥、孤山路、四圣观，来看林和靖坟，到六一泉闲走。不期云生西北，雾锁东南，落下微微细雨，渐大起来。正是清明时节，少不得天公应时，催花雨下，那阵雨下得绵绵不绝。许宣见脚下湿，脱下了新鞋袜，走出四圣观来寻船，不见一只。正没摆布处，只见一个老儿摇着一只船过来。许宣暗喜，认时正是张阿公，叫道："张阿公，搭我则个!"老儿听得叫，认时，原来是许小乙，将船摇近岸来，道："小乙官，着了雨，不知要何处上岸?"许宣道："涌金门上岸。"这老儿扶许宣下船，离了岸，摇近丰乐楼来。

摇不上十数丈水面，只见岸上有人叫道："公公，搭船则个!"许宣看时，是一个妇人，头戴孝头髻，乌云畔插着些素钗梳，穿一领白绢衫儿，下穿一条细麻布裙。这妇人肩下一个丫鬟，身上穿着青衣服，头上一双角髻，戴两条大红头须，插着两件着饰，手中捧着一个包儿要搭船。那老张对小乙官道："'因风吹火，用力不多'，一发搭了他去。"许宣道："你便叫他下来。"老儿见说，将船傍了岸边，那妇人同丫鬟下船，见了许宣，起一点朱唇，露两行碎玉，向前道一个万福。许宣慌忙起身答礼。

那娘子和丫鬟舱中坐定了。娘子把秋波频转，瞧着许宣。许宣平生是个老实之人，见了此等如花似玉的美妇人，傍边又是个俊俏美女样的丫鬟，也不免动念。那妇人道："不敢动问官人高姓尊讳?"许宣答道："在下姓许，名宣，排行第一。"妇人道："宅上何处?"许宣道："寒舍住在过军桥黑珠儿巷，生药铺内做买卖。"那娘子问了一回，许宣寻思道："我也问他一问。"起身道："不敢拜问娘子高姓？潭府何处?"那妇人答道："奴家是白三班白殿直之妹，嫁了张官人，不幸亡过了，见葬在这雷岭。为因清明节近，今日带了丫鬟，往坟上祭扫了方回，不想值雨。若不是搭得官人便船，实是狼狈。"又闲讲了一回，迤逦船摇近岸。只见那妇人道："奴家一时心忙，不曾带得盘缠在身边，万望官人处借些船钱还了，并不有负。"许宣道："娘子自便，不妨，些须船钱不必计较。"还罢船钱，那雨越不住。许宣挽了上岸。那妇人道："奴家只在箭桥双茶坊巷口。若不弃时，可到寒舍拜茶，纳还船钱。"许宣道："小事何消挂怀。天色晚了，改日拜望。"说罢，妇人共丫鬟自去。

许宣入涌金门，从人家屋檐下到三桥街，见一个生药铺，正是李将仕兄弟的店。许宣走到铺前，正见小将仕在门前。小将仕道："小乙哥晚了，那里去?"许宣道："便是去保叔塔烧箵子，着了雨，望借一把伞则个。"将仕见说，叫道："老陈把伞来，与小乙官去。"不多时，老陈将一把雨伞撑开道："小乙官，这伞是清湖八字桥老实舒家做的，八十四骨，紫竹柄的好伞，不曾有一些儿破，将去休坏了！仔细，仔细！”许宣道：“不必分付。”接了伞，谢了将仕，出羊坝头来。

到后市街巷口。只听得有人叫道：“小乙官人。”许宣回头看时，只见沈公井巷口小茶坊屋檐下，立着一个妇人，认得正是搭船的白娘子。许宣道：“娘子如何在此？”白娘子道：“便是雨不得住，鞋儿都踏湿了。教青青回家，取伞和脚下⑥。又见晚下来，望官人搭几步则个！”许宣和白娘子合伞到坝头道：“娘子到那里去？”白娘子道：“过桥投箭桥去。”许宣道：“小娘子，小人自往过军桥去，路又近了。不若娘子把伞将去，明日小人自来取。”白娘子道：“却是不当，感谢官人厚意！”许宣沿人家屋檐下冒雨回来，只见姐夫家当直王安，拿着钉靴雨伞来接不着⑦，却好归来。到家内吃了饭。当夜思量那妇人，翻来覆去睡不着。梦中共日间见的一般，情意相浓。不想金鸡叫一声，却是南柯一梦。正是：

心猿意马驰千里，浪蝶狂蜂闹五更。

⑥脚下：指雨鞋，即钉靴。

⑦钉靴：旧时的一种雨靴，用布做帮，用桐油油过，鞋底钉铁钉。

到得天明，起来梳洗罢，吃了饭，到铺中，心忙意乱，做些买卖也没心想。到午时后，思量道：“不说一谎，如何得这伞来还人？”当时许宣见老将仕坐在柜上，向将仕说道：“姐夫叫许宣归早些，要送人情，请暇半日。”将仕道：“去了，明日早些来！”许宣唱个喏，径来箭桥双茶坊巷口，寻问白娘子家里。问了半日，没一个认得。

正踌躇间，只见白娘子家丫鬟青青从东边走来。许宣道：“姐姐，你家何处住？讨伞则个。”青青道：“官人随我来。”许宣跟定青青，走不多路，道：“只这里便是。”许宣看时，见一所楼房，门前两扇大门，中间四扇看街槅子眼⑧，当中挂顶细密朱红帘子，四下排着十二把黑漆交椅，挂四幅名人山水古画。对门乃是秀王府墙⑨。那丫头转入帘子内，道：“官人请入里面坐。”许宣随步入到里面，那青青低低悄悄叫道：“娘子，许小乙官人在此。”白娘子里面应道：“请官人进里面拜

茶。”许宣心下迟疑，青青三回五次催许宣进去。许宣转到里面，只见四扇暗槅子窗，揭起青布幕，一个坐起[10]，桌上放一盆虎须菖蒲，两边也挂四幅美人，中间挂一幅神像，桌上放一个古铜香炉花瓶。那小娘子向前深深的道一个万福，道：“夜来多蒙小乙官人应付周全，识荆之初，甚是感谢不浅!”许宣道：“些微何足挂齿。”白娘子道：“少坐拜茶。”茶罢，又道：“片时薄酒三杯，表意而已。”许宣方欲推辞，青青已自把菜蔬果品流水排将出来。许宣道：“感谢娘子置酒，不当厚扰。”饮至数杯，许宣起身道：“今日天色将晚，路远，小子告回。”娘子道：“官人的伞，舍亲昨夜转借去了，再饮几杯，着人取来。”许宣道：“日晚，小子要回。”娘子道：“再饮一杯。”许宣道：“饮馔好了，多感，多感!”白娘子道：“既是官人要回，这伞相烦明日来取则个。”许宣只得相辞了回家。

⑧看街：宋代南方临街房屋，除了两扇大门之外，门旁还有四扇长窗棂，从窗棂中可以看见街景和门外高台阶，故称这种窗户为“看街”。

⑨秀王：宋孝宗赵昚（shèn）本生父亲的封号“秀安僖王”的简称。

⑩坐起：房屋内部装修成的一种隔间。

至次日，又来店中做些买卖。又推个事故，却来白娘子家取伞。娘子见来，又备三杯相款。许宣道：“娘子还了小子的伞罢，不必多扰。”那娘子道：“既安排了，略饮一杯。”许宣只得坐下。那白娘子筛一杯酒，递与许宣，启樱桃口，露榴子牙，娇滴滴声音，带着满面春风，告道：“小官人在上，真人面前说不得假话。奴家亡了丈夫，想必和官人有宿世姻缘，一见便蒙错爱，正是你有心，我有意。烦小乙官人寻一个媒证，与你共成百年姻眷，不枉天生一对，却不是好？”许宣听那妇人说罢，自己寻思：“真个好一段姻缘。若取得这个浑家，也不枉了。我自十分肯了，只是一件不谐：思量我日间李将仕家做主管，夜间在姐夫家安歇，虽有些少东西，只好办身上衣服，如何得钱来娶老小？”自沉吟不答。只见白娘子道：“官人何故不回言语？”许宣道：“多感过爱，实不相瞒，只为身边窘迫，不敢从命！”娘子道：“这个容易，我囊中自有馀财，不必挂念。”便叫青青道：“你去取一锭白银下来。”只见青青手扶栏杆，脚踏胡梯⑪，取下一个包儿来，递与白娘子。娘子道：“小乙官人，这东西将去使用，少欠时再来取。”亲手递与许宣。许宣接得包儿，打开看时，却是五十两雪花银子。藏于袖中，起身告回。青青把伞来还了许宣，许宣接得相别，一径回家，把银子藏了。当夜无话。

⑪胡梯：扶梯。

明日起来，离家到官巷口，把伞还了李将仕。许宣将些碎银子买了一只肥好烧鹅、鲜鱼精肉、嫩鸡果品之类提回家来，又买了一樽酒，分付养娘丫鬟安排整下。那日却好姐夫李募事在家。饮馔俱已完备，来请姐夫和姐姐吃酒。李募事却见许宣请他，到吃了一惊，道："今日做甚么子坏钞？日常不曾见酒盏儿面，今朝作怪！"三人依次坐定饮酒。酒至数杯，李募事道："尊舅，没事教你坏钞做甚么？"许宣道："多谢姐夫，切莫笑话，轻微何足挂齿。感谢姐夫姐姐管雇多时。一客不烦二主人，许宣如今年纪长成，恐虑后无人养育，不是了处。今有一头亲事在此说起，望姐夫姐姐与许宣主张，结果了一生终身，也好。"姐夫姐姐听得说罢，肚内暗自寻思道："许宣日常一毛不拔，今日坏得些钱钞，便要我替他讨老小？"夫妻二人，你我相看，只不回话。吃酒了，许宣自做买卖。

过了三两日，许宣寻思道："姐姐如何不说起？"忽一日，见姐姐问道："曾向姐夫商量也不曾？"姐姐道："不曾。"计宣道："如何不曾商量？"姐姐道："这个事不比别样的事，仓卒不得。又见姐夫这几日面色心焦，我怕他烦恼，不敢问他。"许宣道："姐姐你如何不上紧？这个有甚难处？你只怕我教姐夫出钱，故此不理。"许宣便起身到卧房中开箱，取出白娘子的银来，把与姐姐道："不必推故。只要姐夫做主。"姐姐道："吾弟多时在叔叔家中做主管，积攒得这些私房，可知道要娶老婆。你且去，我安在此。"

却说李募事归来，姐姐道："丈夫，可知小舅要娶老婆，原来自攒得些私房，如今教我倒换些零碎使用。我们只得与他完就这亲事则个。"李募事听得，说道："原来如此，得他积得些私房也好。拿来我看！"做妻的连忙将出银子递与丈夫。李募事接在手中，番来覆去，看了上面凿的字号，大叫一声："苦！不好了，全家是死！"那妻吃了一惊，问道："丈夫，有甚么利害之事？"李募事道："数日前邵太尉库内封记锁押俱不动，又无地穴得入，平空不见了五十锭大银。见今着落临安府提捉贼人，十分紧急，没有头路得获，累害了多少人。出榜缉捕，写着字号锭数，‘有人捉获贼人银子者，赏银五十两；知而不首，及窝藏贼人者，除正犯外，全家发边远充军’。这银子与榜上字号不差，正是邵太尉库内银子。即今捉捕十分紧急。正是‘火到身边，顾不得亲眷，自可去拨’。明日事露，实难分说。不管他偷的借的，宁可苦他，不要累我。只得将银子出首，免了一家之害。”老婆见说了，合口不得，目睁口呆。当时拿了这锭银子，径到临安府出首。

那大尹闻知这话，一夜不睡。次日，火速差缉捕使臣何立。何立带了伙伴，并一班眼明手快的公人，径到官巷口李家生药店，提捉正贼许宣。到得柜边，发声喊，把许宣一条绳子绑缚了，一声锣，一声鼓，解上临安府来。正值韩大尹升厅，押过许宣当厅跪下，喝声：“打！”

许宣道：“告相公不必用刑，不知许宣有何罪？”大尹焦躁道：“真赃正贼，有何理说，还说无罪？邵太尉府中不动封锁，不见了一号大银五十锭。见有李募事出首，一定这四十九锭也在你处。想不动封皮，不见了银子，你也是个妖人！”不要打，喝教：“拿些秽血来！”许宣方知是这事，大叫道：“不是妖人，待我分说！”大尹道：“且住，你且说这银子从何而来？”许宣将借伞讨伞的上项事，一一细说一遍。大尹道：“白娘子是甚么样人？见住何处？”许宣道：“凭他说是白三班白殿直的亲妹子，如今见住箭桥边，双茶坊巷口，秀王墙对黑楼子高坡儿内住。”那大尹随即便叫缉捕使臣何立，押领许宣，去双茶坊巷口捉拿本妇前来。

何立等领了钧旨，一阵做公的径到双茶坊巷口秀王府墙对黑楼子前看时：门前四扇看阶，中间两扇大门，门外避藉陛[12]，坡前却是垃圾，一条竹子横夹着。何立等见了这个模样，到都呆了。当时就叫捉了邻人，上首是做花的丘大，下首是做皮匠的孙公。那孙公摆忙的吃他一惊[13]，小肠气发，跌倒在地。众邻舍都走来道：“这里不曾有甚么白娘子。这屋不五六年前有一个毛巡检，合家时病死了。青天白日，常有鬼

出来买东西，无人敢在里头住。几日前，有个疯子立在门前唱喏。”

⑫避藉陛（bì）：高的台阶。

⑬摆忙：突然。

何立教众人解下横门竹竿，里面冷清清地，起一阵风，卷出一道腥气来。众人都吃了一惊，倒退几步。许宣看了，则声不得，一似呆的。做公的数中，有一个能胆大，排行第二，姓王，专好酒吃，都叫他做好酒王二。王二道：“都跟我来!”发声喊一齐哄将入去，看时板壁、坐起、桌凳都有。来到胡梯边，教王二前行，众人跟着，一齐上楼。楼上灰尘三寸厚，众人到房门前，推开房门一望，在上挂着一张帐子，箱笼都有。只见一个如花似玉穿着白的美貌娘子，坐在床上。众人看了，不敢向前。众人道：“不知娘子是神是鬼？我等奉临安大尹钧旨，唤你去与许宣执证公事[14]。”那娘子端然不动。好酒王二道：“众人都不敢向前，怎的是了？你可将一坛酒来，与我吃了，做我不着，捉他去见大尹。”众人连忙叫两三个下去提一坛酒来与王二吃。王二开了坛口，将一坛酒吃尽了，道：“做我不着！”将那空坛望着帐子内打将去。不打万事皆休，才然打去，只听得一声响，却是青天里打一个霹雳，众人都惊倒了！起来看时，床上不见了那娘子，只见明晃晃一堆银子。众人向前看了，道：“好了。”计数四十九锭。众人道：“我们将银子去见大尹也罢。”扛了银子，都到临安府。

⑭执证：折证，对证。

何立将前事禀覆了大尹。大尹道：“定是妖怪了。也罢，邻人无罪回家。”差人送五十锭银子与邵太尉处，开个缘由，一一禀覆过了。许宣照“不应得为而为之事[15]”，重者决杖，免刺，配牢城营做工[16]，满日疏放。牢城营乃苏州府管下，李募事因出首许宣，心上不安，将邵太尉给赏的五十两银子，尽数付与小舅作为盘费。李将仕与书二封，一封与押司范院长[17]，一封与吉利桥下开客店的王主人。

⑮不应得为而为之事：引用的当时的刑法条文，意思是做了不应做的事情。

⑯牢城营：宋代囚禁流配犯人的场所。

⑰院长：这里是对管理刑狱犯的吏役们的尊称。

许宣痛哭一场，拜别姐夫姐姐，带上行枷，两个防送人押着，离了杭州，到东新桥，下了航船。不一日，来到苏州。先把书去见了范院长并王主人。王主人与他官府上下使了钱，打发两个公人去苏州府，下了公文，交割了犯人，讨了回文，防送人自回。范院长、王主人保领许宣不入牢中，就在王主人门前楼上歇了。许宣心中愁闷，壁上题诗一首：

独上高楼望故乡，愁看斜日照纱窗。

平生自是真诚士，谁料相逢妖媚娘。

白白不知归甚处[18]？青青岂识在何方？

抛离骨肉来苏地，思想家中寸断肠！

⑱ 白白：即白娘子，因与下句“青青”对仗，故称。

有话即长，无话即短。不觉光阴似箭，日月如梭，又在王主人家住了半年之上。忽遇九月下旬，那王主人正在门首闲立，看街上人来人往，只见远远一乘轿子，傍边一个丫鬟跟着，道：“借问一声：此间不是王主人家么？”王主人连忙起身，道：“此间便是。你寻谁人？”丫鬟道：“我寻临安府来的许小乙官人。”主人道：“你等一等，我便叫了他出来。”这乘轿子便歇在门前。王主人便入去，叫道：“小乙哥，有人寻你。”许宣听得，急走出来，同主人到门前看时，正是青青跟着，轿子里坐着白娘子。许宣见了，连声叫道：“死冤家！自被你盗了官库银子，带累我吃了多少苦，有屈无伸。如今到此地位，又赶来做甚么？可羞死人！”那白娘子道：“小乙官人不要怪我，今番特来与你分辩这件事。我且到主人家里面与你说。”

白娘子叫青青取了包裹下轿。许宣道：“你是鬼怪，不许入来。”挡住了门不放他。那白娘子与主人深深道了个万福，道：“奴家不相瞒，主人在上，我怎的是鬼怪？衣裳有缝，对日有影。不幸先夫去世，教我如此被人欺负。做下的事是先夫日前所为，非干我事。如今怕你怨畅我。特地来分说明白了，我去也甘心。”主人道：“且教娘子入来坐了说。”那娘子道：“我和你到里面对主人家的妈妈说。”门前看的人自都散了。

许宣入到里面，对主人家并妈妈道：“我为他偷了官银子事，如此如此，因此教我吃场官司。如今又赶到此，有何理说？”白娘子道：“先夫留下银子，我好意把你，我也不知怎的来的。”许宣道：“如何做公的捉你之时，门前都是垃圾，就帐子里一响不见了你？”白娘子道：“我听得人说你为这银子捉了去，我怕你说出我来，捉我到官，妆幌子羞人不好看。我无奈何，只得走去华藏寺前姨娘家躲了；使人担垃圾堆在门前，把银子安在床上，央邻舍与我说谎。”许宣道：“你却走了去，教我吃官事！”白娘子道：“我将银子安在床上，只指望要好，那里晓得有许多事情？我见你配在这里，我便带了些盘缠，搭船到这里寻你。如今分说都明白了，我去也。敢是我和你前生没有夫妻之分！”那王主人道：“娘子许多路来到这里，难道就去？且在此间住几日，却理会。”青青道：“既是主人家再三劝解，娘子且住两日。当初也曾许嫁小乙官人。”白娘子随口便道：“羞杀人！终不成奴家没人要？只为分别是非而来。”王主人道：“既然当初许嫁小乙哥，却又回去？且留娘子在此。”打发了轿子，不在话下。

过了数日，白娘子先自奉承好了主人的妈妈。那妈妈劝主人与许宣说合，选定十一月十一日成亲，共百年谐老。光阴一瞬，早到吉日良时。白娘子取出银两，央王主人办备喜筵，二人拜堂结亲。酒席散后，共入纱厨。白娘子放出迷人声态，颠鸾倒凤，百媚千娇，喜得许宣如遇神仙，只恨相见之晚。正好欢娱，不觉金鸡三唱，东方渐白。正是：

欢娱嫌夜短，寂寞恨更长。

自此日为始，夫妻二人如鱼似水，终日在王主人家快乐昏迷缠定。

日往月来，又早半年光景。时临春气融和，花开如锦，车马往来，街坊热闹。许宣问主人家道：“今日如何人人出去闲游，如此喧嚷？”主人道：“今日是二月半，男子妇人都去看卧佛，你也好去承天寺里闲走一遭。”许宣见说，道：“我和妻说一声，也去看一看。”许宣上楼来，和白娘子说：“今日二月半，男子妇人都去看卧佛，我也看一看就来。有人寻说话，回说不在家，不可出来见人。”白娘子道：“有甚好看，只在家中却不好？看他做甚么？”许宣道：“我去闲耍一遭就回，不妨。”

许宣离了店内，有几个相识同走，到寺里看卧佛。绕廊下各处殿上观看了一遭。方出寺来，见一个先生[19]，穿着道袍，头戴逍遥巾，腰系黄丝绦，脚着熟麻鞋，坐在寺前卖药，散施符水。许宣立定了看。那先

生道："贫道是终南山道士，到处云游，散施符水，救人病患灾厄，有事的向前来。"那先生在人丛中看见许宣头上一道黑气，必有妖怪缠他，叫道："你近来有一妖怪缠你，其害非轻！我与你二道灵符，救你性命。一道符三更烧，一道符放在自头发内。"许宣接了符，纳头便拜，肚内道："我也八九分疑惑那妇人是妖怪，真个是实。"谢了先生，径回店中。

⑲先生：宋元时，民间对道士的称呼。

至晚，白娘子与青青睡着了，许宣起来道："料有三更了！"将一道符放在自头发内，正欲将一道符烧化，只见白娘子叹一口气道："小乙哥和我许多时夫妻，尚兀自不把我亲热，却信别人言语，半夜三更，烧符来压镇我！你且把符来烧看！"就夺过符来，一时烧化，全无动静。白娘子道："却如何？说我是妖怪！"许宣道："不干我事，卧佛寺前一云游先生，知你是妖怪。"白娘子道："明日同你去看他一看，如何模样的先生。"

次日，白娘子清早起来，梳妆罢，戴了钗环，穿上素净衣服，分付青青看管楼上。夫妻二人，来到卧佛寺前。只见一簇人，团团围着那先生，在那里散符水。只见白娘子睁一双妖眼，到先生面前喝一声："你好无礼！出家人枉在我丈夫面前说我是一个妖怪，书符来捉我！"那先生回言："我行的是五雷天心正法，凡有妖怪，吃了我的符，他即变出真形来。"那白娘子道："众人在此，你且书符来我吃看。"那先生书一道符，递与白娘子。白娘子接过符来，便吞下去。众人都看，没些动静。众人道："这等一个妇人，如何说是妖怪？"众人把那先生齐骂。

那先生骂得口睁眼呆，半晌无言，惶恐满面。白娘子道："众位官人在此，他捉我不得。我自小学得个戏术，且把先生试来与众人看。"只见白娘子口内喃喃的不知念些甚么，把那先生却似有人擒的一般，缩做一堆，悬空而起。众人看了，齐吃一惊。许宣呆了。娘子道："若不是众位面上，把这先生吊他一年。"白娘子喷口气，只见那先生依然放下，只恨爹娘少生两翼，飞也似走了。众人都散了。夫妻依旧回来。不在话下。日逐盘缠，都是白娘子将出来用度。正是：

夫唱妇随，朝欢暮乐。

不觉光阴似箭，又是四月初八日，释迦佛生辰。只见街市上人抬着柏亭浴佛[20]，家家布施。许宣对王主人道："此间与杭州一般。"只见邻舍边一个小的，叫作铁头，道："小乙官人，今日承天寺里做佛会，你去看一看。"许宣转身到里面，对白娘子说了。白娘子道："甚么好看，休去！"许宣道："去走一遭，散闷则个。"娘子道："你要去，身上衣服旧了，不好看，我打扮你去。"叫青青取新鲜时样衣服来。许宣着得不长不短，一似像体裁的，戴一顶黑漆头巾，脑后一双白玉环，穿一领青罗道袍，脚着一双皂靴，手中拿一把细巧百摺描金美人珊瑚坠上样春罗扇，打扮得上下齐整。那娘子分付一声，如莺声巧啭道："丈夫早早回来，切勿教奴记挂！"许宣叫了铁头相伴，径到承天寺来看佛会。人人喝采，好个官人。

⑳ 浴佛：旧时习俗，阴历四月初八为释迦牟尼生日，寺庙都以名香浸水，灌洗佛像，叫做浴佛。

只听得有人说道："昨夜周将仕典当库内，不见了四五千贯金珠细软物件。见今开单告官，挨查，没捉人处。"许宣听得，不解其意，自同铁头在寺。其日烧香官人子弟男女人等往往来来，十分热闹。许宣道："娘子教我早回，去罢。"转身人丛中，不见了铁头，独自个走出寺门来。只见五六个人似公人打扮，腰里挂着牌儿[21]。数中一个看了许宣，对众人道："此人身上穿的，手中拿的，好似那话儿。"数中一个认得许宣的道："小乙官，扇子借我一看。"许宣不知是计，将扇递与公人。那公人道："你们看这扇子扇坠，与单上开的一般！"从人喝声："拿了！"就把许宣一索子绑了，好似：

数只皂雕追紫燕，一群饿虎啖羊羔。

许宣道："众人休要错了，我是无罪之人。"众公人道："是不是，且去府前周将仕家分解！他店中失去五千贯金珠细软、白玉绦环、细巧百摺扇、珊瑚坠子，你还说无罪？真赃正贼，有何分说！实是大胆汉子，把我们公人作等闲看成。见今头上、身上、脚上，都是他家物件，公然出外，全无忌惮！"许宣方才呆了，半晌不则声。许宣道："原来如此。不妨，不妨，自有人偷得。"众人道："你自去苏州府厅上分说。"

㉑牌儿：即腰牌，系在腰间作为证明身份的凭证，等于现在的符号徽章，或出入证之类的东西。

次日大尹升厅，押过许宣见了。大尹审问："盗了周将仕库内金珠宝物在于何处？从实供来，免受刑法拷打。"许宣道："禀上相公做主，小人穿的衣服物件皆是妻子白娘子的，不知从何而来，望相公明镜详辨则个！"大尹喝道："你妻子今在何处？"许宣道："见在吉利桥下王主人楼上。"大尹即差缉捕使臣袁子明押了许宣火速捉来。

差人袁子明来到王主人店中，主人吃了一惊，连忙问道："做甚么？"许宣道："白娘子在楼上么？"主人道："你同铁头早去承天寺里，去不多时，白娘子对我说道：'丈夫去寺中闲耍，教我同青青照管楼上。此时不见回来，我与青青去寺前寻他去也，望乞主人替我照管。'出门去了，到晚不见回来。我只道与你去望亲戚，到今日不见回来。"众公人要王主人寻白娘子，前前后后遍寻不见。袁子明将王主人捉了，见大尹回话。大尹道："白娘子在何处？"王主人细细禀覆了，道："白娘子是妖怪。"大尹一一问了，道："且把许宣监了！"王主人使用了些钱，保出在外，伺候归结。

且说周将仕正在对门茶坊内闲坐，只见家人报道：“金珠等物都有了，在库阁头空箱子内。”周将仕听，慌忙回家看时，果然有了，只不见了头巾、绦环、扇子并扇坠。周将仕道：“明是屈了许宣，平白地害了一个人，不好。”暗地里到与该房说了，把许宣只问个小罪名。

却说邵太尉使李募事到苏州干事，来王主人家歇。主人家把许宣来到这里，又吃官事，一一从头说了一遍。李募事寻思道：“看自家面上亲眷，如何看做落[22]？”只得与他央人情，上下使钱。一日，大尹把许宣一一供招明白，都做在白娘子身上，只做“不合不出首妖怪等事”，杖一百，配三百六十里，押发镇江府牢城营做工。李募事道：“镇江去便不妨，我有一个结拜的叔叔，姓李名克用，在针子桥下开生药店。我写一封书，你可去投托他。”许宣只得问姐夫借了些盘缠，拜谢了王主人并姐夫，就买酒饭与两个公人吃，收拾行李起程。王主人并姐夫送了一程，各自回去了。

㉒看做落：冷眼旁观的意思。

且说许宣在路，饥餐渴饮，夜住晓行，不则一日，来到镇江。先寻李克用家，来到针子桥生药铺内。只见主管正在门前卖生药，老将仕从里面走出来，两个公人同许宣慌忙唱个喏道：“小人是杭州李募事家中人，有书在此。”主管接了，递与老将仕。老将仕拆开看了，道：“你便是许宣？”许宣道：“小人便是。”李克用教三人吃了饭，分付当直的同到府中，下了公文，使用了钱，保领回家，防送人讨了回文，自归苏州去了。

许宣与当直一同到家中，拜谢了克用，参见了老安人。克用见李募事书，说道：“许宣原是生药店中主管。”因此留他在店中做买卖，夜间教他去五条巷卖豆腐的王公楼上歇。克用见许宣药店中十分精细，心中欢喜。原来药铺中有两个主管，一个张主管，一个赵主管。赵主管一生老实本分。张主管一生克剥奸诈，倚着自老了，欺侮后辈。见又添了许宣，心中不悦，恐怕退了他，反生奸计，要嫉妒他。

忽一日，李克用来店中闲看，问："新来的做买卖如何？"张主管听了心中道："中我机谋了！"应道："好便好了，只有一件……"克用道："有甚么一件？"老张道："他大主买卖肯做，小主儿就打发去了，因此人说他不好。我几次劝他，不肯依我。"老员外说："这个容易，我自分付他便了，不怕他不依。"赵主管在傍听得此言，私对张主管说道："我们都要和气。许宣新来，我和你照管他才是。有不是宁可当面讲，如何背后去说他？他得知了，只道我们嫉妒。"老张道："你们后生家，晓得甚么！"天已晚了，各回下处。

赵主管来许宣下处道："张主管在员外面前嫉妒你，你如今要愈加用心，大主小主儿买卖，一般样做。"许宣道："多承指教。我和你去闲酌一杯。"二人同到店中，左右坐下。酒保将要饭果碟摆下，二人吃了几杯。赵主管说："老员外最性直，受不得触。你便依随他生性，耐心做买卖。"许宣道："多谢老兄厚爱，谢之不尽！"

又饮了两杯，天色晚了。赵主管道："晚了路黑难行，改日再会。"许宣还了酒钱，各自散了。

许宣觉道有杯酒醉了，恐怕冲撞了人，从屋檐下回去。正走之间，只见一家楼上推开窗，将熨斗播灰下来，都倾在许宣头上。立住脚，便骂道："谁家泼男女，不生眼睛，好没道理！"只见一个妇人，慌忙走下来，道："官人休要骂，是奴家不是，一时失误了，休怪！"许宣半醉，抬头一看，两眼相观，正是白娘子。许宣怒从心上起，恶向胆边生，无明火焰腾腾高起三千丈，掩纳不住，便骂道："你这贼贱妖精，连累得我好苦！吃了两场官事！"恨小非君子，无毒不丈夫。正是：

踏破铁鞋无觅处，得来全不费工夫。

许宣道："你如今又到这里，却不是妖怪？"赶将入去，把白娘子一把拿住，道："你要官休私休!?"白娘子陪着笑面，道："丈夫，'一夜夫妻百夜恩'，和你说来事长。你听我说，当初这衣服都是我先夫留下的。我与你恩爱深重，教你穿在身上，恩将仇报，反成吴越?"许宣道："那日我回来寻你，如何不见了？主人都说你同青青来寺前看我，因何又在此间?"白娘子道："我到寺前，听得说你被捉了去，教青青打听不着，只道你脱身走了。怕来捉我，教青青连忙讨了一只船，到建康府娘舅家去，昨日才到这里。我也道连累你两场官事，也有何面目见你！你怪我也无用了，情意相投，做了夫妻，如今好端端难道走开了?我与你情似泰山，恩同东海，誓同生死，可看日常夫妻之面，取我到下处，和你百年谐老，却不是好！"许宣被白娘子一骗，回嗔作喜，沉吟了半晌，被色迷了心胆，留连之意，不回下处，就在白娘子楼上歇了。

次日，来上河五条巷王公楼家，对王公说："我的妻子同丫鬟从苏州来到这里。"一一说了，道："我如今搬回来一处过活。"王公道："此乃好事，如何用说。"当日把白娘子同青青搬来王公楼上。次日，点茶请邻舍。第三日，邻舍又与许宣接风，酒筵散了，邻舍各自回去，不在话下。第四日，许宣早起梳洗已罢，对白娘子说："我去拜谢东西邻舍，去做买卖去也。你同青青只在楼上照管，切勿出门!”分付已了，自到店中做买卖，早去晚回。

不觉光阴迅速，日月如梭，又过一月。

忽一日，许宣与白娘子商量，去见主人李员外妈妈家眷。白娘子道：“你在他家做主管，去参见了他，也好日常走动。”到次日，雇了轿子，径进里面请白娘子上了轿，叫王公挑了盒儿，丫鬟青青跟随，一齐来到李员外家。下了轿子。进到里面，请员外出来。李克用连忙来见，白娘子深深道个万福，拜了两拜，妈妈也拜了两拜，内眷都参见了。原来李克用年纪虽然高大，却专一好色，见了白娘子有倾国之姿，正是：

三魂不附体，七魄在他身。

那员外目不转睛看白娘子。当时安排酒饭管待，妈妈对员外道：“好个伶俐的娘子！十分容貌，温柔和气，本分老成。”员外道：“便是杭州娘子生得俊俏。”酒饮罢了，白娘子相谢自回。李克用心中思想：“如何得这妇人共宿一宵?”眉头一簇，计上心来，道：“六月十三是我寿诞之日，不要慌，教这妇人着我一个道儿。”

不觉乌飞兔走，才过端午，又是六月初间。那员外道：“妈妈，十三日是我寿诞，可做一个筵席，请亲眷朋友闲耍一日，也是一生的快乐。”当日亲眷邻友主管人等，都下了请帖。次日，家家户户都送烛面手帕物件来。十三日都来赴筵，吃了一日。次日是女眷们来贺寿，也有廿来个。且说白娘子也来，十分打扮，上着青织金衫儿，下穿大红纱裙，戴一头百巧珠翠金银首饰。带了青青，都到里面拜了生日，参见了老安人。东阁下排着筵席。原来李克用吃虱子留后腿的人[23]，因见白娘子容貌，设此一计，大排筵席。各各传杯弄盏，酒至半酣，却起身脱衣净手。李员外原来预先分付腹心养娘道：“若是白娘子登东，他要进去，你可另引他到后面僻净房内去。”李员外设计已定，先自躲在后面。正是：

不劳钻穴逾墙事，稳做偷香窃玉人。

只见白娘子真个要去净手，养娘便引他到后面一间僻净房内去，养娘自回。那员外心中淫乱，捉身不住，不敢便走进去，却在门缝里张。不张万事皆休，则一张那员外大吃一惊，回身便走，来到后边，望后倒了。

不知一命如何，先觉四肢不举！

那员外眼中不见如花似玉体态，只见房中蟠着一条吊桶来粗大白蛇，两眼一似灯盏，放出金光来。惊得半死，回身便走，一绊一跤。众养娘扶起看时，面青口白。主管慌忙用安魂定魄丹服了，方才醒来。老安人与众人都来看了，道："你为何大惊小怪做甚么？"李员外不说其事，说道："我今日起得早了，连日又辛苦了些，头风病发，晕倒了。"扶去房里睡了。众亲眷主席，饮了几杯，酒筵散罢，众人作谢回家。

㉓吃虱子留后腿：形容人小气、吝啬。

白娘子回到家中思想，恐怕明日李员外在铺中对许宣说出本相来。便生一条计，一头脱衣服，一头叹气。许宣道："今日出去吃酒，因何回来叹气？"白娘子道："丈夫，说不得！李员外原来假做生日，其心不善。因见我起身登东，他躲在里面，欲要奸骗我，扯裙扯裤，来调戏我。欲待叫起来，众人都在那里，怕妆幌子。被我一推倒地，他怕羞没意思，假说晕倒了。这惶恐那里出气！"许宣道："既不曾奸骗你，他是我主人家，出于无奈，只得忍了这遭，休去便了。"白娘子道："你不与我做主，还要做人？"许宣道："先前多承姐夫写书教我投奔他家，亏他不阻，收留在家做主管，如今教我怎的好？"白娘子道："男子汉，我被他这般欺负，你还去他家做主管？"许宣道："你教我何处去安身？做何生理？"白娘子道："做人家主管也是下贱之事，不如自开一个生药铺。"许宣道："亏你说，只是那讨本钱？"白娘子道："你放心，这个容易。我明日把些银子，你先去赁了间房子，却又说话。"

且说"今是古，古是今"，各处有这等出热的[24]。间壁有一个人，

姓蒋名和，一生出热好事。次日，许宣问白娘子讨了些银子，教蒋和去镇江渡口马头上，赁了一间房子，买下一付生药厨柜，陆续收买生药。十月前后，俱已完备，选日开张药店，不去做主管。那李员外也自知惶恐，不去叫他。

㉔出热：热心肠、热心出力。

许宣自开店来，不匡买卖一日兴一日，普得厚利。正在门前卖生药，只见一个和尚将着一个募缘簿子，道："小僧是金山寺和尚，如今七月初七日是英烈龙王生日，伏望官人到寺烧香，布施些香钱。"许宣道："不必写名，我有一块好降香，舍与你拿去烧罢。"即便开柜取出，递与和尚。和尚接了，道："是日望官人来烧香！"打一个问讯去了。白娘子看见道："你这杀才，把这一块好香与那贼秃去换酒肉吃！"许宣道："我一片诚心舍与他，花费了也是他的罪过。"

不觉又是七月初七日，许宣正开得店，只见街上闹热，人来人往。帮闲的蒋和道："小乙官，前日布施了香，今日何不去寺内闲走一遭？"许宣道："我收拾了，略待略待，和你同去。"蒋和道："小人当得相伴。"许宣连忙收拾了，进去对白娘子道："我去金山寺烧香，你可照管家里则个。"白娘子道："'无事不登三宝殿'，去做甚么？"许宣道："一者不曾认得金山寺，要去看一看；二者前日布施了，要去烧香。"白娘子道："你既要去，我也挡你不得，只要依我三件事。"许宣道："那三件？"白娘子道："一件，不要去方丈内去；二件，不要与和尚说话；三件，去了就回。来得迟，我便来寻你也。"许宣道："这个何妨，都依得。"当时换了新鲜衣服鞋袜，袖了香盒，同蒋和径到江边，搭了船，投金山寺来。先到龙王堂烧了香，绕寺闲走了一遍，同众人信步来到方丈门前。许宣猛省道："妻子分付我休要进方丈内去。"立住了脚，不进去。蒋和道："不妨事。他自在家中，回去只说不曾去便了。"说罢，走入去看了一回，便出来。

且说方丈当中座上，坐着一个有德行的和尚，眉清目秀，圆顶方袍，看了模样，的是真僧。一见许宣走过，便叫侍者："快叫那后生进来。"侍者看了一回，人千人万，乱滚滚的，又不记得他，回说："不知他走那边去了？"和尚见说，持了禅杖，自出方丈来，前后寻不见。复身出寺来看，只见众人都在那里等风浪静了落船。那风浪越大了，道："去不得。"正看之间，只见江心里一只船，飞也似来得快。

许宣对蒋和道："这般大风浪过不得渡，那只船如何到来得快！"正说之间，船已将近。看时，一个穿白的妇人，一个穿青的女子来到岸边。仔细一认，正是白娘子和青青两个。许宣这一惊非小。白娘子来到岸边，叫道："你如何不归？快来上船！"许宣却欲上船，只听得有人在背后喝道："业畜在此做甚么？"许宣回头看时，人说道："法海禅师来了！"禅师道："业畜，敢再来无礼，残害生灵！老僧为你特来。"白娘子见了和尚，摇开船，和青青把船一翻，两个都翻下水底去了。许宣回身看着和尚便拜："告尊师，救弟子一条草命！"禅师道："你如何遇着这妇人？"许宣把前项事情从头说了一遍。禅师听罢，道："这妇人正是妖怪，汝可速回杭州去。如再来缠汝，可到湖南净慈寺里来寻我。有诗四句：

本是妖精变妇人，西湖岸上卖娇声。

汝因不识遭他计，有难湖南见老僧。

许宣拜谢了法海禅师，同蒋和下了渡船，过了江，上岸归家。白娘子同青青都不见了，方才信是妖精。到晚来，教蒋和相伴过夜。心中昏闷，一夜不睡。次日早起，叫蒋和看着家里，却来到针子桥李克用家，把前项事情告诉了一遍。李克用道："我生日之时，他登东，我撞将去，不期见了这妖怪，惊得我死去；我又不敢与你说这话。既然如此，你且搬来我这里住着，别作道理。"许宣作谢了李员外，依旧搬到他家。不觉住过两月有馀。

忽一日，立在门前，只见地方总甲分付排门人等[25]，俱要香花灯烛，迎接朝廷恩赦。原来是宋高宗策立孝宗，降赦通行天下，只除人命大事，其馀小事，尽行赦放回家。许宣遇赦，欢喜不胜，吟诗一首，诗云：

感谢吾皇降赦文，网开三面许更新。

死时不作他邦鬼，生日还为旧土人。

不幸逢妖愁更甚，何期遇宥罪除根。

归家满把香焚起，拜谢乾坤再造恩。

许宣吟诗已毕，央李员外衙门上下打点使用了钱，见了大尹，给引还乡[26]。拜谢东邻西舍，李员外妈妈合家大小，二位主管，俱拜别了。央帮闲的蒋和买了些土物带回杭州。

㉕总甲：宋制，居户每二三十家为一甲，轮流推出一个甲头负责地方上的事务。排门人等：挨家挨户的人们。

㉖引：路引，通行证。

来到家中，见了姐夫姐姐，拜了四拜。李募事见了许宣，焦躁道："你好生欺负人，我两遭写书教你投托人，你在李员外家娶了老小，不直得寄封书来教我知道，直恁的无仁无义！"许宣说："我不曾娶妻小。"姐夫道："见今两日前，有一个妇人，带着一个丫鬟，道是你的妻子。说你七月初七日去金山寺烧香，不见回来。那里不寻到？直到如今，打听得你回杭州，同丫鬟先到这里，等你两日了。"教人叫出那妇人和丫鬟，见了许宣。许宣看见，果是白娘子、青青。许宣见了，目睁口呆，吃了一惊。不在姐夫姐姐面前说这话本[27]，只得任他埋怨了一场。

㉗话本：指自己所经历的事情的始末缘由。

李募事教许宣共白娘子去一间房内去安身。许宣见晚了，怕这白娘子，心中慌了，不敢向前，朝着娘子跪在地下，道："不知你是何神何鬼，可饶我的性命!"白娘子道："小乙哥，是何道理？我和你许多时夫妻，又不曾亏负你，如何说这等没力气的话。"许宣道："自从和你相识之后，带累我吃了两场官司。我到镇江府，你又来寻我。前日金山寺烧香，归得迟了，你和青青又直赶来。见了禅师，便跳下江里去了。我只道你死了，不想你又先到此。望乞可怜见，饶我则个!"白娘子圆睁怪眼，道："小乙官，我也只是为好，谁想到成怨本！我与你平生夫妇，共枕同衾，许多恩爱，如今却信别人闲言语，教我夫妻不睦。我如今实对你说，若听我言语，喜喜欢欢，万事皆休；若生外心，教你满城皆为血水，人人手攀洪浪，脚踏浑波，皆死于非命。"惊得许宣战战兢兢，半晌无言可答，不敢走近前去。青青劝道："官人，娘子爱你杭州人生得好，又喜你恩情深重。听我说，与娘子和睦了，休要疑虑。"许宣吃两个缠不过，叫道："却是苦耶!"只见姐姐在天井里乘凉，听得叫苦，连忙来到房前，只道他两个儿厮闹，拖了许宣出来。白娘子关上房门自睡。

许宣把前因后事，一一对姐姐了告诉了一遍。却好姐夫乘凉归房，姐姐道："他两口儿厮闹了，如今不知睡了也未，你且去张一张了来。"李募事走到房前看时，里头黑了，半亮不亮。将舌头咶破纸窗，不张万事皆休，一张时，见一条吊桶来大的蟒蛇，睡在床上，伸头在天窗内乘凉，鳞甲内放出白光来，照得房内如同白日。吃了一惊，回身便走。来到房中，不说其事。道："睡了，不见则声。"许宣躲在姐姐房中，不敢出头，姐夫也不问他。过了一夜。

次日，李募事叫许宣出去，到僻静处问道："你妻子从何娶来？实实的对我说，不要瞒我。自昨夜亲眼看见他是一条大白蛇，我怕你姐姐害怕，不说出来。"许宣把从头事，一一对姐夫说了一遍。李募事道："既是这等，白马庙前一个呼蛇戴先生，如法捉得蛇，我同你去接他。"二人取路来到白马庙前，只见戴先生正立在门口。二人道："先生拜

揖。”先生道：“有何见谕?”许宣道：“家中有一条大蟒蛇，相烦一捉则个!”先生道：“宅上何处?”许宣道：“过军将桥黑珠儿巷内李募事家便是。”取出一两银子道：“先生收了银子，待捉得蛇，另又相谢。”先生收了道：“二位先回，小子便来。”李募事与许宣自回。

那先生装了一瓶雄黄药水，一直来到黑珠儿巷内，问李募事家。人指道：“前面那楼子内便是。”先生来到门前，揭起帘子，咳嗽一声，并无一个人出来。敲了半晌门，只见一个小娘子出来问道：“寻谁家?”先生道：“此是李募事家么?”小娘子道：“便是。”先生道：“说宅上有一条大蛇，却才二位官人来请小子捉蛇。”小娘子道：“我家那有大蛇？你差了。”先生道：“官人先与我一两银子，说捉了蛇后有重谢。”白娘子道：“没有，休信他们哄你。”先生道：“如何作耍?”白娘子三回五次发落不去，焦躁起来，道：“你真个会捉蛇？只怕你捉他不得!”戴先生道：“我祖宗七八代呼蛇捉蛇，量道一条蛇有何难捉!”

娘子道：“你说捉得，只怕你见了要走!”先生道：“不走，不走!如走，罚一锭白银。”娘子道：“随我来。”到天井内，那娘子转个弯，走进去了。那先生手中提着瓶儿，立在空地上。不多时，只见刮起一阵冷风，风过处，只见一条吊桶来大的蟒蛇，速射将来，正是：

人无害虎心，虎有伤人意。

且说那戴先生吃了一惊，望后便倒，雄黄罐儿也打破了。那条大蛇张开血红大口，露出雪白齿，来咬先生。先生慌忙爬起来，只恨爹娘少生两脚，一口气跑过桥来，正撞着李募事与许宣。许宣道：“如何?”那先生道：“好教二位得知……”把前项事从头说了一遍。取出那一两银子，付还李募事道：“若不生这双脚，连性命都没了。二位自去照顾别人。”急急的去了。

许宣道：“姐夫，如今怎么处?”李募事道：“眼见实是妖怪了。如今赤山埠前张成家欠我一千贯钱。你去那里静处，讨一间房儿住下。那怪物不见了你，自然去了。”许宣无计可奈，只得应承。同姐夫到家时，静悄悄的没些动静。李募事写了书帖，和票子做一封，教许宣往赤山埠去。只见白娘子叫许宣到房中道：“你好大胆，又叫甚么捉蛇的来！你若和我好意，佛眼相看；若不好时，带累一城百姓受苦，都死于非命!”许宣听得，心寒胆战，不敢则声。将了票子，闷闷不已，来到赤山埠前，寻着了张成。随即袖中取票时，不见了，只叫得苦，慌忙转步，一路寻回来时，那里见!

正闷之间，来到净慈寺前，忽地里想起那金山寺长老法海禅师曾分付来：“倘若那妖怪再来杭州缠你，可来净慈寺内来寻我。”如今不寻，更待何时？急入寺中，问监寺道[28]：“动问和尚，法海禅师曾来刹也未?”那和尚道：“不曾到来。”许宣听得说不在，越闷，折身便回来长桥堍下[29]，自言自语道：“‘时衰鬼弄人’，我要性命何用?”看着一湖清水，却待要跳，正是：

阎王判你三更到，定不容人到四更。

㉘监寺：寺庙中主持事务的僧人，地位仅次于方丈。

㉙堍（tù）：桥两头靠近平地的地方。

许宣正欲跳水，只听得背后有人叫道："男子汉何故轻生？死了一万口，只当五千双，有事何不问我！"许宣回头看时，正是法海禅师，背驮衣钵，手提禅杖，原来真个才到。也是不该命尽，再迟一碗饭时，性命也休了。许宣见了禅师，纳头便拜，道："救弟子一命则个！"禅师道："这业畜在何处？"许宣把上项事一一诉了，道："如今又直到这里，求尊师救度一命。"禅师于袖中取出一个钵盂，递与许宣道："你若到家，不可教妇人得知，悄悄地将此物劈头一罩。切勿手轻，紧紧的按住，不可心慌。你便回去。"

且说许宣拜谢了禅师，回家。只见白娘子正坐在那里，口内喃喃的骂道："不知甚人挑拨我丈夫和我做冤家，打听出来，和他理会！"正是有心等了没心的，许宣张得他眼慢，背后悄悄的，望白娘子头上一罩，用尽平生气力纳住，不见了女子之形，随着钵盂慢慢的按下，不敢手松，紧紧的按住。只听得钵盂内道："和你数载夫妻，好没一些儿人情！略放一放！"

许宣正没了结处，报道："有一个和尚，说道：'要收妖怪。'"许宣听得，连忙教李募事请禅师进来。来到里面，许宣道："救弟子则个！"不知禅师口里念的甚么，念毕，轻轻的揭起钵盂，只见白娘子缩做七八寸长，如傀儡人像，双眸紧闭，做一堆儿，伏在地下。禅师喝道："是何业畜妖怪，怎敢缠人？可说备细！"白娘子答道："禅师，我是一条大蟒蛇。因为风雨大作，来到西湖上安身，同青青一处。不想遇着许宣，春心荡漾，按纳不住，一时冒犯天条，却不曾杀生害命，望禅师慈悲则个！"禅师又问："青青是何怪？"白娘子道："青青是西湖内第三桥下潭内千年成气的青鱼。一时遇着，拖他为伴。他不曾得一日欢娱，并望禅师怜悯!”禅师道：“念你千年修炼，免你一死，可现本相!”白娘子不肯。禅师勃然大怒，口中念念有词，大喝道：“揭谛何在[30]？快与我擒青鱼怪来，和白蛇现形，听吾发落!”须臾庭前起一阵狂风。风过处，只闻得豁刺一声响，半空中坠下一个青鱼，有一丈多长，向地拨刺的连跳几跳，缩做尺馀长一个小青鱼。看那白娘子时，也复了原形，变了三尺长一条白蛇，兀自昂头看着许宣。禅师将二物置于钵盂之内，扯下褊衫一幅[31]，

封了钵盂口。拿到雷峰寺前，将钵盂放在地下，令人搬砖运石，砌成一塔。后来许宣化缘，砌成了七层宝塔，千年万载，白蛇和青鱼不能出世。

㉚揭谛：佛教所说的护法神之一。

㉛褊（biǎn）衫：佛教中的服装，斜披在肩上，袒露出右臂，这里指的是袈裟。

且说禅师押镇了，留偈四句：

西湖水干，江潮不起，

雷峰塔倒，白蛇出世。

法海禅师言偈毕[32]，又题诗八句，以劝后人：

奉劝世人休爱色，爱色之人被色迷。

心正自然邪不扰，身端怎有恶来欺。

但看许宣因爱色，带累官司惹是非。

不是老僧来救护，白蛇吞了不留些。

㉜偈（jì）：梵语“颂”，即佛教中的唱词，通常以四句为一偈。

法海禅师吟罢，各人自散。惟有许宣情愿出家，礼拜禅师为师，就雷峰塔披剃为僧。修行数年，一夕坐化去了。众僧买龛烧化，造一座骨塔，千年不朽。临去世时，亦有诗八句，留以警世，诗曰：

祖师度我出红尘，铁树开花始见春。

化化轮回重化化，生生转变再生生。

欲知有色还无色，须识无形却有形。

色即是空空即色，空空色色要分明。

十五　宿香亭张浩遇莺莺

【精要简介】

本篇讲述的是官宦之女李莺莺与富家公子张浩之间动人的爱情故事，表现了女主人公对爱情和婚姻的大胆追求。

【原文鉴赏】

闲向书斋阅古今，生非草木岂无情。

佳人才子多奇遇，难比张生遇李莺。

话说西洛有一才子[①]，姓张名浩，字巨源，自儿曹时清秀异众。既长，才擒蜀锦，貌莹寒冰，容止可观，言词简当。承祖父之遗业，家藏镪数万[②]，以财豪称于乡里。贵族中有慕其门第者，欲结婚姻；虽媒妁日至，浩正色拒之。人谓浩曰："君今冠矣。男子二十而冠，何不求名家令德女子配君？其理安在？"浩曰："大凡百岁姻缘，必要十分美满。某虽非才子，实慕佳人。不遇出世娇姿，宁可终身鳏处。且俟功名到手之日，此愿或可遂耳。"缘此至弱冠之年，犹未纳室。浩性喜厚自奉养，所居连檐重阁，洞户相通，华丽雄壮，与王侯之家相等。浩犹以为隘窄，又于所居之北创置一园，中有：

风亭月榭，杏坞桃溪。云楼上倚晴空，水阁下临清沘[③]。横塘曲岸，露偃月虹桥[④]；

朱槛雕栏，叠生云怪石。烂熳奇花艳蕊，深沉竹洞花房。飞异域佳禽，植上林珍果。绿荷密锁寻芳路，翠柳低笼斗草场。

浩暇日多与亲朋宴息其间。西都风俗，每至春时，园圃无大小，皆修莳花木，洒扫亭轩，纵游人玩赏，以此递相夸逞，士庶为常。浩闾巷有名儒廖山甫者，学行俱高，可为师范，与浩情爱至密。浩喜园馆新成，花木茂盛。一日，邀山甫闲步其中，行至宿香亭共坐。时当仲春，桃李正芳，牡丹花放，嫩白妖红，环绕亭砌。浩谓山甫曰："淑景明媚，非诗酒莫称韶光。今日幸无俗事，先饮数杯，然后各赋一诗，咏目前景物。虽园圃消疏，不足以当君之盛作，若得一诗，可以永为壮观。"山甫曰："愿听指挥。"浩喜，即呼小童，具饮器、笔砚于前。

①西洛：宋代，以洛阳为陪都，因在开封西，故称洛阳为西洛。

②镪（qiǎng）：钱串，引申为成串的钱。后多指银子或银锭。

③清泚（cǐ）：清澈的流水。

④偃月：半月形。

酒三行，方欲索题，忽遥见亭下花间，有流莺惊飞而起。山甫曰："莺语堪听，何故惊飞？"浩曰："此无他，料必有游人偷折花耳。邀先生一往观之。"遂下宿香亭，径入花阴，蹑足潜身，寻踪而去。过太湖石畔，芍药栏边，见一垂鬟女子，年方十五，携一小青衣，倚栏而立。但见：

新月笼眉，春桃拂脸。意态幽花未艳，肌肤嫩玉生光。莲步一折，着弓弓扣绣鞋儿；

螺髻双垂，插短短紫金钗子。似向东君夸艳态，倚栏笑对牡丹丛。

浩一见之，神魂飘荡，不能自持。又恐女子惊避，引山甫退立花阴下。端详久之，真出世色也。告山甫曰："尘世无此佳人，想必上方花月之妖！"山甫曰："花月之妖，岂敢昼见？天下不乏美妇人，但无缘者自不遇耳。"浩曰："浩阅人多矣，未尝见此殊丽。使浩得配之，足快平生。兄有何计，使我早遂佳期，则成我之恩，与生我等矣！"山甫曰："以君之门第才学，欲结婚姻，易如反掌，何须如此劳神？"浩曰："君言未当。若不遇其人，宁可终身不娶；今既遇之，即顷刻亦难捱也。媒妁通问，必须岁月，将无已在枯鱼之肆乎！"山甫曰："但患不谐，苟得谐，何患晚也？请询其踪迹，然后图之。”

浩此时情不自禁，遂整巾正衣，向前而揖。女子敛袂答礼。浩启女子曰：“贵族谁家？何因至此？”女子笑曰：“妾乃君家东邻也。今日长幼赴亲族家会，惟妾不行。闻君家牡丹盛开，故与青衣潜启隙户至此。”浩闻此语，乃知李氏之女莺莺也，与浩童稚时曾共扶栏之戏。再告女子曰：“敝园荒芜，不足寓目，幸有小馆，欲备肴酒，尽主人接邻里之欢，如何？”女曰：“妾之此来，本欲见君。若欲开樽，决不敢领。愿无及乱，略诉此情。”浩拱手鞠躬而言曰：“愿闻所谕！”女曰：“妾自幼年慕君清德，缘家有严亲，礼法所拘，无因与君聚会。今君犹未娶，妾亦垂髫[5]，若不以丑陋见疏，为通媒妁，使妾异日奉箕帚之末[6]，立祭祀之列，奉侍翁姑，和睦亲族，成两姓之好，无七出之玷，此妾之素心也。不知君心还肯从否？”

⑤垂髫：指儿童或童年。这里指“长成”。

⑥奉箕帚：操持家务，借指妻子。

浩闻此言，喜出望外，告女曰：“若得与丽人偕老，平生之乐事足矣！但未知缘分何如耳？”女曰：“两心既坚，缘分自定。君果见许，愿求一物为定，使妾藏之异时，表今日相见之情。”浩仓卒中无物表意，遂取系腰紫罗绣带，谓女曰：“取此以待定议。”女亦取拥项香罗，谓浩曰：“请君作诗一篇，亲笔题于罗上，庶几他时可以取信。”浩心转喜，呼童取笔砚，指栏中未开牡丹为题，赋诗一绝于香罗之上，诗曰：

沉香亭畔露凝枝，敛艳含娇未放时。

自是名花待名手，风流学士独题诗。

女见诗大喜，取香罗在手，谓浩曰：“君诗句清妙，中有深意，真才干也。此事切宜缄口，勿使人知。无忘今日之言，必遂他时之乐。父母恐回，妾且归去。”道罢，莲步却转，与青衣缓缓而去。

浩时酒兴方浓，春心淫荡，不能自遏，自言：“‘下坡不赶，次后难逢。’争忍弃人归去？杂花影下，细草如茵，略效鸳鸯，死亦无恨！”遂奋步赶上，双手抱持。女子顾恋恩情，不忍移步绝裾而去，正欲启口致辞，含羞告免。忽自后有人言曰：“相见已非正礼，此事决然不可！若能用我一言，可以永谐百岁。”浩舍女回视，乃山甫也。女子已去。山甫曰；“但凡读书，盖欲知礼别嫌。今君诵孔圣之书，何故习小人之态？若使女子去迟，父母先回，必询究其所往，则女祸延及于君。岂可恋一时之乐，损终身之德？请君三思，恐成后悔！”浩不得已，怏怏复回宿香亭上，与山甫尽醉散去。

自此之后，浩但当歌不语，对酒无欢，月下长吁，花前偷泪。俄而绿暗红稀，春光将暮。浩一日独步闲斋，反覆思念。一段离愁，方恨无人可诉，忽有老尼惠寂自外而来，乃浩家香火院之尼也⑦。浩礼毕，问曰：“吾师何来？”寂曰：“专来传达书信。”浩问：“何人致意于我？”

寂移坐促席请浩曰："君东邻李家女子莺莺，再三申意。"浩大惊，告寂曰："宁有是事？吾师勿言！"寂曰："此事何必自隐？听寂拜闻：李氏为寂门徒二十馀年，其家长幼相信。今日因往李氏诵经，知其女莺莺染病，寂遂劝令勤服汤药。莺屏去侍妾，私告寂曰：'此病岂药所能愈耶？'寂再三询其仔细，莺遂说及园中与君相见之事，又出罗巾上诗，向寂言：'此即君所作也。'令我致意于君，幸勿相忘，以图后会。盖莺与寂所言也，君何用隐讳耶？"浩曰："事实有之，非敢自隐。但虑传扬遐迩，取笑里闾。今日吾师既知，使浩如何而可？"寂曰："早来既知此事，遂与莺父母说及莺亲事，答云：'女儿尚幼，未能干家。'观其意在二三年后，方始议亲。更看君缘分如何？"言罢，起身谓浩曰："小庵事冗，不及款话，如日后欲寄音信，但请垂谕！"遂相别去。自此香闺密意，书幌幽怀，皆托寂私传。

⑦香火院：私人建造庙宇，供奉香火，替自己求神佛保佑。

光阴迅速，倏忽之间，已经一载。节过清明，桃李飘零，牡丹半折。浩倚栏凝视，睹物思人，情绪转添。久之，自思去岁此时，相逢花畔，今岁花又重开，玉人难见。沉吟半晌，不若折花数枝，托惠寂寄莺莺同赏。遂召寂至，告曰："今折得花数枝，烦吾师持往李氏，但云吾师所献。若见莺莺，作浩起居：去岁花开时，相见于西栏畔；今花又开，人犹间阻。相忆之心，言不可尽！愿似叶如花，年年长得相见。"寂曰："此事易为，君可少待。"遂持花去。

逾时复来，浩迎问："如何？"寂于袖中取彩笺小柬，告浩曰："莺莺寄君，切勿外启！"寂乃辞去。浩启封视之，曰："妾莺莺拜启：相别经年，无日不怀思忆。前令乳母以亲事白于父母，坚意不可。事须后图，不可仓卒。愿君无忘妾，妾必不负君！姻若不成，誓不他适。其他心事，询寂可知。昨夜宴花前，众皆欢笑，独妾悲伤。偶成小词，略诉心事，君读之，可以见妾之意。读毕毁之，切勿外泄！

词曰：

红疏绿密时暄，还是困人天。相思极处，凝情月下，洒泪花前。

誓约已知俱有愿，奈目前两处悬悬。鸾凰未偶，清宵最苦，月甚先圆？

浩览毕，敛眉长叹，曰："好事多磨，信非虚也！"展放案上，反覆把玩，不忍释手。感刻寸心，泪下如雨。又恐家人见疑，询其所因，遂伏案掩面，偷声潜泣。

良久，举首起视，见日影下窗，瞑色已至。浩思适来书中言："心事讯寂可知"，今抱愁独坐，不若询访惠寂，究其仔细，庶几少解情怀。遂徐步出门，路过李氏之家，时夜色已阑，门户皆闭。浩至此，想象莺莺，心怀爱慕，步不能移，指李氏之门曰："非插翅步云，安能入此？"方徘徊未进，忽见旁有隙户半开，左右寂无一人。浩大喜曰："天赐此便，成我佳期！远托惠寂，不如潜入其中，探问莺莺消息。"浩为情爱所重，不顾礼法，蹑足而入。既到中堂，匿身回廊之下，左右顾盼，见：

闲庭悄悄，深院沉沉。静中闻风响丁当，暗里见流萤聚散。更筹渐急，窗中风弄残灯；夜色已阑，阶下月移花影。香闺想在屏山后，远似巫阳千万重。

浩至此，茫然不知所往。独立久之，心中顿省。自思设若败露，为之奈何？不惟身受苦楚，抑且玷辱祖宗，此事当款曲图之[8]。不期隙户已闭，返转回廊，方欲寻路复归，忽闻室中有低低而唱者。浩思深院净夜，何人独歌？遂隐住侧身，静听所唱之词，乃《行香子》词：

雨后风微，绿暗红稀燕巢成，蝶绕残枝。杨花点点，永日迟迟。动离怀，牵别恨，鹧鸪啼。

辜负佳期，虚度芳时，为甚褪尽罗衣？宿香亭下，红芍栏西。当时情，今日恨，有谁知！

但觉如雏莺啭翠柳阴中，彩凤鸣碧梧枝上。想是清夜无人，调韵转美。浩审词察意，若非莺莺，谁知宿香亭之约？但得一见其面，死亦无悔。方欲以指击窗，询问仔细，忽有人叱浩曰："良士非媒不聘，女子无故不婚。今女按板于窗中，小子逾墙到厅下，皆非善行，玷辱人伦。执诣有司，永作淫奔之戒。"浩大惊退步，失脚堕于砌下。久之方醒，开目视之，乃伏案昼寝于书窗之下，时日将晡矣。

⑧款曲：周详。

浩曰："异哉梦也！何显然如是？莫非有相见之期，故先垂吉兆告我？"方心绪扰扰未定，惠寂复来。浩讯其意。寂曰："适来只奉小柬而去，有一事偶忘告君。莺莺传语，他家所居房后，乃君家之东墙也，高无数尺。其家初夏二十日，亲族中有婚姻事，是夕举家皆往，莺托病不行。令君至期，于墙下相待，欲逾墙与君相见，君切记之。"惠寂且去，浩欣喜之心，言不能尽。

屈指数日，已至所约之期。浩遂张帷幄，具饮馔，器用玩好之物，皆列于宿香亭中。日既晚，悉逐僮仆出外，惟留一小鬟。反闭园门，倚梯近墙，屏立以待。未久，夕阳消柳外，暝色暗花间，斗柄指南，夜传初鼓。浩曰："惠寂之言岂非谑我乎？"语犹未绝，粉面新妆，半出短墙之上。浩举目仰视，乃莺莺也。急升梯扶臂而下，携手偕行，至宿香亭上。明烛并坐，细视莺莺，欣喜转盛。告莺曰："不谓丽人果肯来此！"莺曰："妾之此身，异时欲作闺门之事，今日宁肯诳语！"浩曰："肯饮少酒，共庆今宵佳会，可乎？"莺曰："难禁酒力，恐来朝获罪于父母。"浩曰："酒既不饮，略歇如何？"莺笑倚浩怀，娇羞不语。浩遂与解带脱衣，入鸳帏共寝。但见：

宝炬摇红，麝裀吐翠。金缕绣屏深掩，绀纱斗帐低垂。并连鸳枕，如双双比目同波；共展香衾，似对对春蚕作茧。向人尤殢春情事⑨，一搦纤腰怯未禁。

须臾，香汗流酥，相偎微喘，虽楚王梦神女，刘阮入桃源，相得之欢，皆不能比。少顷，莺告浩曰："夜色已阑，妾且归去。"浩亦不敢相留，遂各整衣而起。浩告莺曰："后会未期，切宜保爱！"莺曰："去岁偶然相遇，犹作新诗相赠。今夕得侍枕席，何故无一言见惠⑩？岂非猥贱之躯，不足当君佳句？"浩笑谢莺曰："岂有此理！谨赋一绝：

华胥佳梦徒闻说⑪，解佩江皋浪得声⑫。

一夕东轩多少事，韩生虚负窃香名⑬。

莺得诗，谓浩曰："妾之此身，今已为君所有，幸终始成之。"遂携手下亭，转柳穿花，至墙下，浩扶策莺升梯而去。

⑨尤殢（tì）：尤云殢雨的简称，比喻缠绵于男女的欢爱。

⑩见惠：送给我。

⑪华胥：指梦境。

⑫解佩江皋浪得声：神话传说，江妃二女在江边遇见郑交甫，郑向她们乞求玉佩，二女解了玉佩送给他，发生了恋爱。后用"汉皋解佩"作为男女爱慕的典故。

⑬韩生虚负窃香名：西晋时，大臣贾充的女儿贾午和父亲的僚属韩

寿恋爱，偷了皇帝赐给父亲的异香给韩寿使用。

自此之后，虽音耗时通，而会遇无便。经数日，忽惠寂来告曰："莺莺致意，其父守官河朔，来日挈家登程，愿君莫忘旧好。候回日，当议秦晋之礼[14]！"惠寂辞去。浩神悲意惨，度日如年，抱恨怀愁，俄经二载。

⑭秦晋：春秋时，秦晋两国世代通婚，后因此称两姓联姻为"秦晋之好"。

一日，浩季父召浩，语曰："吾闻不孝以无嗣为大，今汝将及当立之年，犹未纳室，虽未至绝嗣，而内政亦不可缺。此中有孙氏者，累世仕宦，家业富盛，其女年已及笄[15]，幼奉家训，习知妇道。我欲与汝主婚，结亲孙氏。今若失之，后无令族。"浩素畏季父赋性刚暴，不敢抗拒，又不敢明言李氏之事，遂通媒妁，与孙氏议姻。择日将成，而莺莺之父任满方归。浩不能忘旧情，乃遣惠寂密告莺曰："浩非负心，实被季父所逼，复与孙氏结亲。负心违愿，痛彻心髓！"莺谓寂曰："我知其叔父所为，我必能自成其事。"寂曰："善为之！"遂去。

⑮及笄（jī）：古代女子满十五岁结发，用笄贯之，因而称女子满十五岁为及笄。指已到了结婚的年龄。

莺启父母曰："儿有过恶，玷辱家门，愿先启一言，然后请死。"父母惊骇，询问："我儿何自苦如此？"莺曰："妾自幼岁慕西邻张浩才名，曾以此身私许偕老。曾令乳母白父母，欲与浩议姻，当日尊严不蒙允许。今闻浩与孙氏结婚，弃妾此身，将归何地？然女行已失，不可复嫁他人，此愿若违，含笑自绝。"父母惊谓莺曰："我止有一女，所恨未能选择佳婿。若早知，可以商议。今浩既已结婚，为之奈何？"莺曰："父母许以儿归浩，则妾自能措置。"父曰："但愿亲成，一切不问。"莺曰："果如是，容妾诉于官府。"遂取纸作状，更服旧妆，径至河南府讼庭之下。

龙图阁待制陈公方据案治事⑯，见一女子执状向前。公停笔问曰："何事？"莺莺敛身跪告曰："妾诚诳妄，上渎高明，有状上呈。"公令左右取状，展视，云：

告状妾李氏：切闻语云：'女非媒不嫁。'此虽至论，亦有未然，何也？昔文君心喜司马，贾午志慕韩寿，此二女皆有私奔之名，而不受无媒之谤。盖所归得人，青史标其令德，注在篇章。使后人断其所为，免委身于庸俗。妾于前岁慕西邻张浩才名，已私许之偕老。言约已定，誓不变更。今张浩忽背前约，使妾呼天叩地，无所告投。切闻律设大法，礼顺人情。若非判府龙图明断，孤寡终身何恃！为此冒耻渎尊，幸望台慈，特赐予决⑰！谨状。

陈公读毕，谓莺莺曰："汝言私约已定，有何为据？"莺取怀中香罗并花笺上二诗，皆浩笔也。陈公命追浩至公庭，责浩与李氏既已约婚，安可再婚孙氏？浩仓卒但以叔父所逼为辞，实非本心。再讯莺曰："尔意如何？"莺曰："张浩才名，实为佳婿。使妾得之，当克勤妇道。实龙图主盟之大德。"陈公曰："天生才子佳人，不当使之孤另，我今曲与汝等成之。"遂于状尾判云：

花下相逢，已有终身之约；中道而上，竟乖偕老之心。在人情既出至诚，论律文亦有所禁。宜从先约，可断后婚。

判毕，谓浩曰："吾今判合与李氏为婚。"二人大喜，拜谢相公恩德，遂成夫妇，偕老百年。

后生二子，俱擢高科。话名《宿香亭张浩遇莺莺》：

当年崔氏赖张生，今日张生仗李莺。

同是风流千古话，西厢不及宿香亭。

⑯龙图阁待制：北宋阁名，存放皇帝御书、各种典籍、图画、宝瑞等物。有学士、直学士、待制、直阁等官。

⑰予决：许可的判决。

十六　杜十娘怒沉百宝箱

【精要简介】

本篇通过讲述京城名姬杜十娘对爱情和幸福的追求及理想破灭、悲愤自沉的故事，揭露了封建社会制度对女性的侮辱与残害，批判了封建伦理道德的虚伪和冷酷。

【原文鉴赏】

扫荡残胡立帝畿[①]，龙翔凤舞势崔嵬。

左环沧海天一带，右拥太行山万围。

戈戟九边雄绝塞，衣冠万国仰垂衣。

太平人乐华胥世，永永金瓯共日辉[②]。

这首诗，单夸我朝燕京建都之盛。说起燕都的形势，北倚雄关，南压区夏，真乃金城天府，万年不拔之基。当先洪武爷扫荡胡尘[③]，定鼎金陵，是为南京。到永乐爷从北平起兵靖难[④]，迁于燕都，是为北京。只因这一迁，把个苦寒地面变作花锦世界。自永乐爷九传至于万历爷[⑤]，此乃我朝第十一代的天子。这位天子，聪明神武，德福兼全，十岁登基，在位四十八年，削平了三处寇乱。那三处？

日本关白平秀吉[⑥]，西夏哱承恩[⑦]，播州杨应龙[⑧]。

平秀吉侵犯朝鲜，哱承恩、杨应龙是土官谋叛，先后削平。远夷莫不畏服，争来朝贡。真个是：

一人有庆民安乐，四海无虞国太平。

①残胡：指元朝统治者。帝畿（jī）：帝都，这里指北京。

②金瓯：金属制的盆盂，比喻疆土完整，国防巩固。

③洪武爷：即明太祖朱元璋。

④永乐爷：即明成祖朱棣。

⑤万历爷：即明神宗朱翊钧。

⑥关白：日本平安时的官名，相当于宰相的地位，掌握军政实权。

⑦哱（bō）承恩：宁夏副总兵，万历二十年（1592年），其父哱拜杀巡抚党馨等，父子激众叛乱，同年八月被平定。

⑧杨应龙（1551—1600年），四川播州世袭土司，杨氏地方政权的第二十九代统治者，万历二十五年（1597年）反叛，二十八年（1600年）被贵州总兵李化龙平定。

话中单表万历二十年间，日本国关白作乱，侵犯朝鲜。朝鲜国王上表告急，天朝发兵泛海往救。有户部官奏准：目今兵兴之际，粮饷未充，暂开纳粟入监之例。原来纳粟入监的，有几般便宜：好读书，好科举，好中，结末来又有个小小前程结果。以此宦家公子，富室子弟，到不愿做秀才，都去援例做太学生。自开了这例，两京太学生各添至千人之外。内中有一人，姓李名甲，字乾先，浙江绍兴府人氏。父亲李布政所生三儿[9]，惟甲居长，自幼读书在庠，未得登科，援例入于北雍[10]。因在京坐监，与同乡柳遇春监生同游教坊司院内[11]，与一个名姬相遇，那名姬姓杜名媺，排行第十，院中都称为杜十娘，生得：

浑身雅艳，遍体娇香。两弯眉画远山青，一对眼明秋水润。脸如莲萼，分明卓氏文君；唇似樱桃，何减白家樊素。可怜一片无瑕玉，误落风尘花柳中。

那杜十娘自十三岁破瓜[12]，今一十九岁，七年之内，不知历过了多少公子王孙。一个个情迷意荡，破家荡产而不惜。院中传出四句口号来，道是：

坐中若有杜十娘，斗筲之量饮千觞。

院中若识杜老媺，千家粉面都如鬼[13]。

⑨布政：即布政使。明初，沿元制，于各地置行中书省。明洪武九年（1376年）撤销行中书省为程宣布政使各一人，为一省最高行政长官。全国分为十三个承宣布政使司，全国府、州、县分属之，每司设左、右布政使各一人，与按察使同为一省的行政长官。

⑩北雍：明代两京均设有国子监，南京的成为南雍，北京的成为北雍。雍，即辟雍，古代的太学。

⑪教坊司：明代执掌舞乐承应的机关，这里代指妓院。

⑫破瓜：指女子破身。

⑬粉面：本指美女，这里指妓女。

却说李公子风流年少，未逢美色，自遇了杜十娘，喜出望外，把花柳情怀，一担儿挑在他身上。那公子俊俏庞儿，温存性儿，又是撒漫的手儿，帮衬的勤儿，与十娘一双两好，情投意合。十娘因见鸨儿贪财无义，久有从良之志。又见李公子忠厚志诚，甚有心向他。奈李公子惧怕老爷，不敢应承。虽则如此，两下情好愈密，朝欢暮乐，终日相守，如夫妇一般；海誓山盟，向无他志。真个：

恩深似海恩无底，义重如山义更高。

再说杜妈妈女儿被李公子占住，别的富家巨室闻名上门，求一见而不可得。初时李公子撒漫用钱，大差大使，妈妈胁肩谄笑，奉承不暇。日往月来，不觉一年有馀，李公子囊箧渐渐空虚，手不应心，妈妈也就怠慢了。老布政在家闻知儿子嫖院，几遍写字来唤他回去。他迷恋十娘颜色，终日延捱。后来闻知老爷在家发怒，越不敢回。古人云："以利相交者，利尽而疏。"那杜十娘与李公子真情相好，见他手头愈短，心头愈热。妈妈也几遍教女儿打发李甲出院，见女儿不统口，又几遍将言语触突李公子，要激怒他起身。公子性本温克，词气愈和。妈妈没奈何，日逐只将十娘叱骂道："我们行户人家，吃客穿客，前门送旧，后门迎新，门庭闹如火，钱帛堆成垛。自从那李甲在此，混帐一年有馀，莫说新客，连旧主顾都断了。分明接了个钟馗老，连小鬼也没得上门，弄得老娘一家人家，有气无烟⑭，成什么模样！"

⑭有气无烟：形容家中十分贫困，快要断炊。

杜十娘被骂，耐性不住，便回答道："那李公子不是空手上门的，也曾费过大钱来。"妈妈道："彼一时，此一时，你只教他今日费些小钱儿，把与老娘办些柴米，养你两口也好。别人家养的女儿便是摇钱树，千生万活，偏我家晦气，养了个退财白虎！开了大门七件事，般般都在老身心上。到替你这小贱人白白养着穷汉，教我衣食从何处来？你对那穷汉说：有本事出几两银子与我，到得你跟了他去，我别讨个丫头过活却不好？"十娘道："妈妈，这话是真是假？"妈妈晓得李甲囊无一钱，衣衫都典尽了，料他没处设法。便应道："老娘从不说谎，当真哩。"十娘道："娘，你要他许多银子？"妈妈道："若是别人，千把银子也讨了。可怜那穷汉出不起，只要他三百两，我自去讨一个粉头代替。只一件，须是三日内交付与我，左手交银，右手交人。若三日没有银时，老身也不管三七二十一，公子不公子，一顿孤拐，打那光棍出去，那时莫怪老身！"十娘道："公子虽在客边乏钞，谅三百金还措办得来。只是三日忒近，限他十日便好。”妈妈想道：“这穷汉一双赤手，便限他一百日，他那里来银子。没有银子，便铁皮包脸，料也无颜上门。那时重整家风，媺儿也没得话讲。”答应道：“看你面，便宽到十日。第十日没有银子，不干老娘之事。”十娘道：“若十日内无银，料他也无颜再见了。只怕有了三百两银子，妈妈又翻悔起来。”妈妈道：“老身年五十一岁了，又奉十斋，怎敢说谎？不信时与你拍掌为定。若翻悔时，做猪做狗！”

从来海水斗难量，可笑虔婆意不良。

料定穷儒囊底竭，故将财礼难娇娘。

是夜，十娘与公子在枕边，议及终身之事。公子道：“我非无此心。但教坊落籍，其费甚多，非千金不可。我囊空如洗，如之奈何！”十娘道：“妾已与妈妈议定，只要三百金，便须十日内措办。郎君游资虽罄，然都中岂无亲友可以借贷？倘得如数，妾身遂为君之所有，省受这虔婆之气。”公子道：“亲友中为我留恋行院，都不相顾。明日只做束装起身，各家告辞，就开口假贷路费，凑聚将来，或可满得此数。”起身梳洗，别了十娘出门。十娘道：“用心作速，专听佳音。”公子道：“不须分付。”

公子出了院门，来到三亲四友处，假说起身告别，众人到也欢喜。后来叙到路费欠缺，意欲借贷。常言道：“说着钱，便无缘。”亲友们就不招架。他们也见得是，道李公子是风流浪子，迷恋烟花，年许不归，父亲都为他气坏在家。他今日抖然要回，未知真假，倘或说骗盘缠到手，又支还脂粉钱，父亲知道，将好意翻成恶意，始终只是一怪，不如辞了干净。便回道：“目今正值空乏，不能相济，惭愧！惭愧！”人人如此，个个皆然，并没有个慷慨丈夫，肯统口许他一十二十两。李公子一连奔走了三日，分毫无获，又不敢回决十娘，权且含糊答应。到第四日又没想头，就羞回院中。平日间有了杜家，连下处也没有了，今日就无处投宿，只得往同乡柳监生寓所借歇。

柳遇春见公子愁容可掬，问其来历。公子将杜十娘愿嫁之情，备细说了。遇春摇首道："未必，未必。那杜媺曲中第一名姬，要从良时，怕没有十斛明珠，千金聘礼。那鸨儿如何只要三百两？想鸨儿怪你无钱使用，白白占住他的女儿，设计打发你出门。那妇人与你相处已久，又碍却面皮，不好明言。明知你手内空虚，故意将三百两卖个人情，限你十日。若十日没有，你也不好上门。便上门时，他会说你笑你，落得一场亵渎，自然安身不牢。此乃烟花逐客之计。足下三思，休被其惑。据弟愚意，不如早早开交为上。"公子听说，半晌无言，心中疑惑不定。遇春又道："足下莫要错了主意。你若真个还乡，不多几两盘费，还有人搭救；若是要三百两时，莫说十日，就是十个月也难。如今的世情，那肯顾缓急二字的！那烟花也算定你没处告债，故意设法难你。"公子道："仁兄所见良是。"口里虽如此说，心中割舍不下。依旧又往外边东央西告，只是夜里不进院门了。

公子在柳监生寓中，一连住了三日，共是六日了。杜十娘连日不见公子进院，十分着紧，就教小厮四儿街上去寻。四儿寻到大街，恰好遇见公子。四儿叫道："李姐夫，娘在家里望你。"公子自觉无颜，回复道："今日不得功夫，明日来罢。"四儿奉了十娘之命，一把扯住，死也不放，道："娘叫咱寻你，是必同去走一遭。"李公子心上也牵挂着表子，没奈何，只得随四儿进院。见了十娘，嘿嘿无言。十娘问道："所谋之事如何？"公子眼中流下泪来。十娘道："莫非人情淡薄，不能足三百之数么？"公子含泪而言，道出二句：

“不信上山擒虎易，果然开口告人难。

一连奔走六日，并无铢两，一双空手，羞见芳卿，故此这几日不敢进院。今日承命呼唤，忍耻而来。非某不用心，实是世情如此。”十娘道：“此言休使虔婆知道。郎君今夜且住，妾别有商议。”十娘自备酒肴，与公子欢饮。睡至半夜，十娘对公子道：“郎君果不能办一钱耶？妾终身之事，当如何也？”公子只是流涕，不能答一语。

渐渐五更天晓。十娘道：“妾所卧絮褥内藏有碎银一百五十两，此妾私蓄，郎君可持去。三百金，妾任其半，郎君亦谋其半，庶易为力。限只四日，万勿迟误。”十娘起身将褥付公子，公子惊喜过望，唤童儿持褥而去。径到柳遇春寓中，又把夜来之情与遇春说了。将褥拆开看时，絮中都裹着零碎银子，取出兑时果是一百五十两。遇春大惊道：“此妇真有心人也。既系真情，不可相负。吾当代为足下谋之。”公子道：“倘得玉成，决不有负。”当下柳遇春留李公子在寓，自出头各处去借贷。两日之内，凑足一百五十两交付公子道：“吾代为足下告债，非为足下，实怜杜十娘之情也。”

李甲拿了三百两银子，喜从天降，笑逐颜开，欣欣然来见十娘，刚是第九日，还不足十日。十娘问道：“前日分毫难借，今日如何就有一百五十两？”公子将柳监生事情，又述了一遍。十娘以手加额道：“使吾二人得遂其愿者，柳君之力也。”两个欢天喜地，又在院中过了一晚。

次日，十娘早起，对李甲道：“此银一交，便当随郎君去矣。舟车之类，合当预备。妾昨日于姊妹中借得白银二十两，郎君可收下为行资也。”公子正愁路费无出，但不敢开口，得银甚喜。说犹未了，鸨儿恰来敲门叫道：“媺儿，今日是第十日了。”公子闻叫，启户相延道：“承妈妈厚意，正欲相请。”便将银三百两放在桌上。鸨儿不料公子有银，嘿然变色，似有悔意，十娘道：“儿在妈妈家中八年，所致金帛，不下数千金矣。今日从良美事，又妈妈亲口所订，三百金不欠分毫，又不曾过期。倘若妈妈失信不许，郎君持银去，儿即刻自尽。恐那时人财两失，悔之无及也。”鸨儿无词以对，腹内筹画了半晌，只得取天平兑准了银子，说道：“事已如此，料留你不住了。只是你要去时，即今就去。平时穿戴衣饰之类，毫厘休想!”说罢，将公子和十娘推出房门，讨锁来就落了锁。此时九月天气。十娘才下床，尚未梳洗，随身旧衣，就拜了妈妈两拜。李公子也作了一揖。一夫一妇，离了虔婆大门。

鲤鱼脱却金钩去，摆尾摇头再不来。

公子教十娘且住片时：“我去唤个小轿抬你，权往柳荣卿寓所去，再作道理。”十娘道：“字中诸姊妹平昔相厚，理宜话别。况前日又承他借贷路费，不可不一谢也。”乃同公子到各姊妹处谢别，姊妹中惟谢月朗、徐素素与杜家相近，尤与十娘亲厚。十娘先到谢月朗家。月朗见十娘秃髻旧衫，惊问其故。十娘备述来因，又引李甲相见。十娘指月朗道：“前日路资，是此位姐姐所贷，郎君可致谢。”李甲连连作揖。月朗便教十娘梳洗，一面去请徐素素来家相会。十娘梳洗已毕，谢、徐二美人各出所有，翠钿金钏，瑶簪宝珥，锦袖花裙，鸾带绣履，把杜十娘装扮得焕然一新，备酒作庆贺筵席。月朗让卧房与李甲、杜媺二人过宿。次日，又大排筵席，遍请院中姊妹。凡十娘相厚者，无不毕集。都与他夫妇把盏称喜。吹弹歌舞，各逞其长，务要尽欢，直饮至夜分。十娘向众姊妹一一称谢。众姊妹道：“十姊为风流领袖，今从郎君去，我等相见无日。何日长行，姊妹们尚当奉送。”月朗道：“候有定期，小妹当来相报。但阿姊千里间关⑮，同郎君远去，囊箧萧条，曾无约束，此乃吾等之事。当相与共谋之，勿令姊有穷途之虑也。”众姊妹各唯唯而散。

⑮间关：行程辗转和艰难。

是晚，公子和十娘仍宿谢家。至五鼓，十娘对公子道：“吾等此去，何处安身？郎君亦曾计议有定着否？”公子道：“老父盛怒之下，若知娶妓而归，必然加以不堪，反致相累。展转寻思，尚未有万全之策。”十娘道：“父子天性，岂能终绝？既然仓卒难犯，不若与郎君于苏、杭胜地，权作浮居。郎君先回，求亲友于尊大人面前劝解和顺，然后携妾于归，彼此安妥。”公子道：“此言甚当。”

次日，二人起身辞了谢月郎，暂往柳监生寓中，整顿行装。杜十娘见了柳遇春，倒身下拜，谢其周全之德：“异日我夫妇必当重报。”遇春慌忙答礼道：“十娘钟情所欢，不以贫窭易心，此乃女中豪杰。仆因风吹火，谅区区何足挂齿！”三人又饮了一日酒。

次早，择了出行吉日，雇倩轿马停当。十娘又遣童儿寄信，别谢月朗。临行之际，只见肩舆纷纷而至，乃谢月朗与徐素素拉众姊妹来送行。月朗道：“十姊从郎君千里间关，囊中消索，吾等甚不能忘情。今合具薄赆⑯，十姊可检收，或长途空乏，亦可少助。”说罢，命从人挈一描金文具至前，封锁甚固，正不知什么东西在里面。十娘也不开看，也不推辞，但殷勤作谢而已。须臾，舆马齐集，仆夫催促起身。柳监生三杯别酒，和众美人送出崇文门外，各各垂泪而别。正是：

他日重逢难预必，此时分手最堪怜。

⑯赆（jìn）：临别时赠送给远行人的路费、礼物。

再说李公子同杜十娘行至潞河，舍陆从舟。却好有瓜洲差使船转回之便，讲定船钱，包了舱口。比及下船时，李公子囊中并无分文馀剩。你道杜十娘把二十两银子与公子，如何就没了？公子在院中嫖得衣衫蓝缕，银子到手，未免在解库中取赎几件穿着，又制办了铺盖，剩来只勾轿马之费。公子正当愁闷，十娘道：“郎君勿忧，众姊妹合赠，必有所济。”乃取钥开箱。公子在傍自觉惭愧，也不敢窥觑箱中虚实。只见十娘在箱里取出一个红绢袋来，掷于桌上道：“郎君可开看之。”公子提在手中，觉得沉重，启而观之，皆是白银，计数整五十两。十娘仍将箱子下锁，亦不言箱中更有何物。但对公子道：“承众姊妹高情，不惟途路不乏，即他日浮寓吴、越间，亦可稍佐吾夫妻山水之费矣。”公子且惊且喜道：“若不遇恩卿，我李甲流落他乡，死无葬身之地矣。此情此

德，白头不敢忘也！”自此每谈及往事，公子必感激流涕。十娘亦曲意抚慰，一路无话。

不一日，行至瓜洲，大船停泊岸口，公子别雇了民船，安放行李。约明日侵晨，剪江而渡。其时仲冬中旬，月明如水，公子和十娘坐于舟首。公子道：“自出都门，困守一舱之中，四顾有人，未得畅语。今日独据一舟，更无避忌。且已离塞北，初近江南，宜开怀畅饮，以舒向来抑郁之气。恩卿以为何如？”十娘道：“妾久疏谈笑，亦有此心，郎君言及，足见同志耳。”公子乃携酒具于船首，与十娘铺毡并坐，传杯交盏。饮至半酣，公子执卮对十娘道：“恩卿妙音，六院推首⑰。某相遇之初，每闻绝调，辄不禁神魂之飞动。心事多违，彼此郁郁，鸾鸣凤奏，久矣不闻。今清江明月，深夜无人，肯为我一歌否？”十娘兴亦勃发，遂开喉顿嗓，取扇按拍，呜呜咽咽，歌出元人施君美《拜月亭》杂剧上“状元执盏与婵娟”一曲⑱，名《小桃红》。真个：

声飞霄汉云皆驻，响入深泉鱼出游。

⑰六院：明初南京妓院著名的有来宾、重译、轻烟、淡粉、梅研、柳翠等六院，后来用“六院”作为妓院的代称。

⑱《拜月亭》：南戏戏文之一，又名《幽闺记》。这里误称为杂剧。

写的是书生蒋世隆在战乱中遇到少女王瑞兰，结为夫妻。王父因门第差别将他们拆散。后世隆状元及第，两人得以团圆。其中还穿插蒋世隆之妹蒋瑞莲与陀满兴福的爱情故事。

却说他舟有一少年，姓孙名富，字善赉，徽州新安人氏。家资巨万，积祖扬州种盐。年方二十，也是南雍中朋友。生性风流，惯向青楼买笑，红粉追欢，若嘲风弄月，到是个轻薄的头儿。事有偶然，其夜亦泊舟瓜洲渡口，独酌无聊，忽听得歌声嘹亮，凤吟鸾吹，不足喻其美。起立船头，伫听半晌，方知声出邻舟。正欲相访，音响倏已寂然，乃遣仆者潜窥踪迹，访于舟人。但晓得是李相公雇的船，并不知歌者来历。孙富想道："此歌者必非良家，怎生得他一见？"展转寻思，通宵不寐。捱至五更，忽闻江风大作。及晓，彤云密布，狂雪飞舞。怎见得，有诗为证：

千山云树灭，万径人踪绝。

扁舟蓑笠翁，独钓寒江雪。

因这风雪阻渡，舟不得开。孙富命艄公移船，泊于李家舟之傍。孙富貂帽狐裘，推窗假作看雪。值十娘梳洗方毕，纤纤玉手揭起舟傍短帘，自泼盂中残水。粉容微露，却被孙富窥见了，果是国色天香。魂摇心荡，迎眸注目，等候再见一面，杳不可得。沉思久之，乃倚窗高吟高学士《梅花诗》二句[19]，道：

雪满山中高士卧，月明林下美人来。

李甲听得邻舟吟诗，舒头出舱，看是何人。只因这一看，正中了孙富之计。孙富吟诗，正要引李公子出头，他好乘机攀话。当下慌忙举手，就问："老兄尊姓何讳？"李公子叙了姓名乡贯，少不得也问那孙富。孙富也叙过了。又叙了些太学中的闲话，渐渐亲熟。孙富便道："风雪阻舟，乃天遣与尊兄相会，实小弟之幸也。舟次无聊，欲同尊兄上岸，就酒肆中一酌，少领清诲，万望不拒。"公子道："萍水相逢，何当厚扰？"孙富道："说那里话！'四海之内，皆兄弟也。'"喝教艄公打跳，童儿张伞，迎接公子过船，就于船头作揖。然后让公子先行，自己随后，各各登跳上涯。

⑲高学士：指明代诗人高启。

行不数步，就有个酒楼，二人上楼，拣一副洁净座头，靠窗而坐。酒保列上酒肴。孙富举杯相劝，二人赏雪饮酒。先说些斯文中套话，渐渐引入花柳之事。二人都是过来之人，志同道合，说得入港[20]，一发成相知了。

⑳入港：指言语投机。

孙富屏去左右，低低问道："昨夜尊舟清歌者，何人也？"李甲正要卖弄在行，遂实说道："此乃北京名姬杜十娘也。"孙富道："既系曲中姊妹，何以归兄？"公子遂将初遇杜十娘，如何相好，后来如何要嫁，如何借银讨他，始末根由，备细述了一遍。孙富道："兄携丽人而归，固是快事，但不知尊府中能相容否？"公子道："贱室不足虑，所虑者，老父性严，尚费踌躇耳！"孙富将机就机，便问道："既是尊大人未必相容，兄所携丽人，何处安顿？亦曾通知丽人，共作计较否？"公子攒眉而答道："此事曾与小妾议之。"孙富欣然问道："尊宠必有妙策。"公子道："他意欲侨居苏杭，流连山水。使小弟先回，求亲友宛转于家君之前。俟家君回嗔作喜，然后图归。高明以为何如？"孙富沉吟半晌，故作愀然之色，道："小弟乍会之间，交浅言深，诚恐见怪。"公子道："正赖高明指教，何必谦逊？"孙富道："尊大人位居方面[21]，必严帷薄之嫌[22]，平时既怪兄游非礼之地，今日岂容兄娶不节之人？况且贤亲贵友，谁不迎合尊大人之意者？兄枉去求他，必然相拒。就有个不识时务的进言于尊大人之前，见尊大人意思不允，他就转口了。兄进不能和睦家庭，退无词以回复尊宠。即使留连山水，亦非长久之计。万一资斧困竭，岂不进退两难！"

㉑方面：指一个地方的军政要职或长官。李甲的父亲为一省的最高

行政长官布政使，故称之。

㉒帏薄之嫌：指男女之间非礼的交往。帏薄，帏幕和链子，借指内室。

公子自知手中只有五十金，比时费去大半，说到资斧困竭，进退两难，不觉点头道是。孙富又道："小弟还有句心腹之谈，兄肯俯听否？"公子道："承兄过爱，更求尽言。"孙富道："疏不间亲，还是莫说罢。"公子道："但说何妨！"孙富道："自古道：'妇人水性无常'，况烟花之辈，少真多假。他既系六院名姝，相识定满天下；或者南边原有旧约，借兄之力，挈带而来，以为他适之地。"公子道："这个恐未必然。"孙富道："既不然，江南子弟，最工轻薄。兄留丽人独居，难保无逾墙钻穴之事[23]。若挈之同归，愈增尊大人之怒。为兄之计，未有善策。况父子天伦，必不可绝。若为妾而触父，因妓而弃家，海内必以兄为浮浪不经之人。异日妻不以为夫，弟不以为兄，同袍不以为友，兄何以立于天地之间？兄今日不可不熟思也！"

㉓逾墙钻穴：指男女偷情。逾墙用的是宋玉赋里的典故，钻穴用的是《孟子》里的典故。

公子闻言，茫然自失，移席问计："据高明之见，何以教我？"孙富道："仆有一计，于兄甚便。只恐兄溺枕席之爱，未必能行，使仆空费词说耳！"公子道："兄诚有良策，使弟再睹家园之乐，乃弟之恩人也。又何惮而不言耶？"孙富道："兄飘零岁馀，严亲怀怒，闺阁离心[24]。设身以处兄之地，诚寝食不安之时也。然尊大人所以怒兄者，不过为迷花恋柳，挥金如土，异日必为弃家荡产之人，不堪承继家业耳！兄今日空手而归，正触其怒。兄倘能割衽席之爱，见机而作，仆愿以千金相赠。兄得千金以报尊大人，只说在京授馆，并不曾浪费分毫，尊大人必然相信。从此家庭和睦，当无间言。须臾之间，转祸为福。兄请三思。仆非贪丽人之色，实为兄效忠于万一也！"

㉔闺阁：指家中的妻子。

李甲原是没主意的人，本心惧怕老子，被孙富一席话，说透胸中之疑，起身作揖道："闻兄大教，顿开茅塞。但小妾千里相从，义难顿绝，容归与商之。得其心肯，当奉复耳。"孙富道："说话之间，宜放婉曲。彼既忠心为兄，必不忍使兄父子分离，定然玉成兄还乡之事矣。"二人饮了一回酒，风停雪止，天色已晚。孙富教家僮算还了酒钱，与公子携手下船。

正是：

逢人且说三分话，未可全抛一片心。

却说杜十娘在舟中，摆设酒果，欲与公子小酌，竟日未回，挑灯以待。公子下船，十娘起迎。见公子颜色匆匆，似有不乐之意，乃满斟热酒劝之。公子摇首不饮，一言不发，竟自床上睡了。十娘心中不悦，乃收拾杯盘，为公子解衣就枕，问道："今日有何见闻，而怀抱郁郁如此？"公子叹息而已，终不启口。问了三四次，公子已睡去了。十娘委决不下，坐于床头而不能寐。到夜半，公子醒来，又叹一口气。十娘道："郎君有何难言之事，频频叹息？"公子拥被而起，欲言不语者几次，扑簌簌掉下泪来。十娘抱持公子于怀间，软言抚慰道："妾与郎君情好，已及二载，千辛万苦，历尽艰难，得有今日。然相从数千里，未曾哀戚。今将渡江，方图百年欢笑，如何反起悲伤？必有其故。夫妇之间，死生相共，有事尽可商量，万勿讳也。"

公子再被逼不过，只得含泪而言道："仆天涯穷困，蒙恩卿不弃，委曲相从，诚乃莫大之德也。但反覆思之，老父位居方面，拘于礼法，况素性方严，恐添嗔怒，必加黜逐。你我流荡，将何底止？夫妇之欢难保，父子之伦又绝。日间蒙新安孙友邀饮，为我筹及此事，寸心如割！”十娘大惊道：“郎君意将如何？”公子道：“仆事内之人，当局而迷。孙友为我画一计颇善，但恐恩卿不从耳！”十娘道：“孙友者何人？计如果善，何不可从？”公子道：

“孙友名富，新安盐商，少年风流之士也。夜间闻子清歌，因而问及。仆告以来历，并谈及难归之故，渠意欲以千金聘汝。我得千金，可藉口以见吾父母；而恩卿亦得所天。但情不能舍，是以悲泣。”说罢，泪如雨下。

十娘放开两手，冷笑一声道：“为郎君画此计者，此人乃大英雄也。郎君千金之资既得恢复，而妾归他姓，又不致为行李之累。发乎情，止乎礼，诚两便之策也。那千金在那里？”

公子收泪道：“未得恩卿之诺，金尚留彼处，未曾过手。”十娘道：“明早快快应承了他，不可挫过机会。但千金重事，须得兑足交付郎君之手，妾始过舟，勿为贾竖子所欺。”

时已四鼓，十娘即起身挑灯梳洗道：“今日之妆，乃迎新送旧，非比寻常。”于是脂粉香泽，用意修饰，花钿绣袄，极其华艳，香风拂拂，光采照人。装束方完，天色已晓，孙富差家童到船头候信。十娘微窥公子，欣欣似有喜色，乃催公子快去回话，及早兑足银子。公子亲到孙富船中，回复依允。孙富道：“兑银易事，须得丽人妆台为信。”公子又回复了十娘，十娘即指描金文具道：“可便抬去。”孙富喜甚，即将白银一千两，送到公子船中。十娘亲自检看，足色足数，分毫无爽。乃手把船舷，以手招孙富。孙富一见，魂不附体。十娘启朱唇，开皓齿道：“方才箱子可暂发来，内有李郎路引一纸，可检还之也。”孙富视十娘已为瓮中之鳖，即命家童送那描金文具，安放船头之上。

十娘取钥开锁，内皆抽替小箱。十娘叫公子抽第一层来看，只见翠羽明珰，瑶簪宝珥，充牣于中[25]，约值数百金。十娘遽投之江中。李甲与孙富及两船之人，无不惊诧。又命公子再抽一箱，乃玉箫金管；又抽一箱，尽古玉紫金玩器，约值数千金。十娘尽投之于水中。岸上之人，观者如堵，齐声道："可惜！可惜！"正不知什么缘故。最后又抽一箱，箱中复有一匣。开匣视之，夜明之珠，约有盈把。其他祖母绿、猫儿眼[26]，诸般异宝，目所未睹，莫能定其价之多少。众人齐声喝采，喧声如雷。十娘又欲投之于江。李甲不觉大悔，抱持十娘恸哭，那孙富也来劝解。

㉕充牣（rèn）：充满。

㉖祖母绿：一种通体透明的绿宝石。猫儿眼：有光彩的石英制造的宝石。

十娘推开公子在一边，向孙富骂道："我与李郎备尝艰苦，不是容易到此。汝以奸淫之意，巧为谗说，一旦破人姻缘，断人恩爱，乃我之仇人。我死而有知，必当诉之神明，尚妄想枕席之欢乎！"又对李甲道："妾风尘数年，私有所积，本为终身之计。自遇郎君，山盟海誓，白首不渝。前出都之际，假托众姊妹相赠，箱中韫藏百宝，不下万金。将润色郎君之装，归见父母，或怜妾有心，收佐中馈，得终委托，生死无憾。谁知郎君相信不深，惑于浮议[27]，中道见弃，负妾一片真心。今日当众目之前，开箱出视，使郎君知区区千金，未为难事。妾椟中有玉，恨郎眼内无珠。命之不辰，风尘困瘁，甫得脱离，又遭弃捐。今众人各有耳目，共作证明，妾不负郎君，郎君自负妾耳！"于是众人聚观者，无不流涕，都唾骂李公子负心薄幸。公子又羞又苦，且悔且泣，方欲向十娘谢罪，十娘抱持宝匣，向江心一跳。众人急呼捞救，但见云暗江心，波涛滚滚，杳无踪影。可惜一个如花似玉的名姬，一旦葬于江鱼之腹！

三魂渺渺归水府，七魄悠悠入冥途。

㉗浮议：没有根据的议论。

当时旁观之人，皆咬牙切齿，争欲拳殴李甲和那孙富。慌得李、孙二人，手足无措，急叫开船，分途遁去。李甲在舟中，看了千金，转忆十娘，终日愧悔，郁成狂疾，终身不痊。

孙富自那日受惊，得病卧床月馀，终日见杜十娘在傍诟骂，奄奄而逝。人以为江中之报也。

却说柳遇春在京坐监完满，束装回乡，停舟瓜步。偶临江净脸，失坠铜盆于水，觅渔人打捞。及至捞起，乃是个小匣儿。遇春启匣观看，内皆明珠异宝，无价之珍。遇春厚赏渔人，留于床头把玩。是夜梦见江中一女子，凌波而来，视之，乃杜十娘也。近前万福，诉以李郎薄幸之事，又道："向承君家慷慨，以一百五十金相助。本意息肩之后，徐图报答，不意事无终始。然每怀盛情，悒悒未忘。早间曾以小匣托渔人奉致，聊表寸心，从此不复相见矣。"言讫，猛然惊醒，方知十娘已死，叹息累日。

后来评论此事，以为孙富谋夺美色，轻掷千金，固非良士；李甲不识杜十娘一片苦心，碌碌蠢才，无足道者。独谓十娘千古女侠，岂不能觅一佳侣，共跨秦楼之凤，乃错认李公子，明珠美玉，投于盲人，以致恩变为仇，万种恩情，化为流水，深可惜也！有诗叹云：

不会风流莫妄谈，单单情字费人参。

若将情字能参透，唤作风流也不惭。

十七 王娇鸾百年长恨

【精要简介】

本篇讲述的是王娇鸾与周廷章互相爱慕，私自结为夫妻，后周回乡再娶，忘掉前盟，王娇鸾以身殉情，设法惩罚薄幸男子周廷章的故事，表现了女主人公对人格尊严被亵渎的反抗。

【原文鉴赏】

天上乌飞兔走，人间古往今来。昔年歌管变荒台，转眼是非兴败。

须识闹中取静，莫因乖过成呆。不贪花酒不贪财，一世无灾无害。

话说江西饶州府馀干县长乐村，有一小民叫做张乙。因贩些杂货到于县中，夜深投宿城外一邸店。店房已满，不能相容。间壁锁下一空房，却无人住。张乙道："店主人何不开此房与我？"主人道："此房中有鬼，不敢留客。"张乙道："便有鬼，我何惧哉！"主人只得开锁，将灯一盏，扫帚一把，交与张乙。张乙进房，把灯放稳，挑得亮亮的。房中有破床一张，尘埃堆积，用打帚扫净，展上铺盖，讨些酒饭吃了，推转房门，脱衣而睡。梦见一美色妇人，衣服华丽，自来荐枕，梦中纳之。及至醒来，此妇宛在身边。张乙问是何人。此妇道："妾乃邻家之妇，因夫君远出，不能独宿，是以相就。勿多言，又当自知。"张亦不再问。天明，此妇辞去。至夜又来，欢好如初。如此三夜。

店主人见张客无事，偶话及此房内曾有妇人缢死，往往作怪，今番却太平了。张乙听在肚里。至夜，此妇仍来。张乙问道："今日店主人说这房中有缢死女鬼，莫非是你？"此妇并无惭讳之意，答道："妾身是也！然不祸于君，君幸勿惧。”张乙道：“试说其详。”此妇道：“妾乃娼女，姓穆，行廿二，人称我为廿二娘。与馀干客人杨川相厚，杨许娶妾归去，妾将私财百金为助。一去三年不来，妾为鸨儿拘管，无计脱身，挹郁不堪，遂自缢而死。鸨儿以所居售人，今为旅店。此房，昔日妾之房也，一灵不泯，犹依栖于此。杨川与你同乡，可认得么?”张乙道：“认得。”此妇道：“今其人安在?”张乙道：“去岁已移居饶州南门，娶妻开店，生意甚足。”妇人嗟叹良久，更无别语。

又过了二日，张乙要回家，妇人道：“妾愿始终随君，未识许否?”张乙道：“倘能相随，有何不可。”妇人道：“君可制一小木牌，题曰：‘廿二娘神位’，置于箧中。但出牌呼妾，妾便出来。”张乙许之。妇人道：“妾尚有白金五十两埋于此床之下，没人知觉，君可取用。”张掘地果得白金一瓶，心中甚喜。过了一夜。次日，张

乙写了牌位，收藏好了，别店主而归。

到于家中，将此事告与浑家。浑家初时不喜，见了五十两银子，遂不嗔怪。张乙于东壁立了廿二娘神主，其妻戏往呼之，白日里竟走出来，与妻施礼。妻初时也惊讶，后遂惯了，不以为事。夜来张乙夫妇同床，此妇亦来，也不觉床之狭窄。过了十馀日，此妇道："妾尚有夙债在于郡城，君能随我去索取否？"张利其所有，一口应承，即时顾船而行。船中供下牌位。此妇同行同宿，全不避人。

不则一日，到了饶州南门，此妇道："妾往杨川家讨债去。"张乙方欲问之，此妇倏已上岸。张随后跟去，见此妇竟入一店中去了。问其店，正杨川家也。张久候不出，忽见杨举家惊惶，少顷哭声振地。问其故，店中人云："主人杨川向来无病，忽然中恶，九窍流血而死。"张乙心知廿二娘所为，嘿然下船，向牌位苦叫，亦不见出来了。方知有夙债在郡城，乃杨川负义之债也。有诗叹云：

王魁负义曾遭谴[①]，李益亏心亦改常[②]。

请看杨川下梢事，皇天不佑薄情郎。

①王魁负义曾遭谴：指王魁负义的故事。据《醉翁谈录》载：王魁和妓女敫（jiǎo）桂英恋爱，并受桂英资助得以读书赴考，后王魁得中状元，抛弃桂英另娶，桂英愤而自杀，死后鬼魂对王魁进行了报复。

②李益亏心亦改常：唐传奇文故事，李益和妓女霍小玉恋爱，后来在政治上得以别娶，小玉恨其负约，病中发誓，死后必为厉鬼报复。李益娶妻卢氏后，性格反常，休妻，"至于三娶"。

方才说穆廿二娘事，虽则死后报冤，却是鬼自出头，还是渺茫之事。如今再说一件故事，叫做"王娇鸾百年长恨"。这个冤更报得好。此事非唐非宋，出在国朝天顺初年。广西苗蛮作乱，各处调兵征剿，有临安卫指挥王忠所领一枝浙兵，违了限期，被参降调河南南阳卫中所千户。即日引家小到任。王忠年六十馀，止一子王彪，颇称骁勇，督抚留在军前效用。到有两个女儿，长曰娇鸾，次曰娇凤。鸾年十八，凤年十六。凤从幼育于外家，就与表兄对姻，只有娇鸾未曾许配。夫人周氏，原系继妻。周氏有嫡姐，嫁曹家，寡居而贫，夫人接他相伴甥女娇鸾，举家呼为曹姨。娇鸾幼通书史，举笔成文。因爱女，慎于择配，所以及笄未嫁，每每临风感叹，对月凄凉。惟曹姨与鸾相厚，知其心事，他虽父母亦不知也。

一日清明节届，和曹姨及侍儿明霞后园打秋千耍子。正在闹热之际，忽见墙缺处有一美少年，紫衣唐巾，舒头观看，连声喝采。慌得娇鸾满脸通红，推着曹姨的背，急回香房。侍女也进去了。生见园中无人，逾墙而入，秋千架子尚在，馀香仿佛。正在凝思。忽见草中一物，拾起看时，乃三尺线绣香罗帕也，生得此如获珍宝，闻有人声自内而来，复逾墙而出，仍立于墙缺边。看时，乃是侍儿来寻香罗帕的。生见其三回五转，意兴已倦，微笑而言："小娘子，罗帕已入人手，何处寻觅？"侍儿抬头见是秀才，便上前万福道："相公想已检得，乞即见还，感德不尽！"那生道："此罗帕是何人之物？"侍儿道："是小姐的。"那生道：

"既是小姐的东西，还得小姐来讨，方才还他。"侍儿道："相公府居何处？"那生道："小生姓周名廷章，苏州府吴江县人。父亲为本学司教，随任在此，与尊府只一墙之隔。"

原来卫署与学宫基址相连，卫叫做东衙，学叫做西衙。花园之外，就是学中的隙地。侍儿道："贵公子又是近邻，失瞻了。妾当禀知小姐，奉命相求。"廷章道："敢闻小姐及小娘子大名？"侍儿道："小姐名娇鸾，主人之爱女。妾乃贴身侍婢明霞也。"廷章道："小生有小诗一章，相烦致于小姐，即以罗帕奉还。"明霞本不肯替他寄诗，因要罗帕入手，只得应允。廷章道："烦小娘子少待。"廷章去不多时，携诗而至，桃花笺叠成方胜。明霞接诗在手，问："罗帕何在？"廷章笑道："罗帕乃至宝，得之非易，岂可轻还？小娘子且将此诗送与小姐看了，待小姐回音，小生方可奉璧。"明霞没奈何，只得转身。

只因一幅香罗帕，惹起千秋《长恨歌》。

话说鸾小姐自见了那美少年，虽则一时惭愧，却也挑动个“情”字。口中不语，心下踌躇道：“好个俊俏郎君！若嫁得此人，也不枉聪明一世。”忽见明霞气忿忿的入来，娇鸾问：“香罗帕有了么？”明霞口称：“怪事！香罗帕却被西衙周公子收着，就是墙缺内喝采的那紫衣郎君。”娇鸾道：“与他讨了就是。”明霞道：“怎么不讨！也得他肯还！”娇鸾道：“他为何不还？”明霞道：“他说：‘小生姓周，名廷章，苏州府吴江人氏。父为司教，随任到此。’与吾家只一墙之隔。既是小姐的香罗帕，必须小姐自讨。”娇鸾道：“你怎么说？”明霞道：“我说待妾禀知小姐，奉命相求。他道：有小诗一章，烦吾传递，待有回音，才把罗帕还我。”明霞将桃花笺递与小姐。娇鸾见了这方胜，已有三分之喜，拆开看时，乃七言绝句一首：

帕出佳人分外香，天公教付有情郎。

殷勤寄取相思句，拟作红丝入洞房。

娇鸾若是个有主意的，拚得弃了这罗帕，把诗烧却，分付侍儿，下次再不许轻易传递，天大的事都完了。奈娇鸾一来是及瓜不嫁[③]，知情慕色的女子；二来满肚才情不肯埋没，亦取薛涛笺答诗八句[④]：

妾身一点玉无瑕，生自侯门将相家。

静里有亲同对月，闲中无事独看花。

碧梧只许来奇凤，翠竹那容入老鸦。

寄语异乡孤另客，莫将心事乱如麻。

③及瓜：指女子十六岁，这里泛指成年。

④薛涛笺：指唐代女诗人薛涛。其晚年寓居浣花溪，自制深红色小彩笺写诗，时人称为薛涛笺。

明霞捧诗方到后园，廷章早在缺墙相候。明霞道：“小姐已有回诗了，可将罗帕还我。”廷章将诗读了一遍，益慕娇鸾之才，必欲得之，道：“小娘子耐心，小生又有所答。”再回书房，写成一绝：

居傍侯门亦有缘，异乡孤另果堪怜。

若容鸾凤双栖树，一夜箫声入九天。

明霞道：“罗帕又不还，只管寄什么诗？我不寄了！”廷章袖中出金簪一根道：“这微物奉小娘子，权表寸敬，多多致意小姐。”明霞贪了这金簪，又将诗回复娇鸾。娇鸾看罢，闷闷不悦。明霞道：“诗中有甚言语触犯小姐？”娇鸾道：“书生轻薄，都是调戏之言。”明霞道：“小姐大才，何不作一诗骂之，以绝其意。”娇鸾道：“后生家性重，不必骂，且好言劝之可也。”再取薛笺题诗八句：

独立庭际傍翠阴，侍儿传语意何深。

满身窍玉偷香胆，一片撩云拨雨心。

丹桂岂容稚子折，珠帘那许晓风侵。

劝君莫想阳台梦，努力攻书入翰林。

自此一倡一和，渐渐情熟，往来不绝。明霞的足迹不断后园，廷章的眼光不离墙缺。诗篇甚多，不暇细述。时届端阳，王千户治酒于园亭家宴。廷章于墙缺往来，明知小姐在于园中，无由一面，侍儿明霞亦不能通一语。正在气闷，忽撞见卫卒孙九。那孙九善作木匠，长在卫里服役，亦多在学中做工。廷章遂题诗一绝封固了，将青蚨二百赏孙九买酒吃，托他寄与衙中明霞姐。孙九受人之托，忠人之事，伺候到次早，才觑个方便，寄得此诗于明霞。明霞递于小姐，拆开看之，前有叙云："端阳日园中望娇娘子不见，口占一绝奉寄⑤"：

配成彩线思同结，倾就蒲觞拟共斟。

雾隔湘江欢不见，锦葵空有向阳心。

后写"松陵周廷章拜稿。"娇娘看了，置于书几之上。适当梳头，未及酬和。忽曹姨走进香房，看见了诗稿，大惊道："娇娘既有西厢之约，可无东道之主？此事如何瞒我？"娇鸾含羞答道："虽有吟咏往来，实无他事，非敢瞒姨娘也。"曹姨道："周生江南秀士，门户相当，何不教他遣谋说合，成就百年姻缘，岂不美乎？"娇鸾点头道："是。"梳妆已毕，遂答诗八句：

深锁香闺十八年，不容风月透帘前。

绣衾香暖谁知苦？锦帐春寒只爱眠。

生怕杜鹃声到耳，死愁蝴蝶梦来缠。

多情果有相怜意，好倩冰人片语传⑥。

廷章得诗，遂假托父亲周司教之意，央赵学究往王千户处求这头亲事。王千户亦重周生才貌，但娇鸾是爱女，况且精通文墨，自己年老，一应卫中文书笔札，都靠着女儿相帮，少他不得，不忍弃之于他乡，以此迟疑未许。廷章知姻事未谐，心中如刺，乃作书寄于小姐。前写"松陵友弟廷章拜稿"：

自睹芳容，未宁狂魄。夫妇已是前生定，至死靡他；媒妁传来今日言，为期未决。

遥望香闺深锁，如唐玄宗离月宫而空想嫦娥；要从花圃戏游，似牵牛郎隔天河而苦思织女。倘复迁延于月日，必当夭折于沟渠。生若无缘，死亦不瞑。勉成拙律，深冀哀怜。

诗曰：

未有佳期慰我情，可怜春价值千金。

闷来窗下三杯酒，愁向花前一曲琴。

人在琐窗深处好，闷回罗帐静中吟。

孤恓一样昏黄月，肯许相携诉寸心？

娇鸾看罢，即时复书，前写“虎衙爱女娇鸾拜稿”：

轻荷点水，弱絮飞帘。拜月亭前，懒对东风听杜宇；画眉窗下，强消长昼刺鸳鸯。

人正困于妆台，诗忽坠于香案。启观来意，无限幽怀。自怜薄命佳人，恼杀多情才子。

一番信到，一番使妾倍支吾；几度诗来，几度令人添寂寞。休得跳东墙学攀花之手[⑦]，可以仰北斗驾折桂之心。眼底无媒，书中有女。自此衷情封去札，莫将消息问来人。谨和佳篇，仰祈深谅！”诗曰：

秋月春花亦有情，也知身价重千金。

虽窥青琐韩郎貌[⑧]，羞听东墙崔氏琴。

痴念已从空里散，好诗惟向梦中吟。

此生但作干兄妹，直待来生了寸心。

廷章阅书赞叹不已，读诗至末联，“此生但作干兄妹”，忽然想起一计道：“当初张珙、申纯皆因兄妹得就私情[⑨]，王夫人与我同姓，何不拜之为姑？便可通家往来，于中取事矣！”遂托言西衙窄狭，且是喧闹，欲借卫署后园观书。周司教自与王千户开口。王翁道：“彼此通家，就在家下吃些见成茶饭，不烦馈送。”周翁感激不尽，回向儿子说了。廷章道：“虽承王翁盛意，非亲非故，难以打搅。孩儿欲备一礼，拜认周夫人为姑。姑侄一家，庶乎有名。”周司教是糊涂之人，只要讨些小便宜，道：“任从我儿行事。”廷章又央人通了王翁夫妇，择个吉日，备下彩缎书仪，写个表侄的名刺，上门认亲，极其卑逊，极其亲热。王翁是个武人，只好奉承，遂请入中堂，教奶奶都相见了。连曹姨也认做姨娘，娇鸾是表妹，一时都请见礼。王翁设宴后堂，权当会亲。一家同席，廷章与娇鸾暗暗欢喜，席上眉来眼去，自不必说。当日尽欢而散。

姻缘好恶犹难问，踪迹亲疏已自分。

⑤口占：指作诗文不打草稿，随口而出。

⑥冰人：据《晋书·索紞》载："孝廉令狐策梦产冰上，与冰下人语，紞（dǎn）曰：'冰上为阳，冰下为阴，阴阳事也；士如归妻，迨冰未泮，婚姻事也；君在冰上，与冰下人语，为阳语阴，媒介事也。君当为人作媒，冰泮而婚成。'"后即称媒人为冰人。

⑦攀花：指玩弄女性。

⑧虽窥青琐韩郎貌：西晋贾充的僚属韩寿是个美男子，贾充的女儿贾午对他爱慕不已，每次聚会时，都要从窗格眼里偷看他。

⑨申纯：元明间小说戏曲《娇红传》小说里的男主人公，他和表妹娇娘恋爱，而王父不允，后来两人为情抑郁而死。

次日王翁收拾书室，接内侄周廷章来读书。却也晓得隔绝内外，将内宅后门下锁，不许妇女入于花园。廷章供给，自有外厢照管。虽然搬做一家，音书来往反不便了。娇鸾松筠之志虽存，风月之情已动，况既在席间眉来眼去，怎当得园上凤隔鸾分？愁绪无聊，郁成一病，朝凉暮热，茶饭不沾。王翁迎医问卜，全然不济。廷章几遍到中堂问病，王翁只教致意，不令进房。廷章心生一计，因假说："长在江南，曾通医理。表妹不知所患何症，待侄儿认脉便知。"王翁向夫人说了，又教明霞道达了小姐，方才迎入。廷章坐于床边，假以看脉为由，抚摩了半晌。其时王翁夫妇俱在，不好交言，只说得一声保重，出了房门。对王翁道："表妹之疾，是抑郁所致。常须于宽敞之地，散步陶情，更使女伴劝慰，开其郁抱，自当勿药。"王翁敬信周生，更不疑惑，便道："衙中只有园亭，并无别处宽敞。"廷章故意道："若表妹不时要园亭散步，恐小侄在彼不便，暂请告归。"王翁道："既为兄妹，复何嫌阻？"

即日教开了后门，将锁钥付曹姨收管，就教曹姨陪侍女儿任情闲耍；明霞伏侍，寸步不离，自以为万全之策矣。

却说娇鸾原为思想周郎致病，得他抚摩一番，已自欢喜。又许散步园亭，陪伴伏侍者都是心腹之人，病便好了一半。每到园亭，廷章便得相见，同行同坐。有时亦到廷章书房中吃茶，渐渐不避嫌疑，挨肩擦背。廷章捉个空，向小姐恳求，要到香闺一望。娇鸾目视曹姨，低低向生道："锁钥在彼，兄自求之。"廷章已悟。次日廷章取吴绫二端，金钏一副，央明霞献与曹姨。姨问鸾道："周公子厚礼见惠，不知何事？"娇鸾道："年少狂生，不无过失，渠要姨包容耳。"曹姨道："你二人心事，我已悉知。但有往来，决不泄漏！"因把匙钥付与明霞。鸾心大喜，遂题一绝，寄廷章云：

暗将私语寄英才，倘向人前莫乱开。

今夜香闺春不锁，月移花影玉人来。

廷章得诗，喜不自禁。是夜黄昏已罢，谯鼓方声，廷章悄步及于内宅，后门半启，捱身而进。自那日房中看脉出园上来，依稀记得路径，缓缓而行。但见灯光外射，明霞候于门侧。廷章步进香房，与鸾施礼，便欲搂抱。鸾将生挡开，唤明霞快请曹姨来同坐。廷章大失所望，自陈苦情，责其变卦，一时急泪欲流。鸾道："妾本贞姬，君非荡子。只因有才有貌，所以相爱相怜。妾既私君，终当守君之节；君若弃妾，岂不负妾之诚？必矢明神，誓同白首，若还苟合，有死不从。"说罢，曹姨适至，向廷章谢日间之惠。

廷章遂央姨为媒，誓谐伉俪，口中咒愿如流而出。曹姨道："二位贤甥，既要我为媒，可写合同婚书四纸。将一纸焚于天地，以告鬼神；一纸留于吾手，以为媒证；你二人各执一纸，为他日合卺之验。女若负男，疾雷震死；男若负女，乱箭亡身。再受阴府之愆，永堕酆都之狱。"生与鸾听曹姨说得痛切，各各欢喜。遂依曹姨所说，写成婚书誓约。先拜天地，后谢曹姨。姨乃出清果醇醪，与二人把盏称贺。三人同坐饮酒，直至三鼓，曹姨别去。生与鸾携手上床，云雨之乐可知也。五鼓，鸾促生起身，嘱付道："妾已委身于君，君休负恩于妾。神明在上，鉴察难逃。今后妾若有暇，自遣明霞奉迎，切莫轻行，以招物议。"廷章字字应承，留恋不舍。鸾急教明霞送出园门。是日鸾寄生二律云：

昨夜同君喜事从，芙蓉帐暖语从容。
贴胸交股情偏好，拨雨撩云兴转浓。
一枕凤鸾声细细，半窗花月影重重。
晓来窥视鸳鸯枕，无数飞红扑绣绒。（其一）
衾翻红浪效绸缪，乍抱郎腰分外羞。
月正圆时花正好，云初散处雨初收。
一团恩爱从天降，万种情怀得自由。
寄语今宵中夕夜，不须欹枕看牵牛。（其二）

廷章亦有酬答之句。自此鸾疾尽愈，门锁竟弛。或三日，或五日，鸾必遣明霞召生。来往既频，恩情愈笃。如此半年有馀。

周司教任满，升四川峨眉县尹。廷章恋鸾之情，不肯同行，只推身子有病，怕蜀道艰难；况学业未成，师友相得，尚欲留此读书。周司教平昔纵子，言无不从。起身之日，廷章送父出城而返。鸾感廷章之留，是日邀之相会，愈加亲爱。如此又半年有馀。其中往来诗篇甚多，不能尽载。

廷章一日阅邸报⑩，见父亲在峨眉不服水土，告病回乡。久别亲闱，欲谋归觐⑪；又牵鸾情爱，不忍分离。事在两难，忧形于色。鸾探知其故，因置酒劝生道："夫妇之爱，瀚海同深；父子之情，高天难比。若恋私情而忘公义，不惟君失子道，累妾亦失妇道矣！"曹姨亦劝道："今日暮夜之期，原非百年之算。公子不如暂回乡故，且觐双亲。倘于定省之间，即议婚姻之事，早完誓愿，免致情牵。"廷章心犹不决。娇鸾教曹姨竟将公子欲归之情，对王翁说了。此日正是端阳，王翁治酒与廷章送行，且致厚赆。廷章义不容已，只得收拾行李。

⑩邸报：古代官府发布的有关朝政信息的抄本。

⑪归觐：回家拜见双亲。

是夜，鸾另置酒香闺，邀廷章重伸前誓，再订婚期。曹姨亦在坐。千言万语，一夜不睡。临别，又问廷章住居之处。廷章道："问做甚么？"鸾道："恐君不即来，妾便于通信耳。"廷章索笔写出四句：

思亲千里返姑苏，家住吴江十七都。

须问南麻双漾口，延陵桥下督粮吴。

延章又解说："家本吴姓，祖当里长督粮，有名督粮吴家，周是外姓也。此字虽然写下，欲见之切，度日如岁。多则一年，少则半载，定当持家君柬帖，亲到求婚，决不忍闺阁佳人悬悬而望。"言罢，相抱而泣。将次天明，鸾亲送生出园，有联句一律：

绸缪鱼水正投机，无奈思亲使别离。（廷章）

花圃从今谁待月？兰房自此懒围棋。（娇鸾）

惟忧身远心俱远，非虑文齐福不齐。（廷章）

低首不言中自省，强将别泪整蛾眉。（娇鸾）

须臾天晓，鞍马齐备。王翁又于中堂设酒，妻女毕集，为上马之饯。廷章再拜而别。鸾自觉悲伤欲泣，潜归内室，取乌丝笺题诗一律，使明霞送廷章上马，伺便投之。章于马上展看云：

同携素手并香肩，送别那堪双泪悬。

郎马未离青柳下，妾心先在白云边。

妾持节操如姜女[12]，君重纲常类闵骞[13]。

得意匆匆便回首，香闺人瘦不禁眠。

廷章读之泪下，一路上触景兴怀，未尝顷刻忘鸾也。

⑫姜女：指春秋时卫世子共伯的妻子共姜。共伯早死，她不再嫁。

⑬闵骞：即闵子骞，孔子的学生，传说他是一位孝子。

闲话休叙，不一日，到了吴江家中，参见了二亲，一门欢喜。原来父亲已与同里魏同知家议亲，正要接儿子回来行聘完婚。生初时有不愿之意，后访得魏女美色无双，且魏同知十万之富，妆奁甚丰。慕财贪色，遂忘前盟。过了半年，魏氏过门，夫妻恩爱，如鱼似水，竟不知王娇鸾为何人也。

但知今日新妆好，不顾情人望眼穿。

却说娇鸾一时劝廷章归省，是他贤慧达理之处。然已去之后，未免怀思。白日凄凉，黄昏寂寞。灯前有影相亲，帐底无人共语。每遇春花秋月，不觉梦断魂劳。捱过一年，杳无音信。忽一日明霞来报道：“姐姐可要寄书与周姐夫么？”娇鸾道：“那得这方便？”明霞道：“适才孙九说临安卫有人来此下公文。临安是杭州地方，路从吴江经过，是个便道。”娇鸾道：“既有便，可教孙九嘱付那差人不要去了。”即时修书一封，曲叙别离之意，嘱他早至南阳，同归故里，践婚姻之约，成终始之交。书多不载。书后有诗十首。录其一云：

端阳一别杳无音，两地相看对月明。

暂为椿萱辞虎卫⑭，莫因花酒恋吴城。

游仙阁内占离合，拜月亭前问死生。

此去愿君心自省，同来与妾共调羹。

封皮上又题八句：

此书烦递至吴衙，门面春风足可夸。

父列当今宣化职，祖居自古督粮家。

已知东宅邻西宅，犹恐南麻混北麻。

去路逢人须借问，延陵桥在那村些？

又取银钗二股，为寄书之赠。

⑭椿萱：古代称父亲为“椿庭”，母亲为“萱堂”，这里为父母的代称。

书去了七个月，并无回耗。时值新春，又访得前卫有个张客人要往苏州收货。娇鸾又取金花一对，央孙九送与张客，求他寄书。书意同前。亦有诗十首。录其一云：

春到人间万物鲜，香闺无奈别魂牵。

东风浪荡君尤荡，皓月团圆妾未圆。

情洽有心劳白发，天高无计托青鸾。

衷肠万事凭谁诉？寄与才郎仔细看。

封皮上题一绝：

苏州咫尺是吴江，吴姓南麻世督粮。

嘱付行人须着意，好将消息问才郎。

张客人是志诚之士，往苏州收货已毕，赍书亲到吴江。正在长桥上问路，恰好周廷章过去。听得是河南声音，问的又是南麻督粮吴家，情知娇鸾书信，怕他到彼，知其再娶之事，遂上前作揖通名，邀往酒馆三杯，拆开书看了。就于酒家借纸笔，匆匆写下回书，推说父亲病未痊，方侍医药，所以有误佳期；不久即图会面，无劳注想。书后又写："路次借笔不备，希谅！"张客收了回书，不一日，回到南阳，付孙九回复鸾小姐。鸾拆书看了，虽然不曾定个来期，也当画饼充饥，望梅止渴。

过了三四个月，依旧杳然无闻。娇鸾对曹姨道："周郎之言欺我耳！"曹姨道："誓书在此，皇天鉴知！周郎独不怕死乎？"忽一日，闻有临安人到，乃是娇鸾妹子娇凤生了孩儿，遣人来报喜。娇鸾彼此相形，愈加感叹，且喜又是寄书的一个顺便，再修书一封托他。这是第三封书，亦有诗十首。末一章云：

叮咛才子莫蹉跎，百岁夫妻能几何？
王氏女为周氏室，文官子配武官娥。
三封心事烦青鸟，万斛闲愁锁翠蛾。
远路尺书情未尽，相思两处恨偏多！

封皮上亦写四句：

此书烦递至吴江，粮督南麻姓字香。
去路不须驰步问，延陵桥下暂停航。

鸾自此寝废餐忘，香消玉减，暗地泪流，恹恹成病。父母欲为择配，娇鸾不肯，情愿长斋奉佛。曹姨劝道："周郎未必来矣，毋拘小信，自误青春。"娇鸾道："人而无信，是禽兽也。宁周郎负我，我岂敢负神明哉？"光阴荏苒，不觉已及三年。娇鸾对曹姨说道："闻说周郎已婚他族，此信未知真假。然三年不来，其心肠亦改变矣，但不得一实信，吾心终不死！"曹姨道："何不央孙九亲往吴江一遭，多与他些盘费。若周郎无他更变，使他等候同来，岂不美乎？"娇鸾道："正合吾意。亦求姨娘一字，促他早早登程可也。”当下娇鸾写就古风一首。其略云：

忆昔清明佳节时，与君邂逅成相知。
嘲风弄月通来往，拨动风情无限思。
侯门曳断千金索，携手挨肩游画阁。
好把青丝结死生，盟山誓海情不薄。
白云渺渺草青青，才子思亲欲别情。
顿觉桃脸无春色，愁听传书雁几声。
君行虽不排鸾驭，胜似征蛮父兄去。
悲悲切切断肠声，执手牵衣理前誓。
与君成就鸾凤友，切莫苏城恋花柳。
自君之去妾攒眉，脂粉慵调发如帚。
姻缘两地相思重，雪月风花谁与共？
可怜夫妇正当年，空使梅花蝴蝶梦。
临风对月无欢好，凄凉枕上魂颠倒。
一宵忽梦汝娶亲，来朝不觉愁颜老。
盟言愿作神雷电，九天玄女相传遍。
只归故里未归泉，何故音容难得见？
才郎意假妾意真，再驰驿使陈丹心。
可怜三七羞花貌，寂寞香闺思不禁。

曹姨书中亦备说女甥相思之苦，相望之切。二书共作一封。封皮亦题四句：

荡荡名门宰相衙，更兼粮督镇南麻。
逢人不用停舟问，桥跨延陵第一家。

孙九领书，夜宿晓行，直至吴江延陵桥下。犹恐传递不的，直候周廷章面送。廷章一见孙九，满脸通红，不问寒温，取书纳于袖中，竟进去了。少顷教家童出来回复道：“相公娶魏同知家小姐，今已二年。南

阳路远，不能复来矣。回书难写，仗你代言。这幅香罗帕乃初会鸾姐之物，并合同婚书一纸，央你送还，以绝其念。本欲留你一饭，诚恐老爹盘问嗔怪。白银五钱权充路费，下次更不劳往返。”孙九闻言大怒，掷银于地不受，走出大门，骂道：“似你短行薄情之人，禽兽不如！可怜负了鸾小姐一片真心，皇天断然不佑你！”说罢，大哭而去。路人争问其故，孙老儿数一数二的逢人告诉。自此周廷章无行之名，播于吴江，为衣冠所不齿。正是：

平生不作亏心事，世上应无切齿人。

再说孙九回至南阳，见了明霞，便悲泣不已。明霞道：“莫非你路上吃了苦？莫非周家郎君死了？”孙九只是摇头，停了半晌，方说备细，如此如此：“他不发回书，只将罗帕、婚书送还，以绝小姐之念。我也不去见小姐了。”说罢，拭泪叹息而去。明霞不敢隐瞒，备述孙九之语。娇鸾见了这罗帕，已知孙九不是个谎话，不觉怨气填胸，怒色盈面。就请曹姨至香房中，告诉了一遍。曹姨将言劝解，娇鸾如何肯听？整整的哭了三日三夜，将三尺香罗帕，反覆观看，欲寻自尽，又想道：“我娇鸾名门爱女，美貌多才。若嘿嘿而死，却便宜了薄情之人。”乃制绝命诗三十二首及《长恨歌》，一篇云：

倚门默默思重重，自叹双双一笑中。
情惹游丝牵嫩绿，恨随流水缩残红。
当时只道春回准，今日方知色是空。
回首凭栏情切处，闲愁万里怨东风。

馀诗不载。其《长恨歌》略云：

《长恨歌》，为谁作？题起头来心便恶。
朝思暮想无了期，再把鸾笺诉情薄。
妾家原在临安路，麟阁功勋受恩露。
后因亲老失军机，降调南阳卫千户。
深闺养育娇鸾身，不曾举步离中庭。
岂知二九灾星到，忽随女伴妆台行。
秋千戏蹴方才罢，忽惊墙角生人话。
含羞归去香房中，仓忙寻觅香罗帕。
罗帕谁知入君手，空令梅香往来走[15]。
得蒙君赠香罗诗，恼妾相思淹病久。
感君拜母结妹兄，来词去简饶恩情。
只恐恩情成苟合，两曾结发同山盟。
山盟海誓还不信，又托曹姨作媒证。
婚书写定烧苍穹，始结于飞在天命。
情交二载甜如蜜，才子思新忽成疾。
妾心不忍君心愁，反劝才郎归故籍。
叮咛此去姑苏城，花街莫听阳春声[16]。
一睹慈颜便回首，香闺可念人孤另。
嘱付殷勤别才子，弃旧怜新任从尔。
那知一去意忘还，终日思君不如死。
有人来说君重婚，几番欲信仍难凭。

后因孙九去复返，方知伉俪谐文君。
此情恨杀薄情者，千里姻缘难割舍。
到手恩情都负之，得意风流在何也？
莫论妾愁长与短，无处箱囊诗不满。
题残锦札五千张，写秃毛锥三百管[17]。
玉闺人瘦娇无力，佳期反作长相忆。
枉将八字推子平[18]，空把三生卜《周易》。
从头一一思量起，往日交情不亏汝。
既然恩爱如浮云，何不当初莫相与？
莺莺燕燕皆成对，何独天生我无配。
娇凤妹子少二年，适添孩儿已三岁。
自惭轻弃千金躯，伊欢我独心孤悲。
先年誓愿今何在？举头三尺有神祇。
君往江南妾江北，千里关山远相隔。
若能两翅忽然生，飞向吴江近君侧。
初交你我天地知，今来无数人扬非。
虎门深锁千金色，天教一笑遭君机。
恨君短行归阴府，譬似皇天不生我。
从今书递故人收，不望回音到中所。
可怜铁甲将军家，玉闺养女娇如花。
只因颇识琴书味，风流不久归黄沙。
白罗丈二悬高梁，飘然眼底魂茫茫。
报道一声娇鸾缢，满城笑杀临安王。
妾身自愧非良女，擅把闺情贱轻许。
相思债满还九泉，九泉之下不饶汝。
当初宠妾非如今，我今怨汝如海深。
自知妾意皆仁意，谁想君心似兽心！

再将一幅罗鲛绡[19]，殷勤远寄郎家遥。

自叹兴亡皆此物，杀人可恕情难饶。

反覆叮咛只如此，往日闲愁今日止。

君今肯念旧风流，饱看娇鸾书一纸。

书已写就，欲再遣孙九。孙九咬牙怒目，决不肯去。正无其便，偶值父亲痰火病发，唤娇鸾替他检阅文书。娇鸾看文书里面有一宗乃勾本卫逃军者，其军乃吴江县人。鸾心生一计，乃取从前倡和之词，并今日《绝命诗》及《长恨歌》汇成一帙，合同婚书二纸，置于帙内，总作一封，入于官文书内，封筒上填写“南阳卫掌印千户王投下直隶苏州府吴江县当堂开拆”，打发公差去了。王翁全然不知。

⑮梅香：丫鬟的通称。

⑯阳春：古曲名，这里泛指俚曲情歌。

⑰毛锥：毛笔的别称。

⑱子平：指宋代徐子平，相传他精于星命之学，后世术士宗之，用“子平”指星相算命。

⑲鲛（jiāo）绡（xiāo）：指丝绸手帕。

是晚，娇鸾沐浴更衣，哄明

霞出去烹茶，关了房门，用杌子填足，先将白练挂于梁上，取原日香罗帕，向咽喉扣住，接连白练，打个死结，蹬开杌子，两脚悬空，煞时间三魂漂渺，七魄幽沉。刚年二十一岁。

始终一幅香罗帕，成也萧何败也何！

明霞取茶来时，见房门闭紧，敲打不开，慌忙报与曹姨。曹姨同周老夫人打开房门看了，这惊非小。王翁也来了，合家大哭，竟不知什么意故。少不得买棺殓葬。此事阁过休题。

再说吴江阙大尹接得南阳卫文书，拆开看时，深以为奇，此事旷古未闻。适然本府赵推官随察院樊公祉按临本县，阙大尹与赵推官是金榜同年，因将此事与赵推官言及。赵推官取而观之，遂以奇闻报知樊公。樊公将诗歌及婚书反覆详味，深惜娇鸾之才，而恨周廷章之薄幸。乃命赵推官密访其人。次日，擒拿解院，樊公亲自诘问。廷章初时抵赖，后见婚书有据，不敢开口。樊公喝教重责五十收监。行文到南阳卫查娇鸾曾否自缢。不一日文书转来，说娇鸾已死。樊公乃于监中吊取周廷章到察院堂上，樊公骂道："调戏职官家子女，一罪也；停妻再娶，二罪也；因奸致死，三罪也。婚书上说：'男若负女，万箭亡身。'我今没有箭射你，用乱棒打杀你，以为薄幸男子之戒。"喝教合堂皂快齐举竹批乱打。下手时宫商齐响，着体处血肉交飞。顷刻之间，化为肉酱。满城人无不称快。周司教闻知，登时气死。魏女后来改嫁。向贪新娶之财色，而没恩背盟，果何益哉！有诗叹云：

一夜恩情百夜多，负心端的欲如何？

若云薄幸无冤报，请读当年《长恨歌》。

参考文献

[1]（明）冯梦龙．三言．警世通言［M］．北京：中华书局，2014.

[2]（明）冯梦龙．警世通言［M］．北京：人民文学出版社，2014.

[3]（明）冯梦龙．警世通言［M］．北京：中华书局，2009.

[4]（明）冯梦龙．中国古典文学名著丛书：警世通言［M］．哈尔滨：黑龙江美术出版社，2012.

[5]（明）冯梦龙．警世通言：精装典藏本［M］．北京：中国画报出版社，2014.

[6]（明）冯梦龙．警世通言［M］．昆明：云南人民出版社，2015.